谨以此书献给中华人民共和国成立七十五周年

山水含清辉

王保银 主编

内蒙古文化出版社

图书在版编目(CIP)数据

山水含清辉 / 王保银编 . -- 呼伦贝尔 : 内蒙古文
化出版社 , 2025. 6. -- ISBN 978-7-5521-2607-5

Ⅰ. I217.1

中国国家版本馆 CIP 数据核字第 2025J5028F 号

山水含清辉

SHAN SHUI HAN QING HUI

王保银　主编

责任编辑　朝　日
封面设计　吴梦涵

出版发行　内蒙古文化出版社
地　　址　呼伦贝尔市海拉尔区河东新春街4 - 3号
直销热线　0470 - 8241422　　邮编　021008

排版制作　新美文化传媒（天津）有限公司
印刷装订　三河市华东印刷有限公司
开　　本　710mm×1000mm　1/16
字　　数　418千
印　　张　25.75
版　　次　2025年6月第1版
印　　次　2025年6月第1次印刷
书　　号　ISBN 978-7-5521-2607-5
定　　价　78.00元

顾问委员会

编委会

让文学之光在新时代闪亮生辉

张进朝

《山水含清辉》一书即将编纂付梓，这是一件令人感慨、欣慰的事。感慨的是文学创作在汹涌的市场经济大潮下举步维艰，境况窘迫；欣慰的是在这样艰难的境况下，我市一批文学创作者依旧甘守寂寞，固守清雅，在青灯黄卷下苦熬，笔耕不辍，创作出大量的精品力作，为我市文化事业繁荣发展默默奉献。

众所周知，辉县的起源在共城，古共城的历史文化厚重、博大。在中华文明悠久的发展史上，古共城拥有丰富的历史文化遗存和强大的传承基因，具有不可忽视、不可替代的地位和价值，有力地推动着共城文化薪火相传、绵延不绝、经久不衰。

文化之于人的教化功能、之于社会的推动作用，千百年来已为世人所共认。当前，发展文旅事业、创新文化发展、打造文化名片、实现文旅强市，已是全市上下的共识。我们每一个文学创作者都应深扎这片文化沃土，关注现实，秉持良知，继承传统，自觉投身于建设文旅强市的滚滚热潮。

做人是作文的根本。我们要树立高度的社会责任感和使命感，用文学推动经济发展，用文学参与社会变革，用文学体现我们的生命价值。

生活是创作的源泉。生命之流不止，生活之树常青，深入生活，对于创作者来说，是一个永恒的课题。许多鲜活的人物事件，只有在沸腾的现实生活中才能捕捉到；许多动人的诗情画意，只有在亲身体验中才能感受到。我们要坚持"三贴近"的原则，积极投身于全市经济社会发展的伟大实践，真切感受百姓生活的气息，深刻把握时代前进的脉搏。只有这样，才能深入生活，激励自己，感动读者；才能真正锤炼出社会需要、群众欢迎、大气磅礴的作品。

《山水含清辉》的编纂出版便是又一次生动的佐证，再一次彰显了文学存在的应有之义。该卷本分为小说卷、散文卷、诗歌卷三部分，其中小说27篇、散文40篇、诗歌37首，均在期刊上发表过，是继上部文学选问世后的连接延伸，收录时间跨度为五年（2018至2022年），全面展现了我市作者近五年来的文学成就。它既是对我市文学成果的梳理、展示和回顾，又是向全市人民捧出的一份文学盛宴，更是为这个美好时代献出的一份厚礼，同时也是对我市纯文学发展的又一次总检阅、大亮相。与上部文学选不同的是，这次我们特别向原籍辉县在外的名人作家真情约稿，收录面更为宽泛，外延更为广大。既有高手名家，又有普通作者；既有原籍辉县的在外名手，也有本土作者；既有耄耋老者资深作家，也有花冠少年后起之秀。该文集中，小说沧桑温暖、沉实厚重；散文隽永俊逸、奔放旷达；诗歌清丽脱俗、空灵飘飞。他们一个个或叙述，或抒发，或描摹，或虚构，饱蘸激情汗水，激发灵感火花，挥动如椽之笔，以不同的艺术表现手法，为这个时代鼓与呼。

每一篇作品各有艺术特色，具有丰富的人文精神和审美价值。这些作品不仅宣传了辉县、展示了自我，也为共城大地增光添彩，更重要的是为当下冷寂的文学注入了活力，无疑似在寂水冷潭间投掷的一块石片，激起了水花亮波，显现出一抹缤纷壮丽。

最后我由衷地祝愿文友们，永葆艺术青春，保持创作活力，永怀创作激情，写出更多优秀作品，回报这个美好时代，让共城文学灿烂之花永远烂漫绽放，在中华民族伟大复兴新征程上开放得更加绚丽，结出喜人硕果。

衷心地祝愿文友们！

预祝《山水含清辉》早日出版，尽快和读者见面！我深情而热切地期待着！

2024年8月

目录

小说卷

002	侯钰鑫	顶天立地河南人
022	张克鹏	老　屋
048	赵文辉	喝汤记
059	赵文辉	分家记
071	赵文辉	父亲和鸭贩子
074	王保银	摘连翘的小梅
094	王保银	都是尿盆惹的祸
108	一　兵	铲车司机
112	一　兵	走，喝口去……
115	一　兵	大　喷
119	一　兵	灶火圪崂的焦馍片
123	一　兵	一碗江米丸
126	张志明	围　墙
129	张志明	美　颜
132	杜毅文	见三猴
142	杜毅文	选队长
145	李清文	纸飞机
154	王之双	幡然醒悟
157	王之双	遇上好人了
159	王之双	萝　卜
162	张建广	爆米花香
165	张建广	紫槐花
168	王景斌	三壶白开水

170	董美华	地铁在行进
173	董美华	是梦想终究会开花
176	宋雪梅	借 钱
179	郝志强	端花圈

散文卷

186	董传军	铜瓦厢的书屋
190	尚建军	郑永和的魅力
193	赵文辉	母亲离开之后
196	张洪腾	老想回家
199	王保银	想起老奶奶
207	王保银	老家的小云
210	周万水	渡口那边的岸
215	周万水	江天云鸟自来去
225	王 鹏	锦绣潇湘：诗和远方的交响
228	尚新娇	散佚的蔓菁
231	尚新娇	师者沈从文
234	刘佩金	老柿树恋歌
238	憨 子	在辉县文艺宣传队的日子里
245	冯霜凌	娘 心
250	冯霜凌	草女人、舞女人
254	一 兵	以书的名义生活
258	一 兵	稻田书屋写小说
261	王之双	满街槐花香
263	王之双	门前那片小树林
266	张建广	北京一面
268	张建广	我的父亲是党员
272	张凌云	老兵情怀
275	李光辉	那年腊月二十五
278	李光辉	走过风雨
280	何光英	叶芝爱情中的《四书五经》

284 刘天文 夏风如茗

286 刘天文 眼睛的喂养

288 刘天文 冬有书香不觉寒

290 郜 艳 醉槟榔

293 郜 艳 眼里落着星星的男孩

295 董美华 给梦想的一封信

298 董美华 那些年

301 董美华 七 月

305 赵文陆 我的"诺贝尔奖"

307 崔来福 红 薯

311 陈德亮 唱大戏

314 陈德亮 儿时的民谣

316 陈德亮 过 年

318 刘 磊 生命的原乡

320 刘 磊 此心安处是无声

324 张洪腾 太行大写意（组诗）

331 王 鹏 站着，是一种形象

334 王 鹏 心中那朵莲

336 王 鹏 我嗅到了家乡的味道

338 侯海臣 端午诗情

340 侯海臣 山道小景

343 姬光环 家在太行

345 姬光环 春满太行

346 青 柠 电影桥段

348 青 柠 莲花村之莲花篇

350 青 柠 重 回

351 青 柠 梦魇·异象

352 青 柠 浮 生

353 何光英 午夜两点半（外三首）

诗歌卷

356　　何光英　　我的沉默（外三首）

359　　郜永芳　　是的不是

361　　韩小军　　一枚枫叶

363　　韩小军　　习惯这样一个午后

365　　韩小军　　我听到的声音（外一首）

367　　憨　子　　恭贺母亲百岁华诞

369　　憨　子　　钟南山

370　　李光辉　　思　乡

372　　张凌云　　那年，他十六岁

374　　姚海平　　期　盼

376　　周见明　　沉默思绪

378　　周见明　　遗　憾

379　　周见明　　风的男儿

380　　王之双　　父　亲

382　　王之双　　一桌丰盛的诗宴

384　　王之双　　一棵歪脖子桃树

386　　王献录　　英山农家夏夜

387　　王献录　　过丹江口水库

388　　王全新　　关山行

390　　王全新　　赋在今宵

392　　一　兵　　瓜子道

395　　一　士　　献给奋斗者的歌

398　　王保银　　让文学为共城大地增色添彩

小
说
卷

顶天立地河南人

侯钰鑫

空中纷纷扬扬飘起漫天雪花。转眼间，古水坡坡岗、树梢、房顶、村路被装点得银装素裹，展现出一派北国风光。

大树爷披着老羊皮袄，深一脚浅一脚在工地上察看着。只见一片开阔的地面上，校舍的基石已经冒出地面，有些墙头已经垒起一人高低，工程显现出大致模样。有几个民工还在风雪中忙碌，好像在搭建脚手架。

他对跟在身后的村主任说："发动呀，下雪了，天寒地冻的，让工程队收工吧，等开了春再接着干！"

村主任说："俺不是对您说了，昨个儿洋大娘就把假放了，工资也结清了，大伙高高兴兴走了。叔您放心吧，那几个人是留下清场的，齐活儿就散。今儿都腊月二十了，咱支书有没有准信儿，哪天回家过年呀？"

大树爷一愣神，问："你问谁？哪个支书呀？"

村主任尴尬地笑笑说："咱村支书林家旺……咳，在叔面前……俺不该，俺不该这种喊法。"

"知道不该就对了！县长才是个芝麻官儿，村支书连个芝麻皮儿都算不上。喊声旺哥比啥都亲，记住俺最烦马屁精！"

大树爷训了村主任几句，望着雪花飞舞的河对岸，充满期盼地说："家旺在深圳开着劳务公司，不光为咱县农民工找工作，咱中原的乡亲他都管。听说他身上牵连成千上万人的活路哩！你想想，年终岁尾的验工、结账、总结，还有来年的计划和安排，样样宗宗，百事缠身，能走利索吗？只怕他身不由己呀！"

村主任连连点头："就是，就是，搞企业不比种庄稼。千头万绪，日理万机，忙……没头没尾地忙！"

雪花越飘越紧了，眼前一片迷茫。

村主任搀着大树爷往回走，一步一趔趄。

大树爷甩开他的胳膊，说："你走好自己的路吧，俺不用你搀！"说着大步朝前走去，转眼就把村主任甩在老远的后边。

林志恒家的石头院，一片笑语喧哗。叽叽喳喳的话语夹杂在高一阵低一阵的笑声里，从石头屋的窗洞里飘出来，搅和在蝴蝶般翩翩起舞的雪花里，在石头院里盘旋，洋溢着腊月里浓浓的年味儿和喜庆。

屋子里，一群女人团团围坐在临窗大炕上，手里拿着红纸和剪刀，挤在那里剪窗花。

嗓门嚷嚷得最响的是那位洋奶奶，求着喊着要拜志恒妈当师父，要她传授技艺，发誓要学会这门手艺，亲手剪出一朵窗花，贴在窗户上，体味一下中国人的年味儿。

司提芬更是挤在前面，瞪着双灯盏般明亮的大眼睛，盯着志恒妈那双手一眨都不眨，嘴里不时发出惊叹："好美妙呀，我的上帝，中国的普通农妇也懂艺术，能和毕加索比美。"

志恒妈手中那把剪刀在左手拿着的红纸上左右旋转，轻松而又灵活，时而直剪，时而弯曲，时而用刀尖剪出圆弧。只见纸屑飞落，仅闻窸窣之声，不大工夫，她把折在一起的红纸抖开，展放在桌面上，竟然是一幅喜鹊登枝图！红梅数朵，枝条相连，两只喜鹊，相对鸣唱，造型朴拙，栩栩如生，引发围观的女人们一片惊叹。

司提芬尖声叫道："上帝呀！亲爱的索梅尔奶奶，我好像见到仙人了，太神奇了！一把剪刀就能剪出美妙的图画，太不可思议了！"

金娜挥着剪刀也在那里吆喝："是啊！是啊！司提芬，我把眼睛都看呆了，也没看出门道，真神奇！比魔术还要神奇！我一定要学，剪出一幅画来！"

志恒妈满脸憨厚朴实的笑容，面对着祖孙二人疯狂地纠缠，有点不好意思起来，讷讷地说："这……这就是点儿手头功夫，没啥巧气儿，剪多了就会了。

都是小时候学的，如今不时兴了，没人学了……"

司提芬愕然地问道："为什么呀？亲爱的师父，如此神奇的艺术，您一定不要放弃！"

林志恒赶紧上前帮妈妈解围。他说："我来解答吧。中国有许多民间艺术，从文化史的角度来说，在世界上或许是独领风骚的。比如剪纸、皮影，还有花灯中的走马灯，称得上电影艺术的老祖宗。他们历史悠久，都来自民间，是普通老百姓随手制作的，但现在这些民间艺术失去了应用和审美作用，渐渐淡出了人们的视线。我妈因为会剪窗花、替鞋样、描绣花鞋、描门帘这些手艺，从十几岁起忙了半辈子。以前逢年过节求她帮忙的人，你来我往不断头，忙得她吃不好饭，睡不好觉。这些年消停了，没人贴窗花了，我妈也不用忙了。你们没见过，所以感到稀罕、神奇。一旦见得多了，也就感觉平淡无奇，再平常不过了！"

司提芬连连摇头，反驳道："No，No，越是民间的就越具有代表性。西方人评论中国的民间艺术，是乡间艺人的独门绝技。我现在明白了，他们虽是普通人，却是天才艺术家，无师自通。因为中国的文化太深厚了，几千年积蕴，就像这片黄土地，长棵野草都能开花结果！"

林志恒慨然赞叹："嗬，精辟！难怪你是研究东方文化的，比我这个土生土长的中国人理解得还要深刻！"

司提芬笑着摆摆手说："No，我看到的仅是表面，并不深入。就像中国俗话所说，当局者迷，旁观者清。我是在关公面前耍大刀！"

金娜大声插话说："师父面前玩剪刀！司提芬快来看呀，我学会剪鸳鸯戏水了！"

她正在志恒妈的指导下，叠好红纸，摆弄着剪刀，龇牙咧嘴地用尽浑身力气，屏声敛息地做着动作，鼻尖上都冒出了细汗。终于完成了，她扔下剪刀，小心翼翼抖开剪出的花纸，用指尖轻轻铺在炕桌上，旋即兴奋地蹦跳起来，拍着巴掌哇哇大叫："成功了，成功了，我剪的鸳鸯下水了！"

大伙儿伸头去看，果然是两只鸳鸯，嘴巴对着嘴巴游浮在水波上，中间一朵莲花，分别伸出一模一样的两片莲叶。画面对称，情景交融，妙趣横生，让人顿生爱意。

素梅啧啧连声说："洋大娘的手艺不瓢，说学会就学会了！这对鸳鸯送俺吧？"

金娜却伸开胳膊牢牢护住："No，No，No！这是我的处女作，我要留作纪念的！你想要，找师父，自己剪！"

司提芬凑趣说："亲爱的奶奶，这幅作品一定保存好，将来拿到纽约大都会去拍卖，说不定比凡·高的《向日葵》价格还高！"

金娜反唇相讥："司提芬说得好！比起凡·高的《向日葵》，我的《鸳鸯戏水》更自然、更生动，无论多少钱，我都不卖！"

老太太用身体护住炕桌，一副不让人靠近的神态，孩子般天真可爱，惹得屋里人开怀大笑。

志恒妈抹着笑出的眼泪说："哎呀，不就是剪刀尖上的玩意儿吗？看她洋奶奶稀罕得宝贝一般，好让俺纳闷儿！你们要真喜欢，俺给你们剪一堆，让你们好生稀罕一回！"

她说着，裁纸、叠纸，拿起剪刀一心一意地忙碌起来。不一刻便剪出一幅，抖开来是两条活蹦乱跳的大鲤鱼，叫作《年年有余》！

大家欣赏着，赞叹着。她那里不声不响，自顾忙碌，转眼间又剪出一幅，那是幅圆形图案，周边彩云缭绕，正中一盏灯笼，一男一女，手牵手、肩并肩，抬头仰望。——这叫《夫妻观灯》！

众人围过去看着，惊呼不已，拍手叫好。

司提芬挤进人堆看了个仔细，认真地对志恒妈说："您真是位艺术家，我对您刮目相看，表示敬意！我突然产生了一个创意，采访您的经历，搜集您所有的艺术作品，做出我的评判分析。我想出版一本书，把您介绍给全世界，一定会引起轰动的！"

志恒妈连连晃手，头摇得像拨浪鼓，讷讷反对："不中，不中！洋妮子你可甭张扬，俺这手艺活儿不算啥，说出去让人笑话，可不中！"

金娜正在兴头上，不想让她干扰学技艺，就劝道："亲爱的司提芬，我的小公主，你的采访现在不合时宜，会影响我们学习的，请你另择时间好吗？"

司提芬想趁热打铁，不愿让开，辩解着说："亲爱的索梅尔，创意是需要灵感的，灵感有时候稍纵即逝。这个创意或许是我此行的重大收获，我不想中断灵感……"

金娜却一把拉住志恒妈不放："金彩凤，咱们名字里都有个金字，听我的，咱们接着剪。你刚才那幅《夫妻观灯》，请再剪一幅……"

司提芬有点生气地退出来，神情黯然地说："索梅尔奶奶，您有点老糊涂了。我想探讨中国民间艺术的精神内涵，您……太贪玩儿了！"

她挑开厚厚的棉帘子想出去，不想大树爷挑帘子走了进来，一看这架势，赶紧乐呵呵招呼志恒说："志恒呀，你洋妹子是个中国通，她想听啥问啥，你们多沟通沟通，交流学问嘛！"志恒过来笑着说："爷爷放心，洋奶奶剪窗花上瘾了，跟妹妹争师父哩！"

大树爷抬眼瞅了一遭，拉了司提芬一把说："妮子，你想剪窗花呀？找把剪刀来，来，俺给你剪一个！"

金娜眼尖耳朵灵，扭脸朝这边吼了一嗓子："林，你个老木头也会剪窗花？回头教教我，你不能厚、此、薄、彼！"

大树爷装作听不懂，故意问她："洋婆子，你说的是洋词还是土词？啥意思呀？把俺听蒙了！"

志恒笑着："爷爷，奶奶逗你乐呢，怕你偏一个向一个，厚一个薄一个！"

大树爷咕哝着："没想到洋婆子心眼恁多，都是自家人，有啥好争风吃醋的？"

司提芬好似听出玄虚来了，压低声音问："爷爷，你好像在和奶奶打哑谜，你说争风吃醋，那是谁和谁呀？"

大树爷一时语塞，尴尬地干笑起来："哦，醋是酸的，吃饭时加一点儿，开胃口，开胃口哪！山西人好吃醋，拿醋当酒喝……"

司提芬扑闪着大眼睛，得意地说："爷爷，您果然是个智慧的老头，佩服！我发现了一个秘密，要告诉奶奶，她的眼力没有错！"

金娜猛然出现在面前，同样压低嗓门问："你们交头接耳，在谈什么秘密呢？说出来吧！"

司提芬吓了一跳，转动着蓝眼珠说："我和爷爷在讨论，什么叫厚、此、薄、彼……"

大树爷随声附和："对，对！手心手背都是肉，就这意思！"

金娜困惑地看看这个，又看看那个，比画着说："手心……手背……谁的肉啊？"

司提芬附在金娜耳边，用英语小声说："亲爱的索梅尔，您的烈火起作用了，正在慢慢熔化那块坚硬的顽石！奶奶，加油！"

金娜幸福地笑起来："啊，真的吗？我的上帝！看来还要把火烧得更大一些……"

大树爷把志恒喊到院子里，说："给你二叔拨个电话吧，问他几时回家过年。"

志恒从身上拿出手机，说："爷，我拨通，您和二叔说。"

顷刻，拨通的电话在那头响起。那里是深圳，中原农民劳务中介咨询服务公司的办公地。

杨慧拿起手机，招呼着林家旺："家旺，大树爷的电话，志恒拨来的！"

林家旺被一群民工围堵着，正在说事。他从人堆里挤出来，接过手机应答起来："哦，志恒呀，告诉你爷爷，换个年轻人撑船吧！他岁数大了，该歇歇了，老撑着我不放心。我这边还有很多民工没有拿到工资，空手回家没法过年，我正在协调解决。哪天回去现在说不准，告诉你爷爷，让老人家甭着急！"

电话这头，开着免提。志恒说："爷爷想二叔了！您一年没回家了，爷爷担心，怕您累坏了，盼着您……"

大树爷一把要过手机，大声说："老二，你的话俺都听见了！你甭惦记俺，俺能吃能睡的，啥事没有！俺想说，咱家来了俩洋亲戚，又捐钱，又费心，帮咱村建学校。你是村支书，俺想让你回来见见，也该见见……"

电话那头，林家旺听着有点愕然："爹，咱家咋会有洋亲戚呀？没听您说过呀！发动打电话说有个老外找到咱村报恩，说您救过她的命！"

电话这头，大树爷不想解释，干脆地说："这事一两句说不清，你回来一看就明白了！"

电话那头，林家旺说："爹呀，您是咱古水坡的主心骨！您老人家说话办事，都在准星上，准当，错不了。我抓紧时间回家就是了！"

大树爷挂了电话，嘟囔了一句："忙，忙，忙得快不认家门了！"然后轻声问志恒，"准备饭了吗？光凑热闹咧，饭都不吃了？"

志恒说："爷，兰妮子在忙活。你放心吧，不会耽误一点儿事儿！"

深圳那边，林家旺收起手机，对杨慧说："俺爹说家里来了洋亲戚，还捐钱帮村里办学校，究竟咋回事呀？"

杨慧说："前几天若兰在电话里说是一老一少，奶奶和孙女，美国人。老奶奶说是大树爷在抗美援朝战场上救过她的命，又是崇拜大树爷的老粉丝，人家主动登门报恩来了！"

"老外，老外！"林家旺挠着满头浓发，烦躁地说，"都是老外惹出的麻烦，这一堆烂事处理不好，恐怕就回不了家，过不成年！"

杨慧拍了下家旺的肩膀，叮嘱了一句："这件事很难缠！亏了你没跟老人家明说，省得他替咱操心劳神。电子元件厂那个外国老板很刁蛮，死硬死硬的，不好对付！"

林家旺甩甩头发，一副无所畏惧的模样说："现在不是1840年，现在是中华人民共和国！我就不信邪，中国人还要受洋鬼子欺负？走，到现场去看看。"

面包车距离那片厂区还有一段距离时，因为堵车停了下来，远远看去，工厂大门外的广场上聚集着愤怒的工人，大多是女工，头顶烈日在那里静坐示威。尽管汗流浃背，依然顽强地坚持着，没有喧哗和吵闹，只有愤怒的人群和喷发着怒火的眼睛，还有高高举在头顶的巨大横幅，上面写着醒目的大字：中国人，永远不会下跪！

有两辆警车停在附近，亮着警灯，默默守卫着那里的安全。

现场周围有不少围观者，也有车辆停下来打听事由。自然也吸引来不少记者，穿行在人群中采访拍照。因为抗议活动组织严密，工作到位，尽管围观者越来越多，但现场秩序一片井然。

广场一侧，竖有一面高大的电视广告显示屏，正在滚动播出一段电视片，展示着记者对引发这场事端缘由的采访纪实——

画面上出现了记者的影像。他站在紧闭的工厂门前，用标准的普通话清晰明了地陈述着：

引发这次电子元件开发公司工人集体静坐抗议的事件，发生在今天凌晨两点到六点四十分。

电子元件开发公司的生产厂区，位于南山高新科技园区，是一家外资企业。按照公司规定，夜间上班的工人在凌晨两点有十分钟工休时间，这是写在规章制度上，双方认定的文字。但是今天凌晨两点，当工人们享用符合规定的十分钟休息时间，刚刚趴在工作台上，想迷糊几分钟时，公司老板突然出现在车间里，对趴在工作台上休息的工人大声吼叫，辱骂工人是贪睡的懒猪！

当工人们拿出规章制度和她理论时，这位外企女老板变本加厉地说："我现在决定全部开除你们，并罚一个月薪水！除非你们排起队集体下跪，乞求我的宽恕！"

这位女老板的话激怒了工人们，大家愤怒地望着这个外国女人，发出质问："我们没有做错，你凭什么让我们下跪？"

外企老板甩手而去，并且下令紧锁工厂大门，不许任何人出入。工人们继续工作，到今天早晨六点三十分下班时，那个女老板让保安守住厂门，对每个工人进行搜身，并且要求工人一律脱下工装，只留内衣和内裤。

外企老板的这个举动，彻底激怒了工人们，无论男工还是女工，都拒绝脱衣搜身，抗议她侮辱工人的行为。外企老板拒绝和工人谈判，进一步施行野蛮规定：紧闭厂门，任何人不得出入，不供应食物和饮水。如果工人想停止对立，必须排队下跪，请求她的宽恕！

应该下班的工人出不去，应该接班的工人进不来。

厂方和工人形成强烈对峙。

外企老板扬言：造成停工停产的责任在工人一方；停产期间的所有损失，由工人承担，即扣除工资来抵消损失。

记者展示了一系列厂内厂外可以拍到的一些画面，证实目前厂区的停产状态，以及工人们静坐抗议的场面……

记者最后客观冷静地说："以上画面和事发缘由是记者从现场拍摄和采访到的。工人们以静坐的方式抗议厂方的行为，并要求他们依法解决问题。但是，遭到厂方拒绝。我们将密切关注事态的进展，随时向社会报道后续情况……"

电视画面在电子屏幕上滚动播出，播音员的声音在广阔的天宇间荡漾、回旋，事件很快传遍了大街小巷，传遍了一个个沸腾的工地和厂区，传播得家喻户晓、人人皆知。同时，引起社会各界的热议和关注，成为备受瞩目的一大新闻……

林家旺开着面包车，在市政府门前停下来。他和杨慧走下车，相视一眼匆匆走上台阶，穿过回廊，敲门走进市长办公室。

市长办公室挤满了人，人们正围着办公桌看一张图纸，讨论得热火朝天。市长从人缝里看到了林家旺，撇下那群讨论者，大步走过来，和他紧紧握了手，推开旁边一个房门，把林家旺和杨慧让进去，在硬木椅上坐下。他脸上显出些许焦虑和不安，开门见山地说："林总，情况我都知道了。现在想听听你们的意见，有了共同的认识和看法，才能找到正确有效的解决方法！"

林家旺的回答直截了当："我和工人代表们讨论了事件的起因，统一了看法。这场事端是由外企负责人直接挑起的，她公然违反劳动法和工厂的规章制度，侵犯了工人的合法权利；公然挑衅中国法律，侮辱中国工人的尊严，对工人采取了非法限制；在工人提出抗议后，不但不思悔改，甚至变本加厉地采取行动，限制工人的自由和权利。直到工人采取静坐示威要求其谈判解决问题，他们仍然以对抗的态度对待工人的合法要求！所以我们认为应该支持工人的合法权利，以政府的名义对其进行公开督查，要求他们遵纪守法，立即停止违法行为，公开向工人赔礼道歉，对中国工人的经济损失、精神损失做出赔偿！"

市长听了，沉默了一阵说："在认识上，我们基本上是一致的，这是一桩挑衅中国公民合法权益的严重事件，一定要严肃认真处理！林总，你们有具体做法和要求吗？"

林家旺有条不紊地说："韦市长，我们搞改革开放，搞经济建设，一举一动都要按照法律办事，建设公正平等的法治社会。我们招商引资，为外企提供优惠政策，却没有赋予他们任何违法乱纪的特权！我是劳务中介公司的负责人，电子元件厂里的大部分工人都和我们签有委托合同，我有责任为工人的合法权益提供保障。第一，厂方必须向工人们赔礼道歉，对其违纪违章违法行为承担责任；第二，外企必须立即收回违法决定，大开厂门，恢复生产，欢迎工人回到岗位上，履行合法劳动的权利；第三，因为外企的违纪违法行为，给工人造成身心的伤害，以及名誉、尊严的损失，必须给予经济补偿及精神补偿。"

市长站起来，诚恳地说："林总，作为市长，我对发生这种事件深表内疚和遗憾！首先，我向工友同志们深表歉意，对外资企业疏于督查，疏于法规方面的管理，我有责任。您提出的处理意见，我完全同意，并且全力支持！此事绝非一般劳资纠纷，关系到人民的权益、国家的尊严，决不能敷衍了事、草率处之！"

说到这里，他略作停顿，用征询的神态看着林家旺："您看这样好不好林总，我作为市长，一定会派专人对这家外企进行督查和审核，对他们的违法违纪行为提出严正警告，限令其进行整改！另外，我也有点想法，希望林总协助政府安抚好工人情绪，审时度势，尽快平息事端，不可继续激化矛盾，为保持社会稳定多做工作！"

林家旺强调说："我们也是企业，想为工人兄弟们伸张正义。我们都是中国人，不能容忍别人随意践踏同胞的人格尊严！只要有政府撑腰、掌舵、把握尺寸，我们就能克服困难，做好工作！"

杨慧补充说："韦市长，据工友们反映，那个外企女老板平常就很刁蛮，言语放肆，举止猖狂。工人代表今天早上曾经找她谈判，她拒绝见面也拒绝让步，扬言工人不下跪，她决不会下令开工！"

韦市长苦苦一笑，说："她可能认为自己有某种优越感吧！我和她有过接触，这家公司掌握着某种高端核心技术，引进来就颇费了一番工夫。在谈判过程中，就是这位女老板漫天要价，想借机压咱们一头。据说她是对方的大股东，又出任深圳公司的 CEO，时不时搞点小动作挑战特区政府的宽严度和掌控能力。所以这一次，绝非孤立的偶发事件，咱们一定要通力合作，既要保护公民的权利和尊严，又要保护国家利益不受损失！"

一辆卡车拉着慰问品停在广场边上。

林家旺跳下车朝几个工人代表挥挥手说："你们赶紧组织人手，抓紧把食品和矿泉水发下去。气温这么高，不能让兄弟姐妹们熬坏了身体啊！"

工人代表们看到车上满载的面包、香肠、矿泉水，感动地说："林总来了，俺们就有主心骨啦！出门在外，林总您就是俺们的亲人，俺农民工的靠山。如今俺受了欺负，只要有林总撑腰，俺们就不信斗不过洋鬼子！"

杨慧打开车厢，朝大家挥挥手："姐妹们，每个班组派两个代表，搬吃的，搬喝的，吃饱喝足，打起精神打硬仗！"

女人们顿时欢呼雀跃，立即推举出年轻力壮的姐妹们，从人堆里走出来，这边卸，那边发，静坐示威的工人们很快领到了食品，秩序一点儿不乱，情绪愈加高涨。大家吃着东西喝着水，坐在烈日的炙烤下，稳如泰山。没有了农民式的散漫，展现出现代化工人队伍的组织纪律，广场上弥漫着一种庄严肃穆、威风逼人的气氛。

林家旺把几位工人代表召集起来研究对策。

他说："咱们商量一下斗争策略，争取速战速决，不打持久战。开水烫猪，就地褪毛！"

一位大姐说："那女老板刁钻，甭以为她是输了理，想当缩头龟哩！她是跟咱斗心眼，跟咱熬日子，想倒打一耙哩！"

另一位妹子冲口而出说："张姐说得对！她是老鳖拱在泥坑里，装死哩！其实她早就心惊肉跳，坐卧不安了。咱就这么困她十天八天，不怕她不露头！"

有位汉子拍着大腿说："林总，洋老板摆的架势就是死猪不怕开水烫！咱不能怵她！站在自家地头上，这回非让她低头服输不可！"

林家旺听出大家心头憋着火气，就慢慢开导说："常言说众怒难犯，专欲难成。洋老板现在成了孤家寡人，但她自以为是，把电子元件公司当作独立王国，摆出一副顽固对抗的架势，跟咱不见面、不认错，想拖垮咱们的斗志，反过来向她低头求饶。为啥她敢公开叫板呢？一是春节快到了，她认为中国人回家过年心切，人心不齐，撑不了多久。二是她认为政府怕闹事，稳定重于一切，上面一句话，咱就得散场。三是她认为自己是外企，老虎屁股摸不得！咱们哪，说白了，年一定要过，还要过好。稳定要搞，社会是咱自己的。老虎屁股照样要摸，还得点把火，让她坐不住，让她跳起来！"

工人代表张大姐说："林总的意思，洋老板不怕咱四面围城，咱得围城骂阵！把她引出城来，当面鼓对面锣，猛敲猛打！"

杨慧解释道："张姐，你们的标语口号写得非常好，有理有节，一针见血，抓住了要害！洋老板最心虚的就是她让工人下跪，这是她灵魂最丑陋、最阴暗的东西，也是工人们最气愤、最难忍受的侮辱！打蛇打七寸，咱们就抓住要害不放，把她打疼、打怕！让她嗷嗷求饶！"

那位妹子恍然大悟："我懂了，咱不能隔靴搔痒跟她熬，咱得把她逼出来，跟咱对话，朝咱低头道歉！可是，咋样才能让她坐不稳皮沙发哩？"

那位汉子搔着头皮献计："戏台上唱过击鼓骂曹，咱也请人来唱一出呗！把洋老板的事编成词，架起喇叭猛吆喝，唱她个心惊肉跳，坐卧不宁！俺就不信她不怕舆论！"

林家旺拍拍他的肩膀说："好主意，有这样的人选吗？"

张大姐说："有，有，火车站广场上就有一帮歌手，还是咱老家来的！搭台唱了好几天了，俺前天送客经过那里，人山人海，观众如潮呀！主打歌是啥？《爷们儿歌》！台上唱，观众跟着唱，震天撼地的，听说把特区都唱疯了！"

　　深圳火车站广场，如今是特区最繁华、最现代、最热闹、最忙碌、人流量最大、人气最旺的地方。这个曾经的边陲小站，在 1980 年以前还是一个十分简陋的三等小站：只有一个售票口、两条股道，露天候车室摆了四张条椅，照明全靠蜡烛、煤油灯，没有公厕、自来水，每天只有百十位旅客，大多数是菜农。梦回百年，"一觉醒来，身边多了一座城"的神话时代，深圳有了一个华丽转身：车站扩大了，建起了联检大楼、人行天桥；扩建的车站广场引进港资办起了旅客食堂、大排档、百货商店；每天开行几十趟列车，运送旅客数万人；广场上停满的士、中巴和大巴，不停地把人群分送到特区的各个角落。

　　如果说特区是一个庞大的建设工地，如同战火纷飞、硝烟四起的激烈战场，火车站就是前沿阵地的后方兵站。来自全国各地的建设大军和各类物资，都在这里集结、屯聚，然后分赴各个具体阵地乃至岗位。

　　虽然此刻已经是特区建设十几年之后了，并非当初平地起高楼、水泽泥淖建新城的初创时期，早已告别了原始状态与现代景物交相辉映的悲壮与雄浑，但这里依然处于各路大军汇集一处，时刻准备奔赴前线参加战役的气氛之中。

　　"时间就是金钱，效率就是生命。"这幅大标语依旧高高悬挂在广场大楼上，昭示着特区人的崭新观念。当年属于特区第一高楼的国贸大厦，曾经是历史的一个地标，一个时代的符号，创造了"三天一层楼"的"深圳速度"，堪称中国改革开放的时代象征。这时正在建设中的京基大厦将会取代国贸大厦曾经的辉煌。

　　特区永不停步，永远是个战场，火车站始终是喧闹、繁忙的兵站，是前线胜利的保障。

　　时令已过腊月二十，年节将近，人们的脚步更加匆忙。车站广场上人流涌动，尽管火车站接连升级，连续扩建，但因为吸纳了中国比例最大的民工流，这里的空间仍旧被滚滚人流占据着。买票的、候车的、进站的，成群结队，人头攒动，如山洪暴发，如波涛滚滚……

　　这时分的人流大致具备相似的特征：背上背着厚重的行囊，俗称包袱、行李卷，那是随行的被褥打进贵重细软（即一年的血汗收入）的总和，手中拎一个超大提包，装着给老婆孩子采购的衣裳鞋帽，还有孝敬老人的南方点心。他们大多是辛劳一年、满载而归、兴冲冲回家过年的农民工。

自然，如今多了不少挎着双肩包、提着手提袋的年轻人。他们行李简约、脚步轻盈、神情泰然，不似农民工那么冲动急迫。这些旅客中的年轻男女，是日渐兴旺的崭新一族。他们是怀揣开拓宏图的创客，虽然也是回家过年，脚步和心情都比那些农民工轻松许多。

这片天地已经是人声鼎沸、喧嚣震耳了，偏有一支年轻人的乐队给这片喧嚣又注入一股欢腾的喧嚣。骤然之间一声唢呐，惊心动魄地拔地而起，带着颤音冲上云天，在浮云翩翩的半空回旋，久久不散，如同大海波涛的呼啸中炸响雷声，反倒把旅客的喧嚣压盖下去。原本纷乱嘈杂的人海，仿佛遇到一个强大的磁场，像中了魔法一般被吸引过去。人群蜂拥而至，注目观看，侧耳倾听，咧嘴傻笑，甚至手舞足蹈地陶醉其中，或随之呐喊欢呼起来……

这支乐队正是黑妖和他的音乐组合。他们在几经磨砺后终于创造出一支劲歌——《爷们儿歌》，自感满意后，黑妖便带着一群小伙伴在北京的各大公园举办了一场场演唱活动，受到游客的点赞和好评。那天在北海公园义演，偶遇到北京出差的郑州文化公司老板潘解放，才有了这次南下巡演活动。

潘解放毕业于中原某大学中文系，被分配到一个乡政府当秘书，工作就是为领导写稿子、写汇报材料、写工作总结。两年后他从无聊的文字工作中解放出来，辞职下海，在郑州租房，注册创办了一家文化公司。他花两年时间写了一部三十集电视连续剧《愚公移山》，又用三年时间筹到了一笔投资，请了位崭露头角的新秀当导演，筹备拍摄。导演住在宾馆里，历经半年琢磨出分镜头剧本，然后跑到北京、上海物色演员。三个月后，演职员定金预付出几百万以后，导演失踪，拍摄工作不了了之……潘解放几乎倾家荡产。他又从头做起，拍广告、拍专题，踏踏实实为企业服务，惨淡经营着弱小单薄的文化公司，在汹涌的商海大潮中艰难搏击。后来，他发现了那首《爷们儿歌》，接着关注到黑妖和他的组合。他拿出一笔有限的资金，扶持和打造这个组合，建议他们离开北京，到外地走一走，听听反应，把这首歌打造成一个品牌，唱红全中国！

黑妖和潘解放商定，头一站就闯深圳！

这里是改革开放的前沿阵地，聚集着普天下人数最多的农民工，中原农民的比例最大，引发轰动和共鸣的概率也最大。第一个演出点就选在火车站。潘解放打前站，他和这里一家服装商场谈妥，就在商场前面搭建简易舞台。

商场凭借乐队演唱聚集的人场推销服装，这是一种互惠互利的合作。谁也没有想到，黑妖他们的头场演出就赢得了满堂彩！当一声唢呐从喧嚣的人群里如蛇出洞，哧溜溜钻进云彩里打旋儿时，人们在刹那间被震慑了！待到锣鼓敲响，河南梆子火辣辣吼起来时，骚动狂躁的魂魄都被浓浓乡音的魔力降伏了……

林家旺找到车站广场上，那里人山人海，根本无法挤到舞台前面去。他只能站在一堵接一堵的人墙后面，透过人缝瞅见蹦蹦跳跳的闪烁影子，看到些片片段段的画面。但是他可以听到演唱，歌手戴着麦克风，舞台上架着高音喇叭，能够把歌手的演唱清晰传送出来，弥散在广阔的空间里，冲击着每个人的耳膜和神经——

　　黄河之水天上来，转了九九八十一道弯，化冰雪，聚甘泉，越昆仑，走祁连，冲开峡谷走高原。造河套，造秦川，造出了华北大平原！
　　黄河一路向东来，闯进了激流和险滩。河边有位老奶奶，白发白眉披了肩。她刚刚炼石补了天，又辛辛苦苦造人间，抟土造人千千万，有男有女好繁衍。她就是女娲娘娘祖奶奶，咱们共同的老祖先，黑头发黑眼睛黄皮肤，生下地就打上中国印，咱们身上有标签。你认也罢否也罢，中国人就是黄种人，女娲是咱老祖先，咱的老家在河南，波涛滚滚的黄河边！

这段唱词是RAP，有单唱，有合唱，有分部，口齿清晰，节奏分明，带着浓重中原口音的普通话，一字一句都能叩击人心，引发共鸣。

接下来，伴奏的乐器一起奏响，在时髦的电子琴、架子鼓中加入了中原人喜闻乐见的唢呐、板胡、锣鼓镲，吹吹打打演奏出浓浓的家乡味道，一段高腔便吼了起来！

　　咱爷们儿，黄土里生。
　　命根子扎在泥土中。
　　女娲娘娘养育咱，

铁打的脊梁硬铮铮！

天塌下来咱得扛起，

地陷了咱们双手擎。

千年的大树万年根，

一茬茬人一个老祖宗。

火辣辣一腔豪气在，

射不住日头咱不收弓！

爷们儿哪，

怎说咱英雄不英雄！

谁也没想到，人群陡然发出一片山崩地裂般的呼应："英——雄——！"

舞台上 RAP 接着唱起来——

俺几个都是河南人，从头到脚浑身上下内内外外，一点味道不敢变！你说你是北京人、上海人、南京人、西安人、兰州人、东北人、福建人、广西人、四川人、海南人、台湾人，还有漂洋过海的闯海人，泰国、越南、新加坡、印度尼西亚、毛里求斯、马来西亚，还有美国旧金山。查查根，数数典，你老家一准在河南，开口自称河洛郎，祖先就在黄河边！

不管是充军发配到岭南，打仗立功到边关，还是为逃避战乱下江南，充填人口去成边，或者是为了谋生下南洋，远走他乡到天边，中原有五次人口大迁徙，灾难持续数百年，韭菜割了一茬茬，中原人成了客家人，一代一代又繁衍；只要你是河洛郎，小脚指甲肯定是两瓣！

忘不了荥阳、泌阳、驻马店，那是人口南迁的出发点！忘不了逍遥镇的胡辣汤。忘不了开封城相国寺前"三不沾"。忘不了道口烧鸡、禹州粉条、正阳醋。忘不了小冀红焖羊肉，温县铁棍山药。老郑州怼碗羊肉烩面，再弄条黄河鲤鱼、小笼包子，三两杜康喝他个杯底朝天！

一条老根千万里，思乡泪水湿了脸，咱们都是中国人，老家就在黄河边！老家人，不简单，闯天下，更不凡！能干的老板数华人，一个个都能磨动天！说得多了怎记不住，自吹自擂惹人烦。也有人不沾闲，唾沫星子喷咱一脸。说河南人精、河南人憨，还说穷里透着酸，编个段子日弄咱，红口白牙胡乱谈，栽赃陷害糟践人，气得咱喉咙眼儿里冒白烟！让俺说，河南人不丢脸，顶天立地不平凡，英雄辈出名人列阵，忠贞良将数不尽，祖宗辉煌先人光荣，名垂青史感天动地，十天十夜说不完。

咱不说三皇五帝开天地，也不说文王八卦、太公兵法、仓颉造字、仪狄造酒，不细表医圣张仲景，一本医书救万世，今天还在治伤寒。唐代画圣吴道子，铁线人物万代传。诗圣杜甫盛名扬，他的老家是巩县；诗鬼李贺，诗才李商隐，诗豪刘禹锡，诗翁白乐天，百代文豪称韩愈，才女蔡文姬，竹林隐七贤，响当当，亮闪闪，群星照耀聚河南，一部中国文化史，河南人写了一大半。你说简单不简单！俺的学问浅，实在说不全，北京有个文怀沙，老先生说过一句话，谁骂河南人，等于骂恁妈！

广场上呼啦啦响起一片雷鸣般的掌声和笑声。

鼓乐奏响，歌手又抱起吉他吼唱——

> 咱爷们儿，黄土里生，
> 命根子扎在泥土中。
> 做人做事不掺假，
> 良心二字千斤重。
> 一道篱笆三个桩，
> 手帮手都是好弟兄！
> 一条黄河九道弯，
> 张王李赵伙着一个老祖宗。
> 火辣辣一副热心肠，
> 咱建不成小康不收兵！
> 咱爷们儿，
> 恁说英雄不英雄！

听歌的人群又发出惊天动地的呼应："英雄！"未等啸声静止，RAP又唱了起来——

说河南，道河南，河南的故事说不完！文的说了一大堆，武的还有一大串。说多了恁也记不全，咱说宋朝那些年。河南有个汤阴县，岳家庄里有个少年。刚生下不满一百天，黄河发水满地淹。娘把孩儿放到水瓮里，顺水推到内黄县，麒麟村王员外救了他，收为义子成美谈。岳飞长到十七岁，修炼得文武双全不一般。恰逢金兀术，带兵犯中原。岳鹏举上开封，刀劈小梁王，夺个武状元，成立岳家军，杀敌上前线！老妈妈在他背上刺了字，精忠报国记心间。六战六捷建奇功，郾城大捷差点活捉金兀术，以少胜多消灭金兵几百万！岳家军威名传，眼看要乘胜追击定中原。金兀术吓破胆，动用奸臣来离间，花言巧语危言耸听把宋王赵构吓得下软蛋，十二道金牌催促岳飞休兵罢战不得冒进连连后退把军还！岳飞被骗到临安，深明大义慷慨激昂，反对投降，一再要求上前线，打到黄龙府，收复旧河山！奸臣秦桧太浑蛋，内通外国，陷害忠良，卖国求荣是内奸，罗列罪名莫须有，抗金英雄爱国将领风波亭上遭暗算！岳飞英年三十九，英年被害实在惨！宋高宗是昏君，秦桧更是王八蛋！你去瞅瞅岳王庙，奸臣下跪几百年。一首哀歌唱英雄，河南老乡泪涟涟。开封城里天波府，杨家将故居亮闪闪！七郎八虎闯幽州，满门忠烈碧血染。剩下一个穆桂英，挂帅年过五十三！佘太君老英雄，挺身撑起半边天！她率领十二寡妇去出征，你说豪气不豪气，你说简单不简单！

听唱的人群发出山呼海啸般回应："不——简——单！"

演唱者又即兴唱起 RAP——

黄河入海到天边，老家的传说万万年。千古英雄千古传，当代英雄在眼前。改革开放一声雷，深圳特区领了先。河南老乡不落后，打起铺盖上前线。比起当年打鬼子，不怕拼命洒血汗。

三天盖起一层楼，特区速度早已传遍长城内外大江南北黄河上下，还有老家大门前。都夸咱河南民工真能干，就像那头拓荒牛，就像愚公来移山，不怕苦不怕死，冲锋陷阵冲在前！早日建成现代化，老家旧貌换新颜。

现在急着往家赶，正月初一过大年。大包小包扛不动，腰里还揣着血汗钱。孝敬老人和妻小，拜年请客不差钱！回家喝杯欢乐酒，明年回来咱接着干！

接下来，鼓乐齐奏，歌手吼开嗓门唱——

咱爷们儿，黄土里生，
老根子扎在泥土中。
一个中字说出口，

踩一个脚印砸一个坑!

移山倒海不怕苦,

为国图强何惜命?

中国人都是一家人,

黄河边埋着咱们老祖宗。

心贴心都是亲兄弟。

咱拧成一股绳,实现中国梦!

咱爷们儿,

恁说咱英雄不英雄!

舞台上激情澎湃,广场上欢声雷动。台上台下的强烈共鸣,把人群沸腾成音乐的海洋……

林家旺好容易才挤到前面舞台边,终于认出那个抱着吉他的歌手是黑妖。他从人缝里挤过去,伸手在对方背上拍了一下,喊道:"黑妖!你这小子到深圳咋不打个招呼?"

黑妖转过身子,有些尴尬地扒拉着半边脑袋上垂落的长辫子,惊愕地问:"二舅,您咋知道俺来深圳了?"

林家旺兴冲冲地说:"你小子唱了个《爷们儿歌》,把深圳都唱火了,大人小孩都在唱!你本事大了,不认你舅啦?"说着哈哈笑起来。

黑妖也跟着笑:"我也不知道啥叫火,反正我一早去理发,师傅不收钱,说听过《爷们儿歌》,痛快!去茶楼吃早茶,又让唱一段,吃饭就免费。我见了二舅犯怵,怕您跟俺姥爷一样,骂我是个卖唱要饭的乞丐哩!"

林家旺在他头上轻轻拍了一巴掌:"你小子倒打一耙,我来找你,是请你去捧场唱歌哩!我搭台你唱曲,唱得越欢越好。你放心,不让你们白唱,唱一场八万元,咋样?"

黑妖惊讶地瞪大眼珠:"二舅,你不是逗我吧?"

家旺一本正经地说:"我不是逗你,是请你去逗人呢!实话告诉你,就是请你们去唱歌闹场子,把那个侮辱咱农民工的洋老板唱出来,答应大家的要求,向咱的兄弟姐妹们赔礼道歉!"

听到这消息,小伙伴们纷纷挤过来,一连声同意参加这次活动,声援乡亲们的正义行动。

黑妖说:"这事呀,听说了。说那个外企老板是个女的,逼咱河南人给她下跪,太气人了。她倒想!咱得编个段子,好好给乡亲们出口恶气!"

家旺说:"你们刚才的歌曲,我听了。正能量,很提精神,很鼓劲儿!如果能结合具体情况编一段词,一针见血,击中要害最好。当然咱得讲道理,以理服人,以法服人,决不骂人!"

小伙伴们七嘴八舌:"头儿,干吧!有钢用到刀刃上,这一仗得打好、打胜!"

"黑妖,这回是火线练兵,咱不能犯怵!"

"兵临城下,攻尤不克,战无不胜!上!"

黑妖抬头看着林家旺:"二舅,啥时候开演?"

林家旺说:"兵贵神速,不宜拖延,越快越好!我现在回去搭台,你们三个小时后开演!"

黑妖郑重点头:"中!就这么定了。俺跟这里的服装店老板解释一下,然后马上出发!"

林家旺把面包车留下,他自己叫了的士,匆匆赶回去抢搭舞台了。

下午两点,黑妖率领他的演出团队按时到位,广场上的舞台也按时搭建完成,甚至还装上了显示效果的灯光,挂上了幕布。

让黑妖感到惊讶的是,舞台前方,成排成行地席地端坐着参加抗议活动的工人们。他们队形整齐,纪律严明,如同一块方阵,肃穆无声地守候在那里。

在这块方阵的四周,挤满了熙熙攘攘的观众。他们从四面八方源源不断地朝这里聚集而来,翻滚出激情澎湃的波涛。

面对这种场面,黑妖暗暗惊讶,火车站广场的观众是自然汇集的,没有任何人为的组织和号召,他们的演唱也是从容自由的,没有任何负担和压力。然而此刻,他们的演出具有确切的使命和责任,心中难免有些紧张。

林家旺用信任的目光看着他说:"轻松点儿,像在车站广场那种效果就中!电视台收到群众的点赞,夸你们唱得带劲,电视台准备现场转播你们的演出。对面大屏幕也串联好了,现场直播!黑妖……不对,听说你们这叫'大漠飞狐组合'?相信你们能让大家满意!"

黑妖重重点头说:"二舅,我知道今天的演出肩负重任、压力重大。因为这个事件经过报道,全国人民都知道了。河南有位大诗人王怀让,连夜写出一首长诗《中国人,不跪的人》发表在报纸上,我想把它配上曲子吼出来,很能为这台节目壮壮声威!"

——节选自 2019 年河南文艺出版社出版的侯钰鑫长篇小说《好大一棵树》

作者简介

侯钰鑫,笔名杨岩,男,生于贵州黔西,长在太行山下。从事文学创作 30 余年,发表、出版各类作品近千万字。现供职于河南省文学院,专业作家。国家一级作家,中国作家协会会员,中国报告文学学会会员,河南大学中文系客座教授,河南省作家书画研究院执行院长,享受国务院政府特殊津贴。

1972 年以来,出版、发表中短篇小说 50 多部(集),报告文学 20 多部(篇),散文 30 多部(集),其中《金光灿烂的路》被选入中学课本;戏剧 10 多部,影视作品百余部(集),其中《石头世界》解说词被选为广播学院教材;长篇小说 18 部,其中"好"字系列《好风好雨》《好爹好娘》《好家好园》反响强烈,好评如潮。

老　屋

张克鹏

一

一年前，杜二海在村民委员会换届选举中，以多数票当选村主任。他一上任，就像一发从枪膛里射出的子弹，特别有力量。加上带领着一帮拥戴他的人，顺风顺水，村里的每件事，做起来都水到渠成。

杜二海对村民的第一个承诺是：加快全面实现小康村建设的步伐，两年内拆完村里的老屋，让村里有一个脱胎换骨的大变化。

经过村民代表表决，形成了一个撤旧批新的"村委决议"。

为了加快拆迁进程，村里雇来一辆铲车。从村东头到村西头，挨家挨户拆迁，拆到杜大海家那三间老屋的时候，铲车突然停住了。

杜大海和杜二海是兄弟俩。杜大海的三间老屋与杜二海的新屋紧紧地挨着，形成了一个"七"字形。原来这里是个五管三老院，分家的时候，杜二海分的是东屋，杜大海分的是西屋。堂屋五间，父母住着。父母去世后，五间堂屋杜二海分三间，补了杜大海四百块钱，算是平均了。其间，杜二海拆盖过一次房屋，拆掉了堂屋和东屋。

杜二海盖房的时候，杜大海在县火电厂正吃香哩，杜二海找到他，与他商量拆掉堂屋的事。杜大海说："你该拆拆吧！"

杜二海的房子盖好后，又做了家具，剩下些七长八短的木料、破桌烂箱子，全部放到了杜大海的那三间老屋里。

杜大海在城里工作，多年来，这三间老屋里除了放杜大海的两块木板，实际上等于杜二海占着。

那些年，杜大海在厂里担任车间主任，活得很风光，因为有技术，厂长见了他还要高看两眼。这些年，因企业改制，国营变民营，加上两年前遇上小电厂实施爆破，杜大海的工作没了。

这两年，杜大海很晦气。

杜二海担任村主任后，自然要当新农村建设的带头人。因自己家是平房，自然要拆掉，再盖符合新农村标准的三层小楼房，加上位置略有变动，必须拆掉杜大海的那三间老屋。

杜二海根本没把这件事放在心上。他想："我当了村主任，大哥一定会支持我工作，三间老屋算个屁！"因此，杜二海不管杜大海同意不同意，只管早早地把砖石、钢筋等建筑材料朝家里备。

前一阵子，杜二海趁杜大海清明节回家给父母上坟的时候，跟他商量过。杜二海说："哥，我那房已经不符合新农村的标准了，我想在老地方按标准盖座三层小楼，你那三间老屋需要拆掉！"杜大海打哈哈说："现在的农村真比城里强了。"杜大海没说不同意拆，也没说同意拆，态度十分含糊。杜二海也没有再说啥，他想："大不了就三间老屋，有啥可说哩。"杜大海说这话的时候，杜二海的妻子变青也在。女人的心，特别细，也特别敏感。她知道杜大海没有表态的原因，是想让杜二海说出赔偿的标准。所以，她就直截了当地对杜大海说："哥，亲是亲，财帛分。三间破屋，你开个价吧！后街小六叔家那两间破房，拆的时候该并给他弟小七叔，结果要价太高，小七叔不要。后来扒了扒，连下房的老草毛，总共卖了二百多块钱，现在，没人要那些老梁旧椽了。"杜大海一听这话就急了，心想："你们也真是阎王爷不嫌鬼瘦，越瘸越拿棍敲。"

碍于杜二海的面子，杜大海没有把肚子里的话说出来。杜大海说："要是能把那三间老屋留下，就还是留下吧。要不，百年后我回来，连个放灵柩的地方也没有！"杜二海说："那不可能。新农村的中间留三间破屋算个啥？至于百年后的事，村里在外边工作的人不是你一个，村委会会全盘考虑的，比如设个公墓什么的！"

杜大海没有说话。

　　杜二海见杜大海这样不爽快，心想："三间破屋，你看得金斗样，这兄弟的情意放哪里了？"于是，心火一上就说："中国人就这德行。你把他看得越高，他就越摆架子。就那三间破屋，换成别人，硬给他拆了，他也咋不了谁！"

　　杜大海说："咋不了谁？没王法了！那是我的私有财产，谁敢不打招呼给我铲了，我到法院告他。"

　　杜二海的妻子变青一听这话，就知道大哥的肚子里子弹顶上了膛。作为兄弟媳妇，心里就有点儿不耐烦，把要说的话强憋着，等到杜大海往县城一走，当天夜里就和杜二海吵了一架。

　　那话棒槌样直朝杜二海的肚子里塞："杜二海，你大哥那话你也听见了，这像大哥说的话吗？他还不是看你现在当了村主任，想用那三间老屋讹咱？杜二海，你好大本事哩！就你大哥那头，你剃不了。杜二海你这村主任当得窝囊，你哥把屁给你放脸上，你也不敢用手扇一扇！"

　　吃中午饭的时候，杜二海风风火火地进了家门。

　　杜二海的妻子变青问："那铲车到咱哥三间老屋前咋真停住了？你还真把你大哥的话当回事，这村长的脸你还要不要了？"

　　杜二海说："大哥打电话说，他下午要带一个摄像师来摄像！"

　　变青说："摄像，摄啥像？出洋相！算了吧！我知道你就没长那颗蛋子儿！杜二海，我告诉你，杜大海那三间老屋拆不了，村里人把你的脊梁骨都捣断！"

二

　　杜大海在县城给杜二海打过电话后，本想下午带个会摄像的人到老家给那三间老屋摄下像，一是为了留个可供将来回忆的资料。不管咋说，在他的印象中，这三间老屋浓缩了他和父母之间的亲情，有许多能翻动衷肠的往事，值得他久久地回忆。现在自己的生活虽不怎么样，但两个女儿都是省一类大学的在校生，她们也算是从黄土地上飞起的金凤凰，也算是出人头地了。这是杜大海唯一值得骄傲的资本，他要让她们知道，他们的老爹曾经出生在这么一个贫穷的地方，他要让两个女儿记住上辈人的苦难和艰辛。二是想在村里人的眼睛里证实一下自己城里人的身份，也算是一种炫耀吧。他要告诉他们，我的这三间老屋也不是说拆就能拆的。如果赔偿不恰当，将来不定哪一天，他要凭着摄像机的眼睛，跟他们打官司。

他这样做，表面上是冲着村委会来的，内心还是冲着杜二海来的，冲着杜二海的那几句话，那态度。但他嘴上没法说，他和杜二海是一母同胞，这种骨肉相残的名声他不想承担。他是大哥，他又咽不下杜二海说的那些话，他感到那些话太呛人，简直呛得他憋气。于是，他就把村委会当成了杜二海，把杜二海当成了村委会。

说到底，他里里外外、骨里肉里恨的都是杜二海。恨他当了村主任，一下子对他就变成了这种态度。他本来为这件事冲动过，后来又冷静了，他知道杜二海眼下正在旺头上，头脑正发热哩！人处在这个时候，往往自己也控制不了自己。

冷静下来后，他就想："不管他，让他粗吧，让他横吧，哪怕他横得像个螃蟹，我也不跟他吵，不跟他闹。等到他碰了钉子，自己就知道回头了。我跟二海毕竟是一母同胞，砸断骨头连着筋！要是我跟他闹到狼烟四起的地步，别人会笑话我。再说，当村主任还是我给他出的主意，村民选举的时候，我也没少费心给他拉选票，为了这么点儿事，要是与他撕破脸皮，闹得伤骨头离肉的，那算啥？毕竟自己在城里混了大半辈子，毕竟自己是大哥。"

可他冷静是冷静了，心里总还像绳子绞在了轴子上那样别扭。

"我事事让着他，他咋这样不知足？"加上二海妻子的那张嘴一嘟噜，杜大海肚子里的火气还是在那里憋着。他想："这二海和二海家的，这两年也太不像话了！听听他们那话头是怎样说的，看看他们那眼神是怎样摆的，只差没有说出让我再给他们倒补俩钱。三间破屋，他现在是不在乎，现在他当村主任了，有人烧香拜佛了，他当然不在乎。村地盘上几个水泥厂、两个煤窑，一年的占地费就是几百万块。这年头，老百姓办个啥事不得给村主任意思意思？逢年过节，哪家企业不得给村主任点油水？所以，这三间老屋，连他眼角上的一堆眼屎都不如。既然那样不在乎，为啥对大哥又那样抠哩？他大方原来就是不把大哥的东西当东西？来到大哥这里，只知道用挠钩手朝怀里够？这叫啥大方？还有，他们对待大哥的态度分明是那种富人对待穷人的态度！——后街小六叔家那房屋，扒了扒了，只卖了二百多块钱！哼！一听这话就让人起火，小六叔家那是两间啥房屋？那是两间房屋吗？谁不知道那是两间草棚子。你以为这些年我不在家，把家里的啥事都忘了？你蒙谁哩？你老婆说的那也叫话吗？你老婆说那话的时候，你就在旁边站着，这话你也能咽得下，你就没有想想咱是亲兄弟？！我是你大哥呀，你老婆能说出这样刻薄的话，难道你就能听之任之？难道你老婆给你哥肚子里竖刀子，你也能袖手看着？还有你说那话，那叫啥话？换成别人，你一下子就给他铲了。这不分明是提醒你哥不要给脸不要脸？换成别人你敢吗？咱村里拆了这么多户人家的老房，哪家你没有登过人家的门说好话？现在，你来哥面前卖关子了？你觉得你是村主任就比你哥高一头了是不？你觉得你这村主任，堵在你哥的喉咙上是吧？往后家里的啥事你哥离不开你了是不？啥子骨肉亲情，我看这分明还不如人家！"杜大海越想越觉得憋气。

大海的肚子里越憋气就越不想回家，就越想磨磨二海。

"我瞧瞧你能咋？我料你没有我的话，也不敢把那三间老屋就这样铲了！你要是真给我铲了，这一次你也得说点啥。现在你们算是比你大哥强了，我比你们强的时候，你们的啥事不是我给办哩？不说别的，你们当时到县城买化肥种庄稼，买酒渣喂猪……哪一项少了我的帮助？就是买包老鼠药，还要我给你们买回家。那时候，啥都不好买，买化肥、酒渣，需要找关系、排队，我给你们找了关系，还要早早替你们去排队，把化肥、酒渣装到车子上，还要到饭店给你们买饭吃，然后再送你们到半道上。记得有一天早晨，天上正下着雪糁，整个路面冻成了一块冰，走在路上，一不小心就能滑多远。我去给你们排队买酒渣，骑着车，一路上滑倒两三次，摔得嘴角上都流出了血。回到家里，你嫂见我的嘴角肿起老高，问我咋了，我不敢向她讲实情，我说是上火了。那些年，你可认你这个大哥，一来县城，就来找我。你们在我家住，我家成了你们的旅店。来一个住一个，来两个住一双。家里住不下，我和你嫂睡厨房。不管你们在我们家住多长时间，我和你嫂从来没有吭过一声。你们家小三，在县城上学，一直在我家住了一年半，吃我的，喝我的，铺我的，盖我的，这一切都不说，我是他大伯，这一切都应该，我也情愿。除此之外，什么时候他没钱买饭票了，只要吭一声，我这当大伯的就赶快把钱掏给他。我不让他回家跟你们说，我知道你们生活困难。我想，自己的侄儿不是外人，长大成了才，当了官，都是咱杜家坟上的一棵草。我不相信这一切你们心里就没个数。你们揣着明白装糊涂，连句话都没有，没有就没有吧，亲兄热弟，只要心里知道就行，要那么多客套话做啥？一直到最后，我也没有要过你们一个粮食籽儿，也没有要过你们一分钱。我想侄儿和自己的儿子差的就是一道门槛，把门槛掀了，侄儿和自己的儿子是一样的。现在，你们倒好，富得流油，这三间老屋，你们白占了这么多年，拆就拆吧，还要说那么多让人伤心的话！你这是啥意思？当了村主任就该两口子比着来你大哥面前要粗？还想凭着你是村主任，硬急急地从你哥手里把这三间老屋霸去？你哥不是在乎这三间老屋！你哥就是再穷，也不会在乎这三间老屋，你哥是咽不下这口气！再说了，这三间老屋是咱爹咱妈给我留下的，我不能就这样不明不白地给了你。你占了这么多年，换成别人，我会让他白住吗？人家能忍心白住吗？可你们就忍心，你哥现在穷得差一点儿就该去大街上捡破烂了，你们谁知道？你哥比你们强的时候，你们把眼睛睁得溜圆看你哥；你哥不如你们了，你们像躲污水一样躲着你哥。我在城里，家家户户也都有农村的亲人，人家的家里三天两头都会有亲人来聚聚。每年的秋头夏尾，人家的亲人都会送来些玉米面、花生、红薯、南瓜、绿豆什么的。虽说那也不值几个钱，可那是一片情意呀！你们倒好，什么时候想起你大哥了？什么时候你大哥见到你们一个粮食毛毛了？现在，你们要盖房子了，想起你大哥的那三间老屋了，想起你大哥了？你们现在真是不一样了！你们比你大哥强多了，至少你们这样认为，所以说话那样呛人！假如你大哥在县城当县长，你敢那样说话吗？你会那样说话吗？我知道，这些年，农村比城里强，种地不缴税，国家还要直补钱。你们的房子翻盖一次又翻盖一次，越翻盖越宽大，越翻盖越气派。我呢，我和你大嫂，几乎都丢了工作，靠着每月领几百块失业保险金过活。两个女儿，都还在读书，这点钱，也仅能供她们读读书，家里哪敢再有个闪腰岔气的事儿发生。所以，到如今你哥还住在六十多平方米的小窝里，两个孩子放假回来，家里一直有种要撑崩的感觉。这一切谁知道？谁想过？我和你大嫂都是近六十岁的人了，为了养家糊口，一年四季做点卖菜的小生意，天天一大早起来，骑着小三轮车奔命地跑。其中的辛苦，谁想到了，谁看见了？谁体贴过？你们等着盖房，等着盖房就该对你大哥那样横？你们在那里横吧！你们在那里等吧！你们不把你大哥当人看，你大哥自己不能不把自己当人看！你们觉得当村主任很伟大，连菩萨都得睁大眼睛看你们，你大哥偏不那样做。你就是当了皇帝老儿，你大哥还是你大哥，你急我不急！我偏要磨磨你们！看你们能咋我？我那三间老屋，你们要是就这样把它铲了，就等于把你们的大哥铲了，往后，你们再也没有我这个大哥了，我也没有你们这样的弟弟和弟媳了。"

三

当天下午，杜二海见杜大海没回来，也没有来个电话，就知道，杜大海憋了一股劲儿。这让杜二海禁不住火冒三丈。他想："你再狭隘，也不该狭隘到这等地步。全村五十多户拆迁户，没有一户敢说不拆的，你竟然给我绊在这里！"

杜二海勉强地压了压肚子里的火气，还是原来的那句话："换成别人，我三下五除二就给他铲了！"

杜二海从家里出来，朝杜大海那三间老屋瞟了两眼，见那三间老屋墙上早已被雨水冲出一道道沟痕，屋檐翘起了老高，那副陈旧的样子，让人感到站立不稳，要不了几场风雨就会倒塌。杜二海想："就这么三间老屋，你还想凭它发财哩？"他左右看了看，见大街上人不多，就掏出手机，想给杜大海打个电话，问问他为什么没有回来。可他把杜大海的手机号摁完后，又突然摁了停止键。他突然不想打这个电话了，他感到打这个电话窝囊！他自言自语地轻声说道："你是大哥咋了？大哥也不能恣意妄为呀！"

负责拆迁的副村主任牛套，老远就看到了杜二海。见杜二海朝铲车这边看了两眼，却没有朝这边走来，聪明的他就赶快追了过来。"主任，主任，你停下，我跟你说句话。"杜二海这才注意到了牛套，止住脚步，很无奈、很着急地等着牛套的到来。牛套一看杜二海那表情，就知道杜二海这边一定有股羁绊着，于是轻声地说："越是自家的事儿，越不好办。稍留留再说吧！再说，从西头开始拆，也不影响啥！"杜二海看了看牛套，又瞄了一下铲车和老屋，叹一口气说："就按你说的办，瞧瞧他能怄几天！"

铲车在牛套的指挥下，到了街的西头。

杜二海因心里着急，没有注意到什么时候大街上来了那么多人。他看了大家一眼，突然发现一街两行的男男女女，都在用狐疑的目光看他。

杜二海第一次感觉到那目光中夹杂着不太柔和的成分，甚至他还猜想到，那目光后边掩藏着一堆灼灼的心火，这让杜二海止不住愤怒起来。可他又想，这种愤怒即使撑破胸腔，也不能在这个时候当众喷发。他知道，尽管他这村主任是选上的，但村里的情况很复杂！于是，他只好暗暗地想："扯淡！我刚上任，你当大哥的就给我弄个这！甭把我惹急了，惹急了我，我非让你肚疼一次！"

杜二海感到脸上火辣辣的，像有一个发热的熨斗熨着一样。很快，这种火辣辣的感觉把他折腾得无地自容一般，以至于一条宽阔的街道上竟然没了他站脚的地方。

也许，人到了这个时候，本能的选择是逃避。

杜二海从一片铲倒的废墟上踩过，又从两座房屋的后边绕了一个大大的"几"字，走到了村头的一条小路上，又顺着村头的那条小路朝一座机井房走去。那是一座年久的机井房，没了门窗，四壁全是青石砌成。平时不抽水的时候，很少有人在里边。

这时，他特别害怕见到人，害怕谁问起村里拆房的事，要是再问他铲车到了村中间，为什么又到了村西头，那可更是戳到他的痛处了。

大概是移到村西头的铲车又开始工作了，那轰隆隆的声音，从村西头传过来，传到他的耳道里。本来很正常的铲车声，在他听来，是那样的不正常。他感到那声音特别刺耳，简直就像是谁用一根钢针在扎他的神经。

杜二海边走边想着他和杜大海之间的事。他想："我哪一点儿对不住你了？不就是那三间老屋吗？你是在乎那三间老屋，还是一心要跟我过不去？你要是在乎那三间老屋，你要多少钱，说一声。村里给不了你，我自己给你。可你咬着牙闭嘴，这是你当大哥的做的事吗？"想到这里，他就感觉杜大海在乎的不是那三间老屋，自己的大哥，他咋能不了解？他知道杜大海的心胸虽不怎么宽广，但还不属于三间老屋就能压住心的人。"咋了？我当了村主任，你眼红了是吧？你嫉妒了是吧？你害怕我比你强了是吧？你以为你小时候比我强，你就一辈子比我强？你以为人家夸你是把铁算盘，你就真的比谁都会算了是吧？实话跟你说，就你那弄法差远了。现在，我才看穿你了。原来选我当村主任，你用的全是假劲。你是为了保你大哥的脸面，才给我凑凑人气儿！一旦我当上了村主任，你心里就不舒服。人啊，真的有说不清的复杂！亲兄热弟的，咋能还存有这种心态？"

杜二海越想越深，越想心里越痛。

杜二海想着想着，不禁伤心起来，他想："咱就亲兄弟两个，咱爹咱妈死的时候，几乎说过同样一句话：'这世上就数你们弟兄两个亲近哩，你们一定要朝着一起靠，你们靠到了一起，别人才不敢欺负你们！'咱爹咱妈的话，难道你忘光了？你想过没有，咱要是拧成麻花劲，后半辈子就是吃香的喝辣的，也抵不住心里难受呀。"

　　杜二海想到深处的时候，眼睛里就潮湿了，眼泪顺着鼻子沟冲了下来。这时，对面的远处来了两个人，杜二海老远就看到了他们。他抹了一下眼泪，紧走几步，钻到了机泵房里。他害怕对面来的人看出他脸上的泪痕。

　　机泵房里的几只小鸟受到了惊吓，叽叽喳喳地飞了出去。杜二海的心里也打了一个激灵。他仰起头，朝机泵房的顶上看了一圈，又伸长脖子，朝黑洞洞的井里看一眼，最后把目光停在机泵上，他一边用手指抠机泵上翘起的漆皮，一边想着自己的心事。

　　杜二海瞧着自己手指抠动的地方，长长地叹了一口气，努力把心底涌上的那股辛酸压了下去。

　　这时，这里曾经发生过的一桩事，就重现在了他眼前。

　　那时，杜大海一边上班，一边照看着家里的二亩地。每年下种的前后，需要来家里浇地。村里的机泵员老黄是个下眼皮发肿的人，又是个黄性蛋子。谁和村支书的关系好，谁家的女人去找他浇地，他都要想法往前排；谁和村支书、村主任有对立情绪，谁家不靠女人找他，他就找种种理由把谁排到后边。天旱的时候，庄稼苗早浇两个小时都不一样。所以，当时为浇地的事，没少让人肚子里冒火。

　　全村总体是黄、孟两大姓，杜家是外来的独门小户，支书姓黄，村主任姓孟。因此，村子里是黄、孟两姓的天下。杜大海和杜二海时常好挑村支书和村长的毛病。机泵员老黄就把他们兄弟两个作为村支书和村长的出气筒。每次浇地，杜大海和杜二海的心里都要冒好几天火，才能挨得上。

　　杜二海还好说，守家在地的，大不了少睡两个安稳觉。杜大海就不一样了，来一次要请一次假。次数多了，厂长就说："你就那一耳朵眼儿地，回家一次，站到地头上尿一泡，也该浇完了。"

　　这时，杜大海的脸上发烧发烫，很无奈地笑笑说："厂长，你不知道俺哪……"

　　这时，厂长就会说："别老在人家身上找原因，多从自己身上找找！"

　　厂长的言下之意是，杜大海不会做事。

　　厂长嘲笑归嘲笑，真要浇地的时候，还是准了他的假。

　　那时，玉米苗刚刚长了七八寸高。这个时节三天不下雨，土就烫得要命，何况自小苗拱出地面后就一滴雨没见，玉米苗旱得拧成了筷子样粗细。

杜大海在厂里上班的时候，眼前浮现的全是旱象严重的玉米苗。

杜大海想："工作可以不要，家里的二亩玉米苗一定得浇。"

杜大海跟厂长请了假，可一回到家里，差一步，机泵员就又让插进了一户。杜大海急得按压不住自己的火气，说："我来之前给你打过电话，就差一步。你去趟厕所的工夫我就来了，你又让插进一户？"机泵员得意地笑笑说："现在是啥时候？见缝插针嘛！"杜大海瞧着机泵员那不怀好意的得意劲儿，肚子里的火气一下子就升腾起来："你分明是不想让我浇！"机泵员仗着和村支书的关系好，便说："就是我不让你浇，不服你告去。出来家才几天，耍啥光哩？这地到底你也浇不成！"一听这话，杜大海更火，就和机泵员干起架来。杜二海听说后，放下手中的饭碗，满腔怒火地跑到了那里，帮着杜大海把机泵员捶了一顿。村支书和村主任听说后，给乡派出所报了案。杜大海趁派出所的人没到，跑回了厂里。这事，只好由杜二海顶着。乡派出所的人在村支书和村长的指使下，给杜二海戴上了手铐，带进派出所那阴森森的小院，铐在了那棵挺拔的梧桐树上，让杜二海抱了半夜梧桐树……

想到这里，杜二海想："哥呀，你真没良心！"

打那件事发生后，痛定思痛，杜大海就对杜二海说："你得想法把村主任的位置拿下！"杜二海说："说得轻松，那是容易的吗？"杜大海说："脑袋能不能掉？只要脑袋掉不了，你就给我朝前冲，为了咱杜家，你得破点分！"

从此，杜二海风里雨里，只瞄着村长的位置朝前冲。

杜二海绕着机泵房里的那台旧水泵转了一个圈，心想："你以为我当这个村主任容易吗？先是想法致富，过去是谁穷谁当村干部，现在是谁富谁当村干部，你自己富不起来，你咋能带领群众致富？再是，富了要给村民放血，不放血，还想当过去的地主老财，那可不行！你富了就得主动给大家办公益事业。只有这样，村民们才会选你，才会跟你！最后组织群众到乡里、县里反映上一届村干部的问题。找不出人家的问题，你当个鸟？！你以为村主任孟天国是好对付的人吗？他知道我想当村主任后，多次让人在半道上截我、堵我，甚至找人打我、威胁我。曾经有一次，他雇的那两个人把我逼急了，我就跟他们动上手。我夺过他们手中的刀，砍伤了他们其中一个，另一个人吓跑了，砍伤的人被我抓到了派出所。结果，孟天国出面把那个人保了出来，判我防卫过当，关了我半年。我当时能出来，是因为找对了人，若是找不对人，还不知道要关多长时间哩！这事，你又不是不知道！你当时急得天天找关系救我，一有机会就想法到看守所看我，这一切，我不昧你的功！现在，为了那三间老屋，你什么也不顾了。拼命给我出难题，你挑这个头是啥意思？我这村主任当不成了，你就高兴？我这村主任当不成了，你能得到什么好处？想想你这样做，把弟兄情意放哪儿？即使你一点儿也不念弟兄之间的那种骨肉情分了，你也跟我说一声呀，你蹦出来跟我闹，你钝刀子割肉、温水煮鸭子，你叫人心上难受呀，你知道不？有话你说呀！既然我能盖起三层楼房，我还在乎你那三间老屋？你跟我赌的是哪门子气？真要赌气，你就赌吧。我看你能赌来什么好处！"

想到这里，杜二海绕着水泵又转了一圈。

这时他又想："难道别人不让你浇地的事你都忘了？难道别人当了村主任，你那三间老屋就能留下？你没想想你是谁？你不就是一个下岗工人吗？一个下岗工人有什么了不起的？你又引不来资，你又不能赞助两个贫困学生，你又不能给谁家的孩子找个工作，你这样做，村民们会怎样看你，又会怎样看我？他们肯定会说，你是靠着你兄弟的权力无理取闹；说我在拆房这件事上，搞的是独断专行，他们的参照条件自然是连他亲哥都接受不了他的这种做法，谁能接受得了？或者说杜二海的私心还是蛮重哩，咱们的房屋一座座都被他硬着手腕铲了，到了他哥那儿，他的心就软了下来。通过这件事，村民就会在心上给我画上一道。说不定通过这件事，我的威信在村民心目中就开始下降。这叫作千里之堤，溃于蚁穴呀，难道这点道理你都不清楚吗？"

杜二海越想心里越火，掏出手机就给大海打了电话。他对杜大海说："你这是干啥？你摄啥像哩？你出洋相！我已经等你两天了，想摄像你来得快点，来迟了，你就摄不成了。"

杜大海说："我看你也真长本事啦，那你拆吧！"杜二海没有再说什么，粗粗地喘了两口大气，摁断了电话。

四

杜二海摁了手机，杜大海心里更火，心想："以前你哪敢这样对我？还不是觉得现在你是村主任了，你有啥了不起！"

杜大海急归急，火归火，他还是决定第二天回去。他想："我毕竟是大哥，真要这时候闹起来，不管咋说，是自己不对！"

　　这些天，杜大海虽拖着没有回家，但他的心里也不好受。他根本不是要跟杜二海对着来，是事情憋在那里，话儿绞在了那里。也不是他把那三间老屋的价值看在了眼里，更不是眼红杜二海当了村主任！让他不高兴的是杜二海身上那种说不清的变化。说到那三间老屋上边，杜大海的心里难受归难受，但还不至于弟兄两个怎样往心上闹，更不至于搅得弟兄两个气都出不匀。杜大海拖着不回去的目的，就是想让杜二海和杜二海的媳妇知道，他们的大哥心里也难受。难受他们现在对他的这种态度，难受他们的那些话！现在，杜二海既然急切切地又把电话打来，不管咋说，不管话头好听不好听，也算是给了自己一个台阶下。再拖下去，弟兄两个谁的脸上也挂不住。

　　杜大海担任电厂车间主任的时候，车间里有个工人叫小赵，人很精明。杜大海很赏识他，工作和生活上给过他不少照顾，还当过他们小两口的月下老人。电厂被炸掉后，小赵办了个礼仪婚纱摄影店。这两年，人们都讲究起来，这行生意很不错。小赵买了一辆八成新的红色桑塔纳轿车。前两年，他为了下乡的时候吓唬吓唬收费站里那些横眉竖眼的收费人员，通过关系与北京的一家黑杂志社沟通关系，办了一个假记者证，平时，驾驶位的前边放一块显眼的"新闻采访"的牌子。

　　杜大海早给小赵打过招呼，说是这两天想求他到老家摄一天像，话说到明处，纯属帮忙。小赵说："没问题，杜主任！看在你过去对我好的份上，保证随叫随到！"

　　这一天，杜大海清早起来，没顾得上洗脸，就给小赵打了个电话，说："你今天如有时间，咱就今天去，你今天如没有时间，咱就明天去！"小赵说："杜主任！你说今天去，咱们就今天去！你说明天去，咱就明天去！车、人随时等候你调遣！再大的钱，咱也可以不挣，钱是个啥？它能和咱的情谊相比吗？"

　　小赵的话让杜大海的心窝里顿时热乎乎的。他就说："小赵，哥给你加点油吧？哥不给你打工钱，车和人总不能让饿肚子！哥这几年是刘皇叔卖草鞋——点正背哩！"

　　小赵说："杜主任，你跟我外气了是不？你要跟我外气，你就找别人好了。你的情况兄弟知道，兄弟这几年也不太行，但比你好多了。再过几年，兄弟真发了，你别管了，你吃的用的，全包在兄弟身上！"

　　杜大海更加感动了，心想："友情有时候就是大过亲情。"

小赵早早地吃了饭，把车停在了杜大海的门前。

杜大海的门前，自不当车间主任后，从来没有停过一辆轿车。

杜大海看到小赵那锃亮的轿车停在了自家门口，心里自然很激动，特别是当他坐进轿车后，那心情就像是从一个泥坑里一下子爬上了岸一样高兴。

杜大海问小赵："摄像机的电池充电了吧？"

小赵说："充了，兄弟是干啥吃哩？今天是去给谁干活儿哩？"

杜大海又问："带证了吗？"

小赵说："带哩！"

杜大海说："好！咱早去早回！"

县城离杜大海的家有十多公里，路上车多不太好走。在这十多公里的路途中，杜大海和小赵谈了好多话，谈到动情处，杜大海就把他和杜二海之间发生的这桩事半遮半掩地讲了出来。当然，小赵是完全倾向杜大海这边的。一路上，他总是不停地说："二哥，他咋能这样？"

本来杜大海还感到拖了杜二海几天，心里略有一点儿歉意，经小赵这样一说，反倒又起了火。他更加相信自己对杜二海的那种感觉，越发觉得当了村主任后的杜二海和没有当村主任时的杜二海完全判若两人。

杜大海坐着小赵的车进村后，第一眼就看见了自己的那三间老屋还在那里。这让他心里略微好受些，心想："我这个大哥在二海的心上还是残留着一点点威严和地位的，他不敢给我铲了。"

小赵在杜大海的指挥下，把车停在了那三间老屋的后边。他没让车停在前边，后边是大路，大路上的人来来往往。他现在就是要让人家看到他带来了轿车，带来了记者，他在县城也是能够使动风的人。他要用这一切，证明他杜大海不比杜二海差！

杜大海从轿车上下来，伸手将了两下头发，又习惯性地拍了拍衣服上的尘土。一边看着自己的老屋，一边向过往的家乡人打招呼说："村里搞规划，建设新农村，是个好事，我跟老屋的感情太深了，就请了个记者来摄个像，做个纪念！"

当过路的人纷纷把目光投向小轿车上的"新闻采访"的牌子时，杜大海就猜出了大家的心思。杜大海赶忙对小赵说："小赵，把你的记者证拿出来，让乡亲们见识见识！"

　　小赵本来不想让人看他的记者证，但既然杜大海把话说了出来，他得给杜大海这个面子。村里的人见小赵果真掏出了记者证，都一下子瞪大了眼睛。

　　小赵把记者证在众人面前晃了一下子，很快就装了起来。接下来，小赵就从车上拿下了摄像机，调整了一下镜头，便开始对着老屋摄起了像。

　　这时，有好多人围上来问杜大海摄像做什么用。杜大海笑笑说："还能做什么用？留个资料呗！"

　　大家觉得杜大海说得有道理，纷纷赞赏说："还是人家城里人比咱们有见识！咱知道个啥？只知道吃饱饭肚子里不饥！"

　　再过一会儿，那些爱动脑子的人就问杜大海："大海，你给这老屋摄一下像要多少钱？"

　　杜大海笑笑说："是朋友帮忙！赵记者今天下乡采访。我让他抽个空来摄一下！"

　　这时，村里一个叫地瓜的人就问杜大海："大海，俺那几间破屋，能不能趁没拆也给俺摄一下像？俺跟那屋的感情也深，让俺多少出个钱也行！"

　　杜大海说："我得问问小赵记者有没有时间。钱，赵记者倒是不在乎多少！"

　　杜大海趁人不注意的时候，就和小赵商量。

　　小赵说："就他一家还好说，要是后边的人都让摄，那麻烦就大了！再说，农村拆房的时候，干部们最忌讳摄像，摄下像将来上访，麻烦事多！"

　　杜大海说："摄吧！谁是不是刺子猴，我心里有数。对于那些不是刺子猴的人，咱们摄上两户，挣他个七八十的，算咱们今天也没有白回来！"

　　小赵说："那就一户按三十块钱收费算了。"

　　杜大海说："就三十吧，多了他们也不出！"

　　杜大海跟地瓜一商量，地瓜说："可以，可以，三十块钱，现在能买个啥？"

　　有几户村民见地瓜也要摄像，便跟着说："俺们也用用赵记者！"

　　杜大海心里窃喜："想不到，今天给小赵揽了一笔生意。"

　　小赵正给地瓜摄像的时候，杜二海阴着脸走了过来。

　　杜大海看见杜二海，朝一边扭着脸，假装没看见。杜二海也装着没看见杜大海。

　　杜二海站在那里看了一会儿，直看得脸上浓云翻滚，可他没有发火。他压住肚子里的火气，冷冷地讪笑着问地瓜："地瓜叔，你摄这像做啥哩？是不是还想在百年后把这破房的影子带到棺材里？"

　　地瓜说："看你说的，不做啥，学学你哥，留个资料！"

　　杜二海一听这话，火气就上来了。他狠狠地瞪了杜大海一眼，那一眼像刀子一样落到了杜大海的身上。杜大海从来没有在杜二海的眼光里看到过那样深的狠毒！

　　杜二海看了那一眼后，什么也没说，就朝一边走了。

　　小赵给地瓜摄完像后，杜大海觉得这样做有点儿不妥，于是就给小赵示意不要再摄了。后边的人看到刚才杜二海的那股着急劲儿，也感到有点儿不妥，所以也就不再追小赵摄像了。

　　这时候小赵说："没电了，来时慌张，没带充电器，工作不成了！"

　　杜大海接着说："对不起了，事先没准备。"

　　人渐渐地散了，小赵把摄像机放到了箱子里。杜大海掩饰不住肚子里的那股着急劲儿，就为刚才杜二海当众狠狠地瞪他那一眼。大海想："真的不一样了！"

　　杜大海感到尊严受到了极大的伤害，伤得很痛。

　　杜大海心里暗想："家里这三间老屋一拆，到老我也不会再回这里了！你不能瞧我？我还不能瞧你哩！亲弟兄，还不如个朋友！还不如个街坊！这样的弟兄，是牛身上的毛，多一根少一根都无所谓！"

　　杜大海来的时候就想，清明节快到了，回来后提前去给父母上下坟，省得到了节日的时候再来。往后，不是节日什么的，一般就不回来了。不为别的，只为他实在不愿意看到杜二海和杜二海媳妇的那副面孔。

　　杜大海的父母在村的西北坟地埋着，离村直线距离五六百米。杜大海对小赵说："你等我一下，我把这把钥匙送回去，咱绕到坟地烧两张纸就走！"

　　老屋里面的东西，大部分是杜二海的。这些年，因房子是杜大海的，加上屋子里还有杜大海的几块木板和小物件，所以，钥匙一直是杜大海拿着。

　　其实，这钥匙不给二海家送也可以。以杜二海那脾气，那把小锁他三两下就撬开了。杜大海想着那样不好看，他还是想把这件事画一个句号，尽管现在他想把这个句号画圆十分困难。但他是大哥，同时，他要告诉杜二海："你大哥今天不吃你们的饭了，尽管你大哥家里没锅了，尽管你大哥现在穷得很，但你大哥离了你们恩赐的那顿饭，照样能过去！"

小赵说："你说咋办咱们就咋办！"

杜大海走到杜二海的家门口，杜二海家的狗隔着门拼命地叫了起来。杜大海骂了它几声，那狗像是真的知道杜大海是自家人似的，竟停止了叫声。

杜大海拍了几下门，又喊了两声"变青"，杜二海媳妇变青扭着屁股、披着刚刚洗过的头发，从家里走出来，脸上略带冷冷的讪笑，说："你找二海吧？二海不在家，用不用给他打个电话？"

杜大海说："我不找二海，我把老屋的钥匙给你，房子该拆就拆吧。"

变青说："里边不是还有你的东西吗？"

杜大海说："没有啥贵重的东西，你们看着收拾吧！"

变青又说："有啥事，跟你兄弟说吧！"

杜大海说："屋子里边一没金二没银，说啥哩。"

变青又说："你不在家吃饭？你要在家吃饭，我现在就去多轧点面条！"

变青在这方面做得是到位的，不管心里怎样不高兴，面子上的话还是要说圆的。

杜大海顿感鼻子里一酸，用了用劲说："不在家里吃！"

杜大海把钥匙放到杜二海媳妇变青的手上，扭身就走了，一副毅然决然的样子。

杜二海媳妇变青把钥匙上的一个铁环穿到食指上，边摇晃圈儿边说："你们在家吃饭吧！"

听了这话，杜大海的鼻子里更是一酸，他更加艰难地说出了一个字："不！"

其实，杜二海媳妇说这话的时候，杜大海已经走出了好远，她说这话是让街上人听的。

杜二海没有想到，杜大海没有给他打招呼就回了县城。特别是中午吃饭的时候，他是特意没有在外边吃饭，特意回到了家里。他知道杜大海今天在家。在他看来，生气归生气，大哥毕竟是大哥。也许通过中午的一顿饭，心上的所有块垒就全都化解了。可他回家后，意外地发现杜大海不在。他的心里一下子又窝了不小的火，心想："你还真给我较起真儿了！"

　　杜二海的媳妇变青见杜二海不高兴，就啪的一声把钥匙摔到杜二海的面前说："瞧瞧你当这村主任有啥好？连自己的亲哥都把你当成了仇家！"

五

　　村子里的铲车再有半天时间就铲到了杜大海的那三间老屋上，杜二海腾屋的事迫在眉睫。杜二海本想让老婆变青去腾，变青说："你想得得劲。里边杂七杂八，啥东西都有，灰尘掩埋了几寸厚，我才不去哩！再说两家的东西，我也分不清谁是谁的，咱哥那样，一根柴草棒都能瞧进眼里，到时候他的东西少了，我可担当不起！"

　　不管变青说得有无道理，反正她硬是不去，杜二海也拿她没办法。因此，腾屋的事就责无旁贷地落到了杜二海的身上。

　　白天里，杜二海根本没有时间，这点小活儿，用人又感到不妥，他害怕人家说他当村主任两天，就把村长的架子端了起来，只好留着晚上加班干。

　　杜二海吃过晚饭，心里想着腾屋的事，但他又必须到村委会办公室转一转。这是他上任后于自觉和不自觉中形成的一个习惯。好像不转一圈，这一天他过得就不够完整。他到村委会办公室坐了一会儿，抽了两支烟，想了想这一天的工作。为了证实他来过，他又用桌子上的座机给两位副职各打了一个电话。他扣上话筒，撞上办公室的门，想回家腾屋。

　　不知道什么原因，这一天一直有一种很特别的感觉。他感觉大哥带着记者来给那三间老屋摄像，等于当众给了他一个耳光。他想："全村两千多口人，在外边干啥工作的都有，人家都能不声不响地让把房铲了，就你头上长角哩？你作啥哩？我走到今天容易吗？"

　　有了这种感觉，杜二海就有了人前人后、来来往往的不自在。

　　可不自在归不自在，工作必须朝前做，老屋必须拆。

　　杜二海在村委会办公室的门口站了一会儿，从心底对杜大海埋怨一句："神经病！"然后，就打算回家。

　　现在正是春夏之交时节，家家户户的小院里显得有点闷热，不少人都从小院里走到大街上纳凉。村委会大门口的电灯下，现在坐了十几个人，有的干脆把饭碗扔到地上，倚一个什么东西，在那里天南地北地胡说。杜二海来的时候，那里坐着两三个人，现在一下子坐了十几个人。以往，杜二海最喜欢朝人多的地方走，人越多，他越高兴。现在，他的心情微微有些改变。改变的原因还是他和大哥之间的那桩事。大哥带着记者，给老屋摄了像，这少不了让有些人生出猜疑。现在，因大哥的三间老屋没铲，他依然害怕村民们问他拆房的事，特别是问起大哥那三间老屋的事。现在的人敢说话了，什么话都敢说，什么事都敢问，事事要求透明，他不愿意当众解释他和大哥之间目前的情感状态，更不愿意编假话搪塞。但村委会就一个大门，那十几个人坐的位置正好是咽喉要道。

杜二海只好硬着头皮从那里走过。出大门的时候，杜二海轻轻地咳嗽了两声，也算是给大家打了招呼，或是把他作为村长的威严传递给大家。

纳凉的人群中，有人立刻认出了杜二海，纷纷向他打着招呼，他也很温和地与大家打了招呼，但他没有把脚步停下，也没有停下的意思。

杜二海回到家里，在条几上摸到老屋的钥匙，找来一台矿灯照着，把老屋的门打开，把矿灯放在老屋的一个破桌子上。这时，一股很强烈的、只有老屋内才会有的气味扑鼻而来。杜二海的脸像是撞到了蜘蛛网上，有种扯扯拉拉的感觉。同时，他也嗅到了童年时期的那股味儿，那股说不清的味儿。屋子里的老鼠受到了惊吓，从杂乱的东西上跑下，拼命朝墙角的窝里钻。其中有只老鼠很肥大，钻进墙角那个洞里的时候把尾巴留在了外边，那条尾巴像一条小蛇，黑黑的。这时，杜二海想起他小时候的一桩事。

杜二海的童年正赶上20世纪60年代初期的三年灾荒岁月。那时候，他六七岁。六七岁正是除了懂得肚子饿、难受，其余什么都不懂的年纪。灾荒的年代绝没有好日子过，家家户户瓮缸空空，想找个粮食籽儿都难。地里没了野菜，红薯秧、麦秸秆、玉米芯都磨成了面，吃进了人的肚子里。这种年代，人们的目光变得比以前什么时候都凶残。天上飞的，地上跑的，他们四处搜索，搜索到什么逮什么，逮到什么吃什么！杜大海比杜二海大四岁，饥饿的年代大四岁，智慧就显然不一样。一次，杜二海正睡觉的时候，被一股浓浓的肉香味闹醒。这时杜大海也正推着他叫："二海！二海！你醒醒，哥弄来了肉让你吃！"那时候谁还敢奢望吃肉？杜二海睁开眼睛，见杜大海果真拿着烤得香喷喷的肉，激动得只说了三个字："哥，我饿！"杜大海笑笑说："别怕，有哥在，往后你就有肉吃！"这时，杜大海就递给杜二海两条烤得七成熟的老鼠腿。杜二海的两只眼睛里一下子放射出了一种特有的光芒，几口就把一条老鼠腿肉啃得精光。杜大海见杜二海把肉吃下后，就问他："香吗？"他说："香！太香了！哥，这是啥肉？"杜大海看看他，脸上露出一丝笑容说："鸟肉！"杜二海又问："啥鸟肉？"杜大海说："麻雀！"杜二海接着又把另一条老鼠腿吞下。大海这时才告诉他，这是老鼠肉。杜二海说："管它啥肉哩！只要香，我都吃！"

杜二海想起吃老鼠肉时的那种情景，心底就有一股余香味冲上来，心中就有一分感动。杜二海想，那个时候大哥真亲。接着杜二海又想起一件事。

一次，七嫂和他俩开玩笑说："将来你们两个人，一个娶了媳妇，一个没有娶媳妇，那咋办？"杜大海说："要是我娶了媳妇，让二海跟我过！"杜二海说："要是我娶了媳妇，让我哥跟我过！"这时，七嫂就故意朝深处问二海："你娶了媳妇，你哥没有娶媳妇，那睡觉的时候咋睡？"杜二海说："让我媳妇睡中间，我和我哥睡两边！"七嫂当时把眼泪都笑了出来。杜二海当时并不知道七嫂笑什么。

杜二海习惯性地朝那根被岁月的尘埃染成了深黑色的梁上看了一眼，他看到当年燕留在梁上的那个窝窝。几十年了，窝窝也被岁月染上了历史的痕迹。他清楚地记得燕子在梁上做窝时的情景：两只小燕儿的父母，从远处的河边把一撮撮泥啄来，整齐地摆放在窝窝上。为让窝结实，聪明的燕子还知道掺一些草棒进去。那一年，杜二海和杜大海同睡在一个被窝里。两只燕儿的父母垒好自己的窝窝不久，燕窝里就有了两只黄嘴角的小燕儿。他记得清清楚楚，大哥告诉他，燕子小的时候，两边嘴角是黄的，从此他就有了这方面的知识。他记得当时的两只小燕儿胆子很大，天天早上它们的妈妈不在的时候，就会把头露出来看他们。那时，他很想把两只小燕儿抓出来烤了吃，可哥哥不让。哥哥说，燕子是益鸟，益鸟是不能吃的。他和哥哥两个人常常在被窝里一起探着头看它们，他们的母亲常常会在他们看得最起劲的时候走出来，轻轻地朝他们的屁股上打一巴掌，告诉他们把被子盖好，小心着凉。那时候，他们的母亲很忙，大多数的时间都顾不上管他们。母亲不来的时候，哥哥常常照顾他。哥哥把被子给他朝肩膀上扯扯，就在他哥哥给他扯被子的时候，他会悄悄地告诉哥哥，前天谁在街上欺负他了，这时他哥哥就会说："别怕，我白天去收拾他！"

这时，他的心里立刻生出一股受保护的温暖。他想，那时候多幸福，整天生活在哥哥关爱的温情里！

有一天，母亲手上拿着针线，坐在他们的床沿上，笑看着那两只露出头的黄嘴角燕子说："你们现在就跟那两只小燕儿一样可爱。我真担心你们长大了，就没有这样好了！"这时，杜大海就说："妈，你放心，我们永远都会很好！因为我们是亲弟兄！"杜二海也说："我和我哥永远不分家，永远在一起过，永远像现在这样好！"母亲长长地叹了一口气说："但愿吧！"

杜二海对这个情景记忆深刻，他记得母亲说出"但愿吧"三个字的时候，眼角带着泪水。他用小手拭去了母亲眼角的泪水。后来才知道，母亲当时说那话是有原因的：当时，杜二海的两个舅舅正因分家的事闹得不可开交。

当杜二海看到靠墙斜倾的那张小床后，脑子里一下子想起来了许多故事。那是一张他和哥哥睡了将近十年的小床，那张小床见证了他和大哥的手足情谊。

他和大哥睡在这张床上的时候，两人一直亲密无间地睡在一个被窝里。那时他特别爱和大哥睡。为这事，父母经常嚷他，经常逼着他们一人睡一头，一人睡一个被窝。可他一睡到被窝里，就偷偷老鼠打地洞似的朝大哥的被窝里拱。大哥也会在那里偷偷地接应他，时间长了，父母见管不住他们，就不管了。那时候，不管家里多穷，父母坚决不让偷人家的东西。父母说："饿你们两顿，也不能做贼！"大哥就不一样了，凡是能吃的东西，他什么都偷！到地里偷玉米、花生，在村里偷枣、偷桃。偷了东西，他不让父母知道。晚上，杜二海一拱到杜大海的身边，杜大海就把偷来的东西拿给他吃。到现在他还记得，大哥偷的枣和柿子吃起来特别甜。让杜二海一辈子都不会忘记的是，一次大哥偷了黄豁子家的枣，被黄豁子发现后挨了打，耳朵被撕破了好长。大哥不敢到医院包扎，他害怕父母看见那包扎起来的白纱布。夜里，大哥耳朵疼得受不了，就用被子蒙住头，咬着牙掉泪。那时候，杜二海发誓长大后一定要打死黄豁子那个龟孙！还有，杜二海的睡姿特别不好，一睡着就爱做梦，一做梦就是学八路军追杀小日本鬼子。往往一个梦做下来，自己就滚到了被窝的外边。大哥每次发现后，总是笑着把他搂进被窝里，给他盖得严严实实。有几次他还滚到地上，这时大哥就把他从地上抱起来，放到床上，然后给他盖好。最让他难忘的一件事是，那些年父亲常常起五更进城做买卖。父亲进城的时候需要天不亮就从家里出发。每当这时，母亲都要给父亲做上一大碗疙瘩汤。父亲每次都舍不得吃完，总要给他和大哥留几口，而大哥总会在这个时候起来小便一次。其实，大哥也是操着这个心。父母也很喜欢大哥，知道他特别懂事。母亲每次都把父亲留下的几口疙瘩汤端给大哥吃，也几乎每次都要对大哥说上一句："总共不到两口饭，你一个人吃了吧，下次让小二吃。"可大哥每次都要把他叫醒，让他喝上两口。那时，母亲经常说："大海真是生了一副好心肠！"

想到这里，杜二海就感到心头暖暖的，眼睛里热热的，眼泪都快要流下来。他想："人长大了，莫非真的会变？哥，我敢对天发誓，我对你可没有变心呀；哥，这世上就咱们两个亲人呀，咱咋能别扭到这一步呢？"想到这，静静的夜里，杜二海的心里生出一种凄凉的感觉。

杜二海感到眼角痒痒的，眼泪在不知不觉中落了下来，他用带灰尘的手摸了摸眼角的泪水。杜二海继续腾屋子，今天必须腾完，明天就该铲这老屋了，再拖延是没有理由的，说啥也不能再拖延了。

再向墙角翻腾，杜二海突然翻到了父亲和母亲的遗像。两位老人的遗像，都面朝墙壁在那里放着，遗像的背面落上了一层厚厚的灰尘。他没有想到，这些年只顾忙活自己的事情，父亲和母亲的遗像竟然到了被遗忘的角落。想到这儿，他心里生出了隐隐的愧疚。他轻轻地将父亲和母亲的照片翻过来，见照片的正面已有厚厚的一层蜘蛛网。就在那一瞬间，也许是光线的原因，他似乎看到父亲和母亲全是一副欲哭的样子。看到他们的这种神态和表情，杜二海心里很难受。他想，父亲和母亲到底在难受什么？是感到他们被遗忘了而生气，还是感到我对大哥有什么不好了？想到这里，杜二海的心里就越发沉重起来。他先把母亲的遗像放下来，双手托着父亲的遗像，换了个视角，这时父亲的面容开始变得温和。瞧着父亲那温和的面容，杜二海说："爹，孩儿不孝，孩儿对不起您！若不是拆这老屋，孩儿还真把你们忘了！爹，等到儿子把新房盖好后，一定找一个最好的位置把你们供起来。"

杜二海从墙角抓起一把烂棉花和烂布什么的，把父亲照片上的灰尘使劲地擦了擦。这时，杜二海发现，擦过后的遗像，父亲的目光突然锐利起来，锐利得让他发抖。大约两分钟过后，他理智地定了下神，他知道这是父亲的遗像。他说："爹，您还是那样不讲理。"就在这时，他突然隐约地听到一个声音："二海，别忘了，你大哥对你一直很好！你可不要比他强了就不讲良心。人穷人富，福大福小，并不在于你有多少钱财，在于你生活得顺心不顺心！"他朝门口和窗户外仔细地看了两眼，又不放心地问了一声："谁？"见确实没有人，才知道原来是自己的幻觉。他把父亲的遗像扣着放在了那张破桌子上面，接着又拿起母亲的照片，用同样的方法，擦去母亲照片上的灰尘。这时，他从母亲那副善良的面孔上同样读出了一种声音。那是母亲临终时的声音，那声音很微弱，却显得特别用力和用心："大海二海，你们听着。你们爸走得早，妈妈好不容易把你们俩养活大。妈今天要走了，这世上往后连筋带肉的亲人就你们两个。妈要让你们记住一句话，佛争一炉香，人争一口气，弟兄之间和睦是大事。朝人前混，第一件事就是兄弟俩和和睦睦，亲亲热热！除了这，谁就是当了皇帝老儿妈也高兴不起来。千万不能因一斗谷、八升米闹得老死不相往来！钱财全是身外物！"

杜二海想到这里，没法再往下想了。他的心里已经非常不安了，他的心里越是不安，情绪就越是波动得厉害，甚至到了愤怒的程度！他想："这能全怪我吗？"

杜二海的心里越是愤怒，就越是疼痛，越是疼痛就越是后悔！以致他后来为这件事再次流下了痛苦的泪水。

杜二海把两位老人的照片小心翼翼地放好，一直到深夜，他才拖着疲惫的身躯回到了床上。当他的妻子变青搂着他要他的时候，他愤怒地回答："往后，我和我大哥之间的事你少掺和！"

六

杜二海怎么也没有想到，为了这么个小事，杜大海真的就不回家了。开始他还生杜大海的气，心想："都是我平时太把你这大哥当回事了，所以你才养成了唯我独尊的个性。这一次，我就是不理你，就是要杀杀你的那股骄气！看你能憋多长时间。"

他的房子盖了一层的时候，田里的玉米由小苗长到了膝盖那么高。他在心底悄悄地琢磨了一下，大哥走了一个多月了，连一个电话也不打，这在过去是从来没有过的。大哥离开家到县城工作，开始的那几年是三天两头回家。那时父母都还健在。父母常说："大哥为人善良，知道孝敬爹妈。"后来父母相继去世，大哥也在县城成了家，回来的次数就少了，但时常有电话打回来。大哥在电话里问问这问问那，总是给人一种暖融融的感觉。"看来这一次大哥真的伤心了。"杜二海想。一想到大哥真的伤了心，杜二海心底的那股无名火就又冲了上来："啥大哥？还是变青说得对，心胸窄得连根丝线也拉不过，只允许他比别人强，别人一比他强，他就受不了！"

杜二海觉得自己的理由充分！"这次拆房，我哪里对不住你了？该忍的，我憋得肚子疼也都忍了；该缓的，我厚着脸皮也跟你缓了。我让铲车正铲的时候停下来，从大街的中间一下子移到了村西头。长着眼睛的都知道那是因为啥。村民们肯定会想，还不是因为村长的大哥思想上有疙瘩没有解开，连村长的大哥思想上都有疙瘩，村里咋能没有议论？咋会不起风波？可我即使知道，也得装着不知道，硬着头皮都顶过去了！还有，你做得太绝了，在这个时候，你带着记者来村里录像，这是啥意思？你这不是火上浇油吗？可你像也摄了，威风也抖了，你还想怎样？难道你要让我当着众人的面说，就你杜大海那三间老屋不能拆？把你那三间老屋留下做个村里的展览馆？我没有这样说这样做，你就伤心了，一个多月不理我？

"人家大街满囤兄弟俩，打架打得头破血流，当街亲娘祖奶奶地骂过。可没出两个月，人家又好得跟一个人一样。街上的人都说，亲的割不断，余的安不上。你瞧人家满囤兄弟两个，那才叫兄弟！再说说咱的事，哪一点儿不是你说咋办就咋办？为拆屋这件事，明里暗里，我没有吵你一句，你这是生的哪门子气？伤的哪门子心？说到底，你还是觉得现在我比你强了！哥，你真糊涂呀！"

玉米拦腰深了，杜大海依然没有回来过，依然连一个电话也没有打。炎炎的夏天，杜二海常常会感到心寒。为此，杜二海有点儿坐不住了。在家里，只要一听到妻子变青提到大哥的名字，他就会朝变青发火。为此，他和变青两个人也常常拌嘴。变青说："你把你那好大哥护得像蝎子肚一样，咱哪一点儿对不起他了？"变青开口就把杜二海呛得有话说不出口。杜二海想，确实没有对不起大哥的地方！尽管如此，变青的话他听起来还是觉得别扭，可别扭归别扭，说到底，他还是对这事放心不下。大哥不打电话，大哥这几年的境况不太好，大哥现在究竟过得怎样呢？他担心杜大海，他不想再与大哥别扭着，这是他心底的渴望。但他又不想给杜大海打电话，又没法问别人，问别人意味着啥？只要一问别人，就等于将他和大哥心上的那种楚河汉界向世人扯明了！后来，他就经常往县城里去，一会儿说到县城瞧瞧铝合金门窗，一会儿又说到县城看看地板砖，一会儿又说得去县城买二斤钉。一说买钉，变青就急，变青说："你买二斤钉还要去县城？咱村商店里的钉不卖给你？"这时，他就朝变青死命地吼："你知道个屁！咱们村商店里的钉一斤贵两毛钱！"变青说："你脑子进水了？你会不会算账？你到县城是飞去？再说，那工夫钱哩？"这时，杜二海就说："我还有别的事哩，你以为我就买二斤钉？"总之，杜二海要去县城的时候，谁也拦不住他。

杜二海到了县城，不去商场转，他大多数时间都站在大街上。天不黑，他总不想回家，总是在县城的人群里瞅瞅这个，瞅瞅那个。他真想在转的过程中突然遇上大哥。到这个时候，他百分之百的笃定，大哥会叫他一声，两个人心上的那个结一下子就解开了。他把曾经遇到过大哥的地方都走遍了，还是没有遇上大哥。他想，这段时间大哥到底是咋了，为什么我找遍了县城都没有遇上他呢？他会不会病了？想到这里，他就想："大哥呀大哥，你千万千万不要害病呀。"

好不容易盼来了七月十五中元节，杜二海知道，大哥只要没病，肯定要回来给爹妈上坟。大哥是个孝子。

现在，田里的玉米高过人了，七月十五那天，杜二海不声不响地到街上割了一条子肉。变青看到杜二海把肉放到了菜案上，便阴着脸埋怨道："咱家又不添客，割那么大一块肉做啥？"杜二海一听这话就火，一听这话就知道这女人已经把大哥给忘了！他想发火，可没有让火发出来，因为他真的不知道大哥会不会来。万一大哥还别着头不回来，到时候变青不就咬住了他的话茬儿？

杜二海把肉放在菜案上后，到正盖的新房子里转悠了一圈，看看手机上的时间，九点半，他想现在可以去上坟了。大哥要是来，也就该在这个时候回来。

杜二海推着摩托车，绕过村西头，顺着通向坟地的那条土路，到了爹妈所在的那块玉米地边，然后朝玉米上和地上仔细地看了看，他想寻找到杜大海从这里走进坟地的痕迹，可他什么也没发现。他从心底生出一点点希望和喜悦，他想："大哥要是没来，我就在这里等他。他要是来了，说话不说话，知道他没事，我的心里也会好受些。"

瞧着那高出头的玉米，他想起了小时候一起与大哥剥玉米的情景。他边想边朝玉米地里钻，边寻找着爹妈的坟。突然，他发现爹妈的坟头上压了一张黄纸，他看着那黄纸，瞬间呆住了。三四分钟后，他把目光从坟头上移下来，移到坟前那堆燃尽的青灰上。他知道大哥已经来过了。他想："大哥会不会上过坟刚走？"

他俯下身，顺着玉米杆的空隙朝四处搜寻，也不见大哥的影子，他又摸了一下坟头上的黄纸，有点儿潮湿。他明白了，原来大哥前一天来过了。他像当头挨了一棒，心想："大哥从来没有提前上过坟！这是为什么？难道就是为了不见我？"想到这里，杜二海突然纳闷起来，我究竟在大哥的心上挖了一道多深的沟？

杜二海激烈地反思着钻出玉米地，又一路反思着走回家里。一进家门，见案上的肉已被变青切去一大半放进了冰箱里。变青说："割肉前也不问一声，我知道你这是想让大哥吃，人家昨天就来过了，土蛋家瞧见了。你把人家当大哥敬，人家并没有把你当兄弟看！你现在是剃头的扁担———一头热！你热吧！"

杜二海被变青的话气得怒发冲冠，他说："你少说两句，也没人当哑巴卖了你！"

变青大概感受到他那股愤怒，没敢再说什么。

杜二海知道得罪了大哥，但这不是他的本意。

杜二海不想得罪大哥，又不想给大哥打那个电话。所以，这事就一直在那里僵着。

杜二海只好狠着心继续盖房。

房盖好了，新型的三层楼房，外表贴了两样瓷砖，上面是红色的，下面是灰色的，看上去既很现代，也很古朴典雅。这时，正赶上村子里有一半的楼房也盖了起来。县电视台的记者闻讯后，有感于村子里的巨大变化，就来这里拍了条新闻。拍新闻的时候，杜二海专门让拍进了他门前的那棵老枣树，意思是万一大哥看到了这条新闻，等于告诉杜大海："哥，这就是咱的家，你快回来看看吧！"

可新闻播出了好久，许多人都看见了，杜大海还是连一个电话也没有打回来。

农历十月初一，杜二海提前一天就不断地到楼顶上朝爹妈的坟地那边张望，他要看看杜大海是否回家。大约到了这天的十点钟，他见一辆红色的桑塔纳轿车停在了爹妈坟前的那条土路上，他断定是大哥回来了。于是，他就骑上摩托车，跑到爹妈的坟前。瞧见杜大海的时候，他还是没打招呼。他只是在爹妈的坟前燃起一堆纸钱，然后，蹲在那里伤心地流起了眼泪。

杜大海见状，心里也下起了绵绵细雨。

杜二海想叫杜大海一声，可却叫不出口。

杜二海回到家里的时候，意外地发现那辆红色的桑塔纳轿车在家门口停着。他慌慌张张地把摩托车靠墙放在那里，这时，正赶上杜大海出门。

杜大海瞧了他一眼说："昨晚梦见咱妈了，所以回家看看。"

杜二海说："哥……"

这时，杜二海的媳妇变青一下子被眼前的这一幕惊呆了——杜大海和杜二海同时哭了……

——原载《阳光》杂志 2010 年第 10 期

作者简介

张克鹏，原新乡市艺术研究所副所长，中国作家协会会员，中国书法家协会会员，中国戏剧家协会会员。创作出版长篇小说六部，纪实文学两部，大型现代戏两部，广播连续剧两部（均获河南省广播剧大赛二等奖），在《小说家》《莽原》《阳光》《春草》《陇南》《村语》等杂志发表中短篇小说多篇。

喝汤记

赵文辉

一个清冷的冬夜，我和老婆骑着电动车，在这个江湖气十足的县城穿行。我们的"烙馍村"转让已经五年了，我承认我败给了它，败给了这个县城。五年里，它留给我们的疤痕一直不曾愈合，有一种旧疾，在身体的某处隐藏着。

我们在努力忘掉那段记忆，当它是一场噩梦。老婆鬓角已见醒目的斑白，我也成了一个双下巴的蓝围裙大叔。如今我们在家做烙馍，地地道道的"赵氏手工烙馍"，沿街推销给饭店、超市、公家食堂，去年还上了美团外卖。女儿一直鼓励我们注册抖音号，说对销售有好处。

送完最后一家，我提议找个地方垫垫肚子，我说好久没有感到这么饿了。老婆像年轻时那样，娇嗔地冲我翻了一个白眼："知道你出来就不会空着肚子回去。"我嘿嘿笑，挠了挠头。刚认识她时我就是这个动作，一辈子都改不掉了。

老婆戴着一副咖啡色耳机式棉耳罩，显得有几分傻气，长长的条纹围巾绕着脖子，深色头发在街灯下闪着光。我们还能看见对方口中呼出的白气。当年，她中师毕业后在城内完小教算术，还被调皮学生气得哭过鼻子哩。我呢，在县轧花厂做棉检员，偶尔写几首酸不拉几的小诗。这辈子我最风光的，是二十四岁那年走狗屎运当上了轧花厂主管技术的副厂长，惊羡于轧花厂丰厚的奖金福利，一时昏了头，把老婆从城内完小调到轧花厂搞统计。说实话，那时候根本就不懂啥是事业编，我把"集体合同制""全民合同制"统统划入"皇粮"系列。好日子过了没几年，轧花厂就倒闭了。我记得那天领着失业金回家，自己居然需要扶住栏杆才能走上楼梯，两条腿仿佛被砍断了一般。

　　我们双双下岗后一时手足无措，投奔过同学，在体育场卖过油炸羊肉串，后来就信了那句人们经常挂在嘴上的鬼话——"生意做遍，不如去开饭店"。我奇怪怎么那么多人生活失利打算东山再起时，会把开一家小饭店当作自己的不二选择。开饭店也不是那么容易的事，很快我就领教了。

　　经营"烙馍村"十年，既没有后台，又不会打点关系，由于种种原因，在最后的两年，"烙馍村"都在空转圈。房租、工资、材料款一兑，所剩寥寥。最后，"烙馍村"勉强以 2.8 万元转让给一个房产中介。

　　钥匙、电卡、气卡交出后，我们长长出了一口气，好像刚爬完一个难度很大的山坡似的。老婆眼里闪着点点泪光，握着我的手久久不语。当年俏丽的小学女教师，这些年跟着我受够了委屈。慢慢地，我发现有些东西烙在我们身上去不掉了。有时，我会在老婆脸上看到叫人十分惊讶的防御性神色，我说的是饭店转让以后。还有，我与发小们见面时，好多人不喜欢我现在的说话方式，也许是不喜欢我点头哈腰见了谁都想套近乎的神情。这都拜十年"烙馍村"所赐啊！

　　起风了，居然是我小时候在乡下经常见到的，那种在街角追逐翻腾的小旋风，地面的干树叶被吹离地面，扑打着我们的车轮。我们轻视了今年比以往更早来到的雪花，它带着全世界的寒潮我们袭来。一家"黑羊白汤"的发光招牌吸引了我，我真不想再往前走了。此时此刻，还有什么比一碗热气腾腾的撒满辣椒面的羊肉汤更有魅力呢！更叫人浑身提劲的是，人家门头的 LED 显示屏上滚动着一行流线字幕："正宗河滩黑山羊，假一赔万！""不是现宰新鲜羊肉，你呼我两巴掌！"

　　进门时老婆像以往一样提醒我："一人就一碗羊肉汤，不准要菜。"她知道我死爱面子，和很多下馆子的男人一样，单吃一碗烩面什么的怕人笑话，点一个菜又嫌丢人。像是叫人揭了短，我有点恼火，步子迈得呼呼的。不过我还是决定听她的，很多时候，听女人的话不会吃亏。

　　这是一家民院改造的饭馆，主营烧烤、烩面、羊一套。院子里黑乎乎一片，楼梯、烧烤炉积满了炱，给我印象最深的是地面的油垢，鞋底被粘住几回，每走一步就发出"噗"的一声。屋内昏黄的灯光下，一片喧闹，盘碟哐当，人声嘈杂。半个厨房都是明档，一口直径约一米的大铁锅咕嘟咕嘟冒着热气，一套全羊骨架在锅里起伏，时隐时现。不锈钢台面上堆满了剥光洗净的疙瘩葱、姜、蒜苗，竹筐里盛满切好的香葱和香菜碎。

"好汤！"我情不自禁地在心底叫了一声，在一张还没收拾好的桌子旁坐下。服务员是一个下巴带点婴儿肥的年轻女孩，她一边摆小件餐具，一边问我们吃什么，说着把腋下的菜谱递给我们。菜谱简单得不能再简单了：一张正反使用的过塑彩页，除了菜品，还有几张模糊不清的图片。

老婆要了一碗羊肉汤，一碗杂碎汤，说："咱俩可以换着喝。""听说这家的掉渣烧饼挺棒的，那可是杂碎汤的绝配。"我用眼神请示，老婆默许了。服务员在一旁笑了。她除了有一排发光的厚刘海，还有两个十分对称的小酒窝。我张望了一下，除了老板娘，没有别的服务员了。她收起菜谱，准备去下单。我问卫生间在哪儿，她冲门外指了指："院子西南角。"我抽了几张餐巾纸出来。

一个不分男女、木门上还没有插销的露天厕所，灰灰沙沙的白炽灯光下，墙上有一块红底黄字的标识牌："你做的事，由水负责。"让我感到惊讶的是，这个不起眼的小饭店，设施简陋，生意却好得出人意料。他们肯定有自己的过人之处，我知道，既不是环境，也不是服务。

羊肉汤和杂碎汤已经在等着我了，速度真够快的。一种浓郁而神秘的香味飘散在空气中，只有用家酿的烧酒、上乘的配料、敲开的骨髓，才能熬制出这一锅史诗般的鲜汤。碗里漂着一层翠绿的香菜碎，被切成四瓣的掉渣烧饼盛在一只藤筐里。尽管我算半个厨子，也一眼看出这是纯正的骨头汤，没有借助三花淡奶增白。我迫不及待挖了一勺羊油炒制的辣椒面儿撒进去，很干的那种，见热汤便融化开了，红灿灿一层。口水快流出来了，我盛了一勺噗噗吹两下。老婆使劲儿瞪我一眼，我兴冲冲地，勺子都快到嘴边了，又被她瞪了回去。"口腔能接受的温度不过四五十摄氏度，这个热汤至少有九十摄氏度。"老婆总是给我普及她从一个叫作"科普中国"的公众号上学来的知识，以前我可听不进这些。她还让我吃清淡的，拒绝油炸腌制食品，晚上十点前强迫我关机睡觉……她的那些个好主意对我这个岁数、冠状动脉开始变得狭窄的人来说，肯定没啥副作用。有时候我挺佩服她的。我一天只抽三支烟，喝酒从不动真格的。

足足十分钟过去了，仿佛等了半个世纪。我终于获得她的默许，举起勺子，伸向红灿灿的羊肉汤，我仿佛听见了我嘴巴发出的欢快声。

这时，自吸式透明门帘"啪嗒"一响，又进来一对客人。他俩跺了跺脚，那位男士的眼镜片被屋里热气一扑变模糊了，他掏出一片纸巾擦了擦镜片。在那位女士的睫毛上可以看到初雪的闪光。我一眼就认出了那位男士，县医院神经内科的专家，他身旁那位女士肯定是他夫人无疑了。

我站起身冲他们打招呼："杜医生，您也喜欢这一口？"

"可不是，"他也认出我来，"赵老板啊，你的'烙馍村'一关门，我上哪儿吃恁好吃的烙馍卷菜？嗯，对了，你母亲睡眠还好吧，血压控制得咋样？"

杜医生是县医院分管业务的副院长，却从不曾放弃一周三天的专家门诊。在他眼里，所有病人都是一样的，没有贵贱之分，对像我母亲这样的乡下老太太也像对待亲人似的，一边做检查，一边开玩笑："儿子孝顺不孝顺？几天叫你吃一顿肉？"我母亲被问得哈哈大笑，也就没有了紧张情绪。接下来，他会掰开她眼睛用小手电探照眼底有无病灶，用一把医用不锈钢小锤子叩击她的膝盖部位，让她沿着地板砖缝走一字步，进行步态异常检查。他从来不会省掉一个程序。结束后他还会把自己的名片递给病人和家属，说有事可以打他的手机。

我告诉杜医生，母亲吃啥啥香，一切安好。他点点头说："带你母亲来复查一下，我给她调调药。"和我上一次见他相比，他的头发里添了更多风霜，但依旧是个英俊的男人。老板娘也认出了杜医生，亲自把他俩引领到屋角一张桌子旁，帮他们拉开椅子。不少人站起来冲杜医生打招呼，一脸崇敬。我不由心生羡慕，盼望着自己老了也能像杜医生一样，活得有尊严、有面子，走到哪里都能受到敬重，而不是像现在一样，谁见了都躲得远远的，生怕沾染上我们的穷气。就是同学聚会，我也很少获邀，那是成功者的盛宴——他们好像早把我忘了。

我和老婆开始呼呼喝汤，禁不住相视一笑。我看见服务员给杜医生送去一瓶二两装的"江小白"，一碟水煮花生米。一个白净的小厨师又端上来一盘螺丝椒炒肚丝。经过服务员身边时，那个女孩儿伸出脚绊了他一下，眼睛却盯着别处。小厨师反应很快，转身踢了服务员两下，踢得很轻。俩人又不约而同地瞅了老板娘一眼，相互做个鬼脸，分开了。小厨师与老板娘长得很像。

跟所有小型饭店一样，老板娘既是收银员又是服务员，还兼管照看凉菜柜。冬季的凉菜品种极少，水煮花生、面筋、腐竹、豆腐丝、生炝娃娃菜，还有一大盆煮熟的羊脸和囫囵青尖椒摆在柜里。老板娘很年轻，却沉着冷静，举手投足之间，有一种不动声色的聪明。她手里拿着点菜夹，脸庞随时都准备着堆起微笑，耐心地看着选菜的客人。

时间在慢慢流逝，凉菜柜也在慢慢变空。我和老婆吃得很细致、很清闲，我很享受这种氛围。看着笑意盎然的老板娘和脚不沾地的服务员，有一瞬间，我突然想起"烙馍村"生意兴旺的那些场面。此时此刻，我们好像又回到了过去，又站在同行中间了，我感觉浑身暖洋洋的。

我喝了一半，老婆也喝了一半，我们决定换一下碗。掉渣烧饼已经进了肚子，连落在藤筐里的脆渣也被我们吃光了。我用筷子一挑，老婆推给我的碗里，肉还多着哩。她总是这样，平时都把好吃的留给她的男人。我打算喊那个服务员过来，我们需要加一次汤。

"服务员！"一声严厉的招呼突然炸响，还伴随着什么东西敲击桌面的声音。循声望去，邻桌是四个跟我年龄不相上下的中年人，声音是从那里传过来的。四个人看着有点眼熟，我一时又想不起来。他们是那种在城内三关混油了的生意人，钱多钱少，到哪儿嗓门都贼亮贼亮。服务员笑吟吟走过去，问他们有啥需要。

一个说话有点娘娘腔的"地包天"，指着桌上一盘"湘味小炒肉"，责怪五花肉过油了，不是生炒的，他第一口就吃出来了。"地包天"讲一句话就使劲挤一下眼，挤得很用力，我看出他不是故意的。其实我也很讨厌厨师们不分青红皂白，逮着啥菜都过油，一如这道小炒肉：浸透猪油，滴滴答答。

他旁边那个胖子，鼻子长得很特别，当地人习惯称作"绵羊鼻"。他也发表了自己的意见：不满意土豆丝是用刨菜器刨的，没有刀切的味道好，粉皮也不对，他们要的是那种手撕圆粉皮而不是机制长粉皮。服务员连连点头，说："下回一定注意，保证让各位满意。""绵羊鼻"嘿嘿笑着咧开了嘴，胖子才有的那种迷糊表情露了出来。

另外两位，一个"大背头"，一个"睡衣哥"，每人嘴角叼了一支香烟，黑着脸一言不发，像是要跟人打架似的。我心里突然七上八下起来。凭我的经验，碰上这样的客人，不会让你省事的。

服务员晃了晃他们桌上的不锈钢水壶，去给他们提水，却又被叫回来。"地包天"指了指桌上还没打开的两瓶啤酒，服务员伸手一摸："坏了，忘带启盖器了。"随后，她抓起一只瓶子放进嘴里，扑一下咬开了，接着又咬开了另一瓶。

那四个人都瞪大了眼睛。

　　望着她的背影，"地包天"感慨万千："瞧这屁股，我简直不敢相信。""绵羊鼻"呵呵笑了，笑得居然像个傻子一样。这四个人越看越面熟。老婆探了探身子轻声说："你忘了，那个人叫坑王……"我的记忆一下子被点亮了。我首先想起了那个"大背头"，他拥有 3 辆铲车和 5 辆钩机，专揽挖掘工程。有一段时间我在店里主动加过很多客人的微信，这人自称"坑王"，个性签名我可忘不了："天天挖坑，坑坑成功"。他中等身材，大多数时候都微微低头，双眼内陷，目光毒辣，一开口，寒气逼人。经营"烙馍村"那些年，我们处处小心翼翼，还是不能让所有客人满意。有人走后台布上会留几个烟头烙的窟窿，还有人临走撂下一句"再不来第二回了"，也不说啥原因，让我们纳闷很长时间，反复自省。"坑王"属于后者。有一次我看见老婆慌慌张张跑出去，追到他的车跟前，想听听到底什么地方得罪了他。"坑王"黑着脸，关上车门就走了，理都没理我老婆。老婆傻傻地待在那里，一张被汗水弄花了淡妆的脸庞，永远定格在了那个仲夏。想起当年那个俏丽高傲、梳着马尾辫的中师女生，我的心仿佛被一只大手揉搓了一样。现实就是这样，是可以吞下你最后一点颜面的魔鬼。

　　接下来，另外三个我也对上了号。"地包天"在城郊经营一家"8 元管饱"的午餐点，民工和收破烂的是他的主要客源。外卖手推车上用红色写真贴粘了几行字：捞面大米 8 元管饱，包子卤面 5 元管饱。原材料用的都是市场上的便宜货。"绵羊鼻"拥有一个能够上庙会的车载式移动蛋糕房，有一款"香蕉蛋糕"居然卖得不错。车厢一侧经年累月挂着一个小黑板，上面的内容与蛋糕生意八竿子打不着，"考驾照，不想背理论的联系我……"那个除了夏天，其他季节都是一身睡衣睡裤的家伙——东关村电工，长了一张奇特的圆嘟嘟的脸，却透着几分莫名的蛮横。四个人结伴吃遍了县城大大小小的饭馆，一半是物以类聚，一半是显摆炫耀。"坑王"显然是他们的头头儿，很难见他开口说话，顶多是点点头，活像个哑巴。

　　老婆一手支住下巴，一手握着勺子，试着集中精力，不去关心别的事情。其实她很紧张，我从她呼吸的节奏中看出来了。

　　像是谈起了"8 元管饱"前段时间被关停的事，"睡衣哥"问"地包天"天天在家干什么，"地包天"叹一口气，回复他："我是白天没屌事，晚上屌没事。"

　　那个"绵羊鼻"一直在用手指头抠挖塞进牙缝的肉丝，还不时卷起舌头舔找。他又一次笑得像个傻子，脖子肥得满是油脂。他似乎也想卖弄一下，想了半天想出一句："早不饮茶，晚不喝酒，天傍明不往肚皮上走。到了咱这个年纪，可得记住喽！"

"绵羊鼻"说完，嬉笑一声，再绕着桌子看上一圈，期许着响应。我感觉他这些话不单单是说给他们几个人听的。

这些声音肯定也传到了杜医生那边，他夫人往这边望了望，皱了皱眉头。杜医生一口喝干他面前纸杯里的酒。他并没有站起来，也没有出面说什么，只是冲服务员招了招手。老板娘抢在服务员前跑过去，问杜医生需要什么。杜医生说："我们只要一碗烩面，可不可以？"

"大碗面，小碗盛，一分二，对不对？"老板娘很是聪明，因为最后这个词说得比较欢快，嗓音媚人地往上一扬。她的心情好像很不错，路过那四个人的桌子时，捎带问了一声："咱们需要报主食吗？"

"坑王"脸色刷一下变了，重重地哼了一声。"睡衣哥"一见，把手中酒杯狠狠往桌上一蹾："咋了，要撵我们走是不是？"

老板娘眼里闪过一丝错愕，又很快变得亲热而温柔，她拎起桌上的水壶——给他们续水："各位都是贵客，请还请不来哩。""地包天"哼哼了两声，想发表点什么却又找不到合适的话。见他们没有继续发火，老板娘松了一口气，冲厨房喊了一嗓子："送一个老式鸡蛋汤过来！"

后来他们也点了主食，一人一个手工馒头。"绵羊鼻"吩咐服务员："上一碟小米椒，切成细圈，倒点生抽。"我咧了一嘴，今年的小米椒跟去年的香菜差不多，死贵死贵，24元一斤，价格还在涨。他说的"上"，就是白送的意思。服务员迟疑了一下，说要问问老板。这些人脸色又变了。那个"睡衣哥"把烟在烟灰缸里使劲摁灭，站了起来："一蹾火把桌儿给你掀了！"这家伙瞪着一双小眼，说话像跟人吵架似的。他可真敢，我们的"烙馍村"就开在东关村，领教过他两回了。这伙人不好惹。

老板娘赶紧从吧台里探出身，吩咐服务员去厨房端小米椒。

刚来时对黑羊白汤的热乎劲儿全没了，我的额头上挂满了密密匝匝的汗珠。我是个紧张型的人，尤其是干了餐饮之后，情绪更难以控制。我看出老婆比我还紧张。我提醒自己，"烙馍村"早转让了，今天我们也是消费者。可是不管用，心里还是紧张。这场面把我带回了几年前，仿佛再次置身于刁难者的枪口下。那些年，每天开门后，老婆在做一些餐前准备，特别是第一拨儿客人进门后，她脸上的表情夹杂着虔诚、敬意、厌烦和畏惧。我很庆幸自己可以找借口钻进后厨不出来。其实开店伊始我就高估了自己的抵御能力。有一天，我实在受不了了，一个人躺在家里，用被子盖住头，像个女人一样呜呜哭了。我很绝望，也很无奈。"烙馍村"第二天还要开门营业，后天也是，耻辱会一次次掀起高潮，我们避无可避。

馍头端上来，只一会儿，一碟小米椒就吃完了，他们要求再上一碟。一阵小心谨慎的沉默之后，老板娘还是答应了。她脸上呈现出一副逆来顺受的疲惫神情，与我老婆当年站在"烙馍村"吧台里一模一样。"绵羊鼻"吃得满头冒汗，喉咙里发出哼哼唧唧的声音，他抓起一张餐巾纸"哧哧"擤了一通鼻子，然后放在筷子旁边。他擤鼻子就像吹小号一样，整个饭馆的人都能听见。

第二碟小米椒快吃完的时候，"地包天"突然一拍桌子。我心里猛然一咯噔。当年在我们"烙馍村"也是这样，生气的客人叫你的方式就是这样。

服务员赶紧跑过来，冲他们打招呼："你好！"

"好个屁！""地包天"一脸怒气，举着手里的馍头叫服务员看，"你们'黑羊白汤'胆儿真大，竟敢拿发霉馍头欺骗人！"

"不会吧？都是今天下午新蒸的馍头，我还帮后厨揉面了。"服务员盯着那个馍头，有点纳闷。

"你们的羊肉是现宰的，馍头是现蒸的，咋不说白菜是现种的，鱼是敲开冰从河里现捞的？鬼才相信你们这些鬼把戏！""地包天"一脸不屑，"咱就事说事，你就说馍头上这些黑点是怎么回事吧？"全屋子的筷子都停下了，盯着这边看，在空气中我嗅到了咄咄逼人的气味。

服务员回答不上来，喃喃着："真是新蒸的呀。"她瞅了一眼老板娘，老板娘正在给两桌客人结账。服务员突然眼睛一亮，跑进厨房，端出来一个盛有半格馍头的不锈钢笼格，"看看，是不是新蒸的？"

"地包天"围着半笼馍头瞅了一圈，眼睛也突然一亮，"新蒸的又怎么样，不是照样有黑点！你们是不是用发霉面粉蒸的？""坑王"嘴上的香烟头吸得一明一闪的，其他几个人一下子兴奋起来。"睡衣哥"呼一下站了起来，提一提睡裤，挠挠后脑勺，然后挨个捏了捏那些馍头。他好像有点站不稳。"绵羊鼻"又是拍照又是录视频，扬言要发朋友圈。这时厨房门口伸出一个白净的脑袋，张望着这边的情况，脸上的关切表情跟他的年龄很不相称。

老板娘丢下正结账的客人，风风火火赶过来。她说她敢拿小店13年的声誉保证，手工馒头都是今天下午新蒸的，用的面粉也保证没问题，店里有进货记录。

"地包天"冷笑一声："你只要把馒头上的黑点解释清楚就行，卖假酒的没说他的酒不是粮食做的。"

"绵羊鼻"把手机对准老板娘："说不出个子丑寅卯，我就发朋友圈，还有抖音，让全县人民都知道，黑羊白汤卖发霉馒头，危害人民群众健康。"这家伙现在不迷糊了，说话一套一套的。一直不说话的"坑王"瞪了他一眼，居然开口了："发什么朋友圈，直接给食监所打电话！"

面对他们疾风暴雨般的指责，老板娘的鼻尖上沁出了汗珠。她也很纳闷这些黑点，找不出合理的解释，不清楚这些吊诡的事情为啥会在自己的店里发生。沉默不是解决问题的方法。"我吃一个，吃一个你们看看。"她没有把一个馒头吃下去，而是把所有馒头的黑点全部抠下来，一口一口吞下去。老板娘一脸无奈，我仿佛听见眼泪在她心里翻腾。

"想消灭罪证？""地包天"指挥"绵羊鼻"赶紧录下来，看样子他们不会善罢甘休。我看见后厨门口那个白净的脑袋疯狂晃动着，手里掂了一件发亮的家伙，结果被一个老厨师拽了回去。接着，有什么东西被重重地掷在地上。

"其实呀，是发酵粉没揉开，我们在家蒸馒头，都遇见过这种情况。"一个厚重的声音突然从屋角响起，声音很低很慢，却透着一股威严，不容置疑。大家的表情都有了一瞬的凝滞，转过身去。

杜医生慢慢放下筷子，抽出一张餐巾纸擦了擦嘴，又把用过的餐巾纸叠好放在骨碟旁边。他一边站起身往吧台来，一边对那几个人说："几位老弟，不要再闹了，我说的不假。针大的孔，斗大的风！有必要吗？不要一直揪住不放，根本就不是个事。"

"地包天"他们很不情愿地闭上了口。刚才，一屋子人都一言不发地望着杜医生，就像学校里坐在板凳上等待宣读期末考试成绩的学生。我做了一个敬佩的手势表示赞同，被"睡衣哥"看见了，他冲我狠狠瞪一眼，还伸出手指了指我。

杜医生站在吧台前问多少钱，老板娘一脸感动，说"下回吧"。杜医生坚持结账，他笑着说："饭店的菜和肉都是掏钱买的，又不是风刮来的。"结账这一点我可清楚：有一回杜医生在"烙馍村"给他父亲过寿，三备一。他是我遇见的头一个不肯接受打折的顾客。订桌的时候，他只要求把菜做好，量一定要足，要有几个硬菜，亲戚都是乡下的，饭量大。说这些话时，他的笑声跟在门诊时一样朗朗有力。

饭店恢复了正常秩序，冒着热气的菜又开始在桌子之间穿梭。我和老婆额头挂满了汗珠，只想赶快喝完汤走人。按我平时的习惯是要加三次汤的。我打小就是一个性格温和的人，憎恶暴力，总是避开人多的地方。可是刚才，我真想把嘴里的勺子咬下一块。干饭店这些年，心脏经受了一次又一次突发事件的考验，不到五十岁，心律就不齐了，还出现了房颤。

那四个人显然受了挫，丢了面子，也想提前结束。杜医生出门后，"睡衣哥"爆了一句粗口："靠，让我们吃发霉馒头还不让说！"

"就是，日鬼不叫鬼叫唤……""绵羊鼻"不失时机卖弄了一句，他肚里好像存了不少这类脏货。

四个人围住吧台，"坑王"举着手机打算结账，也许他的威信就是在一张张结算单上建立起来的。"地包天"挤一下眼，又挤一下眼："多少钱？"

"276元。"老板娘脸色通红，眼里闪过一丝惊悸。

"睡衣哥"歪歪斜斜地往前闯了闯："把零头免了！"听那口气，他的话不能违抗。"绵羊鼻"不吭声，抽了一口烟，噘起嘴唇朝老板娘脸上慢慢吐去。

"好吧，结270吧。"

"睡衣哥"一听差点跳起来，"你打发叫花子的吧？"看来他心中的零头跟老板娘这个零头根本不是一个概念。

"刚才不是还送了咱一个老式鸡蛋汤？再说，现在原材料都涨价了，没啥利润……"老板娘在一次又一次努力调整自己的表情，她想尽力保持脸上的笑意。

他们沉默了一会儿，见老板娘没有再让步，就把账结了。"坑王"扫完微信后问老板娘要发票，老板娘撕过发票双手递出来，笑着说："各位慢走，欢迎下次光临！"

然而，她的笑容马上凝滞了。

"坑王"把发票一点一点撕碎，摊开手掌，让碎片慢慢落到吧台上。

　　我的心颤了一下，我老婆比我还紧张。我俩一直在提醒自己，这不是我们的饭店，我们已经不干餐饮了，可是一点儿也不管用。我悄悄看了老板娘一眼，她的眼眶整个红了，她在使劲撑着不让泪水流出来。厨房门口又一阵激烈的躁动，那个小厨师再次被老厨师拽住，服务员也跑过去帮忙，把他手里的家伙夺了下来。

　　我觉得这时候去结账不太合适，老板娘的情绪需要稳定一下。我抽出一根牙签咬在嘴里。老婆身子僵硬地坐在那里，出神地望着我。我想安慰她两句，转移她的注意力，却笨得找不到话题。就在这时，有一桌客人突然喊了一声："服务员，开水！"

　　"哎，来了。"我怎么都没想到，是我老婆脆生生答应了一声。接着，她的腿像装了弹簧一样跳起来，抓起桌上的不锈钢水壶飞奔而去。

　　"黑羊白汤"那个慢了半拍的服务员、老板娘、我，还有吃饭的那些客人，全都瞪大了眼睛。我的老婆——当年那个俏丽、高傲、梳着马尾辫的中师生，后来的"烙馍村"老板娘，再次被定格在了一个特别的瞬间。

——原载《莽原》2022 年第 3 期

《小说选刊》2022 年第 7 期转载

作者简介

　　赵文辉，男，1969 年出生，河南辉县人。中国作家协会会员，河南省文学院签约作家，新乡市作家协会名誉主席，曾任新乡市作家协会主席。先后在《北京文学》《长城》《长江文艺》等刊物发表小小说、中短篇小说等若干，部分作品被《小说选刊》《中华文学选刊》《北京文学·中篇小说月报》转载，《刨树》入选《2011 中国年度短篇小说》。曾获第一届河南省文学奖、第二届杜甫文学奖、小小说金麻雀奖。

分家记

赵文辉

那是 1995 年秋日的傍晚，从镇轧花厂下班后，我骑着一辆"金城 100"摩托车行驶在乡间土路上。我记得那一段时光里，"金城 100"成了我最亲密的伙伴，朝夕相伴，惹得新婚不久的妻子忍不住冲它翻白眼。其时夏季已过，田间野草正在结籽，空气中蝉声聒噪。我这是受瞿大军之托，去小张庄接他的老舅。瞿大军和我打小儿就是秤杆不离秤砣，长大后发展成了那种一夜抽掉两包"彩蝶"烟、干掉三件"航空"啤酒的关系。我每次主动借车给他，他都很谨慎，说别人贵重的东西还是不摸为好。

在小张庄西头，有一条淙琤的小溪，水流很急，水面上拧着一个又一个的漩涡，有不少女人正在河边采米谷菜。过了小溪，就是瞿大军老舅的家。一个用荆条编织的栅栏式街门，院墙很矮，是红胶土掺麦秸垛成的（麦秸明显放多了，显得很毛糙）。南墙上还有一个裂缝，像一张打呵欠的大嘴。墙角有一间快要倒塌的石棉瓦棚。门开了，一根捆扎啤酒的尼龙草做成的开关绳在门后，一只小灯泡悬在梁上。屋里灰沙沙的，简陋得让人吃惊：一个烧制的豁口的揉面盆，一只电池漏酸的半导体收音机，一张床，一只破凳子。

老舅一边把铁门搭穿进门鼻，挂上一把锈迹斑斑的老锁，一边冲我解释："这户人家搬到城里去了，我给他们看看门。老屋一直住人不打紧，一不住人就废了。"接着又强调了一句，"我不愿意跟孩子们住一块儿，这里清静、自由。"老舅看我的时候，眼睛好像蒙了一层雾。老舅说他视力越来越差了，上个月去供销社买盐，居然被半块砖头绊倒，跌破了眉弓。他的两眉之间果真还有一个一分硬币大小的血痂。

我很小的时候就认识老舅，经常跟瞿大军一起来找老舅剃头。老舅好像很不耐烦，给我们剃那种简单得不能再简单的"茶壶盖"，到饭点也不留我们吃饭。瞿大军的弟弟瞿二军，一个小胖墩，典型的跟屁虫，我们走到哪儿他就跟到哪儿。瞿二军被一只鹅追击过，在一条窄长的小巷里，凉鞋都跑丢了，吓得哭天喊地。小时候我们还喜欢去别人家睡觉，四五个泥孩子挤在一张床上，大喊大叫，闹得跟暴风雨似的。瞿二军幸福地躺在我们中间，笑得像个弥勒佛。有一回我扯住他的耳朵告诉他："有件事你得小心点，小胖墩。有个家伙专门在半夜起来弹别人的小鸡鸡。"瞿二军吓得一扑棱坐了起来："哥，真的？"那时候的老舅红光满面，走路虎虎生风，可不像现在这样干瘦。他经常挑着一副担子走村串巷，四处奔波，一个剃头匠的全部家什都在两肩。我们村逢集的时候，自然少不了这副担子。老舅一放下担子就先生炉子，接着会在一面写着"深挖洞、广积粮"的墙上钉钉子，挂上镜子和黑乎乎的鐾刀布。剃头的人一个挨一个，瞿大军、瞿二军送来的鸡蛋捞面糅成了疙瘩，老舅手里的推子还是停不下来。他的推子上经年累月都有一股刺鼻的煤油味。

老舅今天穿了一件干净的灰色上衣，里面还有一件白色小褂，一副乡下人走亲戚的典型打扮。他的腿脚不似年轻时灵便了，扶着我的肩膀翘了三四下腿才上去摩托车。老舅的手无处着落，我说："你抓住我的肩吧。"老舅贴近了我，一股老年人的闷酸味从后面飘过来。我打着火，挂挡、松离合，我很喜欢这款既节油又体面的摩托，特别是那悦耳的马达声总是让人心驰神往。我压根儿就拒绝"幸福250"，因为它是个油老虎，会耗尽我在轧花厂的所有加班补助。摩托在乡间小道上行驶，路两旁的杨树刚刚被伐倒，留下无数个冒着白茬的树墩子。我们像北乡下习惯把杨树叫作"鬼拍手"。我看见乡间狭窄的土道上布满又干又硬的车辙，道上隆起的土脊摩擦着挡泥板，弹簧式减震不时地将后座上的老舅弹起来。老舅干瘦的手指不断用力，我肩膀上的肉被揪得生疼。

瞿大军一家听见马达声全迎了出来。瞿二军，当年的跟屁虫，被一只鹅追得大呼小叫的小胖墩，如今已是一个皮肤黝黑、肩宽背厚、眉宇之间英气逼人的帅小伙子了。这个五大三粗的小伙子却有一件事说出来叫人忍俊不禁：他怕打针，每当医生用温开水冲洗针管时，他就会像小时候被鹅追赶一样哭天喊地，需要我和瞿大军这样身板的人按住他才能勉强完成注射。这时，瞿大军、瞿二军一边一个，从摩托车上小心翼翼地把老舅搀扶下来。他们的父亲，身材高大、微微有点发福的瞿老爹，上前一把攥住老舅的手，往家里让。穿过门楼，迎门墙上爬满了一种叫不上名字的攀缘植物，西墙上有几架白扁豆，东墙根歪着一辆手扶拖拉机，油箱口塞着一块黑乎乎的破布。

瞿大军的媳妇，一个叫秀娟的女人，从灶房跑出来，一边用围裙擦手，一边同老舅打招呼。当年嫁过来时秀娟身材苗条，双眼皮，笑起来略带羞涩，两颊各有一个酒窝。闹洞房时，一群发小没轻没重，掀开她的大红袄子，在她雪白的肚皮上画了一只茄子。那天秀娟哭了鼻子。如今，他们的闺女已经满街跑了。秀娟也变成了一个略带悍性的已婚妇女，在收割麦子的间隙里跟小叔子们开一些过火的玩笑，一齐动手脱某个小叔子的裤子都不在话下。秀娟这会儿双手沾满了白面，她用围裙抽打着膝盖上的面粉，问瞿老爹："您和老舅是先吃饭还是先喝酒？"

瞿老爹挑起青竹搭帘，一边往屋里让老舅，一边征求意见："要不咱先吃点垫垫？吃过饭再一边说事，一边喝酒，今天，我想领教领教你的赖五枚！"

老舅一听双眼发光："中，中，先垫垫更好。"又不失时机地回击了瞿老爹一句，"你的二六枚也不好惹啊！"

俩人年轻时就好酒，特别喜欢猜枚并且各有绝招，一个喊五不停，另一个二六不分，耍起赖来跟小孩子一样。好多回，烂醉如泥的老舅躺在"奔马"三轮车上，被两个外甥护送回家。"奔马"三轮的后车帮上，挂着老舅的破自行车。

秀娟和我们说话的时候，一个白里透红的小脸蛋从她的腰后探了出来，是他们的闺女蒙蒙，去年才上育红班。更小的时候，蒙蒙一看见我就呆在原地一动不动，垂下头，缩着脖子和小小的双肩，像一株含羞草一样。等我走远了，她又舒展开，恢复了原先的活泼。现在我们已经很熟了，我一招手，她就扑了过来。我抓住她的胳膊，嘴里喊着"一二三"，把她悠上了我的肩头。她咯咯笑着，撒娇着。打扫得光光亮亮的院子里，一只母鸡正啄着从老榆树上掉下来的一只知了，知了嘶哑地叫着，扑棱着两只透明的翅膀，奋力逃生。自从秀娟进了这个家门，屋里、院里再也找不见一根草棒，钢精锅被清洁球擦得锃亮。还有，在她家的窗纱上，你休想找出一个破洞来。

秀娟回灶房准备晚饭的时候，我背着蒙蒙进了正屋。他们已经围着一张深红色的枣木饭桌坐了下来，瞿大军正给老舅让烟，瞿二军手里握着一只绿色透明的塑料打火机，等着点火。老舅美美地吸了一口烟，两个外甥看他的眼神简直像见了县委书记一样。他很受用，一种久违了的被人尊重的惬意涌上心头。他将一条腿搭在另一条腿上，挺直了腰杆。

瞿老爹和老舅见了面，自然少不了一些老掉牙的问候，接着是麦田的收成和秋庄稼的长势，瞿老爹如何去县里参加"文明富裕户"授牌，县医院添置了一台能把人的五脏六腑看得清清楚楚的神机器，据说瞄你一眼，几亩地的玉米钱就没了。扯到今年的旱情，俩人异口同声谴责某一位歌星："死胖子，天天在电视里吼，天不下雨天不刮风天上有太阳，这不，大半个秋天过去了，一滴雨都不见！"

说起"文明富裕户"授牌，瞿大军插话，他说上头的富民工程固然好，可到了县里、镇里就变了味。县里的头头们就是心太急，去年开始在省道两边搞什么"银色带工程"，让大家建造日光温室塑料大棚，一没技术，二没销路，结果全砸进去了。农民很受伤害。还有县农委积极推销的那个"惠满丰"，一种庄稼助长剂，就像炒菜放味精一样，放也行，不放也行。提起"惠满丰"，我想起来了，我去县里开的动员会，主管农业的副县长以超乎寻常的热情力推"惠满丰"，给我们轧花厂也分配了销售任务。"他们还不懂得让土地休息。"瞿大军捻弄着一支香烟，慢条斯理地说，"农药、化肥用得太多了，应该从别的地方使劲。"我非常赞同瞿大军的说法，20世纪90年代，大家一心向钱看，发展的步子不小却踉踉跄跄，农业按照工业逻辑进行改造，严重地依靠农药和化肥。第一次使用除草剂的农民惊叹不已，开始相信科学的力量。瞿大军觉得有些地方不太对劲，担心土地被掏空。他们一家拒绝粗暴的耕作方式。为了使土地免受损害，肥力不至于消耗殆尽，在征得瞿老爹同意后，瞿大军和瞿二军用废弃的氨水桶改制了一辆拉粪车，农闲的时候就去县城掏粪。瞿大军不修边幅，黑漆漆的头发像松针似的直立着，他平时不喜欢说话，做事非常有耐心。小时候我们一同去雪地逮鸟，他知道如何坐在那里一动不动，像他身后的树墩一样，一直等到那些麻雀和老斑鸠飞到他身边，旁若无人地叼食捕鸟筐下的麦粒，甚至好奇地到近前来端详他。瞿大军收筐的动作迅雷不及掩耳。同时，他又是一个心里有谱的人，他不止一次对我说，没有计划的生活会使一个家庭垮掉。他对未来的日子充满了雄心。

　　秀娟把熬好的玉米糊涂端上来，下饭吃的菜做了四个：凉拌黄瓜、蒜泥茄子、韭菜炒鸡蛋、菜椒肉片。还有一大盘刚出笼的蒸馍，上面明显地保留着秀娟装笼时抓捏的手指印痕。瞿大军把菜椒肉片移到老舅跟前，瞿二军把一只蒸馍递给老舅。我们大家一起喝玉米糊涂，喝得呼呼作响，谁也不嫌弃谁的吃相丑陋。

　　老舅喝完最后一口玉米糊涂，瞿二军眼尖，抢了老舅的碗要去盛，老舅按住了他的手："中了，中了。"

　　"才喝一碗咋会中？"瞿二军瓮声瓮气地问老舅。老舅嘿嘿一笑："留着肚儿呢，一会儿准备尝尝俺外甥媳妇的手艺。"

　　一旁的秀娟赶紧接话："舅啊，您外甥媳妇笨手笨脚的，一会儿做的下酒菜咸了、淡了、没味了，您多担待！"

　　喝过糊涂，收拾饭桌，他们四人继续唠嗑儿，我去灶房看秀娟做菜。蒙蒙呢，上了瞿老爹的膝上玩耍，不肯下来，她早已把那里当成了自己的地盘，玩累了就会趴在上面打瞌睡。刚才吃饭的时候，蒙蒙站在院子里为一颗松动的前门牙担心了很久，在舌头和手指的帮助下，它终于掉了下来。柔韧的牙根上还有点血迹。她拿着牙齿进屋去，大人们一致夸她长大了，并鼓励她把牙齿扔到屋脊上。

　　秀娟正在案板上切土豆，"梆梆梆"，土豆飞出一片一片的扇面。她把这些土豆片码齐，"嚓嚓嚓"，仿佛变戏法一样，土豆丝从刀口处喷涌而出。我问她准备几个下酒菜，秀娟告诉我六个，并一一报给我听：家常土豆丝、豆角炒肉丝、姜汁变蛋、洋葱拌猪头肉，还有卫辉产的素肠罐头，那个年代的家庭酒席好像都离不开它。说起松花变蛋，这可是老瞿家的家传手艺，无铅，带松花印痕，每个变蛋的中间都有一个糖心，吃在嘴里一股奇异的香。瞿老爹会孵小鸡手艺，上坑五天后未见发育的鸡蛋都会被挑出来做变蛋，他们把这批无精蛋叫作头照蛋。小时候我在大街上玩，瞿大军从家里溜出来，一句话不说，走到我身边来，把一只沾满稻糠的松花变蛋突然塞到我手里，转身就跑掉了。

　　我说才五个，还差一个。秀娟不回答，忙着往地锅里倒油。虽然煤球炉已经普及，但一下子出这么多菜，煤球炉实难胜任。地锅是瞿大军盘的，他天生就是一个称职的农民。秀娟总是认为地锅有某种美德，看着丈夫亲手建造的烟囱背后积满炱，感觉真是不错，她往灶里扔柴火比往常更加理直气壮，又想想一会儿即将举行的那个重要仪式，心里充满了热望。锅里冒起黑烟，刺啦一声，秀娟将一碗没脱皮的金蝉倒进了油锅。第六道菜的香味飘进我的鼻子，我不由咽了一下口水。刚才我也学他们的样子，只喝了一碗玉米糊涂。

老舅喝下第一口酒的时候，青筋暴起，饱经风霜的喉头发出声响。放下酒杯，他迫不及待抄起一大块猪头肉送进嘴里。老舅的嘴巴流着汁液，嚼得很香。

"猪头肉真好吃，只不过老是塞牙缝。"老舅放下筷子说。

"挑肥的吃，挑肥的吃。"几双筷子一起行动，往老舅的碗里拣肥肉。

"够了够了。"老舅被巨大的幸福包围着，双颊发热，他又喝下一杯酒，对瞿老爹说，"老姐夫，该说正事了。"

瞿老爹把膝上的孙女放下来，让她去找秀娟。秀娟连锅碗都顾不上洗，搬了个小板凳坐在一边旁听。瞿大军交代过她了，男人说事的时候，女人家不要乱插嘴。秀娟穿了一件黑色健美裤，没穿袜子，结实的双腿伸展开，在脚踝处交叉在一起。她的脚踝线条优美。她把蒙蒙拉进怀里，小声交代闺女不许出声。我已经把带来的稿纸铺展开，甩了甩钢笔，在地上甩出一串墨水。

瞿老爹穿了一件白色半截袖，下身是一条黑裤子，他有个习惯，哪怕是新买的裤子也要把裤腿卷到膝盖处。坐在他旁边，我闻到他半截袖上有很重的烟熏味。他们那一茬老人都喜欢吸旱烟，那种短柄旱烟袋，前面是一个铜制的金属锅，干活的时候别在后腰。他们不再使用荷包装烟丝，而是选择了那种废弃的铁制鞋油盒，"金鸡"牌的圆盒子，一侧装有一个小小的旋柄。瞿老爹吐出最后一口白烟，把烟袋在桌腿上"梆梆"磕几下，这才开了口："今儿把你老舅请来，还有咱村的赵记者——"自从我把田寡妇家老母猪一窝产下32头小猪崽的事儿写成消息在《新乡日报》发表后，村里的大人、小孩见了我都开始称呼我"赵记者"。瞿老爹继续往下说："主要是来把咱这个家分了，大军分出去单独过时光，我暂时跟二军在一起住，领着他再干几年老本行，攒一笔钱，给他娶了媳妇我也就歇了。像你老舅一样，享个清福。"

老舅一怔，好像承受不起"清福"二字似的，他点点头又摇摇头："清福？呃，我这腿出了毛病，挑不动剃头担子，还有这眼睛也是灰灰沙沙的，一开始还不服这口气，给人家刮脸，结果割了三道口。从那以后，再没人找我剃头咯！"

瞿老爹笑笑,用他厚实的大拇指按了按烟窝,接着说:"把大军分出去过时光也不是坏事,给大军一压担子,往后他也是一家之主了,早磨炼早成才。我呢,可以一门心思为二军的婚事奔忙。还有个好处就是免生气,将来二军娶了媳妇,锅碰勺、勺碰碗,难免要起烟火。今儿咱们说好了,当着你老舅的面,让赵记者写个分家文书,一个家就变成两个家了。具体咋分法,叫你老舅说吧。"

这时蒙蒙闹着要尿尿,秀娟让她一个人去院里,蒙蒙说天黑有猫猫。窗外真的什么都看不见了。秀娟找来一只铝皮手电筒,牵着蒙蒙。掀竹帘的时候,一只偌大的长着似眼花纹的飞蛾趁机飞进来,"砰"的一声撞在日光灯上。我看见老舅正衔着烟卷倾身去接瞿二军递过来的火,他两只手拢着,对过火后又亲昵地拍拍二军的手——这就是我们豫北乡下的对火礼仪。老舅吐了一口烟:"先不急说,等等外甥媳妇,咱不能背着她说事。"

趁这个空当,我和瞿大军也去了一趟厕所。院里的风凉丝丝的,非常舒服。刚立秋那几天,空气依然潮湿得使皮肤发黏,今天好了,感觉风是干爽的。我仰起头,看见星星已经挂在了村子的上空。

重新入座后,老舅像当年给我们剃"茶壶盖"一样干脆利索地宣布了分家方案:"好,咱先把正事说了再痛快喝酒,我这指头早不耐烦了,今天非跟老姐夫比个高低。好,说正事,你家这座新房给二军,老房给大军,大军你同意不同意?"

瞿大军点点头,说:"我没意见。"

"电视家具都是双份,各人屋里归各人。你爹孵小鸡攒下两万块存款,大军一万二,二军八千,大军还得翻盖房子,二军你同意不同意?"

瞿二军点点头说:"听老舅的。"

"还有啥事呢?"老舅拍拍脑门,想起来了,"几亩地按人头分,你爹那份将来留给二军。院里的树各家归各家,新院的树长得小,二军你吃亏了。"灯光下的瞿二军长着一颗方方正正的大脑袋,一脸粉刺,他照例瓮声瓮气地回答老舅:"俺哥说了,等俺结婚给俺打一套组合柜哩。"

老舅赞许地望着瞿大军说:"那是你们兄弟俩的情分,分家该咋分咋分,我一碗水必须端平了。赵记者你都记下了吧?"我点点头,告诉他我先记个草稿,一会儿再誊写一遍。

　　刚才提到组合柜，秀娟一怔，这事瞿大军可没跟她提过，但没提过她也不会反对，她懂得如何维护自家男人的脸面。这时她接过话头逗瞿二军："要是娶个媳妇不孝顺，不听二军的，咋办？"

　　瞿二军一听两只眼睛就瞪圆了："敢！不孝顺咱爹，一脚——"说着，真把面前的小板凳当成了未来的媳妇，一脚踢飞出去。大家哗一下笑了。我突然想起了那年村里唱戏——《墙头记》，台上张木匠被两个儿子丢到墙头没人管，大乖还说："你要掉往墙里掉，掉到墙外可没人管饭。"台下的瞿二军早已忍无可忍，咆哮着冲上戏台，用砖头在"大乖"头上砸了一个窟窿。那一年他十四岁。

　　秀娟接着逗二军："说到结婚，二军是不是已经谈好了？"

　　"没有，没有！"瞿二军连连摆手，脸上的粉刺越发紫红了。

　　老舅一直就喜欢这个外甥，也跟着逗："俺二军要个头有个头，要模样有模样，真没有自由一个？"

　　蒙蒙已经睡着了，秀娟起身去往床上放她，走到里间门口又回头揭发瞿二军："早就自由好了，还以为我们都不知道。"

　　"谁？哪个？"我们一起来了兴致。

　　"哪个？开理发店的艳菊呗！一天往人家理发店跑八趟，给人家搬煤球、换灯泡，啥事都离不开他！"

　　我天天上下班从"艳菊理发店"经过，门口有一个条纹状的旋转彩柱。那个叫艳菊的姑娘，大家都知道，她勤劳、正经、双腿修长。我突然想起，有一回经过理发店门口，看见艳菊正在缠毛线，瞿二军也在，并且相当有耐心地借出自己的手臂，替这个年轻姑娘支着毛线卷。艳菊垂着双眼，正飞快地绕线团，神情无比专注。

　　"天天往那跑，上摩丝是不是不要钱啊？我明儿也去剪个刘海儿，打你的旗号，是不是也不用掏钱？"门帘一挑，秀娟抱闺女进了里屋。我一看，可不是，瞿二军的三七分头湿漉漉的，还带着梳子梳理的齿印。瞿二军的一张脸红得像柿子："我不跟你们说了！"他跳起来往外面跑了。

　　瞿老爹也禁不住笑了，他的一口牙还是自己的，一颗也没少。他们家祖传孵小鸡手艺，瞿老爹拥有方圆几十里内最为灵活的手指，他一只手能抓六只鸡蛋，在自制灯箱上照蛋的时候，那些皮薄如纸的鸡蛋能像大师手中的太极球一样来回滑动，却毫毛未损。孵化室的温度控制，瞿老爹从来不依靠温度计。从簸箩里抓一只鸡蛋在眼皮上摁一下，就知道下一步该怎么办了——温度高了，他会吩咐瞿大军把所有簸箩上的棉垫子掀开晾半个小时；温度低了，就让瞿二军往炕眼里添几把柴火。小蛋出壳那一天，他一整夜都不合眼，隔一会儿端着一大茶缸凉水，"噗噗"往鸡蛋上喷。这一门手艺，一直是瞿家搂钱的耙子。虽然瞿大军虚心好学，尽得瞿老爹真传，现在真把他分出去单干，瞿老爹却又不放心起来："大军，你单干中不中？"

秀娟望着瞿大军，用眼神送去了鼓励。新生活即将来临，他们决定迎头而上，对未来充满了憧憬，心甘情愿去白手起家。瞿大军霍一下站起来，我看出他在极力压制自己的激动："爹，您教我的技术我都掌握了，我还专门做了笔记。我打算用您给我的一万二当垫底，甩开膀子大干一场。您呢，也不能丢下我不管，常去看看，做我的技术顾问吧。"瞿老爹点点头，他很欣赏大儿子那股钻研劲儿，在识别鸭崽的公母技术上，瞿大军有所创新，不用再掰开鸭崽的肛门，用手摸就能摸出公母来。有几年孵小鸡生意走下坡路，还是瞿大军去郑州引进一批康贝尔鸭种蛋，扭转了局面。

瞿老爹宽慰地笑了，他又想到一个问题："你准备一开始盘几眼炕？"炕多，簸箩就多，孵出的小鸡小鸭就多。

"五眼。"瞿大军轻轻地说，却是下了很大的决心。

"好，有胆识！人手不够咋办？"

这时，秀娟接上了话："俺娘家兄弟初中毕业了没事干，准备叫他来帮忙。"

瞿老爹放心地点点头，秀娟家里家外都是一把好手，他老瞿家上辈子烧了高香啊。瞿二军被老舅从外边叫了进来，他们继续说分家的事。老舅又拍拍脑门："还有啥呢，还有啥呢？没啥了赵记者就写文书吧，让他们一人摁一个指头印就成了！"老舅看着两个外甥轮番给他倒水递烟，乐呵呵的，随手拆下一根扫帚棒，剔着牙，看我写文书。我把分家协议在印有"辉县赵固轧花厂"笺头的稿纸上誊写一遍后念给大家听：

"今有瞿国忠家庭成员中二子（瞿大军、瞿二军）均已成年（其中瞿大军已成家），准备分家另过独立生活，父亲为子女生活考虑，愿将自己所有财产分与二子为业，为划清产权，避免争议，团结和睦，特立此分家协议为凭……"

我把从轧花厂带来的印泥盒子掏出来，等着他们签字后摁指头印。瞿二军忽然拦住了我："慢，俺爹的房呢？"

老舅"嗨"一声:"真是的,现在先跟你住一块,将来老得不能动了两家轮,你们哥俩还能让你爹住大街上?"

瞿二军不同意:"得说个清楚,要不将来唱《墙头记》咋办?"

瞿大军也点点头同意:"我看干脆等二军结了婚,就让爹跟我住一块儿,秀娟做的饭菜爹特别喜欢吃。"

"想得美!"瞿二军眼一瞪,对瞿大军的提议非常不满,"让赵记者写上,让爹跟我住一辈子,你咋知道将来我媳妇做的饭菜爹就不喜欢吃。"

瞿大军有点恼了,斥他:"你个小屁孩,懂个啥?我说让爹跟我就跟我,别争啦!"

瞿二军呼地站起来:"我说不中就不中!"

俩人撸起袖子,互不相让,老舅也找不出决断的办法。最后瞿大军气呼呼地对我说:"轮就轮,爹轮到谁家就住谁家上房,不过上房不分给爹,俺两家房子当中那一间算俺爹的,俺俩将来不孝顺了,就让爹把五间房当中那一间用抓钩扒了。写吧,写上!"

我按瞿大军说的加上了这一条,瞿大军接过协议唰唰签名,摁了指头印,瞿二军也签名,摁了指头印。俩人看着摁完指头印的分家协议,深深地吸气,鼓起胸膛,感到美好的日子注入他们身上的力量,又兴奋又憧憬,刚才争执的怒气也烟消云散。瞿老爹激动得嘴唇抖动,一拍桌子大声宣布:"我还有三千块钱棺材本留着防老,这下还能不放心,他老舅给俩孩儿分了吧。"说着他噔噔噔起身去里屋枕头底下取来一个油纸包。

瞿大军、瞿二军坚决不要,瞿大军对瞿老爹说:"爹,你留着慢慢花吧,想吃啥就吃啥,想穿啥就穿啥,你和俺娘操劳一辈子,一天福也没享过。俺娘走得早,临终前拉着我的手说想吃一个大豆角,啥是大豆角,就是香蕉啊,娘一辈子没吃过,连名字也叫不上来。"瞿大军哽咽着说不下去了,瞿二军的鼻子也一抽一抽的。

谁也没有想到,瞿大军的话还没落音,老舅突然趴在桌子上呜呜哭起来,一根筷子掉到了地上,吓了大家一跳。老舅是被一种突然袭来的伤心攫住了,这种感觉如此强烈,他几乎要喘不过气来。他终于承受不住,一边哭一边拍桌子:"我那两个儿子,要是有大军、二军一半好,我就算上辈子行好了!你们不知道,两个儿,还有他们的媳妇,是怎样刻薄我的!"

　　在今晚这个时刻，秋夜如此寂静，痛苦的往事带着猛烈的力量又回到老舅身边，无可阻挡。老舅也有两个儿子，没有闺女，都已成了家，老大住的是五间红砖蓝瓦房，老二住的是"明三暗五"新式现浇房。这两座房子，几乎耗尽了老舅的精血。分家的时候他们各不相让，为争一只簸箕，老大、老二差点打出人命。他们厌烦老舅，尤其是老舅手里的推子不听使唤后。他们轮流着养活老舅，老舅到谁家都见不到一张笑脸。有一回，老舅撞见老大媳妇用笤帚把挑着老舅的衣裳，扔进了他的洗脚盆里。老大媳妇说那上面有老腥气，拒绝他使用洗衣机。老二媳妇早晚两顿腌萝卜条，老舅嚼不动，只好吃淡饭。后来老舅自己找了一处废弃的院子，自己起火，不去麻烦两个儿媳妇了。经过老家长调解，两个儿子每月分别给他十五块钱生活费，还经常拖欠。去年冬天没有吃的油了，他去找老二催要生活费，一进门，老二的一张脸就耷拉下来，从头到尾理都没理他。讲到这儿，老舅直哆嗦："一年到头，吃不了几顿肉啊，我手里一个子儿都没有，打个酱油也得冲他们去讨！"

　　在那无休无止的诉说中，老舅气得老泪纵横，他让我们看了他的双眼："村医说了，白内障，去县医院割一刀就能看清东西，就这么简单，我去找他们，他们谁也不管我。现在一块砖头就能把我绊翻，摔断胳膊腿掉进河里也是迟早的事。"

　　瞿大军的眼里一下子积满了泪水，他望着老舅，记起那宽大温暖的膝盖，曾经让他在上面淘气地蹦跳，如今老舅卷起裤子，小腿肚居然干瘪得可怜。瞿二军听着，咬紧了牙关，他紧攥拳头，突显出了手上的肌腱。后来，两个外甥安慰老舅，给老舅递烟。瞿大军说："舅，你别说了，你来跟俺俩过吧，俺和二军养活你，俺爹吃啥你吃啥，俺爹穿啥你穿啥！"

　　老舅还在哆嗦，不停地用手撸鼻涕，伸手抹在板凳腿上。他的烟灭了。他重新点烟，火柴老是熄灭。瞿二军打着火机，伸到他面前。老舅用喑哑的嗓子说："二军，你哥说的是真的还是假的？"

　　大军、二军一起回答老舅："真的，舅，你来吧，俺俩养活你。"

　　瞿老爹也点点头："他舅，我一个人喝酒没意思啊。"

　　"那，我可真要搬来了？"老舅的双眼水汪汪的，像个孩子似的望着大家，"我还能干一点活儿，烧火我还行。"

　　那晚的分家仪式结束后，老舅像只伤心的老斑鸠一样爬上我的摩托车。他回头对大家说："都回吧。"老舅一张脸拉得很长，头陷进肩膀里，目光空洞，与我接他时判若两人。我打着了火，"金城100"的光柱刺破黑漆漆的夜空，每加一次油门，灯光就更亮一些。挂挡时摩托车轻微震动了一下，打算松离合的时候，老舅又回头对两个外甥说："要是把我的眼睛治好，除了烧火，我还能种菜。"

瞿二军突然哇哇大哭，上来一把拽住了"金城100"的后尾，瞿大军也扑了过来，抱住了瑟瑟发抖的老舅。

那晚，在俩人的强烈要求下，我又修改了他们的分家协议，老舅迷迷糊糊中成了他们的赡养对象。誊抄完最后一个字，把钢笔尖对着钢笔帽咔嗒一声合上，我深吸了一口夜晚的空气。空气中，是属于秋天的所有气息。我决定第二天请一天假，和大军、二军一起给老舅搬家。我想，那肯定是个庄严的仪式，一如当晚的分家，应该载入豫北乡下的史册。

──原载《牡丹》2022 年第 3 期

父亲和鸭贩子

赵文辉

1984 年的初夏，十点钟的天空像牵牛花一样发蓝。父亲的作坊门口，猫高高地蹦起来进攻尺蛾，一对母鸡在原色的柳圈椅扶手上打盹儿，喉咙发出"咕咕"的叫声。那时那刻，我的"嘉陵 100"梦已经破碎，断了三根肋骨的父亲正躺在床上呻吟。

几日前，父亲还蹲在这把柳圈椅上，手里端着一只漆皮剥落的搪瓷茶缸，笑意盎然地看着一簸箕又一簸箕破壳而出的鸡崽从作坊端出来。十里八村捉小鸡的大婶大妈围了一圈，每人胳膊上都挎着一只竹篮，提前铺好了麦秸。一只只鸡崽被她们捧在手里端详，遇见特别漂亮的，会忍不住亲一口鸡崽的小嘴。最后，她们把挑好的鸡崽小心翼翼地放进竹篮，用带来的小棉被盖住，仰起头问父亲："赵师傅，小鸡捉回家咋喂呀？"

父亲不厌其烦地一一回答："小米先用温水泡软了，一次少喂点，勤饮水……"其实她们都知道怎么喂，但还是觉得问一问父亲心里才踏实，仿佛只有听了父亲的交代这些鸡崽才肯长大似的。

那一年，极度厌学的我任凭父亲用鞋底抽打，就是不肯再拿起书本，最后，无奈的父亲只好收留他的儿子做了一名学徒。其实我的理想是养长毛兔，要么学无线电修理，没敢说出来，怕父亲揍我。父亲开始手把手教我孵小鸡技术。最先学的是照蛋：一只空纸箱两边各挖一个小孔，里面悬一只 60 瓦的电灯泡。作坊的灯全关掉，红色的光从两只小孔射出来。已经孵化了 7 天的鸡蛋需要全部在小孔里照一遍，我跟着父亲学习识别已经开始发育的胚胎，无精蛋被筛了出来。无精蛋被做成松花变蛋出售，我经常被派去赵家祠堂折松树枝，扔进熬料的大锅里。我一直认为变蛋上的松花就是这样形成的。

我学艺很上心，专门买了一个笔记本，松花蛋配方、鸡的发育过程都一一记在上面。父亲早已从当初的不快中解脱出来，对我疼爱有加，郑重其事地告诉我："攒够了钱给你买一辆摩托车。""真的？"我都不敢相信自己的耳朵，问父亲，"'建设50'还是'嘉陵100'？"父亲一撇嘴："'建设50'算个啥，连个挡位都没有。"我差点蹦起来。要知道，当年看过《人生》之后的我一直以"高加林"自拟，在悄悄寻访身边的"刘巧珍"。我相信，一辆"嘉陵100"，肯定会缩短我与"刘巧珍"之间的距离。

不只孵小鸡，父亲的作坊也孵鸭子。母鸭崽值钱，公鸭崽不值钱。那时候，豫北一带不兴吃鸭肉。但是公鸭崽从没积压过，每次都被鸭贩子趸光。有一个叫江山的鸭贩子，是我的一个远门表哥，老是抱怨给他留得少。起初我很纳闷，当地人都不稀罕的公鸭崽为什么到他们手里这么受欢迎。直到有一天，姥姥被二舅用手推车推着闯进我家，气冲冲给了父亲一巴掌，还把我家熬稀饭的牛蛋锅掷到地上，我才知道了事情的原委。

父亲和我当初一样，都以为江山他们能耐大——他们往南到过南阳，往西到过山西，一定是找到了公鸭的大买主。我们错了。他们只要一出方圆二十里就开始他们的买卖：把公鸭崽的生殖器掐掉当母鸭卖，早在两年前就开始了。捉鸭人醒悟后采取了措施，不再付全款，只付三分之一。鸭贩子的坏主意也跟着来了：给公鸭崽灌石灰水，赊给人家不到七天，肠子烧坏全死掉。三分之一的鸭款到手，他们已经赚了——趸我们的价钱很低很低。

他们打一枪换一个地方，手段也在不断升级。江山居然带着两大笼子公鸭崽去了我姥姥那个村，在我姥姥的帮助下全赊了出去。姥姥中午还管了他一顿鸡蛋卤捞面，半斤烧酒。没几日，江山又来了，头戴孝帽，脚穿白鞋，去赊过他鸭子的人家挨个叩头，鼻涕一把泪一把，说他娘倒头了没钱埋葬……不到半天，赊出的鸭账收回七八成，不少好心人家甚至一分不差给他清了。又过几天，这些鸭子全蹬腿儿了。大家觉得不对劲，找村里的兽医解剖后，才真相大白。又有人打听到，江山的娘几年前就已经去世了。捉鸭人愤怒了，寻上门来，把姥姥家的门框都快挤崩了，还有人用石头把姥姥过年给我们蒸"十大碗"的一口二十印铁锅砸了个大窟窿。

父亲涨红着脸，二话不说，找出存折去村里的信贷员家要把钱全取出来，骑上车就出了门。他沿着江山他们行骗的足迹，走村串户，赔礼退钱。父亲一天走了方圆几十里的十几个村庄，返回时天已经彻底黑了，加上两顿没吃饭，精疲力竭的父亲一不小心栽进了路边的深沟，车把狠狠戳到了胸脯，当场就晕了过去。我们找到他时已是后半夜。那天晚上天色凝重，一片漆黑，仿佛神秘的黑洞能将一切吞噬。

来年春天，我们家的作坊又开工了。鸭贩子来我家逛鸭崽都小心翼翼——父亲的脾气变坏了，一句话不顺，就把他们撵出门外。公鸭崽一个都不卖，倒入村西的黄水河里。我记得那时候的黄水河，水深流急，在石头上翻卷着白色的浪花，公鸭崽被岸两边茂盛的灯芯草收留，生死未卜。

——原载《天池》2020 年第 12 期

《微型小说选刊》2021 年第 6 期选载

《小小说选刊》2021 年选载

摘连翘的小梅

王保银

一

老马迪自然村在南太行关山深处，说是一个村，实际三十多年前已人去楼空。它的主人们都搬到山外定居了，只剩下一座石头围砌的院落在那里孤零零地守候，年久失修，残破不堪。

这是暮秋时节，胡小群、苏小梅两口子匆忙干完山外的活计，收完秋，犁过地，耩进麦，不等小苗探出头，把尚处幼年的小儿子团团托付给年老的婆婆刘士英，就直奔这里来，为的是要赶在这个成熟的季节摘连翘。他们来到山岭的一个岔路口，往南面那个山口折下去，就来到了这个小山村。老马迪独坐在山中一块平地上，人们一般要先开车到东岭外的青石上村，再弃车步行来这里。说是步行，不如说是爬行，因青石上村在岭外，和老马迪隔岭而居，非得攀爬上东岭头再翻下来才能到达这里。一般人懒得来这里。而今野生土长了几千年的连翘一年比一年变得金贵起来，成了香饽饽，吸引着胡小群两口子。他们的到来，一下子就打破了这里的宁静，沉寂的沟岭有了一丝生机活力。

说到连翘，人们并不陌生，是一味药材，中医讲它可以清热解毒、消痈散结、疏散风热，主要用于治疗疮痈肿毒；西医上，它多用于治疗上呼吸道感染等。

要说连翘是野生的，漫山遍野都有，但是有的地方稀，有的地方密，有的地方结得多，有的地方光有枝叶没有果。现在胡小群两口子一下子发现这山上到处是密稠稠的连翘籽，只惊喜得他们大气也不敢出，就像发现了宝藏，挖到了金矿，恨不能一下子都揽入袋中。

开始胡小群还开着一辆老掉牙的破三轮，拉着小梅和采摘的连翘山里山外地穿梭，天不明上山，得个大黑才下山，一天打个来回，那样太耽误工夫。后来，他们干脆就把废弃的老屋收拾了一下，带来简易的炊具、铺盖，索性真的住下不走了。

这为他们赢得了大量时间。

他们常常天不亮，大山里头还黑魆魆的，就打着手电深一脚浅一脚地上路，等他们气喘吁吁爬上房后的那座大岭，太阳也在东山顶上露了脸。他俩分头消失在不远处山坡上的灌木丛中，开始摘连翘。

他们是怎样发现这个地方的？这还用说？胡小群的老家在这里。怎么找到这个挣钱门路的？也不用说，小梅的兄弟苏小虎在县药材收购站上班，年初给她说了这个来钱门路，并拍着胸脯保证："姐，你只管摘吧，咱老家关山坡上多的是，你摘多少俺要多少。"

山沟里昼夜温差大，秋日的太阳升起来，也热。他俩连水也顾不上喝，小梅说误事。她眼里只盯着连翘，急急火火摘完这棵，爬坡越坎再去摘另一棵。中午饭时，跑得远了，也不回去做饭，带着饼干、方便面填填肚子，喝杯自带水，在树下小憩一阵又接着干。

太阳要落山了，小梅还不舍得停手，催促胡小群装包打理，她还不停地摘。直到天大黑了，他们累得不行了，才脚步松垮散乱地走在回去的山道上。还像早晨那样，谁也不说话，这回是累得不想说。他们的脸都晒得红里透黑，嘴唇上暴起了白皮，黑黑的眼珠深陷在眼窝里，看人时才见有亮光在里边闪烁。

胡小群摘连翘不如小梅手脚灵便，身上却有蛮力。摘下的湿连翘，每包少说也有百多斤。他把包往胳肢窝下一夹，一次性地左右夹起两包，爬沟越岭，如履平地。隔一段时间，连翘积攒够了，他就用车拉到山外的家里，晾晒干，囤积在东厢房里。

时间长了，一开房门，就有一股清新、略带苦味的气息扑面而来。一袋子一袋子的连翘结结实实地垛在一起，让人看着心里有说不出的安慰和自豪。小梅说能卖好几千元了，小群笑笑。他们内心有了很深的期盼。

二

小梅难得下山一回，见到了放学回来的女儿方方。儿子团团由婆婆刘士英看护着，半个多月不见，像是不认识她似的，只眯眼偷觑着，喊他也是伸伸舌头，做个鬼脸，并不亲热，仿佛生了隔膜似的。

这时婆婆刘士英突然想起一件事，对他俩说："老前街的谢小亮来家里找了。"

小梅有些吃惊地看着婆婆刘士英："他有啥事？"

刘士英说："没说。"

小梅就在一旁犯起了心事："他找我有什么事？"

果然吃过晚饭不久，就听到有人喊。她赶忙开了院里的灯迎出来，谢小亮进了门。

刚落座，随口就问："小群哥哩？"

小梅说："累了一天了，睡了。"

小群在内间听到了，喊了一句："小亮，有啥事和你嫂子说，我听着哩。"

小亮也不争理，回应说："没事没事，我们说说话。"

婆婆刘士英在一旁笑笑说："我还照看孩子睡觉哩，明起还得上学，有啥话只管说。"

小梅打了一个哈欠，两眼紧盯着小亮，示意他赶快说，她也得早点休息，明儿一早还得进山去。

小亮看出了小梅的急切，也不好再磨叽："梅姐，想不想发大财？"

"那还用说？"小梅很直率。

小亮笑嘻嘻地："我听说你摘了很多连翘？"

小梅说："你收呢？"

小亮说："我不收，倒有一个好法儿让你多挣钱。"

小梅闻听又是一惊。

"你放心，这法子高明，不会出事，还能多赚钱。"说完，他看了一眼小梅，像是告诉了她一个不小的秘密。

小梅闻听又一惊："不会是掺梧桐树籽吧？"

小亮一下子喜出望外，"哎呀"一声说："还真叫你猜中了。"

小梅的脸色一下子暗淡下来，连连摆头："小亮，我把丑话说前头，先丑后不丑，省得咱们一条街上住，低头不见抬头见的，以后脸上不好看。"

小亮说："你怎么遇事好大惊小怪的，能有啥事？连翘是药材，梧桐籽就不是药材？掺起来又不坏事，又能充分量，还能多卖钱，再说了，爬高上低的，累得鼻塌嘴歪的，摘不了几颗连翘，梧桐籽咱村遍地都是，又好摘，还不是图个省事省力，又能多赚钱。"

小梅终于听明白了小亮的真实用意。

她不无担忧地说："小亮，怕是我没这个胆儿。"

小亮说："我就知道你要说这话，这样，你把连翘卖给我，我掺，和你没关系。事发了蹲牢坐监是我的事，还不中？"

小梅闻听这话又一次为难了，要说谢小亮说得泾渭分明，价格又出得高，咱摘连翘还不是图个好价钱，卖谁不是卖？可小梅现在却不敢也不愿答应他了。

这时，躺在里间的胡小群喊道："孩儿他娘，别怕，谁出价钱高给谁。小亮要收就给他，掺不掺啥和咱无关。"

婆婆刘士英也在东间听出了门道，也冲外间嚷嚷："我当是多大个事，人家敢买，咱就敢卖，咱怕个啥？"

婆婆和丈夫的两番话像是在小梅头上炸响的两枚炸弹，她只觉得头嗡嗡响，脑海间有炽热的东西在急速地流淌，再看谢小亮，一副志在必得的得意劲儿。他摸出一支烟点上，笑笑："大娘和小群哥说得不错，嫂子，你别顾虑太多，也别太死心眼，我还不是想让你多赚几个钱，风险不让你担，只是用你的连翘掺个梧桐籽，还能咋着？又不会害人性命。"

"那梧桐籽这么好，你为啥要掺和呀？"小梅听着小亮有些故作姿态的炫耀话，实在忍无可忍，禁不住打断他。

谢小亮正说在痛快处，冷不丁被人打断，卡了话匣子，好像受了多大的委屈，他一下子声高八度："你不懂呀，两掺一点儿事也没有，能毒死人？我要没这个金刚钻，也不敢揽这个瓷器活儿，我是好心，合计着连翘卖价高、用量大，市场都二三十元一斤哩，梧桐籽价位低、用量少，两项一掺，又坏不了事，还增加收入。到算账时，又不亏你，还让你利，你的连翘你全得，梧桐籽再分一半利给你，好歹我落个烟酒吃喝钱。再说梧桐籽咱这地方不缺，又好收，说白了，就是钻个小空子，鼓捣挣个钱，你好我好大家好，皆大欢喜的事咋就想不通呢？"

小梅听着小亮油腔滑调地说道，既不接话，也不表态，一时呆愣在那里，陷入沉思。

谢小亮见刚才小梅还敢胆壮地打断他的话，而今像泥塑木雕般呆怔不语，以为她是被说服了，他有点激动："事理想明白就是明白人，咱往连翘里掺个梧桐籽算个啥，我们吃的反季节蔬菜哪一样不打药，吃了还不是照样活，咱药里掺个药能坏多大事？你真是小题大做。"

胡小群一定是受了感染，穿衣下床掀帘出来了，东间的刘士英一连声地训教孙子，嫌他捣乱听不清外面的话。

现在不知怎的，原本老实本分的一家人突然在利益面前骚动不安起来，被一点儿蝇头小利撩拨得心烦意乱，全无了睡意。

平时木讷惫呆的胡小群也自觉加入其中，站在谢小亮一方，替别人做起老婆的思想工作来了。他手里端着个大烟窝，按在嘴里，猛吸了一口，把烟咽进肚子里，憋了一会儿，才让浓得仿佛糨糊似的烟雾从他的鼻孔里慢慢地滋出来……说出的话也像鼻孔里的浓烟一般，能把人呛一个跟头。

可话刚出口就被小梅打断了："爬回去睡，瞎掺和啥！"

小群自讨没趣，又在喉间叽咾一声，前脖上的大喉结艰难地动了下，吞咽了两口唾沫，闷声缩了回去。

刘士英看不惯了，一挑帘走了出来，替儿子出怨气："孩儿他娘，有啥事不是说哩，小群再没成色，也是孩儿他爹，长短是根棍，高低是个人，咋能那样说话。"

婆婆刘士英的话，小梅还不敢找碴儿，可也没有接话，她心里也拿定了主意，她不想冒这个险，也不想占这个便宜。她好不容易摘点连翘，也是要按她弟弟说的按正规渠道卖出去，她想正正当当地赚这个钱，她不想去蹚这个浑水，万一弄不好把名声弄坏了，那可是一生的污点，想抠都抠不掉了。

小梅就坦率地说："小亮，咱谁也没得罪谁，好来好去的，别为这事闹得不愉快。我把话说明白，这事我不做，咱们井水不犯河水。"

小亮也宽宏大量起来："这一点你放心，我相信。我想说的是咱们全村人都敢干，咋想着你也会做，这事让我怎么说你。"

小亮终于按捺不住了，还想说下去，看了一眼小梅仍是不为所动的神态，连忙转身，小梅却坐着不动。刘士英赶紧上前打圆场："你操的也是苦心哩，女人家都心眼儿死，胆儿小。担待些，别往心里去，我们再合计合计。"

小亮临出门时，没好气地弄出一句："嫂子你是好人，就是太死心眼儿了，好了，算我白说。"说着扭头斜了她一眼，有些不悦地走出了庭院。

小梅在暗处翻了一个白眼，没接他的话。

三

接下来的日子，村里好多摘连翘的人都在心照不宣地偷偷干一件事，这种事就像抽大烟一样，一旦开始，就上瘾了，又像流感，总要传染一批人。小亮一下子成了这一带山上的大财神，被人们恭维着、奉迎着，神神秘秘地唤来叫去，让小亮上门指导经验，现身说法。他整天东一家西一家地四处乱窜，行色匆匆，行动诡异，暗地里指使着人把大包小包的梧桐籽分送到各家庭院，掺和好了，打包装车，一趟趟地上了村边的公路，而后又拉向四面八方。

小梅有时从山里出来也见过谢小亮，他本来又黑又瘦的身板现在更显单薄，身上穿的黑色人造皮夹克像病人身上的斑癣疥疮一样磨得秃秃片片，在吹拂的风里散发着呛人的汗酸味。但小亮好像不在乎这些，浑身上下劲叨叨的，一脸的精气神，把手机吼得震天响，一副神气十足的样子。

一日清晨，小群又开着他那辆破旧的三轮拉着小梅上山，车到青石上村，天还没亮，对面隐隐约约有个人影在晃动，等走近了，才看清是村北头的老霍。小群赶紧停下车，小梅喊了一声："表叔，有啥事?"

被喊作表叔的老霍和胡小群的爹，还真是表兄弟，这门亲戚也不近啥，拿山里人的话说是驴尾巴吊棒槌的事，亲表兄弟还不当狗屁哩，何况又隔了一辈。可老霍这人爱攀亲戚、套近乎，不沾亲带故的，老霍还说百年前是一家，何况是沾点亲戚，在老霍看来就亲得不得了。

现在老霍这般急快地上前拦车一定有话要说。

他张开了缺牙的窟窿嘴笑，这一笑使他的两只小眼全眯起来，皱皮老脸整个抽动起来，泛起一团温和的慈爱，停了笑，睁开绿豆小眼，小梅才看清他小眼里的光挺扎人的。小梅不由得浑身一抽，只觉周围的空气凝固起来。

小梅说："表叔，您有啥就说。"

老霍这才说了谢小亮那事。

小梅接上话说："表叔，你看，这弄虚作假的事咱能做？"

老霍说："小亮啥都和我说了，他还不是想让你和大伙儿一起发财？"

小梅说："表叔，我觉着吧，挣钱没个多少，够花就是了，为啥还要去干这种事，万一让有关部门查出来，多丢人呀。"

老霍被小梅一番话弄得很不自在，他本是想说服她跟小亮一起干，现在反被她说得理屈词穷了，于是连忙转移了话题："小梅，小亮是这么说，我也没多想，还不是想着你俩整天深山老林里钻，山上山下地奔，怪不容易的，想让你俩多挣些钱？小群你说是不是？"

小群看了一眼小梅，又转脸看了一眼远房表叔，脸上挤出一团笑，敷衍说："表叔您也是好心。"

小梅又接上话："好心是好心，有些事理看你咋去想。"

老霍看一时不奏效，说不动她，赶忙打圆场："你回去也想想，想通了咱做，想不通不做，就当是咱山里刮了一阵风。"

小梅想，这表叔一定是又得了能人谢小亮的外财。这之前小梅就有耳闻，说这个表叔老霍爱占个小便宜，不管是谁送瓶酒、上盒烟，还是谁打了只山鸡、野兔给他，他都乐呵呵地接受。现在来看，他一定得了谢小亮的好处，要不他怎会帮着他说话哩，但她却若无其事一般说："没事，表叔，有话只管说。"

表叔老霍的脸色变得凝重起来，一本正经的，那做派像是在做一件十分庄重的仪式似的。

老霍说："你不做，别人做，你到啥时可都不能对外说。"

小梅也十分坚定地说："这你放心。"

老霍说："这事天知地知你知我知，谢小亮知，咱山里人知，除了我们这些人谁也不知，要是事发了……"

老霍话没说完不说了，两只绿豆小眼很锐利地盯了她一眼。小梅觉着一股寒气扑身，不由得肩膀头颤动两下，急切地申辩说："表叔，话可不能这么说，这天下事，没有不透风的墙，麻雀飞过还有影哩，您不能把冤屈祸事往我头上栽。"

老霍说："自然你把话挑明了，我也打开天窗说亮话。小梅啊，这事你也好好想想，掺个梧桐籽，大家都掺了，大家肯定不会打自个儿脸，就你一人不掺，你说到时事发了，大家还不怀疑你？"

小梅一下子被表叔的话卡住了，半天没应话。连胡小群都觉得这个表叔把话说得太露了，他在一旁再也沉默不下去，头一梗，眼一瞪，亮开了粗嗓门："表叔，话不能这么说。"

老霍的话音一落也知话头说过了，赶忙收住话，僵硬的刀条脸才又活泛出一点儿血色，又笑笑，粗手掌随意拨拉一下脸，口气显得急促起来："表叔就这嘴，人老了，老把不住门，小亮不放心，托我带句话，你知道就好。"

四

小梅像往常一样，把车停下来，俩人又沿着蜿蜒的山路向他们的目的地进发。

太阳还没有出，曙光初露，雾气消散，如丝如缕，向四方逃逸。秋山又加重了一层寒意，满山满坡又过了一层冷霜，花草树木都凋零颓落下来，独独一种叫作黄栌的树种在沟坡间经霜耐寒，一簇簇、一团团，在山间绽放着红色，像火焰一般，成了秋山的点缀。

节令上的变化，使冬天的脚步近了。小梅仍旧顶着暮秋的霜寒和冰凉的朝露，像蜜蜂、春蚕一样不知疲倦地忙碌着。

她必须赶在真正的严冬到来之前，把剩下的连翘摘完，不然一挨冬临严霜，那饱满稠密的连翘籽将失去药用价值，想要再去收获它，只能等待下一个季节的轮回。

他们采摘连翘真是要疯了。他们在和季节争夺，在和严冬赛跑，小梅甚至连月夜也不放过，起来奔波十几里去抢收离家最远的那片连翘林。

这么连明彻夜地干，胡小群吃不消，可也不敢吱声，小梅豁出去了，一个女人家能挺能受的，他一个大男人能说啥？而现在离家近的连翘都让他们采摘完了，他们越摘越远。

这就更苦了胡小群。大山逶迤连绵，山高沟深的，人空手上下攀爬都够吃力，更别说他还要肩挑手提着大包小袋，常常一天下来，累得筋松骨垮的，晚上一躺下来，像条死狗一般不想动弹，有时在床上翻个身，都能听见骨头关节的嘎吱声，像是要断裂似的。一双手，干燥粗粝，像是老榆树上脱落的一块树皮，胡乱地接在了他的手腕上，变形得十分厉害，骨节大得出奇，厚厚的茧子，就如焊在手上的一颗颗青铜钉帽。

这期间，胡小群又下山两趟，往山外运连翘籽。有天早晨，刚把车开出门，又碰见小亮。见四下无人，小亮就对胡小群说："小群哥，你家不干，有人干吧。"

小群哧溜个嘴笑笑："那我还能说啥呀，人家发财叫人家发吧！"

小亮说："全村就出你家小梅，死犟筋，茅缸石头又臭又硬。唉，好心成了驴肝肺。"

小群说："我生下来就是个受苦受累的命，别人发让人家发，咱不眼红。"

小亮说："撑死胆大的，饿死胆小的。"

胡小群更加迷茫了，他不由往街南头的乡村岔路上眺望，公路上，汽车依旧跑来跑去，上学的上学，赶集的赶集。小贩们收连翘的吆喝声，不时在村里响起，卖豆腐的，割肉的，三轮车拉着成袋子的苹果，放着流行音乐，沿街又唱又叫，一切都在有条不紊中进行。

老霍就像从地下冒出来一样，一下子就到了胡小群的车跟前儿，骂了小群一句，埋怨说："你出山也不吭一声，害你表叔背包提袋走了一路。啥会儿返？"

小群憨憨笑笑，也不还口，赶忙说："这就走。"

老霍说："稍等等，一会儿结完账捎我回去。"说着又命令一般吆喝小亮，"没几个钱，别让表舅熬等了，快去说说让我拿走！"

小亮喊了一声："表舅，别慌，怕啥哩，赶不进山，怕外甥不管饭？"

老霍闻听像突然间想起什么似的，小眼睛在眼眶里滴溜溜乱转，头左右摆动两下，突然说："对了，小亮，我给小梅说没说，小群可是在场听的，小梅不服说，脑子里进水，一根筋不转弯，我能有啥法？不过小梅还算是明白人，人家不干归不干，但绝不会让你担惊受怕的，担心人家揭发。"

小群连忙插话："小亮弟，表叔，俺家小梅绝不是那样的人。"

小亮头微微点了两下，审视了胡小群好一会儿，那瞅人的目光连老霍都觉有些毒，这小子还真不是一盏省油的灯哩。

正僵持着，那边胡同口石秋山喊老霍结账，按辈分称，秋山喊老霍表姑父，老霍这才发现邻村的二流子秋山也在场。老霍又骂了秋山一句，屁颠屁颠走过去，又扭过头嘱托小群："一起走，我算完账就走。"

小亮的手机响了，把身背过去接手机，胡小群看不到他此时的表情，也听不清他说的啥，但他还是从小亮爆发的一声大笑里感觉到他今天又有好的进项，他感觉小亮的每一处毛孔、每一根头发里都散发着兴奋。小群就有些懊丧，有些失落怅然，在心里头嘀咕：如今这事理，越来越看不透了。

老霍接过钱，正要和小群打招呼走，又被谢小亮喊住了，只见他合上手机盖，兴冲冲走到老霍跟前，神秘地用手遮住半边脸，凑到老霍的耳根处，一双眼睫毛像蝉翼一样颤动着，随着小亮的低语，老霍的一张皱皮老脸也笼上了一层莫测的神秘，尔后是他们会心地一笑。

返回路上，老霍在三轮车厢里一会儿坐着，一会儿用手抓着车前挡的把手，炫耀着今天又有了一笔进项，他的连翘收入该是 230 元，按小亮的安排，掺进了梧桐籽，增加了分量不说，又多得了 50 元钱。他还告诉小群，这是第四宗买卖了，他只管把连翘运来，其他都不用管，自有小亮指派人管，三鼓捣两拾掇就把活儿做得严丝合缝，说着又鼓动小群再说说小梅："咋哩，放着眼皮底下的钱不挣，冒傻了？说你表叔不算啥大人物，可大小队干部干遍了，现在还是村里副书记，啥世面没见过？"

一路上说说话话，老霍就到家门口了。小群停下车，老霍说："晌午了，吃了饭再走吧。"

小群说："小梅一人在山上，我得赶回去。"

老霍说："好，不留你，你见她再好好说说。"

小群搪塞说："我再试试。"

五

小群见到小梅，迫不及待地就想把自己在山外的听闻一五一十地告诉她，可是话刚到嘴边，就被小梅给截住了，还翻动眼皮白了他一眼，小群就不敢再往下说了。

胡小群的目光里浸透着湿淋淋的忧伤，这忧伤催他衰老，才四十出头的人，须发花白。

　　小群忍气吞声，小梅再不说话，好久，俩人像木雕一样，你望着我，我望着你。

　　小梅显然又陷入了深思，她的手在枝杈间飞快地动作，但一点儿也不影响她的思绪翻飞。她又想起了小亮，她一直捉摸不透这个人，好好的生意为啥要掺假？她一直以为早晚会出事，可丈夫从山外带的消息说，不但没出事，还干得蛮兴隆。她又纳闷了，自责着，好像是自己真的成了迂腐的傻子，成了不合群的另类呆子。想起这些时，她觉得内心里一阵痛，好像有一处伤口正在汩汩地冒血。她想，反正今年的连翘时节快过完了，今年不说了，等把这活计了个尾，她就出山去见见弟弟，说说话，解解心头困惑，再是看一眼老娘。弟弟小虎是独子，父亲十几年前去世后，母亲一直跟着他生活。她这个当闺女的虽不用操心养活老人，还不得隔三岔五看看才是？上初中的闺女越来越不听话了，中段考试，名次落下很多；儿子被他奶奶宠坏了，这一点儿她也脱不了干系，得加强管教了。

　　唉，可现在为了摘一把连翘，把孝心、关爱，还有身为母亲的责任都丢掉了。

　　又搭了一个大黑，总算把这一方山上的连翘摘完了。说走就走，连夜拾掇好锅碗瓢盆，把最后一袋子连翘扛过岭，装上车，天还不亮，小群两口子一道出山，一年的摘连翘活计暂时画上了句号。

六

　　山道弯弯，时风牌三轮蜿蜒前行。山道两边的群山一层层的，轮廓分明，好像绞出来的剪纸，有一两只灰雀在车前方疾飞而过。此时此刻，小梅才感觉到大山原是这般美好，她有了恋恋不舍的感觉。

　　快到山口，小梅挎包里的手机急促地响起，她赶忙从包底摸出来去接，是弟弟小虎打来的。"怎么咋打都不接？"小虎埋怨她。

　　小梅解释说："山上信号不好。"

　　"你那里出事了，你知不知道？"

　　小梅没听清，摆手让小群停下车。小群不知道发生啥事，又正下坡不好停，小梅就移开手机瞪着眼嚷叫："停车，聋了？"

　　小群很憋屈，嘟囔着："是个车，就是个牲口骡马也得拽拽缰绳哩！"

小梅急得不行："你少啰唆。"

车终于在一缓坡处停下了。不远处，一棵老槲树立在一片空地上，小群看了一眼槲树，又看了看小梅因为激动涨红的脸和发亮的眼睛。他悲哀地在心间慨叹：我还不如一棵树。

小梅一点儿也没在意，只顾接听电话。

弟弟小虎说："你们那里有人往连翘里掺假，被发现了，明天县上要下来查。"

小梅受惊吓一般："是吗？"

小虎说："姐，我能给你开玩笑？我问你，咱的连翘没问题吧？"

小梅稳住神了："没有，绝对没有。"

小虎说："那你知道是谁做的假？"

小梅心知肚明，但她第一次对弟弟撒谎："这个我还真不知道。"

小虎说："那不要紧，只要咱没事，下来人问咱啥就说啥。"

小梅说："这个你放心，你姐是啥人，你还不知道？"

挂了手机，好半天，小梅呆愣在山间的小道旁，小群催促她上车："有啥到家慢慢说。"

小梅这才神情恍惚地坐上车，说："嘴严实点，对谁也不说。"

小群"嗯"了一声，一加油门，又向山外开去。

果然如弟弟小虎所说。次日一早，刚吃过早饭，小梅就听到有人敲门，她开了街门，老霍带着几个陌生人进来，小梅一眼认出，弟弟小虎也来了。

她转脸问老霍："表叔，大老远的，你咋也来了？"

老霍说："你还不知道，我是副书记，有人说假连翘出在咱村里，恁大的事，咱村现在又没书记，我能不来？"

小梅想，原来是这。老霍不说，她一个妇道人家还真不知道这个表叔还是村上个头目哩，这才一下子弄明白一个问题，怪不得谢小亮敢这么放肆，老霍也敢这么糊弄，原来是村上没头头儿呀。

老霍说罢，赶忙介绍："这是县医药管理局的领导，来了解下情况。"

老霍介绍到小虎，笑笑："这个不用介绍了吧。"

小虎笑笑，小梅也笑笑。

领导们问了些问题：摘了多少连翘？掺没掺假？猛不丁地有人问她："村里

谁在造假？"

　　小梅扫射着一群人，看一眼她弟弟，很沉静地说："咱不知道，我只管我自己的事，不信你们进来看看。"

　　说着，小梅就吆喝着小群拿钥匙，她一把接过房门钥匙，亲自打开锁，一股天然药香扑鼻而来。一群人进来，小屋显得窄小起来，一领头模样的人欠下身掏出一把连翘放鼻处闻闻，一年轻人掰开了连翘壳，几个人会心笑笑，都说这是上等的连翘，不假，一点儿不假。

　　老霍在一旁卖弄说："我没有欺骗领导吧？还不定是哪村出了事，赖到俺村了。"

　　一群人都没接老霍的话，领头模样的人还表扬了小梅："你们想，小虎是单位的好同志，她姐能不好？"

　　一群人都笑笑，小虎也笑笑，小梅也羞涩地笑笑。

　　临出门，领导模样的人当着老霍的面很不客气地说："一定是这里的连翘出了问题，这个不要推脱，谁举报奖励谁，要是知道情况不报，查出来也要处罚。"

　　老霍的神色就显得不自在，可他极力掩饰住。

　　老霍领人走后，小梅就把刚才发生的事说给婆婆刘士英和小群听。

　　刘士英说："我在屋里都听了，这老霍神着哩，他当舅哩，小亮是他外甥，舅能不向着外甥说话？他净打马虎眼儿，他要不知道，简直驴都出角了。哎——这没啥稀罕，咱这山高皇帝远的地方，又没个正头头儿，横竖是老霍说了算，让他胡扑腾瞎哄吧，只要能哄住，算他本事大。"

七

　　刘士英说完那句话后的第三天上午，县上来的人开着车，直接开到小亮家，把他逮走了。

　　这一下，小山村像炸开了锅，人多嘴杂，说啥的都有：

　　"这小亮真是喝了胆大汤，这回怕要撞枪口上了。"

　　"这事就得管，再不管，人该往里边掺老鼠药了。"

　　"话好说，啥事也没有恁轻快。"

　　人们在谴责谢小亮的同时，也把话题聚焦到小梅身上，小亮的表弟石秋山更是拍着胸脯赌咒发誓："要不是她告的，我姓石的把眼抠了。"说这话时，石秋山穷凶极恶的样子，把胸脯拍得梆梆响，三角眼里流泻出歹毒的凶光。

有人不耐听，反击他："秋山，说话要有证据哩，不能空口无凭伤害人。"

秋山的眼就瞪得滴溜溜圆，似要从眼眶迸出："不信去找老霍问问，俺姑夫一碗水端得平，不会冤枉人哩。"

有人就信了，叹一声："哎，羊群里跑出驴了，这小梅是旋风钻屁眼了，大家伙儿帮衬着挣个钱，你就恁眼黑心酸？谢小亮犯错不好，大家跟着他好歹能挣几个钱，你倒好，你不犯错，你要清高，可你把俺害了，俺都恨死你了，你这是图个啥呀。"

"小梅的为人我清楚，你是让尿泥糊了眼，认不清好坏人，你说的事根本不可能，完全是嚼舌头不怕长脓疮。"

"知道你和她好，谁和谁还能没个远近？绝不是谁埋汰谁。你别把话说得太难听，谁和谁好总要向着谁。"

…………

尽管人们褒贬不一的议论是背着小梅的，但天下没有不透风的墙，小梅没有当面听到，但还是感觉出了异样，这种感觉像早晨的雾一样，捉不到，摸不着，只能凭眼观察。比如一群人正在有说有笑地议论，她一出现，便立即停止了，接着便会出现另一个话题，但这个话题根本引不起那样的兴趣。有时她在前边走，后边的人在嘀嘀咕咕地说，她隐约都听到了，好似说她告了小亮。小亮不是省油的灯，迟早出来，还能放过她？

小梅的心像被蝎子蜇了一下似的疼。

人嘴没空言，果然没几天，小亮就出来了。私下里又有人嘀咕说："是老霍出面，由小亮家使钱送礼，把小亮弄了出来。"

放出来的小亮一点儿也不懊丧，变得更加丧心病狂，他放出狠话，这事只要弄清楚是谁告的，就和他没完，"不让老子好过，谁也别想好过。"

说这话时，他常常喝多酒，沿街行走东倒西歪，摇摇晃晃的，更多时候，他走到小梅家门前就停下不走了，吆喝的嗓门猛然提高八度。他瞪着充满血丝的眼睛，嘴角喷着白沫，胳膊在空中一抡，双脚蹦起老高，肚子一起一伏，目露凶光，一副穷凶极恶的样子。

　　小亮一直没完没了地骂，全村人都知道他骂的是小梅。有人出于好意上门提醒小梅，小梅还沉得住气，刘士英却受不了了，说："咋地？指鸡骂狗的，谁招惹他了，他谢家不好惹，也不睁开狗眼瞧瞧，胡家门户的人就恁好欺？"

　　又一次小亮喝多了酒跑到小梅家门前骂，刘士英出来指着小亮问："你骂谁？"

　　小亮乞赖着脸："我骂南墙。"

　　刘士英说："骂南墙去骂你家南墙。"

　　小亮说："谁告我我骂谁。"

　　刘士英说："谁告你了？你说清。"

　　小亮说："我不用说，谁告我谁知道。"

　　刘士英就亮起嗓子喊："小群家的，你出来。"

　　小梅闻声出来了。

　　刘士英当着小亮的面问小梅："是你告的？"

　　小梅说："我没有。"

　　小亮说："你没告，还有谁？"

　　小梅说："谁说我告的，让他出来，我当面和他对质。"

　　这时突然就有一辆金城铃木摩托车"吱嘎"一声停在她面前，一长发男人急跨下车，就朝小梅走来，不等小梅弄明白，这男子就冲小梅一声吼："你这女人憨古得很哩！"

　　小梅这才认出是邻村瓦庄的石秋山。

　　小梅说："秋山，你嘴巴放干净点儿。"

　　"我骂你是轻的，信不信我抽你！"他说着就抡胳膊伸巴掌往小梅跟前儿靠。

　　这时，小群刚好撞见这一幕。真应了那句俗话：老实人不恼，一恼不得了。只见他眼瞪得溜圆，眼珠子似乎要从眼眶内蹦出来，两条粗壮如牛腿的腿急步迈向秋山，猛吼道："秋山，你吃了响雷了，你动她一个指头让我看看！"

　　秋山并不示弱，指着小群："这种女人就是欠打，是个生货，一只老鼠坏了一锅汤，把全村人的好事搅黄了。"

　　小梅说："秋山，你别帮着小亮欺负人，你也别把我逼急了。"

　　小亮说："能咋地，你干下的啥好事还气壮不是？"

小梅说："别你一人胡说，谁说的咱对质。"

谢小亮说："好好，我去问问老霍舅再说，我自有办法，自会弄清。"

"去就去。"小梅也直愣愣地回应。

小梅的婆婆也不示弱，吆喝道："我也去。"说着就跟在了小梅身后。

小群见状看了一眼小梅，又看了一眼娘，也步入自家的阵列里。

秋山也在一旁助威："证住你，看你还咋着。"

小梅说："压根儿就没有的事，谅他老霍也不敢胡说。"

婆婆刘士英说："没有就是没有。老霍好赖也是村上干部哩，他也不会瞎说。"

小亮说："这可是你俩说的话，可给我记住了，到时可别舌头尖乱卷。"

小梅说："是我说的话，谁乱卷舌头死他全家。"

小群说："都别嚷了，等澄清了自有说法。"

两拨势不两立的人急心热火地哄嚷着，谁也不让谁，谁也不怕谁，乱哄哄地穿过北小屯不成形状的街道，向老霍坐落在山下的家走去。

北小屯是近些年才形成的一个新村，多数都是从老马站迁来的老户，新村就这么一条一眼就能望穿的小街。这时正逢午饭后的一刻空闲，小小的街上已聚着差不多半条街的人，好似一粒石子掉进水潭，搅动一潭静水，惊起层层涟漪一般，两方疾言厉语的争执像传声波一般迅疾惊动了半条街。这些被惊动而来的人不光是凑热闹、看稀奇，更多的是各怀一条心，说不定这争执里和自己有牵连，毕竟由谢小亮一手制造的连翘造假事件里牵连了他们。他们也想弄清，究竟是谁背后使了招，告了官，断了自家的财路。其中也不乏有人在人堆里心照不宣地和自家人使个眼色，小声嘀咕一句："老霍，他做证，他能做证？他做证就未必会是好见证！"

一群人吵吵嚷嚷，来到老霍家门前时，老霍正好打门里出来。而眼下他就是有天大的事，也走不了了。

一群人，几十双眼睛像几十盏探照灯齐刷刷地盯向老霍，再看谢小亮、石秋山、小梅、小群、刘士英，一个个剑拔弩张、怒眉瞪眼的，像一枚枚钢针直直地盯住他。

老霍见状，似乎明白了些，故作镇静："一个屯上的，低头不见抬头见，有啥尽管说。"

谢小亮先开口，喊了一声舅，就口若悬河地说开了："你是咱村干部，你来说个公道话，评评理。我想挣个钱，况且也不是我一个人挣，偏就有人看不顺眼，背地里弄我，还不承认。"谢小亮故意绕圈兜弯，但说这些话时却时不时剜小梅几眼，这让小梅心生怨恨，再也听不进去，就打断说："谢小亮，你别在那儿指鸡骂狗地埋汰人，谁告的你当老霍面说清楚。"

谢小亮说："谁也不傻，还用说？"

小梅说："那让老霍叔说吧。"

众人把目光再度聚焦在老霍身上，老霍是经世面、有见识的人，他不怕，可当下却有些为难，一时间变得手足无措，不知话该怎么说了。

刘士英站了出来："老霍，你是干部，就听你讲句公道话，到底是不是俺家小梅告的？"

老霍情急之下反了口："谁说的？我没说。"

刘士英说："知道你没说，就是要你说是谁说的。"

老霍说："这我咋能知道，问我，不如去问南墙。"

老霍盯了谢小亮一眼，谢小亮也正直勾勾地看着他。

老霍说："你是这么说的？"

谢小亮："我是这么说的。事儿在那儿摆着呢。"

老霍就和稀泥说："要说也有道理。"

刘士英反击："有屁道理。"

谢小亮就腾地火了："你咋骂俺舅？"

刘士英说："我骂他还是轻的。"

老霍见状，眯着眼，伸手搔着乱蓬蓬的头发，不自然地笑笑："一条街上住着，有啥事不能好好说哩，别吵！"

这一句话把小梅弄得既好气又好笑，她有些不耐烦："老霍叔，你倒是说一句话呀。"

刘士英也紧跟着说："是就是，不是就不是，犯得着为难吗？"

一旁人也跟着起哄："就是，就是。"

老霍左右犯难了，一边是老表叔门里的，一边是老表舅门里的，都不近啥，但老霍却很难为情。

从实处说，他没有听小梅说，更主要的是他已参与了谢小亮的造假事件，出于自保，他也得向着小亮，可眼前这小梅、小梅婆婆也不是善茬子。

唉，一个人千万别落到这步田地，他当几十年副职还从来没有被人夹在中间，像铁板烤肉，两面挨煎。到此境地，连他自个儿也纳闷：我怎么混得里外都不是人了？

小小的街头一时间沉寂了，只见山村街道的上空正划过去一朵白云。不远处的山屹立在肃穆里，威严地绷着一张脸，一群灰山雀原也和这一街杂响附和着在树枝上叽喳乱叫，飞扑追闹，现在也扑棱棱地飞走了。

正在这时，老霍却突然一反常态，打破了这死一般的寂静，绿豆小眼一下子夸张地睁大，把一张皱皮老脸也拉扯得僵硬而可怕，原似僵了的胳膊猛然抡起在空中划了一道粗暴而嚣张的弧线，他一下子就变得狂妄肆虐起来："问我，要我说，照理说，大家伙儿都干了，你不干……"

一直一言不发的胡小群闻听老霍这句荒诞不经的"口头禅"，就再也按捺不住了，断喝一声，冲上前来，刘士英也扯开嗓门骂起来，这回真是骂火了。

小梅再也听不下去，也声嘶力竭地申辩。她现在一点儿也不给她这个远房表叔面子了。

老霍见状，不顾谢小亮的纠缠，嘴里不知道嘟囔个啥，谁也没听清，念完这段胡诌经再也站不住身，趁机抽身往后山跑去了。

刘士英不依不饶，追着他的背影大喊："不能走，不能走，收了人家多少礼，吃了多少昧心食，当人不说人话？吃了屙，屙了又吃了。"

小群也胳膊一抡一抡的，嘴里也不屑地说："啥表叔，不仿那样！"嘴上说着，眼却满含隐忧地看着小梅。

秋山跳出来："这不用对峙，你想想，别人都掺了，就你不掺，不是你会是谁？"

小亮火上浇油："秃子头上的虱子——明摆着哩。"

小梅也被这句话惹恼了，她因激怒而显得满脸赤红，一双眼球似要从眼眶蹦出，嘴角打颤，一抬手臂直直地指向小亮："你个挨千刀的，哪有你这狗屁逻辑，我说过，不碍我的事我不管。你做下的事遭了报应，那是天意，最终纸包不住火。好好好，你既然这么说，我现在就要问你，是我告的又怎样？谢小亮，我不怕你，你以为你是谁？你有多了不起？还不是两条腿支了个屎肚子，凭着好好的日子不过，走歪门邪道，对你讲，人做缺德事是要遭报应的，若不改过自新，早晚要倒大霉。"

她口齿伶俐，声高气足，自带一股神威，噼里啪啦，像放了一挂脆脆的鞭炮。

谢小亮万没想到，情急之下，小梅会爆发，一边退着一边说："好好好，你没说。"

小梅看了，也没有争斗，只说了句"人在做，天在看"的话，就吆喝着婆婆和男人气呼呼地离开了这个乱纷纷的现场。

谢小亮一双眼眯着，又猛然睁开，露出一股灼人的凶光。

一旁的秋山张狂地招呼一声："走，亮哥，这事儿没完！"

八

山村街头风波后没几天的一天晚上，小梅家里就被盗了。被盗的地点是她存放连翘的东屋，屋后外面被人撬开了一个大大的窟窿，一屋子没来得及卖掉的连翘被盗一空。乡派出所和市公安局都来了，看到现场遗留有新鲜的脚印，还有很清晰的三轮车胎印，一溜儿向南出村上了省道公路。

乡里、县里也来人了，小梅的弟弟也来了，大家都安慰她，这个案一定会破，一定能把损失追回来。

上次来家查假连翘的领导也来了，说："小梅，你是守法经营的带头人，我们一定不让好人吃亏，就是案破不了，也绝不让好人吃亏。"

被偷了连翘的小梅在等待办案的过程中情绪坏透了，实际案发才不过一个月，小梅觉得像是过了半个世纪。在度日如年的日子里，小梅身心受着煎熬，看谁都不顺眼，闺女礼拜天回来，她吵闺女，看见儿子吵儿子。她一直主观地想自己山上山下没日没夜地干，是想让这个家好起来，让儿女们有出息，可现在家里的情况并没有好多少，孩子们也让她很失望。她又想起丈夫胡小群，气又不打一处来，要不是丈夫无能，这个谢小亮借他个胆也不敢欺负她。

她在心里骂了胡小群一句，又狠狠地骂谢小亮和石秋山都不是好东西。

把谢小亮再次抓走的那天，太行西山一带刮了一天狂风。傍晚风停了，下起了雪，一开始下得小，后来越下越密，越下越急，没等暮色四合，天地间就成了一种颜色，白白的、干干净净的，黑夜遮盖了一切，白雪遮盖了一切。小梅一下子从床上爬起来，透过窗户看见一地的雪，雪没停，还在纷纷扬扬地飘洒，不知怎的，见了这雪，小梅的心疼了一下，有泪从眼眶里悄然漫溢出来。

——原载《牡丹》2020 年第 6 期

作者简介

王保银，男，"60 后"，河南辉县人，笔名一士。中国作家协会会员，中国散文学会会员，《河南文学》签约作家，新乡市报告文学学会副会长，辉县市作家协会主席。有小说发表于《中华文学选刊》《长城》《海外文摘》《莽原》《岁月》《牡丹》《大观·东京文学》等。已出版长篇小说《清坪乡纪事》，短篇小说集《飘逝的彩围巾》《俗人淡事》《摘连翘的小梅》等九部。曾获孙犁文学奖、梁斌小说奖、新乡市"五个一工程"奖、共城华章奖。

都是尿盆惹的祸

王保银

一

国福二十八岁了还没寻下媳妇。他娘急，他妹妹也急，他爹更急。他娘急自不必说，他妹急是她哥媳妇寻不上，她个人的婚事就排不上日程。在 20 世纪 80 年代初期还有些闭塞的乡下农村，哪能哥不结婚妹先嫁人，这在本分人家都被看作伤风败俗、有辱门风的事，都要羞死个人哩！他爹急是这本就三代单传的门里却要在儿子这一辈上断了香火，都对不起先人祖宗呀！

一家人急着、愁着，一眨眼工夫，国福就要跨过三十岁的门槛。在我们老家农村，十七八正花季，二十郎当岁是正闹，二十四五便是危险期，而今国福到了三十岁还是光棍一条，这就很可怕，很让人悲凉。

国福姓宋，他妹叫宋改枝，他爹叫宋宝贵，在村西头住。宋宝贵是宋庄第四生产队有名的"大个儿"，"大个儿"是当地方言叫法，实际就是个赶马车管牲口的。掌管牲口得心气硬、下手狠，还得有几分粗蛮劲，要不这些有灵性的家伙也不好驯服。这能耐宝贵都有，因此，牲畜们见他就禁不住毛皮发颤。

性情强悍、颇有几分能耐的宝贵，打年轻起娶过三个老婆，都是俊模俏样，红的走，绿的来，拿他的话说讨个老婆就跟喝碗酸汤面条一样顺溜。可如今轮到儿子了，却硬是一个也寻不上，急得老宋时不时拿儿子出气："老子年轻时寻个媳妇跟在地上拾个东西一样，你一个也寻不上，三脚踹不出屁来的东西，心肝眼让狼狗吃了？"

老宋瞪着眼骂，一家人都不理他。国福娘只有叹气的份儿，国福低垂着头，一声不响，任老头子骂。还不如他妹改枝，改枝还敢在一旁狠狠地瞪老宋一眼。

老宋骂过，就像一阵风，消了一时之气。家里上下都知他习性，叨叨一阵没人接茬，也就闭嘴了。

一个冬日的午后，老宋从街上往家走，一条腿刚迈过院门槛，就向屋里喊："国福他娘，你出来一下！"

国福娘闻讯赶快出来，一脸茫然，有些怯怯地望着他。待国福娘走到跟前，他一转身"呼啦啦"把个破院门关上，对国福娘说："有办法了，国福的婚事有眉目了。"

国福娘的眼里有了一些光亮，专注地盯着老宋。只见宝贵斜着身子，倾着头，一张胡子拉碴的黄牙老嘴几乎是贴着国福娘的耳根子，如此这般、这般如此给国福娘说了，只惊得国福娘肩膀头发颤，浑身不由打了一个激灵，叹道："哎呀，老天爷呀，这是造孽呀！"

尽管国福娘像绵羊一样温顺，没敢明里反抗他，但宝贵还是从国福娘面部的细微变化中看出了老婆子的心思，不由气火上心，即刻退了半步，声音由低变高，几乎是呵斥一般："这些事，我让你知道，又没让你管，你愁啥？改枝不同意，我去说。黄毛丫头，还敢反了？啥事都不能由她的性子。"

国福娘沉默，一双眼睛变得忧郁愁怨。

原来宋宝贵想拿女儿给儿子换亲。他来之前已经和村南头李二贵口头说妥了，人家李二贵家满口答应，只等宋宝贵这头儿了。如果不出意外，两家这个亲家就算搁定了。只是美中不足的是李二贵的儿子是个瘸子，可闺女长得赛天仙一般。这样一来，宋宝贵就得让闺女改枝配个瘸子，可儿子国福却能娶上一个明星一般的娇滴滴的媳妇。再说了，二贵的儿子腿瘸，但只是小时候胎里带的毛病，啥都不耽搁，只是走路不好看。让改枝找个残疾人，有些亏，可再反过来想想，人家二贵家的女儿就不亏？自家的儿子国福长得如泥鳅一般黑，如麻袋一样粗，脾性如老牛一样肉，性情木讷，嘴里时常像含着冰块一样倒不出水。再说了，人家二贵家的闺女才刚满二十岁，比咱这黑儿子小了整整十岁，咱家要不是穷，国福的婚事好歹也不会落到这地步。再说人家那家境，五间堂瓦房，两厢东西屋，四只老绵羊，三头大肥猪，院里还有一棵一搂粗的大榆树。唉，换亲的名声是不好听，可闺女嫁人图个啥？还不是有吃有喝有钱花，事情到这份上，宋宝贵又能怎样。眼下这打着灯笼也难找的好事虽然掺杂着苦涩和无奈，可宋宝贵觉着也是机会难得，他为儿子的事都愁怕了。他想，过了这村可就没这个店了，今后怕是捅破天戳破地都碰不到这么好的事了！

宋宝贵这样苦苦地想着，甚至都有点儿入魔了，直到手里夹着的烂烟卷灼痛了他的手指才从想象中醒来。什么时候老婆子离开了他，什么时候天上开始不大不小地下起了雪，什么时候一个人蹲在那块青石条上的，他都一无所知。

现在这一回神，他不知从哪儿来了一股力量和勇气，蓦然从青石条上跃起身，双手用力推开破门板，脚步急快如风地进屋，断然地喊出了女儿改枝的名字。

女儿从里间挑帘出来，听着老爹声调异常的呼喊，她感觉可能发生了什么事。不等女儿坐稳，宋宝贵就语气急迫地把换亲一事的来龙去脉和女儿说了。

老宋还没说完，改枝就陡然把他的话打断了："这事你不要再说了，我就是老到家，一辈子不嫁人也不会去换这个亲。"

老宋知道女儿脾气随他，但平时还从未这样明火执仗地和自己对着干，现在竟然胆敢顶撞他，不由得气火攻心，粗暴地压她："这件事你同意也罢，不同意也罢，这个家是我当家，我说了算。"

"你说了算不算，反正我是不换，你真要我换，我就死给你瞧。"

老宋看女儿一点儿情面都不给，还以死相逼，简直吃了熊心豹子胆了，顿时血气直冲脑门，"啪"地一拍桌子："可反了你了，你死，你死，你快死给我看看！"

原先坐着的改枝此刻陡然起身，脸上一副毅然赴死的神情，目光如电般扫射着光线不太好的屋间。改枝看到一边是娘无奈的眼神，一边是哥哥国福耷拉的脑壳，一边是爹爹咄咄逼人的凌厉神态。怎样跨出的门槛，怎样跑到窗台前，怎样摸住了印着骷髅头样的农药瓶，怎样打开的瓶盖子，怎样一口气把半瓶农药喝下肚，改枝浑然不知。农药下肚，她一下子瘫倒在地，对生的依恋和对死的恐惧一下子强烈地攥住了她的心，她的大脑一下子清亮如水，嘴里大叫："我喝药了，我喝药了，我不能活了呀——"

闻听改枝惊呼，一家人才冲出屋外，看见倒地的改枝，嘴角残留的乳白色药液和身旁地上倒着的农药瓶，全家人一时乱作一团。

宋家门里的惊慌大乱，惊动了东邻家的牛鳖蛋。鳖蛋两手扒住矮墙往西院一看，顿时惊惧万分，三步并作两步，跑到当街大喊："快救人呀，宝贵家出人命了，快来人呀！改枝喝药了！"

这一喊乱了宋庄半道街，从四面八方涌来的人们，杂沓凌乱的脚步把刚蒙上一层薄雪的地面踢踏出一条条污痕。一时间，宋家破门小院被塞得水泄不通。

有人喊："快套车，拉医院。"

有人强烈反对："来不及了，快拿茅勺灌茅汤。"

立刻有人进屋，有人在院乱窜，也不管是不是茅桶粪勺，拿着东西就上茅房，一边有人按着手脚扑腾的改枝，一边有人掰嘴捏鼻，呼噜噜往里灌。

你别说，这招儿挺灵，只一会儿改枝就哇哇大吐，直到吐出了黄沫胆汁。

这时节暮色四合，空中雪粒变多变急，大地已呈雪白。门外队上的小手扶拖拉机喷着热气，机轮在飞转，柴油机发出"扑扑"的声响。一群人把改枝抬到后车厢里，刚一停当，司机就猛拨油门，小手扶飞也似的往公社医院奔去。

改枝娘、国福陪着改枝一同坐上车往医院去了。屋里的宋宝贵勾着头，一言不发，街坊四邻都在高一声低一声、你一言我一句地劝他。

二

过去那个年代，换亲在我们豫北乡下也不算啥稀奇事，说它丢人是丢人，说不丢人也没啥丢人。换亲有两换、三换，也有四换。直白一些说就是寻不上媳妇的人家互相将对方的闺女交换过来，两家交换的为两换，三家交换的为三换，一般来看，三换四换的稍好一些，起码相互称呼上能叫出口，但不好碰。农村换亲的大多是两换。一家对一家，年龄、相貌、体质、性格，差异太大。二十岁的姑娘嫁个三十岁的男人，十七八的小伙娶个大一轮的女人，也不是什么稀罕事。尽管他们父母尽了应尽的义务，儿女们过日子不免磕磕碰碰，甚至摔锅弄盆，寻死觅活。换亲是陋习，固然不好，但是无奈之举。不管怎么不好，也得变着法子把这件人生大事办了，为的是传宗接代，不能断了香火血脉。

女儿改枝的脾性，宋宝贵知道随他，直倔、刚烈。他原以为用这种高压的凌厉态势压服她算了，如果实在不行再想其他办法，没想到这个看上去像一潭深水不声不响的黄毛丫头心底却埋藏着一座火山。这种爆发让他始料不及，让他猝不及防，等他回过神时，可怕的事情已经发生了。直到此时宋宝贵才清楚地认识到在对待儿子的婚事问题上他确实是偏激过火了，是想儿子的婚事太急太切了，但更主要的是顽固的传宗接代思想在作祟。

到了半夜时分，一直像闷葫芦一般的宋宝贵听到儿子从五里外的医院给他带回信儿，得知改枝在医院经过洗胃已脱离生命危险，老宋憋在胸腔里的浊气才像开闸的沟水一般一下子打开了。只听屋角落一声老牛般的悲鸣声震屋瓦，想不到从不落泪的老宋此刻竟涕泪滂沱。一旁众人又一番安慰规劝，直到宝贵不号了，才一个个打着哈欠离去。

话分两头。改枝从阎王爷那儿走了一遭又回到阳间，不全是那家公社医院医生高明、有起死回生之术，也不全是灌茅汤抢救及时，原来在窗台上有两个农药瓶，一瓶是药，一瓶是水，改枝喝掉的碰巧是清洗药瓶的水，毒性不大，让人们虚惊了一场。生活啊，有时让人感到既可悲可叹，又可笑可怜。

改枝病愈出院，宋宝贵也彻底绝了换亲的念想，遂于当年冬天，在宋庄北边十里外的龙水村给闺女找下婆家，进腊月里就把女儿打发了。唉……眼不见心不烦，嫁出去的闺女泼出去的水，让她自己折腾过活吧。

三

冬去春来，又是一年。冬天似乎是赖着不想离去，从节令上看，天气一天天由寒转暖。立春之后的二三月间，冰封的大地已开始消融，宋庄北河里的冰块再也结不完整，杨柳树已开始树皮发青，毛白杨耷拉着如小毛虫般的绒絮"扑嗒扑嗒"地从树上掉落。纷纷扬扬从天而降的坚硬透明的雪粒中明显夹杂着雨丝，落到地上再也形不成积雪。各种春天的迹象已开始显现，春耕大忙还没有展开，一般没有什么营生可做，庄稼人照旧圪蹴在屋旮旯里，不愿走出屋头。

宋宝贵家里，自闺女出嫁后，就剩下一家三口，生活虽然辛酸寂寞，也得不咸不淡、没滋没味地过活。

自从去冬那次"喝药"事件后，老宋的性格变多了，火爆的脾气小多了，代之以沉默甚而是一种阴郁。他时常握着一根吊着烟布袋的长烟管子，一袋接一袋不停地抽烟，那抽烟的"咝咝"声让人听来似乎想把烟叶里面的老油榨干，吹出的烟灰也像掷石子一般射出老远老远。他把一肚子气都撒在那根烟杆上了，没命地抽烟，引来一阵阵剧烈的咳嗽，有时半夜醒来一直咳至傍明，那一口口黑青浓痰扯着黏条条吐了床下一地。他难受，不吸难受，吸也难受。

国福娘知道他肚里窝了一口气，不敢吭他，这个胆小怕事的女人甚至连劝一句他的话也不敢说，只好天亮后用废炉渣把痰液埋了，用脚搓搓，扫出屋外去。

国福本来话就不多，性格像他娘，有的是满身的好力气，就是性情上不开朗。婚事问题上，也不只是吃了家穷的亏，就国福自身而言，他个人的性格缺陷恐怕也是一个不小的问题。但是俗话说得好：一个麦籽一道缝，一个人一个性。江山易改，禀性难移，这也不是件容易的事。

冬春农闲，宋宝贵却闲不住，他得利用这段农闲时节抓紧拾掇牲口家伙儿，套绳磨损了得保养一下，护脖烂了得封好添实，马车轴该上油了，车闸子得紧紧了，就连牲口蹄子、鼻夹子、缰绳、笼头、夹板等都得细细查看，把一件件、一样样弄好，毕竟离春耕不远了。

所不同的是今年老宋的心情差，干活儿提不起精神头，常常走神，有时把针扎在手指头上，有时又让铁器家伙儿挤住了手，弄得心头火扑棱棱的。这时如果哪个牲口不长眼，正好惹上了老宋，老宋就把牲口鼻夹子震得作响，直疼得老牛眼里流泪、驴骡嘶嘶哀鸣。

这天是个半上午，老宋正独自拿一头驴出气，可能是一头公驴发情了，它一直馋巴巴地进攻着那头母驴。老宋看不惯，嘴里没好气地嘟囔着骂："人还得不住事哩，咋轮着你这个驴日的好受！"就用棍棒猛捅公驴的裆部，公驴根本受不了这种疼，就尥起蹄子又踢又叫，那声音听来真是凄惨极了。

正在这时，东邻的鳖蛋摸到饲养室，大老远就喊他："宝贵叔，你让我好找，总算找到你了！"

老宋无力地仰起头，看了一眼鳖蛋，目光显得空洞而忧伤，声音也变得苍凉无力："啥事？"

"后街我丈姑家里没煤了，想用咱的车拉一车煤。"

老宋一听，没好气地打断他："就这事啊？"

鳖蛋有些急："叔别急，听我跟你说，是好事哩。"老宋耐着性情听他一句一句说分明。

<h2 style="text-align:center">四</h2>

原来鳖蛋的丈姑母叫张改英，是个媒婆。她手头上有一茬，山边北沟村邓家一姑娘想往宋庄提亲，鳖蛋和丈姑说了宋宝贵家国福的事，他丈姑没回绝，但也没应承，只说家里没煤烧了，看老宋能不能帮个忙……

老宋听了，心想：这个张媒婆，一肚子花花肠子，想让给你帮忙就直说，玩什么小九九。但是儿子的婚姻毕竟是大事，帮她拉车煤也不算啥。

就这样，宋宝贵给张改英家拉了一车煤，张改英自然很感激老宋。老宋又在鳖蛋的撺掇下提了礼物趁个夜色进了张家门。老媒婆喜上眉梢，圆盘大脸泛着红光，在灯光的映射下，前门两颗金牙都放着光泽，一边说着客气话，一边端水让座。

张改英说："你家里的糟糕事我都听说了，过去了就算了，过日子谁家没个磕磕绊绊。穷没根富没苗，咱家小孩长得有鼻有眼，不憨不傻，咋就成不了一门亲事哩！"

这老媒婆葫芦里卖的啥药，听得老宋云一阵雾一阵地摸不着头绪，但求人办事得忍着点儿，还得控制住。

张改英卖了一阵嘴巴关子，从裤兜里掏了一包纸烟很娴熟地抽出一支点上。张媒婆抽着烟，一副悠然自得的样子，话语中显然有几分自信得意："老宋哥，这家媒我实话给你说，本来许给村东老冉家那二小子了。老冉这人，我那年秋天害饥，偷拿了队里两个红薯想回家烧，这愣头货硬是把我藏在裤腰里的红薯抖搂出来，还到队上告我，现在用上我了，迟了。还是老宋哥你积德，心眼儿实，给俺家拉煤，我就跟你家孩儿说媒，这叫一报还一报，这个媳妇，我给你家小子说定了。"

老宋一下子激动得不得了，满脸是笑，凝神专注地盯着张媒婆。情急之余，他突然不无担忧地说出了埋藏心底的忧虑："我那个家穷，我在人前都抬不起头，穷得远近十几里都出了名，我还是担心害怕……"

老宋的话没说完就被张媒婆打断了："老宋，你这个大男人还南来北往跑哩，怎么头脑里就一根筋，活人还能叫尿憋死？亏你还是个大男人哩，年轻时你可不是这个样。"

老宋此刻被张媒婆的一番话唬住了，他惊怔地望着眼前这个在过去他还有些鄙视的女人，竟然一下像吞了迷药一样感到头晕，傻了一样显得手足无措，老半天才吐出几个字："那您说，咋办？"

张媒婆一听，话语更显几分狡黠："你不是怕露穷婚事吹掉嘛，有法子，你听我说。"

"啥法子？"老宋显得过于急切。

"啥法儿你甮问，我先问你，我说出来你按我的法儿走不走？"

"这是哪里话，我求都求不来，哪儿敢不听？"

"你要听，我就说，我说了，你得做。"

"你放心，我保证。"

这时，媒婆看把老宋套牢，话也显得更加不容申辩："夜长梦多，事怕猛办，你回去就去借几件大物件。"接着，张媒婆扳起指头一样一样地给老宋数："这第一件是缝纫机，你家有没有？"

老宋答："没有。"

"第二件是自行车。"

"没有。"

"第三件呢，是手表。"

"第四件呢是，收音机。也没有？"

"没有。"

"'三转一响'，一件也没有？老哥呀，看你人五人六的，唉！"

老宋也叹了一口气，那颗平时倔强的头颅耷拉下来了。张改英知道他的臭脾气，赶紧收住话，开导他："这件事不用你操心，我让鳖蛋替你办，你只管在家支应好，让多跑几家借。准备好快来找我，我立马吩咐来相亲。只要我们严守机密，天知、地知、你知、我知，只要能瞒天过海把事办了，生米做成了熟饭，让他们哭黄天也没法儿。"

张改英眉飞色舞，唾沫飞溅，皱皮老脸上的肌肉在抽动，眼睛一眨一眨，嘴片一翻一翻，连嘴里两颗金牙都一闪一闪的，把这个老宋听得头皮发麻，两眼发晕，大脑一片混乱。待老半天神态恢复，气神稍安，老宋把头摇得像拨浪鼓似的。

鳖蛋急得在一旁打气说："宝贵叔，怕啥哩，哄死人不兑命，啥时候不是撑死胆大的，饿死胆小的？就按俺姑说的，我去给你办还不中？"

老宋心乱如麻，一时拿不定主意，不知如何是好，眼前他不得不重新审视这个张改英了。这个女人，宋宝贵再了解不过了。她原是老地主张积德的闺女，只可叹小女初长成，社会一下变了天，斗地主分田地，把她家的土地、粮食都分了，牲口牵走了，连衣服铺盖都被贫雇农分走了。这下把小千金害惨了，没法子，只好屈身下嫁给宋庄一个大她十多岁的老退伍军人。这张改英仗着她是荣军家属，居然避祸躲灾，又仗着自己有一张好嘴巴给人提媒说亲，居然吃香喝辣。

要说做月下老人是好事，宁毁十座庙，不破一家亲，这个老宋懂。答谢媒人也是天经地义，媒人不能背着锅提着一肚空杂碎吃风喝冷白忙活。对上门提亲的留下吃顿饭、喝杯酒，以示谢意，都在情理之中。但问题是老宋还知道，这张改英说媒提亲有时爱编筐捏篓，是个说瞎话的老妖精。她说袖筒里有个胳膊你也得摸摸，要不她偷了你家的猪你还帮着往车上抬哩。你要不信，去打听打听，给人说媒常常是饭也吃了，酒也喝了，烟也拿了，红包也收了，主家一打听，月黑夜耍把戏——没影。气人？还有更气人的事哩！她说谎骗人的本事还真能把天捅个大窟窿。

前街的老光棍老金想媳妇想疯了，可生了一脸红疙瘩，又是一个半秃头，生下来就是光棍命。可老金死活不认命，高低想讨一个女人来，可那瘪样谁肯嫁他？老金看自己使出浑身解数连个女人边儿也沾不上，就把全部希望系于张媒婆身上。

张改英也深知给老金讨媳妇无疑是痴人说梦。无奈老金走火入魔，不惜变卖半房家产贿赂张改英。张改英见钱眼开，也实是被老金缠得要死，就眉头一皱，心生一计，骗老金说："是个哑巴，又精又乖，你寻不寻？"

老金想女人想疯了，不假思索地回应："寻、寻、寻，只要是个母的就寻。"

张改英嫌老金话说得下作，就挖苦他："饲养室的母驴母牛多的是，牵一头去，找我干啥？"

老金不傻，知道自己把话说过了，就赶紧赔了笑脸，连连认错。老金的滑稽倒把张改英逗笑了。

就这样，张改英撒下弥天大谎，趁一个月黑风高夜，神不知鬼不觉地把一个女人领进了老金的家门。

这女人圆盘大脸，浓眉大眼，鼻梁高翘，皮肤白皙，刘海儿压着脑门子，粗黑大辫垂在背，上着红衣，下穿黑裤。虽说个子矮了点儿，但老金却心头暗喜：买牛买个抓地虎，娶媳妇娶个大屁股，养孩子壮实，发子孙，正称心。哑女也禁不住眉目传情，两眼含波，两手比画不停。张改英嘱咐老金一番，心急吃不了热豆腐，是你的别人抢不走，稍悠着点。谁知张改英刚离场，老金就把她嘱咐的话忘到脑门后，魂不守舍直扑哑女而来。哑女知是老金急不可耐、欲火烧心，但一时也没有办法抵挡。就这样，老金像丢魂一样在屋里追得哑女狂奔乱窜、叽哇直叫，最终还是把哑女像老鹰逮小鸡般置于腹下。到了这时，老金才感觉不对劲，一下惊出声，原来哑女哪儿是哑女，竟是一男子装扮，惹得老金一裤裆火气乱窜，眼前激出一溜火星，噼啪乱响，和"哑女"滚地马爬打作一团。无奈这老金真是窝囊，干不过"哑女"，又反遭一顿暴打，一怒之下，次日天不亮就直奔公社把张改英告了。张改英为此挨了批评，把收的彩礼一笔笔算清，一口口地又吐了出来。她原想这老金纠缠得要死，又收受老金那么多礼，实在无奈就合伙演了这一幕恶作剧，瞒过老金再脱身走人，让老金有话说不出，她可从此脱身了事。

这事败露后，张改英有好一阵子抬不起头。但一提起张改英，人们还是说她说媒的能耐和本事还是有的。

现在这件事在老宋脑海里像过电影一般映现，老宋浑身不由打了一个寒战，脊梁背上汗津津的，只觉得脸上一阵战栗。

张改英看出了老宋的忧虑和为难，满不在乎地说："老宋，这事我不难为你，你觉着能干咱就干，你觉着不行，咱就趁早收场。"

鳖蛋又在一旁给老宋打气鼓劲："事到临头，咱就死马当活马医吧，怕它个鸟蛋。"

两个人你一言我一语、高一声低一声地劝说，倒把老宋弄得更是拿不定主意。做吧，事情以后一旦败露，我老宋后半辈子脸往哪儿搁，还如何出门见人；不做吧，儿子这么大了，婚事越拖越难办，万一错失良机，那还不让人把肠子都悔青了。

老宋踌躇半天，举棋不定。突然他不无侥幸地想，我怎么光想着倒霉事，我年轻时候蹬那个换这个一连娶过三房女人也不是屁事没有。这人生有时候关键是看你的运气。运气好了，上天摸响雷都有云梯架，到地下探宝地缝都会自动给你裂开来；运气背了，放屁能砸脚后跟，坐在小板凳上都能跌死人。

依老宋的性情本不是个疑神弄鬼、信命由天之人，但现在儿子的婚事都把他愁煞得不像个人样了，这就促使他恶向胆边生：老子风光半辈子，现在却混到这地步，脸面能值几个钱？我还怕个啥？反正中不中，再也不能错过机会，好坏成败只有一试了。

五

老宋没想到事情竟然进行得很顺利。鳖蛋在宋庄挺能张罗，蛮有人气，也是一个挺能折腾忽悠的家伙。四个物件他就借了四个地方，怕在一个地方一次性借齐，动静大，所以分散开去借，不容易引起怀疑。借的时候他又不明说弄啥，只说用用就还，谁也没多想。没费太大劲儿他就把事办停当了。

到那天傍午时分，从宋庄北桥口突然来了一群人，说是到国福家来相亲，人们才窃窃私语说："鳖蛋这货比鳖都精哩！"但骂归骂，乡邻乡亲，又是成亲大事，又没招惹谁，自然谁也不会去装这个奓种，去捅娄子得罪人。再说，像这种瞒天瞒地的事在宋庄也不稀罕，日子比树叶都稠，谁家没个难心愁事啊。

相亲的队伍十多人，稀稀拉拉一长溜，有男的，有女的，还有小孩，但女人占了一多半，多是女方那头的姑姨姐嫂。

国福的相亲对象叫海叶，此时在人群中被人裹挟着、簇拥着，脚步散乱地蹚过宋庄的街面，引得街道两旁的人探头缩脑地观看，一群人喜气洋洋地走进了宋家已打扫一新的庭院。

从外看，老宋家的院落、房屋有些破，但进得屋来，自行车明晃晃，缝纫机锃亮锃亮，收音机啦啦响，"三转一响"齐备。床铺整洁，地面干净。再看国福，穿着新衣服，袖子挽得老高，手表在手腕上像块宝石一般被日头映得白亮刺眼。这一打扮亮相，像一下换了一个人，黑是黑了点，可黑得耐看，四方脸，棱角分明，浓眉大眼厚嘴唇，流露出憨厚朴实；宽宽的肩膀，粗壮的手臂，充满成熟的魅力，浑身上下蕴藏着使不完的劲儿。

张改英的瞒天过海术居然产生了强烈的效果，一切让人心花怒放、皆大欢喜，老宋激动得心都要从胸腔中跳出来了，前言不搭后语地连声招呼："吃饱啊，咱这农家饭不好，一定吃饱，吃不饱不放碗。"

就连平时总是哭丧个脸像是谁欠下二斗黑豆不还的国福娘，这时候也是一扫往昔的愁云苦雾，一脸喜气地在屋里、院外奔来走去。

国福的妹妹改枝也来了，更像一只快活的小鸟在人群里飘来飞去，一张脸都成了灿然的花。

鳖蛋这时候俨然成了这场喜事的总指挥，在那里有些显摆地大呼小叫，一会儿在那里吆喝上汤上饭，一会儿又咋呼着要空碗净筷。

张改英此时坐在宴席上，一副镇定自若的样子，在那里不咸不淡地给人家拉家常套近乎，一脸假笑，整个皱皮老脸都溢满了得意和快活。

在我们老家，促成一桩婚事起码要过六关：提亲、相家、定亲、送彩礼、送好、典礼。每次都要置席设宴，招待也大有讲究，席面规格不一，四凉四热、五凉五热，均不得单数，排场人家还要合碗蒸碗，统称十大碗。现在按照惯例，已进行到第二个环节。国福此时和海叶正在屋西头一内间会面。我们那里叫相家，就是男女双方互相看看对方白了、黑了，胖了、瘦了，高了、低了，一句话——挑挑人样，看有没有明病，比如鼻子上生了一颗小黑痣，脸下巴颏上有一小片癣，是不是个"六指"手。这些之后，双方可说上几句不痛不痒的话，看看对方是不是个结巴或是短舌头，发音正常不正常，脑筋清楚不清楚，说白些就是看你里外有没有啥毛病。如果一切都好，就说明这事十有八九成了，如果发现一丝破绽，这事八成就要打个折扣。不过中与不中，碍于面子，当面都不表明结果，等相罢家了，相亲的人这时酒也喝了，饭也吃好了，就要起身走人。好在今天平时木讷的国福表现出奇得好，海叶很满意，虽然当场没有表态，也说明这事十有八九成了。

整个宋家大院里到处充满了喜气。筵席已经结束，相亲的人们已离座依次走出，红颜粉面，打着饱嗝，又说又笑，又扯又搂，寒暄着，恭维着，亲热着，簇拥着，一步步走向院门外。

这当口，海叶的嫂子突然犯起内急要去茅房解手。这女人往那里一蹲，一下子看到了茅房角落里有只拴着麻绳糊着石灰的灰色陶制尿盆，心里"咯噔"一下，疑问即从心头生：不对吧？"三转一响"都有，尿盆还是绳箍泥糊的？连我们山边人家都不用了，糊弄谁！这个眼尖泼辣的女人提了裤子，拴好腰带，气咻咻从茅房奔出，一脸怒色地招呼娘家一群人："走，快走，把我们当傻子看，以为我们山边人憨包是不是？以为我们山边人好欺负是不是？来这一套！"说着拉着海叶气呼呼地走出门外。

海叶突然被她嫂子的举动弄蒙了，惊愣愣地盯着她，迷惑地问："发生啥事了？"

海叶她子嫂不说话，只扯着海叶往外走。

一群人谁也不知发生了啥事，只好懵懵懂懂跟着这个女人走。

老宋一下子傻了，赶忙冲上去，又是拦又是劝："有话慢慢说，别急别急。"

然而女方家相亲的一群人根本不听劝阻，急匆匆走到了大街，不一会儿便消失在村口。

老宋好半天愣着，突然像是感觉到了什么，疯了一般冲向茅厕，两手愤然拾起破尿盆，只听"砰啪"一声响，盆子被摔成一摊废渣烂片。

到底还是那个拴了破麻绳的尿盆让这个眼尖猴精的女人看出了破绽，国福的又一场婚事就以这样的方式告吹。

国福娘呼天抢地地哭喊："都是尿盆惹的祸呀！"

宋庄的茶余饭后就又多了一条新鲜而有趣的顺口溜，一时间像刮风一样迅速传遍了宋庄的大街小巷：

　　　　宋宝贵，不诚信，
　　　　逼婚不成又骗婚。
　　　　弄得鸡飞蛋又打，
　　　　看你以后咋做人。

　　　　张改英，不是人，
　　　　说不成媒别骗婚。
　　　　你用这法去说媒，
　　　　世上你算什么人。

　　　　牛鳖蛋，真发昏，
　　　　帮着丈姑日弄人。
　　　　又借东来又借西，

就没想到借尿盆。

国福娘，算本分，
你别气那破尿盆，
为人做事不诚信，
迟迟早早要吃亏。

——原载《奔流》2018 年第 7 期

铲车司机

一 兵

村口河里的水越来越多。雨还在下，紧一阵松一阵的。

自古以来，这条河就伴着这个村子。鹏飞从小就听老人们讲，这里曾经河水荡漾，翠鸟凌波，鱼虾满河。鹏飞没见过，他只记得有几次大暴雨过后，河水浑浊不堪地流过。几年前的那场大暴雨也是下了几天，河水漫过河堤，流到村里，有的人家遭了灾。

村里的大喇叭广播了好几次，让党员、退伍军人报名参加防洪突击队。鹏飞当过坦克兵，又是党员，第一个报了名。

"鹏飞，你可要提高警惕啊！把你的铲车加满油，随时待命！"村支书给鹏飞打电话嘱咐道。

雨小了一点儿，村民们打着伞跑到村口河边看河里的水势。大家议论着河水的浑浊、河水的湍急、河水的水位，以及河水在这个村的历史上犯下的错、立过的功……

河里的水好像高速公路上奔跑的汽车，没有闲工夫看岸上指指戳戳议论它的村民，咆哮着向前奔跑。

雨又大了，像老天爷在泼水，泼下来一盆，又泼下来一盆，把村民都泼回了家。

前几年那场洪灾后，鹏飞上班的厂子被淹了，倒闭了。失业的鹏飞把自己多年的积蓄拿出来买了这辆铲车，在同学小伟的工地上干活儿。工地的活儿结束后，鹏飞每天开着铲车来到村北的十字路口对外出租。鹏飞开铲车像在部队开坦克一样熟练，装土、平地、挖沟，又快又好，十里八村谁家有活儿都喜欢用鹏飞的铲车，末了结账时免不了和他搞价。乡里乡亲的，碍于脸面，鹏飞总是笑着抹一下脸上的汗水，指着贴在驾驶室上的大大的二维码说："中！中！中！咋都中。"

这次的雨下得有点儿奇怪，不刮风，不响雷，没闪电，一连几天不分白天黑夜地下。白天，村民们看着老天爷向下泼水；晚上，人们听着雨栽下来的声音，心里担忧：这天漏了啊！

凌晨，同学小伟打电话说，他停在村北十字路口的车被淹了。鹏飞一骨碌爬起来跑了出去。

小伟停车的地方有四五辆车被雨水围困着。鹏飞把小伟的车拖出来后，旁边一位车主焦急地朝他喊："把我的车也拖出来吧，我给你五十！"鹏飞拖出这辆车时，天已大亮，车主非常感激地扫了他铲车上的二维码，付了五十元。

又一个车主向鹏飞喊："帮我也拖一下吧！"

鹏飞又把第三辆车拖了出来。

"能不能便宜点儿啊？三十吧？"

鹏飞一笑："中！中！中！咋都中。"

"还要钱啊？你这是趁火打劫啊！"最后一个女车主刻薄地说。

这时，村支书打来电话着急地喊："快来！快来！赶快开铲车到村口，装沙袋堵围堰！"

鹏飞挂了电话，把女车主的车也拖了出来后，掉转车头朝村口驶去。拿着手机准备扫码付款的女车主看着远去的铲车，愣在了那里。

雨中，鹏飞用铲车把防洪突击队装好的沙袋"端"到了村口，大家堵起了一道一米多高的围堰。

雨水还在发疯似的倾倒，河水咆哮着向前奔涌，河边的水浪一个劲儿地往围堰上蹿。有的浪头蹿过沙袋，水涌进了村里。

"大家听着，五个党员留下来，其余的都赶紧回家。这水太大了，围堰是挡不住了。大家注意安全，回去做好自家防护，不要出门，水再大了就上屋顶上去。"村支书一遍遍地喊着，把村民们催回了家。

村支书转身对留下的党员说："接到通知，山上的四大水库开始泄洪了，南河堤是三股泄洪水的交汇处，一旦决堤，咱村就会淹过房顶。大家上铲车，到南河堤去。走！快走！"

南河堤上，鹏飞在村支书的指挥下，一铲车一铲车"端"着土石方加固到河堤的一段薄弱处。汹涌的洪水比他见过的黄河还宽。"只要加固了这一截河堤，洪水就不会漫过来，就淹不了俺的村子。"鹏飞想着，动作娴熟地干着。

"不好，油表警示灯亮了，铲车要没油了。可再有十几车就能把薄弱处加固好，这时一退就前功尽弃了啊！"鹏飞在心里嘀咕着，咬着牙脱掉湿透的上衣，狠狠地扔掉："拼了！"

大雨中，三股泄洪水顺着河道下来了。

村支书和大家一起向鹏飞使劲儿地挥手并大声呼喊，无奈都淹没在铲车的轰鸣和暴雨的混合声里。

这一截薄弱的河堤开始漫水了。村支书顺着河堤向鹏飞跑去。鹏飞驾着铲车"端"着一铲土，踩着油门，用尽最后一滴油冲向河里……

村支书两手拍着大腿哭喊道："哎呀！鹏飞啊……"

在人们绝望的哭喊声中，鹏飞竟然从雨帘中跑了过来，回头看着自己的铲车被洪水一点点吞没，声音哽咽着说："完了啊，河堤保不住了啊！这水太大了……"

村支书一下子抱住鹏飞："孩儿啊，你尽力了，爸知道你尽力了。"

"快！我们赶快回村里组织大家撤离……"村支书对大家说。

五个人往村里赶去。大雨连着天地，瓢泼一样泼在五个人的身上。

后记：村里的五名党员与赶来支援的部队官兵、救援队一起，不分昼夜，紧急组织全村百姓撤离，村民无一人伤亡。洪水退后，鹏飞积极投入村里的家园重建中。后来，在当地政府的帮扶下，鹏飞又买了一辆新铲车。

——原载《百花园》2021 年第 8 期

入选《2020 年河南文学作品选小小说卷》

入选《2021 年荷风年度小小说》

一兵，本名王春喜，70后，河南辉县人。中国微型小说学会会员，中国报告文学学会会员，河南省作家协会会员，新乡市作协副秘书长、新乡市报告文学学会副会长、辉县市作协副主席兼秘书长。郑州小小说传媒签约作家。作品散见《百花园》《小小说选刊》《天池小小说》《牡丹》《河南日报》《中国水利报》《河南工人日报》等。出版有小说集《大槐树底下》《古桥传奇》等五部。《归心似箭》拍成同名微电影入选北京国际微电影节。曾获中华文学奖、黄河故事奖、河南省报告文学奖、河南省小小说双年奖、金麻雀网刊年度小小说奖、新乡市"五个一工程"奖等。作品曾入各类年选，《颁奖嘉宾》入选建党一百周年《世纪微小说精选100篇》，小小说《归心似箭》《穷大方》等入选全国高考、中考现代阅读库。

走，喝口去……

一　兵

雨越来越大，村口的沙袋墙也没能堵住洪水。伴着泥沙的洪水进了村，沿着街道滚滚而来，没过了脚面，盖住了脚脖子，又向膝盖的高度上涨。

人们慌了起来。特别是有车的村民，都出来把自己停在街上的车开到地势较高的胡同里。

有个别司机不以为然："切，前几年那么大的洪水都没有淹了停在街上的车，这次还能淹了吗？"小勇和路明也都是这样想的。

洪水沿着街道打着浪花哗啦啦地流着，涨着。村民们就在自家门口看翻着浪花的洪水，观察着水位："涨了，又涨了……"

小勇和路明的车还在街上停着。看着街道上的水越来越多了，两人也慌了，不约而同地蹚水走到自己车上，都准备把车开进地势较高的胡同里。胡同从外向里是个坡，越往里边越高，谁的车先进去就会停得高一点，被淹的可能性就小。

街是老街。这些年家家户户几乎都买了小汽车。有车库的没有几户，老街就成了停车场。白天，车都被主人开着去上班，一到晚上，特别是周末的晚上，整个老街从南到北、从西向东都停满了车，左邻右舍有时候会因为停车问题发生不愉快。

小勇和路明就是因为这停车位结下了怨，本是好邻居，现在却谁也不理谁。

　　路明是做小食品批发生意的，家里送货车有三四辆，赚了钱后又买了小车。晚上自家门口只能停两辆车，其余的车只好停在没有汽车的邻居家旁边。小勇前几年没有买车，路明家的车就一直停在他家门前，两人客客气气的倒也相安无事。

　　今年初小勇也买了一辆越野车。有车了，家里又进不去，只能停在路边，小勇当然希望停在自己的家门口，可他每天开车下班回来，路明家的车就停在自己家旁边，不是小车，就是货车，无奈，小勇只好再找能停车的地方停车。

　　新车，娇贵。小勇娘每天等小勇回来，端盆水去给他擦车，擦得干干净净的。可他每次看到自己家的车却要停在别人家门口，心里就有点堵，就想去找路明说道说道。

　　路明家车多，司机多，停在小勇家门口的不是这个司机就是那个司机，总是见不着路明。

　　"咱得让路明的车给咱让让位啊。"小勇妈说。

　　"妈，你别管了，我已经和路明说过了。他说经常要装卸货，把车停在离自己家近一点的位置方便。以后装卸完后会立即给咱把车位腾开。"

　　"那就行……"

　　可小勇回到家，车位还是被路明家的车占着。小勇感觉路明是故意的，难道仗着做生意有了钱就欺负人？小勇想。

　　小勇妈说："小勇，我今天见到路明了，让他家的车以后不要停在我们家旁边。他说他早就和司机们说过了。司机们估计还是嫌装卸货不方便，经常停咱家门口。他说他再和司机们强调一下。"

　　"嗯，我看这样也不是个办法，我在网上买了两个橡胶锥形墩，咱放到车位旁边。"

　　"那就好……"

　　橡胶墩放在了车位上。还真管事，小勇再下班回来，自家的两个橡胶墩就在车位上等他，路明家的车再没停在小勇家门口。

　　这天小勇下班回到家，发现橡胶墩被放在了一边，车位上路明家的货车又在卸货。小勇把车停在路边就开始等，等司机卸完货后把车开走。

　　左等右等，司机卸完了货，一头钻进路明家不再出来了。小勇憋了一肚子火，下了车绷着脸闯进路明家："路明！路明！把你们的车挪开一下啊！又堵在我家旁边，我都等半天了。"

司机闻声急忙跑了出来了："哎哟，我一对账就给忘了，现在我就去开走。"司机小跑着出去挪车。小勇没有跟着司机出去，等路明出来。

路明出来时赔着笑，道着歉。可小勇不吃这一套。

"路明，你是做生意了，可不能每天占着我家的车位啊。"

路明见小勇阴着脸，也有点不高兴了："啥是你家车位啊，路是你家的吗？做生意哪能不卸货装货啊，装卸完就给你腾开了。"

小勇见路明强词夺理，两人就吵了起来，亏得司机们把他俩拉开了，不然他俩可能会动手。

从此两人不再说话，形同陌路。

橡胶墩不可靠，小勇娘就每天在路边看着，不允许路明家的司机再把车停在自己家旁边。

洪水越来越大。小勇和路明都启动了车，准备往胡同里开，但是却都没有开。小勇落下车窗，按按喇叭，冲着路明喊："你先进吧，我的车底盘高，我在后面。"

路明也落下车窗说："没事，你先进去吧，我的车破，你是新车。"

"你赶快进吧，别啰唆了，我的车底盘高，应该没事的。"

路明就把车先开进了胡同里，开到了最里面最高处，小勇也跟着开了进去，紧挨着路明的车。

洪水越来越大，没过了膝盖，涨到了大腿根儿。整个村子都淹了。

洪水退去后，小勇和路明不约而同地跑去查看各自的车。万幸，两人的车只淹没了一点排气筒，车内没进水。

路明对着小勇说："谢谢你让我先进的胡同啊，走，喝口去？"

"喝口？"

"喝口，走……"

"走！"

——原载《渤海风》杂志 2021 年第 3 期

荣获金麻雀网刊 2021 年度小小说佳作奖

入选《2021 中国年度作品小小说》

大　喷

一　兵

　　他在马路牙子上的法国梧桐树下等，等叫的滴滴车。他都催了一遍了，电话那边的女司机说马上就到。

　　香烟被他的嘴唇使劲地夹着。他狠狠地吸了一口，报仇似的，明火在香烟一头如滋滋响的电焊条一样燃了一大截。

　　梧桐树干上的树皮，一片白一片暗的，让他感觉很讨厌。这树的树皮咋就恁鳖形了，换皮不是一齐换了，这换一片儿，那换一片儿的，把树换得像得了白癜风一样。他把嘴里的烟雾吐向树干上几只忙活的蚂蚁，上上下下跑着的蚂蚁被烟雾呛得更加忙活了。

　　路上的车一辆接一辆，像树干上的蚂蚁一样忙活着。这路多像放平的树干，这一辆一辆车多像树干上的蚂蚁啊。他这样想着。

　　这滴滴车司机来了，非得说她两句解解恨不可。对，就说要给她差评，听说他们最怕差评。他又解恨地想。

　　他把几乎烫着手指的烟头一下摁在树上一只跑着的蚂蚁身上，那只可怜的小蚂蚁就这样葬身在了滚烫的烟头下。

　　天儿闷热得一点儿风也没有，汗水浸透了衣衫。他抬头看看老天爷，太阳毒辣辣的，要毒死人一样。天上几片闲着的云也在看着他，看着他着急忙慌地等车、抽烟、出汗……

"哎，我说你到底啥时候能到啊，我都等了你快十分钟了……"

"不好意思师傅，三分钟，最多再有三分钟就到，你千万别取消单子啊，马上就到。"

"你可快点啊，不然我可就取消了！给你差评！"

"唉，好的！好的！"

他真的想取消订单了。这个念头在他第一次催过的时候就有了。旁边就有共享电动小黄车。他嫌太阳太毒辣，不想太寒碜地去见她，这才叫了滴滴车。

"叭！"天上砸下来一滴水，落在柏油路面上摔成了一枚硬币的样子。他抬头又看天。"叭！"又跌下一枚，正好跌到他脸上……

天上，一大片黑云吞食了太阳。黑云屁股后面还跟着黑云。马路上，一枚枚硬币似的大雨点子片刻就把原本发白的柏油马路糟蹋成了麻子脸。

几枚雨点又跌在了他头上，他眯着眼，往梧桐树干旁凑了凑，让浓密的树叶遮住雨。他心里对这个滴滴车司机更加不耐烦了。

在他彻底要放弃这辆滴滴车时，一辆红色小车停在了马路牙子旁边。

"师傅，你要的车吗？"缓缓落下的车窗里，一个眉清目秀的女司机满脸歉意地问他。

"是啊，你咋恁慢呢，都急死我了。"

他本想说得再难听一点儿，但看到清秀的女司机，就把不好听的词语都吃挤成了这句不太难听的话。

"不好意思，堵车了……"

他吃蹴着身子，双手抱着头跑着绕过车头坐进了副驾驶。

伴着忽雷闪电白淌雨下大了，雨刮器不停地来回驱赶着玻璃上的雨水。女司机为了缓和他的不悦，微笑着和他解释着。其实不用解释，他看到她的车，看到她的人，刚才那股憋屈的怨气早跑没影儿了。他想，自己幸亏没有骑着小黄车走，淋成落汤鸡那可太寒碜太丢人了，肯定会被女友嫌弃。

他看着一边开车一边解释的女司机。她颜值很高，话语很温柔，素颜净面原装的，不像自己女友那种浓妆艳抹的类型。他烦气女友的浓妆艳抹，每天出个门忙活半晌，他觉得那都是缺人了。

十字路口，一位老太太拄着拐杖过斑马线时不小心摔倒在地上。滴滴车女司机打开双闪，拉上手刹，从后排拿了把雨伞下了车。女司机打着雨伞把老太太搀扶到了路对面，雨伞留给了老太太，自己用手遮挡住眼睛圪蹴着身子跑了回来。

他就更稀罕这女司机了。

"你是做啥工作的啊，开着这么好的车，还做滴滴？"他问女司机。

女司机瞟他一眼，甜甜地一笑："啥好车，十几万，我分期买的。房子也是分期的，不努力咋行啊？"

"看你心眼儿挺好啊。"他说。

"你是说我刚才帮那位跌倒的老太太啊。这不很正常吗？换了你，你不去帮她一把吗？就在你车前面，即便你还要急着赶路。"女司机说。

"嗯，是的，我也会帮的，换了谁都会帮的。"可他心里却想他的女朋友才不会管这些事呢。

他一直盯着这个女司机看。这可真是个打着灯笼都找不到的好女孩啊。

"我想给你说个事。"他对女司机说。

"你说，只要我能办到。"女司机说。

"就是，一会儿到地方了，你能不能装一下我的新任女朋友啊？"他说。

"啥！？啥情况……"女司机瞟他一眼。

"不是，我给你加钱，你要多少钱我都给。"

…………

他向女司机说了一大堆关于他和女朋友的事。女司机自言自语地说："你还没找到合你脚的那双鞋子。"

雨中，他和女朋友在拉拉扯扯。他满脸淌着的不知道是泪水还是雨水。女朋友很绝情，对他不屑一顾，几次转身要走，都被他拉住了。他真的舍不得，舍不得这几年的感情。

女司机走了过来，拉着他的胳膊给了他一个耳光："你醒醒吧，她有什么值得你留恋的，我有什么不好的，走……"

他被女司机打蒙了，被她拽着上了车。红色小车冒着夏天的白淌雨扬长而去……

向来作气的女朋友也蒙了，站在夏天的雨中看着这突如其来的一幕，看着扬长而去的红色小车。

他总是这样，说评书一样津津有味地给别人讲自己的恋爱史。一看到老婆来了，就会赶快闭嘴。老婆说他是个大喷货，烦他给别人说这事。可他就喜欢老婆不在场的时候给别人炫耀这事，不厌其烦，可得意的样子。

——原载《牡丹》2021 年第 9 期

灶火圪崂的焦馍片

一　兵

上小学那时候，我可烦气家里吃的饭。

早晚吃的是甜饭搁疙瘩。疙瘩是玉蜀黍面疙瘩，甜饭是玉蜀黍面熬的。玉蜀黍面做的稀饭里面，煮的玉蜀黍面疙瘩。正间的方桌上永远是那碗吃不完的妈腌的咸萝卜条，除了咸还是咸，比不上现在的调料全，腌的萝卜咸甜辣香好吃。

中午吃的是米羹黄菜握疙瘩。疙瘩仍然是玉蜀黍面疙瘩，米羹里面没有大米。虽然我们稻田务是大米窝，可家家户户的大米都是逢年过节才吃，省下的米还想兼了换成钱。米羹也就是甜饭里面放点儿黄菜叶子或白菜叶子。妈切一点儿葱花放到勺子里，再放一调羹猪油，搁点儿盐。勺子在煤火上燎，燎得吱吱作响，不停地用筷子翻搅那香喷喷的葱花，待到香味飘满了整个屋子，把勺子带葱花一起烹到米羹锅里，"吱啦"一声响后，再用勺子使劲儿搅拌，让油爆葱花均匀分布到整锅米羹里，这锅充满米羹精髓的米羹就好了。

一天到晚吃这样的饭，我真的可烦气。可那时候就是那个生活条件，烦气也没用。

每次放学后高高兴兴回到家，我会先到灶火圪崂去掀开锅盖看看妈做的啥饭。早晚不用猜肯定是甜饭，顶多会把搁的疙瘩换成红薯，就这也会让我面露笑容。中午能在米羹里面放几根面条，就成了糊涂面条，也算改善了伙食。

里间房梁上拴的绳子滴溜的那个木钩上挂着一个篮子，也是我经常搬着马杌去够、去惦记的对象。里面不很经常地放点白面蒸馍或者蒸红薯之类好吃的食物。

最让我眼馋、嘴馋的是每次路过都噙着手指头放慢脚步看着的大队长家灶火圪崂那煤火上焙的焦馍片。

我们家也焙过白面馍馍片，那都是过年后妈怕蒸的那些小刺猬、布袋、长虫、枣花馍吃不了，就切成片焙在煤火边。那馍片焙干了酥酥脆脆的，在嘴里越嚼越香。

稻田务大队长家灶火圪崂煤火上焙的焦馍片我也吃过，那是小红给我的。

小红是大队长的小闺女，和我同岁，我们经常一起上学，一起放学，也经常一起在大槐树底下玩过家家。

那次小红啃着焦馍片走到大槐树底下时，我远远地就看到了。看她津津有味地吃着焦馍片，我馋得直咽口水，不由自主地又把手指头伸到了嘴里。

我的眼睛死死盯着小红，小红以为我在看她，但我其实是在看她吃的焦馍片。她把焦馍片从嘴里拿出来，嘴里嘎吱嘎吱地嚼着，我直勾勾地看着她嚅动的嘴。她有点儿不好意思，我也有点儿不好意思，就把手指从嘴里拿了出来，哈喇子就顺着嘴角流出来了。我用衣袖抹了一下嘴上的口水，眼睛依旧馋巴巴地盯着小红手里的馍片。小红看到我在看她手里的馍片，伸手递给了我。我把双手在衣服上蹭了蹭，像接宝贝一样小心翼翼地接过馍片，也不嫌弃馍片上有小红的口水，狼吞虎咽地就吃起来。

那半片馍片在我嘴里被嘎嘣嘎嘣嚼了几下，一伸脖子我就咽了下去。我像一只饿了几天没吃东西的狼一样，根本没有品尝到馍片是啥味道。当我抬头再看小红时，我发现她竟然从自己的衣兜里又拿出来一片焦馍片。

小红看着我下作壳篓一样的吃嘴样"扑哧"一声就笑了，我想我当时的样子一定很古气，不然小红不会笑我。小红笑时红扑扑的脸蛋上有两个小酒窝，非常好看。好看的小红让我一下回过神来，我想我在小红面前得正正儿了，不能让她感觉我可古气啊。对，我得正正儿了。

我急忙又用衣袖抹了一下我的嘴，然后咕涌咕涌嘴，再用衣袖抹一下。我怕嘴上有馍片渣，丢人。可能我的动作又古气又滑稽，小红又笑了，还笑得弯了腰。

我感觉自己可丢人，感觉小红是在专门笑我哩，我转身想走。小红在后面把我喊住了："你往哪儿了？"

"往家了。"我没扭头，但也没迈步子。

"你不吃馍片了？"

"我，不吃了。"嘴上说不吃，我却转过了身，瞧着小红手里的馍片。

小红把馍片用两只手掰成两半，一只手递给我一半。

"给，咱一起吃。"

这时我才看到，小红的手指甲都用指甲草染了，红丢丢的，可好看。再看看小红的脸，红扑扑的，也可好看。

小红长得可戚，衣服崭新的，头发梳得光溜溜的，整个人像一朵花。我赶紧用两根手指接过小红递过来的馍片。

"咱到那儿吃吧？"小红手一指大槐树底下一个土堆旁边的石磙。

我小心翼翼地捏着馍片，跟着小红一起坐在石磙上。小红张开嘴，用上下牙轻轻咬了一块儿馍片，嚼了起来。小红的牙齿很白，像雪一样白。我转过身去，也学着小红的样子咬了一口馍片。我之所以转过身去是因为我感觉我的牙不白，我照过镜子，黄黄的，可难看。我怕小红看到我的牙再笑我。

"好吃吗？"小红问我。

"好吃。"

"你知道这是啥馍吗？"

"这不是白面馍吗。"

"哪是。这是富贵馍。"

"啥是富贵馍？"

"前两天我给俺妈去把轿捎回来的富贵馍。俺妈切成片焙到煤火边了。"

"啥是把轿？"

"就是吃大米饭啊。"

"我也吃过大米饭。俺妈过年都给俺做大米饭。"

小红咯咯地又笑了。

"不是自己家吃大米饭，是俺姨姐出嫁，去把轿吃大米饭。还得添箱哩。"小红说。

说着话，我已经把手里捏着的半块馍片吃完了。小红只吃了一口，把自己的又递给了我，"你吃得真快啊。给，都给你。"

　　我赶紧接过小红两根有着红丢丢的指甲盖的手指捏着的馍片又吃了。我感觉自己就是一个下作壳篓，就是一个吃嘴精。

　　"你家不蒸馍吗？"小红问。

　　面对小红的提问，我低头无语。见我不说话，小红又说："好吃我明儿个还给你拿馍片，啊。"我抬起头看着小红，感觉自己可骨气，转身一溜烟跑了。

　　以后每次上学、放学从小红家的灶火圪崂旁路过，我都很眼气她家灶火圪崂煤火上焙的焦馍片。

　　直到后来我家搬走了，我还是想着小红家灶火圪崂煤火上焙着的焦馍片。

　　一直到现在我都还在想。那馍片真的可好吃。

　　　　　　　　　　　——原载 2022 年 6 月 18 日《新乡日报》副刊

一碗江米丸

一　兵

不知道俺干爹干娘当年为啥认我当干儿子，他们有一个闺女，两个儿子，儿女双全，可又认了我当干儿子。

干爹当年是生产队副队长，妈添了我满月回姥姥家时，奶奶在生产队和干爹说起话就提到了我，说着说着奶奶就提出来要让我认他当干爹，干爹竟然就爽快地答应了。我的乳名叫"献文"，大名"春喜"，还是干爷给俺起的嘞。认了亲，每年大年初一爸就带我去干爹干娘家拜年，等我长大一点儿懂事了，就让我自个儿拎着礼品去。

干娘去世那年，我十岁，还没有开锁。三天儿、移灵、守灵、正日我都得去。十岁的我还没有经历过这种事，可此事我还必须得自己去，没人能替代得了。那几天我在学校不和任何人说话玩耍，我感觉我遇上这事，得悲痛伤心一点儿，不能再像以往那样雀跃贪玩。我就默默无言地悲伤起来。

一个要好的同学就劝我："别太难受了……"

我感觉我的表现被人发现了，被同学看出来我的悲伤，我的目的就达到了，我就是想让同学或老师能看到我的这种悲伤。

爸妈和一位邻居就指点我一些礼数，譬如到灵堂前如何作揖、叩拜……

"得哭啊……趴下去得哭出来……"爸说。

我愁眉苦脸地说："哭不出来咋办……"

"哭不出来别起来，使劲哭……"爸说。

"你想想你干娘对你的好……"妈支招说。

我的大脑就开始放电影一样，回忆干娘对我的好。

干娘是一个很勤劳、很实诚、很和善的人，见人就笑，见了我会像俺妈一样亲切地喊我，亲得比俺妈还亲。

干姐是干娘最大的一个孩子，还是女民兵。村里批给俺家的宅基地还没盖房时，那一片是坑坑洼洼的土堆，村里的民兵们经常在那里训练，每次开饭，干姐就偷偷地给我带一个雪白的大蒸馍，干姐对我像亲弟弟一样亲。在一次炮场事故中，干姐不幸去了。一夜间，干娘的头发突然就白了一半，苍老了许多。

"这事你还真得好好哭，还得哭出声来，不能让人笑话你。"邻居说。

我就继续回忆。

每年大年初一我拎上爸妈为我准备好的礼品去干爹干娘家拜年时，干娘总是准备一些好菜，特别是我最爱吃的江米丸。而我最惦记的是压岁钱。

江米丸是稻田务的特产，用稻田务产的江米做成。这种江米黏糯甜香，其他地方的江米无法可比。江米丸的馅儿用大枣、柿饼、花生、核桃仁、白糖等按比例和成。用江米包上馅儿，过油炸至金黄色，控油捞出。江米丸刚炸出来时外焦里嫩，软甜糯香，十分好吃。最好吃的是用一个瓷碗，放上江米丸，撒上白糖，搁蒸锅上馏馏，颜色焦黄却不焦，鲜亮馋人，让人直流口水。这也是稻田务最具特色的产品。稻田务的江米丸只有在过年时家家户户才做一些，平时也舍不得吃。

那年初一，我拎着礼品刚进干爹干娘家的院子，干娘就迎着我出来了："献文来了，快来，乖……"

干娘从我手里接过礼品，一只手拎着，另一只手拉着我向屋里喊干爹："老陈，恁干儿子来拜年来了……"

干爹就笑盈盈地从屋里出来了，迈出门槛后，迎我先进屋，干爹干娘跟在后边。进屋后，我给干爹干娘磕头拜完年爬起来时，干娘早就掏出已准备好的让我最惦记的压岁钱塞到我兜里，我从兜里掏出来瞧瞧，再小心翼翼地自己装圪兜里，盖上圪兜盖子，再拍一下盖子，生怕压岁钱飞了似的，心里美滋滋的。

干娘揭开蒸馍锅时，那碗馏透了的江米丸的味道就飘了出来，飘得满屋子都是。干娘用抹布垫着碗端到小饭桌上："献文，你喜欢吃的江米丸……"

干娘再递给我一双筷子说："吃吧……"

看着我用筷子夹起一个，咬上一口，干娘就问："好吃不？"

"好吃！好吃……"我嚼着软糯香甜的江米丸答应着说。

"好吃你就多吃点啊，这一碗够不够吃？"干娘说。

"够！够！够吃……"我连忙又说。

旁边的干爹也笑了："多吃点……"

我答应着，一个一个香喷喷地吃了起来。

旁边两个干哥也笑了。

干爹干娘全家都在看着我一个人吃江米丸。

等我吃得肚皮撑胀，甜腻得实在吃不下了，才把筷子放到了碗上。

干娘忙问："吃饱了吗？"

"饱了，吃饱了。"我说。

"来，吃点大米烩菜……"干娘又把一碗大米烩菜端给我。

这时，我看到干娘把我吃剩下的四个江米丸给干爹夹了两个，两个干哥一人一个，她自己没舍得吃。

这一幕仍然让我记忆犹新，每次吃江米丸，我就会想到我的干娘。

我去祭拜干娘的路上，一直在考虑万全之策，要是真哭不出来，我就趴着不起来，偷偷从嘴里抠点口水抹到眼上，决不能起来后让人看笑话。

当我在干娘的灵前把第四个头磕下去后，我就趴着没再起来，一边喉咙里发出哭的声音，一边脑海里迅速地放着电影：干姐训练时省下白蒸馍给我吃、那年干娘馏的那碗江米丸自己舍不得吃、以后干娘再也给不了我压岁钱了……想到这些，一股悲切涌上心头，我趴在干娘的灵前真的号啕大哭起来，旁边拉我完礼的人拉了我三次才把我拉起来。

泪眼模糊中，我耳畔听到有人评价我：

"中，这孩儿没白疼……"

——原载 2022 年 6 月《金麻雀》网刊

2022 年 12 月 24 日《新乡日报》

围　墙

张志明

城外有一条河，河边有一个村。

河水终年绕村而流，小村因河而美，四季如画。

村里人看惯了河，不觉得多美，河在村里人眼里就不存在了。这些年，村里很多人家渐渐有了钱，便都去城里买房，一家家一户户进了城，欢喜着成了城里人。

于是，村里就多了一座又一座空院空房。

城里很多人也有了钱，他们开始喜欢农村，厌倦了城里的吵闹和拥挤，便纷纷来到这河边的小村，买了那一座座空院空房，过上了悠闲、安静的农村生活，怡然自得地成了村里人。

小池和小霍就刚刚在小村里买了个院子。小池和小霍都有点文艺小情调，俩人在城里做生意，有了点钱，就不愿意在城里住了。小池觉得城里人太忙、太累、太功利、太冷漠。

小池和小霍买的院子在小河西边，院子很大，房子也不小，他们先把屋里装修了一遍，改了水电，然后就推倒了高高的围墙。

他们不喜欢高高的围墙，高高的憋闷的围墙城里才喜欢。他们在院子三面重新做了漂亮的铁艺花墙，通通透透，敞敞亮亮，院子里种满了奇花异卉和各种果树。他们不要把美景圈住，要让墙外的人都能欣赏到。院里的人可以看到河边的风景，街上的人也可以欣赏院里的美景。

直到有一天，隔壁住进来一位妖媚甜美的少妇。少妇叫香宛，也是以前的村里人，因为漂亮嫁给了城里的老板。后来老板成了大老板，就把香宛换掉了。

隔壁的院子是香宛哥哥的院子，哥哥一家也住进城里了。遭遇变故的香宛不愿再留在令人伤心的城里，哥哥就让她住进了隔壁。

看着香宛天天在隔壁形单影只，惆怅、落寞，小池很不平，跟小霍道："你们男人真是，这么漂亮的女人，还想要啥？"

小霍心里也觉得香宛美，也替她鸣不平。

虽然小池、小霍和香宛一墙之隔，那墙还是透明的墙，根本不算墙，但两家并不来往。小池好几次想过去隔壁，给香宛一点安慰，陪她说说话，但见到香宛每日冷凄凄的样子，便不敢贸然过去。

倒是小霍，有事没事总是喜欢待在院子里，一会儿两会儿地频频往隔壁看。作为女人的小池，作为最了解小霍的小池，一眼便读透了小霍的全部。

小池并不是小气的女人，她觉得小霍看看也正常，连她自己都觉得香宛好看呢。

然而，事情似乎并不是这么简单。日子长了，小池觉出来小霍陷进去了。小池从一点、两点、三点事情上都得到了验证，才意识到问题的严重性。

小池想出来的对策是，把两家之间的铁艺花墙变成不透气的砖墙。小霍开始虽然有点微词，但聪明的他显然知道小池的意思，也不好抵制。

于是，两家之间的铁艺墙变成了砖墙，谁也看不到谁了。

可是有一天，小池突然发现那砖墙上有两块可以活动的砖，抽下来就是一个洞。

小池心里恨了半天，她也没有声张，偷偷去街上借邻家两把水泥把砖封死了。

没想到，过了几天，小霍忽然买了一把梯子，放在了南墙下。小池问买梯子干什么？小霍说方便修树摘果子。

从此，小霍常常拿着一把花剪，在院子的这里那里登高望远，剪剪看看，当然也往南院看。

小池恨道："看什么？"

小霍说："看她家的花。"

"咱家的花不比她家品种多，开得艳？她家才几样？"

"她家有一样，咱没有。"

"哪个？"

"欧石竹。"

小池在梯子下面白一眼："她家还有一样最重要的花咱也没有。"

"啥？"

"你说呢？"

"……我真的是看花！"

"是，你是看花！我知道。"小池重重说道。

五一那天，小池娘家弟弟来了，姐弟俩嘀咕嘀咕，走的时候，小池就让弟弟把梯子带走了。

这边小池、小霍还在暗中生闷气，那边香宛家也开始大兴土木，据说城里老板给了她一大笔钱，也是装修改水电，然后就拆了东边南边的老围墙和街门。

这天，香宛忽然上小池家这边来了，她甜甜楚楚地笑笑，说："大哥、嫂子，我想把咱们中间的围墙涨一截，可以吗？你们不用管，我出钱。"

两家之间的围墙本来两米五，香宛把它涨到了三米。

香宛家的围墙高了，门楼大了，两扇朱漆大门严丝合缝，将院子围了个水泄不通，高不可攀。

——原载《微型小说选刊》2022 年第 15 期

作者简介　　张志明，60 后，河南辉县人。中国微型小说学会会员，河南省作家协会会员，作品见于《小说选刊》《啄木鸟》《安徽文学》《椰城》《百花园》《小小说选刊》《微型小说选刊》《微型小说月报》《短篇小说》等。

美 颜

张志明

　　贾铛稹是个理工男，刚毕业，暂时还没找到工作。通过最亲他的小姨，他到海蜃市投奔姨父来了。姨父是这个城市梦幻城小区的物业经理，给贾铛稹搞了一间仓库，管住不管吃，让他找到工作之前先过渡过渡。

　　贾铛稹家里条件不错，姨父又让他免费住着，所以找起工作来也不上心，还挺挑，三天两头跳槽。除了找工作、上班，他也不爱乱跑，天天晚上窝在仓库里沉迷于"颤音短视频"，一刷就刷到后半夜。没有工作的空窗期，他睡到第二天中午才起床，街上随便吃点，才想起找工作。

　　贾铛稹要个儿有个儿，要样有样，拿着家里的钱，配上自己挣的仁核桃俩枣，乐此不疲地给美女主播们打赏。颤音里的美女主播个个美若天仙，被贾铛稹打赏久了就不好意思，于是有三个主播与贾铛稹加了微信，一看贾铛稹还挺帅，便半真半假、半推半就在网络上谈起了恋爱。

　　网络里谈久了当然就不满足了，于是贾铛稹提出现实里见面。一说见面，美女主播们个个谈之色变。但无奈拿了人家的手软，女孩们在被逼到墙角无处可逃的情况下只好答应与贾铛稹见面。

　　当颤音直播间里肤白貌美风情万种的美女主播笑吟吟向着贾铛稹走来，贾铛稹只感觉刮过来一阵腥风血雨，向他走过来的分明是遭受了生活摧残几十年的女孩的妈。

　　知道美颜厉害，不知道美颜这么厉害。

　　贾铠稹心心念念的美神被粉碎了，他的心也被粉碎了。在仓库里睡了三天三夜，他的小姨父中间来看过他一次，除了给他提了两袋快餐，其他的闭口不谈。他觉得年轻人最好自己成长。

　　昏天黑地地昏睡之后，痛苦失望失落之余，贾铠稹幽幽地想，那么美好的东西，怎么一见光就没了？要是能一直活在美颜世界，那该多好……颤音里有美颜功能，难道现实里就不能也有美颜功能？

　　理工男贾铠稹忽然被苹果砸到了脑袋，灵光一闪，他想，对呀，如果现实里能有美颜眼镜，那现实世界不就是美颜世界了？

　　沉迷颤音的贾铠稹一下子变成了有为青年，他身居仓库，呕心沥血，夜以继日。九个月后，在他省科院光学所前女友的协助下，美颜隐形眼镜研制成功。这款神奇的眼镜，可以把丑的变成美的，美的变成更美的。

　　姨父眼看贾铠稹走火入魔，劝他说："你这是自欺欺人，人不可能满足于活在假象中，人也不可能这么天真，戴个眼镜看到美了就相信真的是美了？"

　　贾铠稹说："我这款眼镜是全天候隐形美颜眼镜，可以二十四小时佩戴不摘，免清洗，还保护眼睛。如果人能永远活在虚幻中，那虚幻就是真实。如果生活中看不到素颜，美颜就是真相。比如一个男人娶了个丑老婆，如果他戴个眼镜，一年三百六十五天，每天二十四小时，无论白天黑夜，家里家外，他看到的都是漂亮的老婆，我相信他更愿意活在假象中。"

　　姨父竟无言以对。

　　贾铠稹继续慷慨激昂："人类就是视觉动物，爱美之心人皆有之。一个人从他懂事起，就喜欢看美的东西。连吃奶的小孩都会看见美女笑，看到丑男哭。谁不想自己眼中的世界永远是美的？谁不想时时刻刻看到的都是美人？如果可以永远看美颜，相信许多人情愿不看真颜。如果可以永远活在假象中，真相也就不重要了。通过美颜看世界并不会伤害到现实世界的一切，只是选择换一种方式看世界而已。"

　　贾铠稹有个做短视频的同学，他让那个同学帮他搞了一次街头采访，果然大部分人说如果这个隐形美颜眼镜真有这个强大功能，他们愿意永远戴着。管它真相假象，可以永远看假象，那假象就是真相。

　　眼看贾铠稹已像一匹脱缰的野马控制不住，姨父马上告知贾铠稹的父母亲戚火速进城，意欲阻挡贾铠稹的疯狂。眨眼间，隐形美颜眼镜的专利申请已通过，又转眼间，专利已卖。一个同学领着贾铛稹找自己做风投的爸爸，那个爸爸被贾铛稹的异想天开打动，贾铛稹又飞快拿到一笔投资。

在贾铛稹家人提心吊胆进退两难中，第一批隐形美颜眼镜出炉，马上供不应求，在社会上引起抢购风潮。

贾铛稹有了钱，父母把老家的房子卖了，随子进城。被家乡人看作成功人士的贾铛稹姨父也辞了物业经理，做了贾铛稹的私人司机。

有一天，姨父对贾铛稹说："你有钱了，找个真的美女不香吗，还看什么美颜美女？"

贾铛稹好似看破红尘，他说："现实中的美女永远美不过美颜美女，完美无瑕在现实中是找不到的，把世界往美了看难道有错吗？"

这年七夕，贾铛稹与前女友复合。当年，前女友嫌他不是双眼皮，虽然他没说，但他也嫌她皮肤不够白。与此同时，海蜃市出现了复婚潮，情侣复合率也大幅上升。

——原载《小说月刊》2022 年第 10 期

见三猴

杜毅文

　　三猴又被抓了。一个深秋的上午，这个消息传到了武华耳朵里。

　　那天，武华的心情本来很好，好得让他能边走边欣赏湛蓝湛蓝的天空。啊，天空多像一块大青纱，那细碎的云块就是青纱上绣的玉兰花。武华脑子里想不出更好的形容词，只想把这块大青纱扯下来搭在身上，像个老女人一样摆几个造型，再扭一下并不曼妙的身材，或者攥到手里慢慢揉搓，让那种柔滑清爽的感觉像沙漏一样慢慢充盈自己的躯体。

　　早过不惑之年的武华，按说该看淡官场的云卷云舒，但刚才大领导的表扬还是让他小小激动了一把。十年来轮换了三个大队，都是二把手，也该尝尝一把手的滋味了，就像赛场上的运动员，谁愿意每次比赛都拿银牌？正当他畅想着当了一把手该如何踢好头三脚时，现任大队长打来电话，说三猴被南坪县公安局刑拘了。

　　武华觉得自己正端着大领导颁发的大蛋糕考虑是吃还是供着的时候，一阵狂风却卷来一层沙土，心里很是沮丧。一个刑释人员再犯罪本不是稀奇事，可公安部门审讯时三猴说有余漏罪，交代的前提是见见原服刑监狱的教导员，否则一个字也不会说。南坪县公安局就请监狱方协助办案。

　　监狱与公安虽分属两个系统，但毕竟是一奶同胞，肯定得配合。武华就是三猴所说的教导员，这个任务非他莫属。只要对办案有利，跑一趟也不是啥事，可大队长电话中揶揄的口气颇令武华不快，好像三猴与自己有多深的瓜葛一样。

也不能埋怨一把手心眼儿小，俗话说："好不好，打个颠倒。"此时正值中层干部调整之际，武华已经得到上上下下的认可，不出意外，这次一定会被重用，要么到其他大队当一把手，要么就地提拔。现任一把手在本队深耕多年，一草一木、一人一事就像他手背上的青筋一样清晰，他曾笑谈，听屁音就能听出是谁放的。话虽夸张，但他不想挪窝的心思路人皆知。如今，武华有使他希望破灭的可能，他们之间焉能没有龃龉。

唉，武华轻轻叹了口气，有点怀念两人曾经的默契配合，心里就不由得怨起三猴来：当初是被这家伙的伪装迷惑了，就不应该给他减刑。这才放出去几天，就贼心不死重新作案了。再者说，你偷啥不好，非偷智能手机，而且一偷就是三部。想到手机，武华脑子里出现的是一双干巴瘦筋的手。这样的手按个电话键都哆哆嗦嗦，会用智能手机？不会用，你偷它干啥？去卖钱？每部手机都有唯一的串码，谁买就属于销赃，谁会买？你卖不出去，图啥？简直就是个凶球。

骂归骂，气归气，但武华明白，谁楔的钉子谁拔，谁拉的屎谁擦，这趟差是躲不过了。从法理上说，刑释人员是社会公民，他重新犯罪，公安该抓就抓，检察院该诉就诉，法院该判就判，也没啥大不了的。但社会大众不这样想，他们觉得任何人犯了罪送进监狱，服刑几年后，都应该像回炉的废铁，出来后都是好钢一块，最起码也得是块钢砖，能给社会大厦的建设做点贡献。只要有刑释人员重新犯罪的消息，社会大众就认定是监狱没管好，媒体马上就大肆渲染，网络也少不了对监狱的暴批和质疑，甚至曝光减刑的"黑幕"云云。为这些事，武华和同事们总是气得够呛：这些罪犯在家里、在学校、在社会上几十年都没教育好，在监狱住几年就变成守法模范，这不扯淡嘛。武华没少在自媒体上发声，但这样的辩解只是往茫茫的网络大海中扔了几颗小石子，连个涟漪都没有。

牢骚是沾到身上的灰尘，随手就得掸几下，掸完了，该干啥还得干啥。武华简单收拾一下行李，把警服上衣塞进背包，外边罩了一件夹克，办了警车审批手续带着司机上了路。

到南坪县的路程说远不远说近不近，说远吧，还没出省，说近吧，也有四百多公里。从太行山前的河内平原跨过黄河大桥，先后要途经邙山、嵩山、伏牛山等各种地貌的山脉，除了偶尔闪过的几个小盆地，大都是群峰缭绕，峡谷隧道。此时正值深秋，忽远忽近的山坡多彩斑斓，风光旖旎，高速公路似云间飘带一般逶迤而行。美景如泉水般"噗噗"涌进武华的眼里，让他的心情逐渐放松下来。从春节疫情暴发以来，他和同事们连续封闭执勤了六十多天，都快闷疯了。换防那天，走到大街上，闻着汽车的尾气味儿和荡起的灰尘味儿，居然是久违的亲切感，武华叹口气摇摇头，差点儿把眼眶中的泪花甩出来。之后就是单位和家两点一线，别说出省，连本市都没出过。这次能到南坪县出差，也算是一次放松的机会，从这个意义上说，还得感谢三猴。

说到三猴，武华的脑海里由远拉近的是两只瘦长的胳膊。小时候听评书《三国演义》里说刘备"双手过膝"，武华觉得那纯属艺术夸张，但自从调到这个队认识了犯人张三侯，他信了。当然，"两耳垂肩，面如冠玉，唇若涂脂"跟张三侯一点边都不沾，他是小耳朵，瘦低个儿，小短腿，一脸"枯楚皮"。不过，他的形象并不猥琐，因为他长了一双水汪汪的大眼睛，好像泪腺分泌的液体都被眼睑囤积着，时刻准备喷涌而出。这副可怜巴巴的样子让狱警都于心不忍，别说吵他，大声吆喝都怕吓着他。哪点做得不好，狱警心平气和给他指出来，他一边点着头，一边"嗯嗯"地答应着，绝不辩解，一副低眉顺眼的样子。武华觉得张三侯的表情熟悉极了，好像在哪儿见过，但又死活想不起来。

一天下午，半晌给犯人加餐，张三侯领了一个馒头夹了几块咸菜，边吃边走向一个手推车，"噌"地一下子蹿到围挡上。那围挡不过十五厘米宽，他竟然能稳稳地蹲着，两臂环着膝盖，两手托着馒头往嘴里送，边咀嚼边扭头看满院的犯人，时而抽出一只手挠着耳后根。武华突然觉得，那儿蹲的不是一个人。他揉揉眼睛定睛细看，真的太像了。他赶紧拽过旁边一个干警，指指张三侯，问他像个啥？干警只瞄了一眼就笑道："还用说，像只猴呗。"见武华目光诧异，那个干警补充道："教导员，您是刚调来，不了解情况。张三侯的外号就叫三猴，院子里要是有一棵树，他蹲上去，才像猴呢。"说着哈哈大笑起来。

武华开始跟三猴不熟，后来发现他挺有眼色，就临时给他派活儿，去搬个凳子，去叫某队长接电话，去把某个犯人喊来。这些活儿，三猴很乐意去做，跑得很麻溜，一点不像一个五十多岁的小老头。

有时候警力不足，武华会亲自带犯人去干一些杂活儿，三猴是其中之一。时间长了，大队长打趣武华，三猴快成你的御用随从了。

几个月下来，跟三猴熟络了，身份界限也不再是"楚河汉界"了，毕竟犯人也是人，武华开始打趣他的身材和长相。一次武华调侃他："就你长这样，不应该叫王侯的侯，而应该是猴子的猴。"谁知他竟然觍着脸说："教导员，我觉得咱队干警里边你是最聪明的，你咋知道我的名字叫三猴呢？"武华笑了，心说，这家伙真知道顺杆爬。三猴接着说："我爹给我大哥、二哥起名叫大侯、二侯，生我时正赶上三年困难时期，看干巴瘦小得像个小猴崽儿，就叹口气说，这娃赶的时候不好，不知道能活几年，干脆起个贱名，叫三猴吧。上小学时，老师觉得不雅，才给我改回三侯。"

又一次，犯人改善生活，吃红烧肉。三猴端着碗蹲到推车上，吃得满嘴流油。武华一招手，他便跳下板车，颠颠地跑过来，碗里的肉汤一滴都没洒到地上。武华揶揄他："听说自打成年后，除了劳教那两年，你的芳华岁月可都是在监狱里，这几十年劳改饭吃得可真是有滋有味。"

三猴抹了抹泛光的嘴角，讪笑着说："我生是监狱的人，死是监狱的鬼，我一辈子要在监狱认罪悔罪。"这几句合辙押韵，一下子把几个干警逗乐了。但在监狱最忌讳说"死"，武华佯装着发火怼他："以后再敢说一个死字，我就关你禁闭，马上给我滚蛋。"三猴知道武华是逗他玩，就貌似一本正经地做了保证，端着碗回到犯人堆里。几个好事的犯人追着他问，他摇头晃脑地说着，像是武华给了他一件宝贝。

真是烂泥糊不上墙。武华不再搭理他，从他身边经过时正眼都不瞧一眼。三猴慌了神，专门趁武华值班时来谈心，哭丧着脸，又是那副低眉顺眼的样子："教导员，我这三进宫可亏了。"武华知道，这是犯人谈话的开场白，没一个不觉得自己亏。

"这次判刑是我在集上卖甘蔗，几个地痞流氓吃甘蔗不给钱，明着欺负人，我要钱他们还打我。反抗中，我的砍刀乱挥，失手砍死了一个，判我故意伤害致死罪，无期徒刑。唉！他们要是不欺负我，哪有这事。"

"第二次是劳教。发小过年在家开个牌场，让我去帮忙。谁知生意太好，发小被人眼红给告了，把我劳教了两年。我亏得很，连一毛钱工资都没拿到。"

"最冤枉的还是第一次。"说到这儿，三猴居然重重地叹了口气。武华还没见过他一本正经的样子，就拿出烟，问他抽不抽。三猴见是玉溪，眼里马上放了光，抖抖索索抽出一根，拿出打火机刚要点，一抬头看见武华没有吸，就笑着说，教导员，我给您点上。武华摇摇头说，你吸吧，我不吸烟。

　　三猴狠狠吸了一大口，脸色凝重地讲述。农村实行大包干时，山外的村子早分了地，可三猴家在山区，村干部怕丢权，迟迟不分，逼得社员们开始动心思，这个从生产队拿一把镰刀，那个就顺一条扁担。最后看实在拦不住，干部们才决定分。三猴他爹是生产队饲养员，他从小就在饲养室玩儿。他最相中那匹雄健有力、拉车耕地的枣红马。这要是一分，枣红马不定分到谁家。那晚，三猴鬼迷心窍，专门替他爹到饲养室值班。翌日一早，把马偷偷牵到山外，暂时寄放到一个远亲家。谁知，亲戚见这匹马太好了，就动了歪念头，偷偷把它卖了 1500 块钱，打算给三猴 1000 块，自己留 500 块，让他吃个哑巴亏。

　　分队那几天很乱，先分死物再分活物，起初没人注意少了枣红马。分牲口时三猴手气不好，抓阄没抓到枣红马，跟人家调换，对方死活不同意。三猴心说坏了，赶紧跑到亲戚家，连马鬃也没见一根，却看到了 1000 块钱。吓得他一下瘫倒在地，嘴里"呜呜"直嘟囔却说不出话来。亲戚也吓坏了，赶紧去寻买主，还没出门，就被派出所和村干部逮住了。那时正值"严打"，张三侯被判了 15 年。

　　走到伏牛山高速服务区已是中午，武华跟司机吃了碗烩面接着赶路。深秋的阳光透过车窗盖到身上，暖洋洋地，非常舒服。武华起初还有一搭没一搭地陪司机聊几句，可眼睑就像齿轮一样不由地啮合在了一起。迷迷糊糊间，武华觉得有只手在挠自己的右肩膀，回头看看没人。又迷糊间，左肩膀又被挠了，回头一看，一双泪汪汪的大眼睛。三猴！武华想叫却被堵住了喉咙，叫不出来。再仔细看，是一只马戏团的大马猴。武华猛一惊，听见了司机喊他："醒醒，该下高速了！"

　　此时已是下午两点多，他们根据之前的联络方式，直接开到南坪县河东派出所。一个年轻的瘦高个儿警察接待他们，姓郭，说自己是这个案子的主办民警。几句寒暄后，直入正题。小郭介绍了具体案情，说张三侯被抓时没有丝毫反抗，审讯时也很配合，唯一的条件就是见见你们监狱的领导。说这话时，小郭意味深长地瞟了武华一眼，嘴角稍微往上翘了翘。那表情在武华看来，好像是邻居猪圈的猪偷跑出来拱坏了他家的菜地似的。

　　武华心里不爽，我是来配合你们破案的，还要落埋怨，嘴里就打上了官腔："张三侯刑满释放后就是你们南坪县管辖的一个普通公民，跟我们监狱没啥关系，我们也无权长臂管辖。他出了事，需要我们配合破案，我们会尽力配合，但这是看在我们头顶的警徽分上，可不是义务。"

一下子点透了窗户纸，小郭也没多尴尬，貌似一副阅人无数的样子，还笑着继续追问："我只是奇怪，他交代余漏罪是立功表现，为啥非得让您过来？"

见他满是讯问的口气，武华有点生气，冷冷地说："你要是觉得我与他有啥瓜葛或者与此案有啥利害关系，欢迎你开具公函来我们监狱调查，我一定全力配合。"说着站起来要走。

"我不是那个意思，您误会了。"看事态不妙，小郭赶紧站起来解释。

"老弟，社会上对我们监狱有误解，我们没啥可说。可咱们都是干这行的，你们说这话可让人心寒。再说，你们执法时不也经常被人喊'警察打人了'？"

见武华越说越激动，小郭赶紧追上去拉住武华，嘴里直说误会了误会了。武华也是做做样子，给他点颜色，就半推半就回到室内，却不入座。小郭一边说着"您是前辈，又是领导，别跟我一般见识"之类的话，一边忙着找茶叶。武华没心情听他啰唆，要求直接去看守所提审张三侯。

小郭打了两个电话，像是在请示领导。看他挂了电话，武华就往外走。小郭拿了一顶警帽小跑着跟出来。

武华坐进单位的警车，让司机打着火。看着小郭又打了一个电话，像是在等车。

武华对他说："要是不嫌弃，就坐我们的车一起过去。"

小郭也不客气，笑着坐进后排。

武华黑着脸看着前方，一句话也不说。小郭则笑着把头趴在武华和司机中间，一边做人工导航，一边介绍着南坪县的风土人情。武华明白这是化解尴尬的一种方式。

进提审室前，武华换上了自己的警服上衣。小郭看到他肩上亮闪闪的一级警督警衔，吐了吐舌头说："老兄的警衔真高，我才是个一毛二。"

武华矜持着笑道："我这算啥。当年一块儿入警的兄弟有几个都穿上白衬衣了。我是苦熬十几年正科才提了个四高。"

四高？小郭更惊讶了。干警察这一行都知道，白衬衣就是警监的代名词，四高就是四级高级警长，副处级待遇，整个南坪县公安局也就两三个四高，警监则一个都没有。

　　小郭的表情分明是对身边这个中年男人另眼相看了。

　　张三侯被带进来时，猛一下武华没认出来，更黑了，更瘦了，那双眼睛越发显大了，像是枯树皮上挂了两颗大葡萄。

　　张三侯一眼认出了武华，激动地喊着"教导员"，像是见到了自家人。

　　武华板着脸，没有应声。他知道小郭的余光在扫着自己。

　　没有得到武华的回应，甚至连眼神的交流都没有，张三侯有点失望，慢慢转回身配合押解民警坐进了审讯椅里。

　　小郭说："张三侯，你不是说要见到监狱的领导才交代余罪吗？这不，武教导员亲自来到南坪县，你不想说点啥吗？"

　　张三侯根本不看小郭，而是看了看面沉似水的武华，却叹口气低下头，不吭声了。

　　看来不说话不行了，武华轻咳了一声说："张三侯，在监狱服刑时，你表现很好，这才依法给你减了刑。可你才出来几天就犯事了，到底咋回事？"

　　听到武华看似严厉实则关心的话语，张三侯的大眼睛马上水汪汪的。他像个犯了错的小学生，低着头说："我对不起政府对我的教育，我也对不起教导员对我的帮助。可我……"他似乎有难言之隐，抹着眼角，竟然抽泣起来。

　　这下倒弄得武华不知该如何应对了。还是小郭有经验，对张三侯说："哭有啥用！早知现在，何必当初。只要你老老实实交代余罪，可以减轻处罚。"

　　张三侯只是低着头抽泣，不答话。

　　武华这时明白了还得自己上，又轻咳了一下说："监狱领导对这事很重视，接到公安部门的电话马上就让我过来。你想想，从豫西北到南坪县，快一千里路，可以说是千里迢迢，这是为了啥，还不是为了帮助你？你要是还不交代，我现在就走，再也不会管你的事了。"

　　最后一句武华故意说得很重，张三侯赶紧抬起头，抹掉眼角的泪水，对武华说："您可不能走。我全交代，我的老家还有赃物。"

　　小郭说："你家我都搜了两遍，除了半间破房子，啥也没有了呀？"

　　张三侯说："我藏的地方你们咋能找到。"说这话时，武华看到他脸上露出一点得意之色。

　　小郭气得"哼"了一声。

武华只想赶紧了结这件破事，就对张三侯说："你要是想真心立功赎罪，就带我们去起赃，要是还磨磨叽叽，后果自负。"最后这句"后果自负"是武华对违规犯人的口头禅。他也觉得太俗，曾想换一句"勿谓言之不预"，可犯人的文化水平有限，只能照旧。

张三侯当然明白武华的意思，赶紧说"我去我去"。

武华和小郭对对眼神，点了点头。

张三侯被带出审讯室时，突然回头问武华："我这次还能回咱监狱服刑吗？"

实际操作中，这类罪犯一般都是分到原服刑的监狱，毕竟知根知底，管理起来顺手。但武华不能给他应承，只是嘴上说："那就看你的表现了。"

说这话时，武华不由得露出一点儿诡异的笑意，但张三侯捕捉到了，他脸上的"枯楚皮"舒展了许多，脸色也亮了起来。

起赃的结果没令人失望，除了几部老年手机不值钱，还有四五部智能手机，而且不乏高档机。张三侯说，开始觉得老年机屏幕挺大，肯定值钱，谁知五十块都卖不了。后来才知道这种被咬了一口的苹果手机值钱。

武华没心思听三猴的絮叨，吃惊的却是他的家：三间瓦房塌了一半，没塌的一半，用塌掉的砖头垒了一堵墙，里面是一张床，风雨稍大，免不了挨淋。

看武华眉头紧锁，旁边跟来的村主任甩着手说："国家有扶贫的好政策，村里正在给三猴申请专项资金，给他整修房子，再给他找份活儿干。咱不能让一个人掉队不是？"

"唉！"他叹了口气说，"谁知这家伙不争气，手又痒了。这次不知道能判几年？"他的目光在几个穿警服的人身上睃巡。武华只是朝他笑笑，"嗯"了一声，像是很认同他对三猴怒其不争的评价。

小郭对他小声说："这几部智能手机再加上原来那三部，至少得判这个数。"说着伸出三根指头。

村主任会意后点头道："等他再放出来，我都到届了。到时候这个村谁还认识他？"

武华心里笑小郭没经验，没考虑三猴是累犯，肯定得重判，不会少于五年。不过，三年和五年对三猴又有啥区别呢？

武华忽然想起了什么，问村主任："他不是还有俩哥哥吗？"

村主任说："大哥早死了，二哥跟儿子在南方打工，好多年没回来了。"说着又叹了口气，"我们这儿哪还有年轻人，都出去了。"

武华没再说什么，只是抬头西看，晚霞已经透了半边天，热情的样子像是要给山顶镶上金边。再看村子周围，大片的翠竹盖满了山坡，潺潺的小溪在山沟里流淌，鸟叫虫鸣的背景更显幽静，真可谓山清水秀。这么好的一个村子，三猴咋就不想好好待着，非要再犯罪呢？

两辆警车迤逦着离开村子。快到看守所门口时，天色已经黑透。前面闪着警灯的囚车突然停了下来。小郭跳下来指指囚车里边，给武华比画手势。武华下车走过去，就见三猴的大脑袋从小窗户上露出来，对武华一副恋恋不舍的样子，像是与亲人的话别。

"教导员，您放心，我一定配合政府坦白自己的罪行，争取回咱监狱接受改造。"三猴说着揉起了眼睛，手腕上的手铐在警灯的蓝光衬托下亮锃锃的，能照出他眼里的泪花。武华一下子不知该如何安慰他，只能转过身来与小郭话别。

上车后，武华没有再回头看一眼那辆囚车，但他分明觉得三猴跟在自己车后，一路追赶着，向他招手，求武华把他带走。

武华仿佛听到了他奔跑的声音。他似乎用最后的力气向警车冲刺。快要追上来时，车速却猛然加快，似乎在故意摆脱三猴。

天气越来越冷，入冬都一个多月了。武华盘算着三猴该送来了。每当见到看守所的囚车送新犯人投牢，他就禁不住扫视一圈，看看有没有那个瘦小的身影。

这天，武华从监狱大门出来，抬头看天，天空如灰幔帐似的，阴沉沉压得心重。这时，一辆囚车里下来几个戴着手铐脚镣的新犯人，他还没仔细端详，就听见有人喊他"教导员"。他心里一颤，三猴来了！赶紧循声看去，却是另一张似曾相识的面孔。心里的失望溢到脸上成了矜持。他冲声音的方向点点头，疾步走过。

晚上睡觉时，武华做了个梦，梦见三猴猛地甩掉手铐和脚镣，向自己飞奔过来，像是马戏团里一只被放生的猴子，无法适应野外生活，急切要回到驯猴人身边。而武华也甩掉警帽，从壳子似的警服里钻出来，迎着三猴紧走几步，低下腰身，等着三猴蹿上他的肩头。

翌日，天空被厚厚的铅灰色云层罩着，像是憋着一股劲儿要洒下一场被污染的黑雪。武华看看天，轻吁一口气，用很随意的口气给小郭打电话，询问张三侯的案子到哪道程序了。小郭说你还不知道？武华说我知道啥？小郭说，看来你真的不知道，张三侯死了。

什么？死了？武华的脑子顿时"嗡"地一下蒙了。他深吸了一口气，赶紧追问缘由。原来，张三侯羁押期间，村里给他申请修房子的扶贫专项资金，需要其本人亲自参与办理相关事项，于是就给他申请了取保候审手续。他在家一边等资金，一边等法院判决。谁知，入冬后的一天晚上，南坪县下了一场罕见的大雪，张三侯的破房子不堪重负，被积雪压塌，他本人则被压死在里面。

电话里，小郭唏嘘不已。武华却什么也听不进了，只觉得有一股寒风吹来，脸上顿时生冷如刀割，衣服的缝隙里像是钻进了几条冰蛇。他的身子越来越冷，禁不住打了个寒战，张嘴时却吹进了几粒雪，他咂咂嘴，觉得有点苦涩。

作者简介 杜毅文，男，河南辉县人，中国报告文学学会会员，河南省作家协会理事，曾任新乡市作家协会秘书长，《小小说大世界》签约作家。发表各类文学作品数十万字，出版有作品集《看画》《为最美志愿者点赞》，长篇小说《分界线》。

选队长

杜毅文

那还是在生产队时期，队里有两个年纪相仿的小伙子，张大庆和赵二军，都是干农活儿的好把式，赶车、犁地、碾场，样样都中，尤其是割麦子，他俩在全队数一数二，不分上下。同样是一畦麦子，社员们累得腰酸背疼才割到大半截，他俩却早早割到了地头，还回过头来帮别人。

快小满时，队长不小心摔断了腿，在县医院做完手术回家休养。他觉得自己已经六十多岁，精力日渐不济，再经历这次受伤，是该退下来了。他把队里的骨干叫到家，让他们推荐队长人选。大家觉得张大庆和赵二军都不错，但队长只有一个，让谁干呢？老队长想了想，吐了一个字，比。

麦子慢慢熟了，叶子由青黄变成金黄，一株株饱满的麦穗像害羞的大姑娘似的悄悄低下了头。

这天早上，日头东起，凉风习习，地气尚潮，白云挂在杨树梢。老队长坐在平板车上，被拉到金灿灿的麦地旁。给其他社员分完活儿后，他留下十名社员，分成两组，每组老中青搭配，男女劳力搭配。又选了两块面积相同的麦田，让大庆和二军各带一组，谁先干完谁赢。俩人都不敢怠慢，把本组社员召集起来，鼓劲儿，打气儿，强调要互帮互助。随着老队长一声"开镰"，俩人一马当先，挥着镰刀冲进了麦田。半晌过去，两组势均力敌。等俩人割到地头，回头帮组员时，局势有了微妙变化。快晌午时，大庆这一组干完了，二军那一组人却挤在最后一畦五六丈长的麦地里忙乎。

　　这个结果，二军自然不服。待到后晌再比，他跟玩命似的，抡圆了肩膀，拼尽力气，汗珠飞溅，但最后，还是慢了十来分钟。

　　他脸上挂不住了，向队长提出把两组的社员对换一下再比一场，要是还赢不了，他就认输。

　　翌日早上，二军早早来到麦地，对远处走来的大庆挥着拳头喊："我今天一定要赢！"大庆只是笑笑。老队长看着俩人较劲儿的样子心里蛮高兴，但又担心二军扳回一场后还得往下比，这俩牛犊子的身体没问题，可别把社员们累病了。谁知第二个回合下来，二军组还是差一点点，这下他再无话说。

　　"三夏"忙完，经全队社员开会选举并报请上级同意，张大庆接替老队长当了新的生产队长。

　　当天晚上，老队长把俩人叫到家里喝酒。

　　鸟叫虫鸣，树影在院里的石桌上来回晃荡，搞得二军没喝几杯就晕了头。他趁着酒劲儿说，这次大庆当队长我没意见，毕竟我输了，以后也肯定好好干，只是觉得窝囊。

　　大庆刚要说话，老队长拦住他，转头问二军："你觉得咋窝囊？"

　　二军喝了一大口酒，闷闷地说："俺俩干活不相上下，可为啥同样的社员跟着我就赢不了，到他的组就能赢呢？我实在是想不明白。"说着，把酒杯蹾到了桌上，两手插进了头发里。

　　老队长笑着问二军："你是咋帮组员的？"

　　二军说："还能咋帮？我先割到头，看谁最落后，我就去帮他。"

　　"那其他组员呢？"

　　"有的跟我一样，有的是就近帮忙。"

　　"那你再看看大庆咋干的。"

　　大庆呷了一口酒笑着说："我割到地头，一瞄其他人的进度，我就迎头给第二个干得快的组员帮助，俺俩干完，再去帮第三名，俺仨人干完，我就分工，我帮第六，第二帮第五，第三帮第四，这样我们组几乎同时干完，既不乱也不窝工。

　　听着大庆的解释，二军才慢慢回过味儿来。他倒了两杯酒，端给大庆一杯，自己端起一杯，郑重地说："论干活儿我不怵你，但论组织能力我真不如你。我今天彻底认输。"说着就要干杯。老队长赶忙拦住他，端起自己的酒杯，笑眯眯地说："我看你俩谁都没输。"

俩人闻听就是一愣。老队长接着说："你俩都是赢家。"说着，哈哈大笑起来，这笑声惊得房顶的一只斑鸠扑棱一下飞走了。

大庆一下明白了，朝二军挤挤眼。二军也领悟了。俩人赶紧端着酒杯敬老队长。

此刻，树梢头的月亮好像一下子跳出桎梏，猛地亮了起来。叮叮当当的碰杯声带着满院的酒香也一跳一跳飘出了围墙，飘进了乡村的夜色里。

——原载《天池小小说》2020 年第 12 期

入选《2020 年河南文学作品选·小小说卷》

纸飞机

李清文

一

数学老师讲完课，开始布置作业。很快，教室里就响起了同学们埋头做作业时笔尖沙沙的微响。李晓把头埋在书后面，看看老师，又回头看坐在自己后边的蒋小伟，没想到蒋小伟也正盯着他，脸上带着必胜的神气。

李晓的心不由一阵狂跳，他再也没心思写作业了。李晓盯着讲台上方的钟表，距下课时间还有五分钟。他把手偷偷伸进桌斗，纸飞机还在，安静地躺在那里。表上的分针走得好慢呀，李晓恨不得把它拨到八点五十分。

昨天下午课外活动时间，李晓和蒋小伟在操场进行纸飞机比赛，李晓失败了。蒋小伟的飞机飞得又高又远，而且还十分平稳，在空中飞翔的身姿是那么优雅，升空，盘旋，滑翔，降落，李晓不得不承认，蒋小伟确实比自己强。

"哼，主要是我的飞机材料不好，明天接着比赛。"李晓说。

"比就比，我就不信你能胜过我，我的飞机，咱班第一。"蒋小伟一脸得意，朝自己的飞机吹了一口气，又举起手把飞机投了出去。

李晓恨恨地盯着在夕阳下滑翔的飞机，心想，就是今天不做作业，也要折成最完美的飞机，明天和蒋小伟一决胜负。

下课铃终于响了。李晓不等老师离开教室，就冲到蒋小伟的面前，挥舞着自己手中的飞机："我昨天晚上用了半夜的工夫，才折成这只纸飞机，今天肯定能赢你。"

"谁赢还不一定呢。"蒋小伟也是胜券在握,"再比,你还是手下败将。"

很快,他们身边就聚了几个好奇的男生,纷纷怂恿着,说再不比赛就要上课了,毕竟课间只有十分钟。

李晓和蒋小伟来到教学楼前的操场上。有同学自告奋勇为他们掐表计时。两个人都运足气,摆好架势,飞机脱手而出,直冲蓝天。

蒋小伟的飞机落地了,李晓的飞机还在天空悠悠地飞。李晓看看耷拉着脑袋的蒋小伟,情不自禁地叫起来:"我赢了,我的飞机是第一。"

恰在这时,上课铃响了,李晓的一颗心不由得揪紧了,飞机啊飞机,你倒是快点落下来啊,我迟到了会挨批的。

可是飞机听不到铃声,它依然不紧不慢地飞着。李晓急得要哭出来了,他瞥到语文老师已经走进教室,班长很快就要喊"起立"了,而他的飞机还没有落地。

终于,飞机降低高度。李晓朝飞机下落的地方狂奔,但是他很快就站住了。飞机落下了,只不过没有落在地上,而是落在教导主任怀里的一摞作业本上。

李晓看到教导主任像是被吓了一跳,手一抖,几本作业本从手中滑落,在地上摊开一片醒目的白。她一脸惊疑,四下里看,发现了站在她不远处的李晓。

"又是你!"教导主任瞪了李晓一眼,"愣在那干吗?还不快去上课!"纸飞机和作业本相继落地,本来想帮教导主任捡作业本的李晓听到这句话,如遇大赦,连跑带跳地上了二楼,冲进教室。

放学后,李晓蔫蔫的,心里还在惦记着那只纸飞机。这时候,班主任刘老师走进来,让他和自己一起去教导处。他一进去,就发现形势有点不妙。教导主任坐在椅子上,脸色依然不太好看,那只纸飞机放在办公桌上,孤独无助的样子。

"刘老师,你年轻,有工作热情,但是经验不足,你应该知道,爱孩子不等于惯孩子。爱玩是孩子的天性,但要是因为贪玩影响学习就得不偿失了。要是我没记错,就是这个李晓,打扫卫生的时候拿着拖把和值日生在楼道里打架,弄得墙壁上斑斑点点,今天玩飞机连课也顾不得上了。"

"孩子们还小……"刘老师低声解释着,完全不像她平时上课的样子。李晓感到很惭愧，都怪自己，要不是自己一心逞强，非要和蒋小伟争什么第一，哪来今天这么多麻烦？班主任才二十多岁，平常和同学们说话的时候，总是微笑着，声音呢，甜甜的，脆脆的，大家都喜欢上她的课，可今天自己竟然又给她惹了麻烦。

"你总是说孩子们还小，那什么时候才算长大，等到他们长到你这样的年纪，才算长大？"教导主任的声音明显提高了几个分贝。

"这不怪我们老师，是蒋小伟要和我比赛飞飞机。都是我的不对。"李晓说。他懊悔极了，要是早那么一两分钟，一切都可以避免。

教导主任听到这句话，脸色舒缓了许多："李晓，你知错就好。玩飞机不是坏事，你们男孩子哪个不贪玩呢，不过要是因为玩，校园里到处都是丢弃的纸飞机就不对了，影响了上课更不好，是不是？"

李晓咬着嘴唇点点头。教导主任没有更严厉地批评他，可他觉得比打自己还难受，眼泪竟然不争气地落下来，李晓连忙拿袖子擦掉。

"呦，还掉眼泪呢，不害羞？"教导主任笑了，"我知道，咱们校园活动场地有限，你们又正是贪玩的年纪，要是真喜欢纸飞机，学校可以在合适的时候组织一些相关活动。"

李晓高兴得心都要跳出来了。

"至于这只飞机，就放在我这里好了，留个纪念。"教导主任轻轻拍了拍李晓的肩膀，"你先走吧，刘老师等一下，咱们商量一点小事。"

李晓慢慢走出教导处，然后便是一阵狂奔。他觉得自己今天必须要把教导主任的话传递给蒋小伟。

二

李晓觉得爸妈什么都好，唯一不好的地方就是太关心他的学习成绩了。他们说得最多一句话就是"李晓，你要是不努力学习，将来只好像我们一样摆菜摊卖菜了"。

卖菜有什么不好呢？李晓想。在他还小的时候，因为没人照管，就和爸爸妈妈一起去菜市场批发蔬菜，也没有觉得多么辛苦。爸爸开着柴油三轮，驰过黎明前的街道。一切都还沉睡着，李晓和妈妈站在车斗里，迎着微风，嗅着乡村清晨独特的气息，希望爸爸载着他和妈妈，一家三口，就这么永远跑下去。

可惜他的幸福生活在上学之后戛然而止。平时话语不多的爸爸变得像妈妈一样絮叨了，饭桌上的话题永远只有两个：当天的收入和儿子的将来。这样的话题一般在晚饭时展开。饭桌上摊着大大小小各种面值的钞票，爸爸一张张把它们摩平、分类，眼睛里闪着热情的光芒，然后这光芒便会逐渐转移到李晓身上。

"孩子，看到了吧？我们辛苦一天也就赚这些，你要是成绩优秀，将来有了出息，肯定比我们强。"

李晓才不管爸爸说些什么，只是点着头，往嘴里胡乱地塞着馒头。在学校里，不是上课就是玩，累坏了，也饿坏了。

时间一晃就是四年。四年来，李晓并没有让爸妈十分地满意，但是也不至于失望。成绩呢，一般是中游偏上，如果老师盯得紧点，班级前五名也不是问题。

因为中午收摊晚，所以午饭只是凑合吃。李晓推门进屋，爸爸妈妈正坐在饭桌旁吃饭，丝瓜菜捞面条。李晓小心地看了看他们的脸，没有发现什么不祥的征兆，这才去盛了面条坐下来。

"今天学校有事吗？"爸爸吃过饭，似乎十分随意地问李晓。

"没什么事，也就是上课，下课，下课，上课。"李晓低声说道。他心里忐忑着，也许，电话来得比人要更早些。

"还说没事，你小子嘴够硬的。你们的教导主任已经把电话打到家里来了。"

"你既然知道了，还问我？"李晓说。

"你敢顶嘴了，我看是欠揍。"爸爸举起了右手。

李晓一动不动。

"好了，好了，吃饭。"妈妈在旁边说道，"时间不早了，让去咱就去。况且我听教导主任的口气，也不是多严重的事。不过，李晓你可得记住，这是开学以来我们第二次去学校了，上一次你拿拖把和同学们打架那事我还没忘呢。"

"你得给我争口气啊。你们学校那教导主任，是我以前的老师，我上学的时候，你爷爷就没少揪着我去见她，现在又轮着我带着你去见她了。多'光荣'啊，我都不好意思去。"

刚把面条放进嘴里的妈妈"噗"的一声，面条全喷出来了。

三

下午第三节课是班会。

相比较而言，大家对于班会还是十分欢迎的。班会的内容不定，根据需要随时调整，主要就是表扬和批评，或者传达学校最近一段时间重要的工作安排。

"同学们，今天的班会，学校已经确定了主题。"

刘老师转过身，用彩色粉笔在黑板上写了一行大字：我们都是学校的小主人。

"这是我们本次班会的主题。不用我多说，大家都应该知道是怎么回事。"顿了一下，刘老师接着说，"我刚刚把李晓的家长送走，他们的态度非常诚恳，希望学校进一步加强对在校生的管理。这次班会，教导处提出了几点建议：一是如何正确处理学与玩的关系；二是征求大家意见，看看学校如何从培养学生兴趣的角度出发，开展相应的活动；三是……给大家十分钟讨论时间，然后自由发言。"

时间很快过去，刘老师朝大家摆手，教室里安静下来。大家互相看着，谁也不愿意站起来发言。

"林歌，你是班长，你先说。"

林歌站起来说："我觉得李晓今天受到批评是应该的，上课铃响了他还在等他的飞机，我隔着窗户看得清清楚楚，真替他着急，教导主任怎么会不生气呢？"

两个同学发言后，大家的胆子大了，开始议论。

"如果他们不比赛，就不会迟到，不迟到就不会挨批。"

"不过李晓的飞机飞得真高啊。"

"蒋小伟的也不错。"

"别看这一次李晓赢了，要是再比赛，我看他未必还能赢。"

"就是。"蒋小伟不服气地撇撇嘴。

"停，严重跑题。"刘老师急得哭笑不得，"你们这样说，我可该怎么汇报这次班会的效果呢？"

接着，刘老师就学校应该开展怎样的第二课堂活动征求大家的意见。李晓和蒋小伟几乎同时站起来。

"纸飞机比赛。"李晓说。

"对，比赛，我不信赢不过李晓。"蒋小伟说。

"那么，李晓同学，你能谈一下你今天的感受吗？比如说，为什么喜欢纸飞机？"刘老师问李晓。

李晓扭捏着说："它们飞起来的时候，我觉得自己的心也会飞得很高很高，还有就是，我希望等我长大了，也能够飞上蓝天。"

下课铃响了，大家都觉得班会时间过得太快，好多想说的话还没有说出来呢。

"我会把大家的意见及时向学校进行汇报，而且我相信学校会充分尊重你们的意见。"刘老师笑着说。

李晓忽然觉得刘老师特别伟大，虽然她个子不高，长得也算不上漂亮，但就从她很少批评同学们这一点来说，就很难得了。

放学了，一天的功课做到了尽头，校园里的人流渐渐消失，校园变得安静下来。值日生在扫地，扫帚掠过地面，单调的唰唰声，在空旷的校园里，仿佛有了回音。

天色还早，李晓和蒋小伟留下来打扫卫生。他潦草地擦着窗户，一抬头，看到了蒋小伟射过来的目光。

"盯着我干吗，想替我擦玻璃？"李晓没好气地说。

"你说，你的飞机飞那么高，是怎么做到的？"

"这是秘密。"

"要不，咱再比赛一次？"

"真没劲，都是你害的。比就比，还怕你不成，手下败将。"

门被轻轻掩上，窗户也关紧了。两只小小的飞机在教室里跌跌撞撞地飞着，触着墙壁，便直直地跌下来，再也分不出输赢。

暮色降临，他们走出校园。门卫的大伯盯着他们，看得他们心里直发毛，好像又做了什么亏心事似的。

晚上睡觉时，李晓依然惦念着那只放在教导处的纸飞机。他想，自己以后怕是再也做不出来那么好的纸飞机了。

四

　　李晓知道教导主任曾经是爸爸的老师以后，无形中就觉得她亲切了许多。李晓很想知道这个胖胖的、既严厉又和蔼的教导主任当初是怎么教爸爸的。他缠着爸爸，不停地问这问那：你的老师批过你吗？你的老师爱笑吗？你的老师年轻时是不是比我的老师还漂亮？

　　问得急了，爸爸就会停下手中的活计，断断续续地讲些他上学时的故事。教导主任担任他们班语文老师的时候，才二十岁，师范毕业的，别说吵人，连大声说话都不会，班里有几个调皮的男孩子，常常急得她哭鼻子抹眼泪。

　　"是不是有你？"李晓问。

　　爸爸不说话，挠挠后脑勺，有点不好意思地笑笑，然后一巴掌就过来了："净瞎说，我哪有你说得那么坏，也就是一点点吧。"

　　爸爸接着说："不过，她真的是位好老师。几十年过去，现在想想，总不会忘记她带我们春游，教我们养蚕。那些蚕，肥肥胖胖，放在手里，吓得班里的女生四下里跑。"

　　"论辈分，我该叫她师奶了。"李晓调皮地说，"我有点怕她，她不生气的时候，我也怕她。"

　　"遇见你们这帮猴子，没点儿脾气，房顶上的瓦片你们也敢揭下来。"

　　李晓不服气地翻翻白眼，心里说：哼，你还不是和我一个样儿！

　　有一次，下午放学回家后，李晓打开书包准备做作业，才发现忘带语文课本了。他慌里慌张地赶往学校。学校里早已是人去楼空，白天的喧闹不见了，只剩下大片大片的静寂。隔着花墙，李晓忽然看到一只纸飞机在操场上空悠悠地飞。他一眼就看出来是自己的那只纸飞机。

　　怪不得不还我呢，原来是……李晓想不下去了，他直接跑到操场上，然后他呆住了，不是别人，是教导主任。她仰着头，目光追逐着飞机，随着飞机高度的降低，她的目光最终落在李晓身上。教导主任想不到这个时间会有人闯进来。

　　谁都不知道第一句话该怎么说。

　　教导主任走到李晓身边，有些不好意思地说："你这个飞机挺好的，看到它，我就想起了我刚参加工作那会儿的事。孩子们没什么可玩儿的，我就带着他们折纸飞机。他们多贪玩啊，和现在的你们一样，总是喜欢比谁的飞机飞得最高。一晃就是几十年，你们的这点儿爱好倒是一点儿没变。"

"现在物归原主了。"教导主任说。

李晓接过飞机，还是没说话。

"我看咱们学校的学生特别喜欢纸飞机，下个月准备组织一次比赛，学校将对获奖的同学进行奖励，奖品是一个飞机模型。你一定要参加得冠军哟。"

李晓这才醒悟过来，用他自己都想象不到的声音答道："保证完成任务！"

他一扬手，洁白的飞机又翩翩飞了起来。

五

纸飞机总决赛如期举行。

为了迎接这一天的到来，李晓不得不忍受保守秘密的痛苦。蒋小伟不止一次跟他套近乎，问他纸飞机做得怎么样了，试飞了没有，在空中停留的时间是多少，都被他一句"这是秘密"挡回去了。

李晓为了保证纸飞机在空中的停留时间，先是在材质上动脑筋，纸面一定要光滑，可以减少空气阻力。机翼所占的比例也要适度，机翼面积大，很难有高度，机翼过小，又会缩短飞翔时间。

最后一次试飞后，李晓再也无法按捺内心的狂喜。太好了！简直是高度和时间的完美结合。李晓给自己的飞机起了个响亮的名字：LX2020。字母是他名字的首拼缩写，至于2020，则是因为他期盼已久的比赛将在2020年进行。银白的机翼，鲜红的字体，耀眼醒目，仿佛一件难得的艺术品。

学校为组织这次比赛进行了精心的准备，先是分年级初赛、决赛，然后才是学校总决赛。年级初赛、决赛由各年级组织进行，自行安排比赛时间，李晓和蒋小伟在年级赛中脱颖而出，双双进入总决赛。

激动人心的时刻终于到了。

学校的喇叭里循环播放着各年级的赛况，参赛的选手摩拳擦掌，观战的呢，好像比选手还紧张，在校园里跑过来，又跑过去，哪里人多往哪里挤。校园里悬挂着的标语也分外振奋人心：飞向蓝天，实现梦想；今天的小飞机，明天的大梦想……

每一张小脸都洋溢着激动，这么多年了，学校还是第一次组织以玩为主题的校级比赛。

　　李晓屏住呼吸，朝自己左右两侧看了一下，每个选手都和他一样紧张，一个同学甚至出现了越位，还有一个同学没等发令枪响，手里的纸飞机就飞了出去，惹得大家哈哈大笑。

　　"砰"的一声枪响，二十只纸飞机飞上天空。它们颜色各异，造型不同，但都是那么轻盈，那么飘逸，一只只，满载着选手的梦想，在蓝天下舒展着机翼。

　　李晓呆呆地看着它们。那一刻，他忽然觉得，获不获奖并不重要，重要的是他如此深爱的纸飞机，能够无拘无束地飞翔在校园的天空。

　　总结会上，教导主任宣布获奖名单，李晓听到了自己的名字，二等奖。李晓和其他获奖的五名选手站在领奖台上，接过属于自己的奖品，一个精致的飞机模型。

　　"同学们，我们今天组织这样的比赛，我觉得应该感谢一个人，他就是四（2）班的李晓同学，为了参加这次比赛，他动脑筋想办法，我们学校需要像他这样对未来充满梦想的孩子。以后，我们还会及时征求大家的意见，成立兴趣小组，开展各种各样的课外活动。"教导主任总结道。

　　热烈的掌声中，大家都把目光投向李晓。他站得笔直，仿佛春天里的一棵小白杨。

——原载《东方少年》2020 年第 6 期

：作者简介：　　李清文，男，1975 年出生，从教多年。河南省作家协会会员，辉县市作协副主席。业余喜欢读书写作，有作品发表于《东方少年》等刊物。

幡然醒悟

王之双

几年前，冯立强的女儿冯蕊考上省重点大学，左邻右舍亲朋好友前来祝贺，这让做父亲的好一阵荣光。几年后，冯蕊毕业又回到了家乡，和那些半瓶墨水没喝完的姑娘们混在一起打零工，这让冯立强觉得不是长久之计。再加上女儿委屈得时不时闹个小情绪，使冯立强愁眉苦脸寝食难安，整日东奔西跑托亲拜友给女儿找工作。

冯立强的亲戚朋友倒不少，都是些种地的，能出力，但帮不上忙。

这天，冯立强打开手机，想去招聘网上转转，忽然看到头条有一则消息：××作家协会第五届会员代表大会成功召开，大会选举新一届领导班子，曹尚当选第五届主席团主席。

是不是老同学曹尚？

曹尚和冯立强从小学一直同班到高中，曹尚文笔很好，老师经常把他的作文念给学生听。冯立强很崇拜他，常常从家里拿些水果糖和饼干分给曹尚吃，两人形影相随，好得像穿一条裤子，只是考大学双双名落孙山。冯立强和父亲学做木匠。曹尚在家读书，有时还写写画画，给报社投稿，不过这些远不能养家糊口。母亲嘟囔他不务正业，他就随舅舅外出打工，白天干活儿，晚上工友们出去逛街，他一个人钻在屋里看书写作，接连不断在报刊上发表小说、诗歌，人们都喊他"作家"。后来，听说通路拆迁了他的房屋，给了点赔偿，他便在县城买了个二手房，好些年没有回来过。

　　冯立强迫不及待地翻动手机。在搜狐新闻网站，他看到了曹尚在主席台发表就职演讲的照片。那场面好气派，看来曹尚的官不小！冯立强心头一亮，终于找到一线希望。

　　看在老同学的面子上，冯立强心想曹尚不会不管他。

　　冯立强掂了些红枣，走出老远又返了回来，用编织袋装了点花生，决定进城找曹尚。

　　来到县城，联系朋友，打听到曹尚的住宅小区，冯立强满怀信心地敲开了曹尚的家门。

　　曹尚一看是老同学冯立强，喜出望外，立刻将冯立强迎进屋，看他提的大兜小包，从来没有收受过礼金的曹尚，一时变得手足无措，无所适从。

　　曹尚感到盛情难却，跑到饭店掂了俩凉菜，买了瓶"老村长"。

　　曹尚给冯立强倒了杯白开水，让他先润润喉咙，然后拿起"老村长"打开了瓶盖。此时的冯立强心里明白，趁喝酒前脑筋清醒，得把自己的想法和目的先倒出来，办了正事，再一醉方休。于是，冯立强左一句右一句提起两人在学校时的形影不离，亲如兄弟，说得满口白沫后直扑主题，说明自己的来意。

　　曹尚一听，摇了摇头，说："对不起，这个忙，我好像帮不了。我不是不帮，而是没那个权力。"说完，脸微微泛红，似乎有点愧疚。

　　"你都当主席了，谁不知道？别谦虚了。只要你一句话，别说把女儿调去中学，就是安排到教育局也是小菜一碟。"冯立强成竹在胸，他知道老同学是和他打官腔。

　　曹尚淡淡一笑，显得无可奈何："我也是靠双手吃饭的，一天不劳动，就要饿肚子。强弟，哥不是拿架子，这忙真的帮不了。"

　　"好了，好了。"冯立强听曹尚的语气极其肯定，便摆摆手，再也不想听下去了。"既然不想帮这个忙，算了。不就是我穷吗，我要是个大领导，看你跑得红。不再为难你了，就当我们不认识！"说完，怒冲冲地摔门而出。

　　曹尚的妻子下班回来，正好碰上冯立强，她支起自行车，将肩上的扫帚放下，顾不得脱去环卫服，拽住冯立强让吃了饭再走。任凭怎么挽留，冯立强还是走了。

　　冯立强漫无目的地走在大街上，来时满怀希望，心如潮涌，如今心灰意冷，万念皆空。人一旦有了成色，就高高在上，看不起农村人，以前的旧情再深，看来都是过往云烟。想来想去，冯立强憋了一肚气，一个响屁过后，他感觉饥肠辘辘。人是铁，饭是钢，光气不吃饿断肠。冯立强东瞅西找，拐进一家饭店。

"服务员，倒杯水。"冯立强坐下来，只见一个系着旧围裙的姑娘慌忙走了过来。

这不是小倩吗？小倩是曹尚的女儿，父亲的掌上明珠，小时候她常去找冯立强的女儿冯蕊玩。

冯立强赖得招呼，赶忙将下巴的口罩提上去，故意埋下头，假装看手机。

吃过饭，冯立强给老板娘结了账，踏上了回家的路。

路上，冯立强左思右想，幡然醒悟：如果曹尚真能找了工作，他的妻子也不会去扫马路，女儿也不会去饭店打工，要是他真的看不起咱，也不会提酒买肉热情招待。看来，无论是城市或者农村，每个人的生活都有自己的难处，家家都有一本难念的经。其实，无论干什么，在各条战线上，只要脚踏实地，埋头苦干，人生都能出光彩。

冯立强越想越觉得对不住曹尚。他返了回来，想到饭店找小倩，要过她爸爸的电话，给曹尚道个歉。可他又忽然变了心思，改了线路，直奔曹尚的住宅，他要当面认个错。

————原载《小说月刊》2020 年第 8 期

作者简介

王之双，男，60 后。中国微型小说学会会员，河南省作家协会会员，辉县市作家协会副主席。作品散见于《人民日报》《北京文学》《新华每日电讯》《小说月刊》《辽宁青年》《星火》《少年文艺》《草原》《故事会》等报刊，多次被《青年文摘》《意林》《格言》《小小说选刊》《微型小说选刊》《大河报》转载，并有获奖和被收入选本，有作品被用作初中语文中考试题。出版有小说集《坏男人好女人》。

遇上好人了

王之双

这天，冯吉利吃过早饭，慌慌张张地推起电车正要出门，妻子急急忙忙从屋里走出来，拽住车后架问道："雾这么大，你去干什么？"冯吉利说："到镇上有点事，一会儿就回来了。"妻子进一步阻拦："没要紧事就别出去了。我昨晚做了个梦，很不吉利。"

冯吉利笑了笑，打开电车钥匙，顾不得问妻子做了个啥梦，也不相信这个梦有多不吉利，更不关心大雾出行所带来的安全隐患，他关心的是整整关闭58天的彩票站，随着疫情的好转今天终于开业了。

冯吉利从朋友那儿得到这个消息后，高兴得一夜没睡好觉，梦中中奖笑醒好几次。这样极其幸运的征兆，你说他怎能不去呢？

出了门，天也作美。"春雾日头，夏雾雨。"太阳一露脸，微风一吹，雾就散去。冯吉利的心情立刻阳光起来，刚张口哼出一句："用真心攒下你给的深情……"忽然意识到什么，又马上返了回来。原来，他忘了戴口罩。

来到镇上，大街上的人这几天明显多了起来，来来往往，川流不息。粗中有细的冯吉利忽快忽慢，把心提到了嗓子眼儿。这时，一位接听手机的中年人从万福酒店摇摇晃晃走出来，正巧碰在了冯吉利的电车上，一个趔趄倒在地上。冯吉利慌忙放下电车，小心翼翼地将中年人扶了起来。

电车虽然跑得并不快，中年人的右腿膝盖下还是流出了血。冯吉利吓得脸色苍白，不知所措，开始后悔了，后悔当初没有听妻子的话。如果不出门，宅在家，也不会造成这个事故。

事到如今，说什么都晚了。唯一不能再晚的是，立马将伤者送往医院，包扎伤口，做个检查，看是否有大碍。

想到这，冯吉利立刻给妻子打了电话，让妻子赶快给他微信转 1000 元。妻子问他干什么用？冯吉利支支吾吾绕了一圈，只好把事故的真相说了出来。另一头的妻子怒火中烧，高声呵斥道："别骗我！今天起那么早，拦都拦不住，我知道你一准是去买彩票。"

一旁的中年人听到了，抬头问道："彩票站开业了？"冯吉利点了点头。

中年人像注射了兴奋剂，痛苦的表情一扫而光，立刻来了精神，喜形于色地说："擦了点皮，我心中有数，没事。不用去检查了，省点钱，赶快去买彩票吧。"

他这么一说，冯吉利愣了。中年人推着他："我一点事都没有，真的。回家有创可贴，贴两天就好了。你赶快走吧。"

真是遇上好人了！冯吉利掏出 100 块钱塞给中年人，中年人说什么也不要。冯吉利十分感动，一阵感谢后，骑上电车向彩票站跑去。

中年人一瘸一拐地跟在后面，原来他也是个老彩迷！

——原载 2020 年 9 月 1 日《羊城晚报》

萝　卜

王之双

　　太阳偏西的时候，肆虐一天的狂风困倦地停住脚步，躲到山后不见了。崔山迈着碎步从家里出来，准备到菜地拔个萝卜给母亲炒菜。他刚弯腰拔一下，忽然意识到什么，触电似的愣住了。恍惚间，记忆的小船载着他，悠悠地驶入岁月的长河——

　　三十年前，豫北农村春节前后都要请戏班子唱戏。那时候的人不图钱，只为娱乐、热闹，烘托过年的喜庆气氛。这个县和那个县的村和村之间，戏班子对调唱，管个饭就行。

　　这年的收秋种麦结束，人们闲着没事，苗固村邀来了姚岭村的戏班子。中午，一个叫杏子的姑娘被安排到崔山家吃派饭。崔山是苗固村戏班子里的顶梁柱，他男扮女装，把秦香莲演得惟妙惟肖，在十里八村很有名气。

　　"你爱吃什么饭？"崔山问杏子。

　　杏子羞答答地说："家常便饭，什么都行。"

　　每天，崔山和杏子散了戏一块儿回家，吃了饭一块儿回戏班子，慢慢地两人就不再拘束，说说笑笑没了距离。崔山知道了杏子最爱吃萝卜。她说，萝卜可以降火，保护嗓子。

　　重阳节这天，散戏比较早，崔山去自留地给杏子拔个萝卜调菜吃，杏子要和崔山一块儿去。于是，两人一前一后走在那弯弯曲曲的小路上，你一言我一语说得欢畅。崔山给杏子讲戏班里的趣事乐闻，有时还开个玩笑，不断地扮个鬼脸，逗得杏子前仰后合，两眼泪花。

崔山拣了地头一个最大的萝卜拔起来，惊奇地发现这个萝卜与众不同，下半部匀称地分成两部分，苗苗条条、白白净净，像位亭亭玉立的美女，十分招人喜爱。崔山望着杏子说："你看它多像杏儿。"杏子白皙的脸上立刻泛起了红晕。

演出结束，杏子要走了。那天晚上，崔山和杏子在村外大堤上说了很多话，直到鸡叫头遍才回了家。

第二天，崔山去送杏子，跟着拖拉机跑了许久，那种依依不舍的憨劲儿逗乐了很多人。杏子怕别人取笑，红着脸吆喝："别傻了，回去吧。"崔山就真的傻了，也不知站了多久，直到后面几匹骡马"哒哒哒"拉着车跑过来，赶车大个儿一个响鞭，崔山才猛然醒过来，转身无精打采地回去。

春节过去，苗固村的戏班子要到姚岭村演出。拖拉机上的几十号人昏昏欲睡，只有崔山精神十足，焦急地催促司机："跟老牛似的，就不能快点！"

傍晚，终于来到姚岭村。崔山下车找到杏子，杏子早已给他准备好了饭菜。

这几天，崔山和杏子总是形影不离，无话不谈。崔山说："嫁给我吧，杏子，以后你唱戏，我做饭，一辈子给你做最爱吃的香菜搅萝卜丝，还有萝卜片包饺子。"

杏子好久没有回答，一脸愁眉不展的样子。崔山急忙问怎么了，杏子无奈地叹了一口气："我妈说，我们姊妹几个都是闺女，我是老大，让我往家招女婿。"

崔山顿了顿，说："这没什么，无论你家我家都是家，只要心心相印。杏子，相信我，我会一生一世陪着你！"

杏子拉住崔山的手，有些激动地说："你妈同意吗？"

"我妈向来明事理，我想她会同意的。"崔山成竹在胸。

果然，到了腊八这天，崔山和杏子结了婚，来到了太行山下的姚岭村，夫妻恩恩爱爱地生活着。杏子和戏班子走南闯北地演出，崔山在家喂猪种地，把门前那片高低不平的山坡开垦成田，种上一垄垄的萝卜，绿油油的甚是喜人。

后来，随着人们生活水平不断提高，家家有了电视，戏班子也就慢慢散了。杏子没了生计，回到了家，心烦意乱，看啥都不顺眼，嘟囔崔山做饭没味，老实的不会说个话，也不会到外面挣个活钱，光会看家种地出死力！崔山也不还嘴，只管锄草、上粪、挑水，一心一意摆弄他的萝卜地，三天两头给杏子包饺子。

村里一家办丧事，请来个响器班，唱到热闹处，一旁的杏子蠢蠢欲动，上台唱了一段《秦雪梅吊孝》。人老音还在，周围掌声经久不息，班里的领头也点头称赞。

翌日，杏子说到集上给母亲买药，一走再也没有回来。

有人看不下去，愤愤不平说：“她亲闺女都不管她了，你还不回家照应你的亲娘？”

崔山摇摇头：“闺女不争气，母亲没有错。做人不能没良心！”

几年后，听人说在浚县一个响器班见过杏子。崔山就搭车去了浚县，打听了几天，终于有了杏子的音讯，只是和响器班的头儿出去找活儿，邻居说好久没有回家。

去年春节，在省城打工回来的老郭偷偷告诉崔山，说浚县响器班那个头儿出车祸了。杏子在省城北环路给一个退休工人当保姆。

已经年过花甲的崔山用了几次劲，想去找杏子，但终究没有去。一来随着年龄的增长，身体越来越不如以前，有了病，两手轻轻重重不停颤抖；血糖也高，自己买些降糖药，往往掌握不住量，有时降低了，就会浑身无力，出虚汗，难受得要命，得赶紧喝碗糖水休息会儿。二来家里还有个卧床不起的老岳母，需要陪伴照应。

这时，崔山兜里的老年手机铃声刺耳地响了起来，这是他给岳母定的吃饭时间。崔山一激灵，从回忆中缓过神来，明白得赶快回去，他用力拔起萝卜，这萝卜和当年在自家菜地拔起的那个萝卜一模一样，苗苗条条、白白净净。崔山想起杏子，不由手一抖，一声脆响，萝卜下边“人”字形的一条“腿”断在地里。崔山用手把它挖出来，却看到两个断面同时露出两个圆圆的黑洞！

崔山把折下的一条“腿”小心翼翼地对在一起，横看竖看，怎么也不像个人……

——原载《大观·东京文学》2021 年第 5 期

爆米花香

张建广

冬天的夜晚来得早。

小区门口，路边空地上，鼓风机"呼呼"地给小铁炉鼓着劲儿，炉焰跳着欢快的鬼步舞，晚霞般映照着人们的脸。男人五六十岁，蓝衣灰裤黑布鞋，坐一小马扎，专注地摇着爆米花机。爆米花机像只翻滚的小海豹，火舌热情地舔着它灰黑的肚皮。

火候到了。男人关掉鼓风机，起身拎转爆米花机，把机头摁进布袋的鲸口里，左手抓紧摇手，右手用钢管套住大弯头，右脚朝着爆米花机的脖口一踹，"嘭"的一声巨响，一团白雾腾起，男人被吞没其中。一丈多长的布袋胀起来，热气腾腾，里边爆满了玉米花，扑鼻的香。男人往一端收拢着布袋，此时，爆米花的主顾早掀掉压袋脚的石块儿，雪白的米花"哗哗"地泻满大笸箩。

通常，男人身边坐着娘，满头银发，安静而慈祥。老人缓缓起身，颤巍巍的双手撑开塑料袋，两袋刚好装满；左一袋，右一袋，崩米花的主顾满载而归。爆米花机大口朝上竖着，炮筒一样威风凛凛。男人操起搪瓷大碗，伸进小编织袋，挝满，抹平，把金灿灿的玉米粒"哗啦啦"地倒进去，盖盖儿，螺紧，支回炉架，添炭，开风机，动作行云流水，一气呵成。他像个技艺娴熟的演员，娘就是他最忠实的观众。

十年前，男人在县城给儿子买了婚房，小两口三年生俩娃，然后丢下孩子一起下广州淘金去了，一年也难得回来一次。孙子一天天长大，小两口打来电话，执意让俩孩儿去县城上幼儿园。他干脆流转了农田，出租了猪场，带着妻子和老娘住进了县城。妻子负责照顾娘，接送孙子，自己在一家洗浴中心干起了搓澡工，周五歇一天。娘老了，在城里待不惯，一直絮叨着要回农村一人住。妻子说，小区里有花鸟虫鱼，环境多好；娘说再好也没有农村好。娘吃饭少了，说话也少了，整天靠在沙发上"睡电视"——电视一开就睡，一关就醒。

餐桌前，娘忽然说想吃爆米花。他的心里潮湿了，想起了爹。

爹一生勤俭，起早贪黑，任劳任怨。冬天农活少，爹就推着板车游村串巷地蹦爆米花。冬夜漫漫，爹迎风冒雪摇月光；娘帮着爹，收钱倒水递干粮。爹用一锅一锅攒下来的钱，翻盖了新平房，买了四轮拖拉机，还供他上了高中，一家人的日子过得比炉火还旺，村里人都夸爹是"能一锅"。可天有不测风云，人有旦夕祸福。那年，爹得了食管癌。爹怕花钱，更怕耽误儿子的学业，坚决不住院、不手术。娘说就是砸锅卖铁，也得去看病。手术做完了，药是一堆一堆地吃，爹却一天一天地瘦下去。当村里人都忙着收麦打场时，爹走了，天塌了。从此，家境一落千丈，娘用柔弱的身体，支撑起了这个不完整的家。

…………

爹生前用过的爆米花机，娘不让扔也不让卖。他从老家带过来，修理改造后说："娘，我载着你去崩爆米花吧。"娘笑了。

三年来，每周五歇工，他都要载着娘去小区门口崩爆米花。娘的听力不好，可每一声"嘭"响，娘都听得见。娘看着他忙，也来帮忙；他见娘高兴，心里也高兴。小区里的人都说："大娘啊，您儿子崩的爆米花就是香，跟别家的味道不一样。"

娘不再说回老家了，每天都问他："今儿个星期几了？"

一场寒流袭来，气温骤降到零下十五度。天空阴云密布，人们都盼着能捂场大雪，可老天偏不。老人咳嗽了，大人感冒了，孩子发烧了，医院的走廊里也挤满了病床。这个周末，小区门口冷冷清清，连只路过的猫狗也没有。有人拎着玉米出来了，路灯泛着白光，空地上干干净净，压袋脚的石块儿静静地靠在墙角，却看不到他和娘。两周，三周，人们焦急而无奈。有人说，他一直陪娘在医院，老人怕是熬不过这个冬天。

吃不上他崩的爆米花，日子是那么索然无味。

腊八节过后，树枝上扯起了花灯，灯带绕成的大"福"字在景观石上闪闪地亮；超市门前，两个孩子蹬着摇摇车追逐着，嘴里噙着甜甜的棒棒糖。

"嘭"——小区门口传来一声巨响。

"今天是周几？"

"周五。"

"快，快，快，蹦爆米花的来了。"

有人率先冲出楼梯，空气中正弥散着诱人的爆米花香。

——原载 2021 年 11 月 20 日《新乡日报》副刊

转载于《小小说选刊》2022 年第 1 期

作者简介：　　张建广，男，河南辉县人，新乡市作家协会会员，辉县市作家协会副主席。有小说散文发表于《大观·东京文学》《微信小说选刊》《河南文学》等。

紫槐花

张建广

操场边的洋槐开花了，白的玲珑似玉，紫的烂漫如霞。

下午第一节课刚结束，何敏打了声报告，神色慌张地走进办公室。

"老师，我的钱丢了。"

"丢多少？在哪丢的？"

"丢了800多。"

"你哪来那么多钱？"我大吃一惊，说话的声音有点大。

何敏的眼泪"哗"地一下出来了，泣不成声。原来是她爸妈长年闹离婚，她和奶奶住一起，自己保管着春节攒下的压岁钱。

看她哭成那样，我沉默了片刻，低声问她说："啥时候丢的？钱搁哪儿了？"我从抽屉里拿出纸巾，递给她擦擦鼻涕和眼泪。

她稍微平静了点儿，抽泣着说："我一直就夹……历史书里了……刚才把书包都翻遍了……"

她没有提供出任何有价值的线索。明天"五一"放假，她这个时候来报告，算是给我出了一道难题。我答应帮她调查调查，安慰她说钱肯定能被找回来。何敏抹着眼泪出去了，可我心里一点把握也没有。

我忽然间想起了一篇文章——《装在信封里的小太阳》，于是灵机一动，立刻在网上找到它，打印出来。

走进教室，我让课代表大声朗读那篇文章。同学们你看看我，我看看你，不知道我这葫芦里到底卖的什么药。

"何敏同学在班里丢了800块钱，我想帮她找回来。"

教室里立马沸腾起来，同学们议论纷纷。一分钟后，同学们恢复了平静，齐刷刷地看着我。

"人非圣贤，孰能无过？我推荐这篇文章的用意很简单，就是希望那个犯了错误的同学，能像文中的库柏一样诚实和勇敢。"我尽量让自己的目光和语气柔和些，生怕一不小心伤害了孩子们的自尊心。

"今天，我留给大家一项特殊的假期作业。回到家后，每人准备一个信封，如果钱不在你那儿，你就在信封里放一张净纸。"我停顿了一下，接着说，"如果钱在你那儿，就把钱装进信封，返校后全班统一交上来，我替你还给何敏，这事就当从未发生过。"

"放学吧！"铃声刚好响起，同学们窸窸窣窣地整理好自己的书包，陆续走出教室。

两个男生紧跟在我身后，其中一个刚进办公室就大声说："老师，我怀疑是李小雨，她和何敏是前后桌，两个人总在一起玩，她肯定知道何敏把钱带学校来了。"

"这说明不了什么问题。说话要有根据，不能凭空猜测。"

"真的，老师，昨天下早读后，全班就她没去吃饭，一个人待在教室里不知道干啥。"他争辩着。

另一个男生也抢着说："老师，昨天下午放学后，我看见李小雨请几个女生去'二胖凉皮店'吃炒凉皮，她平时可没这么大方过。"

我将信将疑，不过平时李小雨经常和男生发生矛盾，不排除他俩"公报私仇"的可能。

班长进来了，我把那两个男生打发出去，随手关上门。

"张老师，我想跟你说个事儿。"

"好，你说。"

"前天下午上体育课时，体育老师训了李小雨一顿，她说她肚子疼，就一个人回班了。还有，今天课间我看见她带手机了，好像还是个新的。"

又是李小雨。

李小雨是班里的问题女生。她留着短发，脸庞清秀，说话做事总是风风火火的。爸妈离婚后，妈妈带着她和弟弟一起生活。后来，妈妈再婚，就把她送进了学生公寓，学习和生活都由公寓老师代为管理。由于缺少家庭的关爱，又正在青春叛逆期，她时不时地会犯点儿小错误。那次体育老师批评她，就是因为她攀折操场边的紫槐花。事后我找她谈话，她说想去当兵，当女兵，还要当特种兵，那样的话就没人敢欺负她了……

"五一"节后，除何敏外，同学们悉数上交"作业"。回到办公室，我小心翼翼地逐个打开信封，希望从中看到勇敢的"库柏"，可所有的信封里装的都是一张净纸。我感到失望甚至恼火。

有人轻轻敲门，是何敏，我示意她进来。她双手呈给我一个洁白的信封。

"这是谁的？你的？你怎么也……"

"不，不，这信封不是我的。张老师，那个同学已经把钱还给我了，这信封就是他让我转交给您的。"

"谁？"我差点从椅子上跳起来。

"老师您别问了，我们两个发过誓，永远保密。"她笑盈盈地看着我，我不便再去追问。

何敏出去后，我急切地打开信封——一小串压平了的紫槐花，散着微微的清香；一张作文纸，上面工工整整地写着："老师，谢谢您！"

——原载《大观》2020 年 12 月总第 233 期

三壶白开水

王景斌

一天傍晚，我邀请几位好友到城里最亮丽的"夜市一条街"，准备找一家小吃店坐下来，边小酌两杯，边谈点儿事儿。

一排十几家小吃店，各种各样的美食让人大饱口福，各种炒菜烧烤应有尽有。正值饭点儿，不少小吃店里面烟火气正浓，人声鼎沸，吆喝声四起，老板忙着张罗生意，服务员小跑着为大家服务。但看那些吃客围桌而坐，猜枚划拳，劝菜拼酒，推杯换盏，谈笑风生，煞是热闹。

去饭店吃饭，人们往往是哪儿人越多越往哪儿去，这是从众心理在起作用。饭店人越多，说明口碑不错，做的饭菜越好吃，更不会有过期剩菜。

左思右想，几番斟酌，为了能够在相对安静的环境谈事儿，我们还是克服从众心理，找了一家位置相对靠里一点儿的炸酱面馆。

小面馆里冷冷清清没有顾客，我们就在门口一张方桌旁坐下来，一则便于谈事儿，二则顺便照顾一下这家小店的生意。

老板一看来了第一拨儿客人，笑脸相迎，服务员也满怀热情地忙着倒水，拿餐具，让客人点菜。

我们四个人，荤素点了六道菜，喝了两瓶白酒。一个小时以后，酒足饭饱，事儿也谈妥了，可直到此时仍没有第二桌客人光顾。

说实话，这家面馆的小菜干净新鲜，味道也挺好。

我不解地问服务员："你们店里的生意好像不是太好啊，这是为啥？"

服务员赔着笑说:"小店是刚从别人手里接过来的,位置也有点儿靠里。"她的脸上显露出无奈的神情。

时间还不晚,我看朋友几个意犹未尽,同时也想给小店烘托点儿人气,帮他们招揽一些生意,索性就向服务员要了一壶白开水,对其他三位朋友说:"我看酒喝得也差不多了,喝杯水解解酒怎么样?来,咱哥儿几个再猜个枚,谁输就喝一杯白开水!"朋友们兴致正高,可是年龄不饶人,喝酒不敢再任性了。

"好啊!中!可中!"

"哥儿俩好呢,五魁首,六六顺呢……"

老板和服务员用异样的眼神瞥了我们几眼,也不好意思问,更不能赶我们走,就那样低着头各玩各的手机。但愿他们不会是在埋怨我们太抠门儿,竟然用白开水猜枚划拳。

我们哥儿几个这么一热闹,把原本冷冷清清的小店搞得热火朝天,门外几个人朝小店里张望了一阵,撩开皮门帘走了进来。不一会儿,又进来了三个人,围着桌坐下来。老板和服务员顾不上我们喝了几壶白开水,都各自忙活了起来。

我起身埋了单。临出店门,我对老板说:"你们店的菜好酒好,服务也好,白开水更好,我们一共喝了你们三大壶,哈哈。"我轻轻拍了一下肚皮,"老板生意兴隆啊……"

老板怔住了,好像在回味我刚才的话。他忽然有所悟似的撵到门外,一边笑着给我们递烟,一边连声说道:"改天再来啊,到时候我送个特色菜。"

——原载 2022 年 11 月 5 日《新乡日报》

作者简介

王景斌,1968 年出生,河南辉县人,曾任辉县市媒体编辑记者,辉县市融媒体中心《这里是辉县》杂志主编。河南省报告文学学会会员,新乡市报告文学学会理事,辉县市作家协会副主席。出版有作品集《筑梦共城》,报告文学《风雨人生路》。

地铁在行进

董美华

　　走出小区，我才发现没拿手机，忙折身回去。我知道，啥都能不带，手机不行，离了手机就像出门没带灵魂，寸步难行。

　　和往常一样，顺路先吃早餐，之后汇入人流，挨挨挤挤通向地铁站。

　　地铁驶来，门一开一关，下去几个人，上来几个人。因昨晚喝多了，手机忘了充电，克制着不看。一个多小时的地铁，没有手机作伴，实在无聊。于是，对面成了我的视野，开始浏览对面的人。

　　一侧长座椅能坐六个人，对面从左往右依次排列为：一个黑瘦的中年男子，一个肤白浓妆的胖女人，一个穿长绒衣的眼镜男，两个挨得很紧的小闺密，一个穿着什么见习员工工装的男人。除了都戴着口罩以外，还有个共同点，就是时刻保持着和手机的"链接"，可能操作姿态各异，但"初心"基本一致。

　　地铁每到一站，有上有下。很快，上来一个穿夹克衫的年轻人接替了胖女人的位置。他顺势坐下，靠住椅背，掏出手机。小闺密换成了一对老闺密，俩人分享着一堆趣事，她看看她的手机，她指指她的手机。

　　到了市中心站时，一下子挤上一堆人，门口马上被塞满了。

　　门框右侧站着两男一女，其中有对搭肩而上的情侣。本来女的在俩男的中间，男友故意用身体将女友与另外那个男子隔开，两人便对着女友手里的手机屏幕，一边追剧一边说着悄悄话。刚一跑神，再看情侣，他俩一前一后齐刷刷地各执手机相拥默立，那气质如出一辙。

有一家三口，爸爸、妈妈和一个七八岁的小妞，仨人都拽着扶杆，随着地铁的惯性前倾一点、后仰一下。不论怎样，夫妻俩右手拨拉着手机一刻都没耽误。

这时，有一名身材笔直的男子吸引了我的注意，他居然不看手机。男子一身英气，背包里露出的羽毛球拍就是证明，运动健将嘛，不贪恋"机色"。哪承想，他接了一个电话后迅速"下水"，融入刷屏队伍。

举目望去，全是低头一族。都忙。没人搭理我，也没人在意我。我宿醉未消，困意很浓，眼皮开始打架。

就在我双眼一张一合之间，我发现，这节车厢里有一人与我同病相怜，就是那个小妞。她大概觉得太无聊了，绕着扶杆转了一圈儿，停下，一双黑眼珠滴溜乱转。看看爸爸，又看看妈妈，再绕着扶杆转一圈儿。妈妈不看她，一边拨拉手机，一边呵斥她"别捣乱"。

小妞不理会妈妈，还想再转一圈儿，却被爸爸拦下了。爸爸不看她，用左手牵了小妞的肩头。小妞一个大大的拥抱扑向爸爸，爸爸后退一步，望一眼小妞，摸摸她的头，嗔怪道："听话，马上到站。"然后，恢复待机状态。

小妞被制止，只好换了戏码，开始摆弄手里的小玩偶，故意不小心掉了，捡起，再掉，再捡，重复着。

"危险！"妈妈瞪了小妞一眼，站到了另一个扶杆下，给小妞腾出些位置。

小妞并不想就此放过妈妈，挪到妈妈面前，对她嘟囔了一句。妈妈不理。小妞又嘟囔了一句。妈妈还是不理。小妞伸手拽了一下妈妈的手机。妈妈动了，挣开小妞的手，关了屏，十分严肃地说："不许玩手机。"

小妞好像有点受挫了，扭捏着，仰起期盼的眼睛无声地望着妈妈和爸爸。

到终点站的时候，我正好和这一家三口并肩下车。听见妈妈说："小孩子要爱护眼睛，不要总想着玩手机。"然后，爸爸说："作业写完了吗？""写完了，也不能玩……"妈妈补充道。

小妞不说话，也不闹。

我加速了脚步，握着急待充电的手机扫码出站。出站口电梯广播提示："请紧握扶手，不要看手机，注意安全。"

我在想，不知道那个妈妈有没有听见小妞的话。我听小妞说："妈妈，你能看看我吗？"

——原载 2022 年 5 月 26 日《平原晚报》

作者简介

董美华，女，1975 年出生，河南辉县人，河南省报告文学会员，新乡市作家协会理事，辉县市作家协会副秘书长。自幼喜好文学，多年从事文字、宣传工作，专注小小说、散文、随笔的写作，作品散见于《大观·东京文学》《微型小说选刊》《平原晚报》等报刊。

是梦想终究会开花

董美华

严家没有儿子，就仨闺女。在老严看来，自己就是个"绝户头"，这让他在人前抬不起头，直不起腰，对仨闺女横竖挑刺儿，哪儿都不顺眼。

大闺女叫严芳，出生时正值阳春。虽然窗外芳草鲜美，但老严却像蔫了的油菜花，脸上没了生机。

又一年，在落叶翻飞的秋天，妻子生了二胎，女孩儿，老严顿时变成了"霜打的茄子"，三天没说一句话。

再一年，寒风劲吹时节。窗外飘着雪花，老严蹲在墙角，抱着头，时而斜一眼西屋的窗户。

一阵婴儿的啼哭，老严连忙跑进西屋，片刻，叹口气说："还是个不称心！"

眼看着小闺女一天天长大，开始学步了，还没个名字，老严妻便自己做主，望着老严试探道："叫严杰吧，截住不吉利。"闷头不语的老严竖起脖子接了一句："截住女娃！"

老严勤快，手脚不闲，但嘴也闲不住："没一把力！搭不上个手！一群废物！"闺女们从不靠近他，瞥见他就绕开，顺着墙根走。

邻家老王有仨儿子，大儿子在砖窑卖苦力，二儿子是个懒汉，小儿子是个混混，就这样也把老严羡慕得肝痛。"看看人家，老大多能干，老二啥农活儿都不架手，老小谁敢惹？"有次老王跟人闹矛盾，直到大打出手。一拉扯，老王竟一屁股坐地上摔坏了腿。老严见了，略掉老王摔伤这茬儿，只说："看人家，儿子一站，就是底气！谁敢咋地？唉……净养着仨没用的。"

寒来暑往，老大严芳长成了大姑娘，谈了对象。老严却坚决不同意。老严相中了弹簧厂的强子。强子从小失去父母，愿意倒插门。正热乎的严芳哪里肯依，偷拿户口本领了证。

小闺女严杰大学毕业后，嫁到了省城，直接断了老严招上门女婿的念想。二闺女严妍因婆家穷，没房住，倒是留在了娘家，但人家是独子，硬招上门讲不通；直接让外孙姓严吧，也不妥。

严妍有个口头禅："俺儿怎么着，俺儿怎么着……"老严听着不乐意，皱眉瞪眼地说："俺儿俺儿，天底下就你有儿？！"一句话让严妍彻底戒了口。

老严家日子过得也算和顺，可老严横竖高兴不起来，总觉得缺点儿什么。在家待不住，老严就喜欢去街上转悠。一天，老王婆蹿进门大叫："老严在街上晕倒了！快……"后来，老严被人送进了医院，一检查，是脑血栓。

老严住院期间，仨闺女一天三顿变着法儿给老严做营养餐，一天到晚不离人陪护。她们给他擦洗、按摩，聊天解闷，搀扶下床，活动筋骨。

医护夸赞老严："看人家闺女照顾的，营养、卫生都做得好。"病友更是羡慕。

临床病友老李与老严的年纪差不多，老李孤身一人住院，陪护是两个护工。

一次，老李闷得慌，和老严聊天："老严，你真有福，闺女一个比一个孝顺，专门请假来伺候你。"

"唉，有啥福呀，死了连个'扛大头儿的'都没有。"

"你别信那一套！人死了，眼一闭，还知道个啥？……'扛大头儿'？顶屁用！"

老李说话把床帮拍得啪啪响，旁边的护工吓得不敢吭声。

老严哪里听得进去，总觉得不如意。

老严一阵嘟囔："老倔驴，躺床上不能动弹了，也不说一句闺女的好。"

闺女们也都习惯了，不在乎这些，照样尽心照顾他。

后来，老李倒头了，没见谁来接。听旁人说，老李外地的儿子托人给安排好了……

　　再后来，老严病情加重。临终时，他定定地望着守在床前的三个闺女，眼里湿湿的，有气无力地说："闺女们，好好待你妈……这一辈子，爸对不住你们，别跟我计较……"

　　老严走了。大闺女"扛大头儿"，二闺女摔老盆，小闺女抱食焖罐，女婿们背摇钱树，孩子们哭声震天。

　　村里人都说："老严走得真风光！人家闺女比儿子强！"

——原载 2020 年 7 月 6 日《平原晚报》

借 钱

宋雪梅

牛二在省城经营着一家大公司，算是村里走出来的成功人士。

这天，他突然接到高中时的班主任吴老师的电话。吴老师想向他借一百万元，但是借钱的原因，老师说电话里不方便讲。

吴老师对他而言是一辈子铭记在心的恩师。当年，父亲车祸走了，家里穷，母亲艰辛地拉扯着他和两个妹妹，实在无力供他仨上学，只好让他辍学回家。吴老师知道后，找到家里，劝其母亲不要放弃这个聪明好学的孩子，要让他用知识改变命运，改变家境。这样，他又走进了自己熟悉而喜爱的学校。

冬天，全班同学都穿上了棉鞋，他却只能穿着露着脚丫子的破布鞋。吴老师就用自己的工资为他买了一双棉鞋。穿上棉鞋的那一刻，他心里涌起一股暖流，眼里噙满了泪水，暗暗发誓，一定要好好学习，混出个人样儿来。

功夫不负有心人。几年后，他以全市第一名的成绩，考进了北京的一所大学。毕业后，他进入一家中外合资公司。后来，他又下海经商，做起了餐饮，开了几家连锁店，在省城买了别墅，成为村里人羡慕的对象。

有钱后，牛二时常回去看望恩师和母亲。给恩师钱，恩师说自己有工资不需要。想接母亲到城里享福，母亲说舍不得家里的鸡鸭鹅、果树、菜地和山里清新的空气。言外之意是不想给儿子添麻烦。硬要一个人在家生活。时间久了，在外人眼里，牛二成了不孝子，自己在省城住着洋房，吃香的喝辣的，却抛下母亲一人在家住着小破屋。至少吴老师也是这样认为的。

那年，吴老师回乡路过牛二的村子，看见牛二母亲孱弱地坐在老屋外边晒太阳，眼睛无力地凝视着远方。老屋是三间低矮的小瓦房，旁边连着一个更小的小瓦房。牛二就是从这里走出来的。这几年农村变化大，几乎家家户户都建起了楼房，牛二家的老宅子孤独地卧在中间，像是风烛残年的老人，又像一帧岁月的影像，牛二母亲佝偻着身子的模样也被刻印在相框里。吴老师拉着老人粗糙的手，说不出安慰的话语，想不明白自己怎么教育出来一个不孝子，那一刻他在心里默默做起了打算。

牛二实在想不明白，老师为什么突然会向他借钱，以往去看他，给他塞钱都不要，而这次一张口就要一百万。金额实在是太大了，他有点儿为难，但还是亲切地对老师说："好，我准备一下。"

放下电话，他立刻给高中时一个要好的同学打电话，想征求一下同学的意见。同学说吴老师肯定是遇着啥麻烦事了，不然不会向他张口借钱，凭老师的为人，绝不是那种没谱的人。

他犹豫了，不借吧，没有老师哪有自己的今天？借吧，金额实在太大了。想想同学的话，也在理儿。牛二就想尽办法凑了一百万元，给老师送去。

一年时间过去了，吴老师没有还钱，他也不好意思讨要。又是一年过去了，仍无音讯。这天，他正在接待一个重要客户，他的高中同学突然打来电话说，家乡山洪暴发，村子被淹了。话音一落，他急急地结束了会客，赶紧给母亲打电话，却无法接通。他疯了一样，和高中同学开车往家里赶。

当他们走到乡里的时候，就走不动了，那里一片汪洋，所有房子、树木、庄稼等都被泡在水中，像是走到了海边。车子根本无法过去，他们只好弃车，乘坐救援的冲锋舟进村。在冲锋舟上，他看到了自己的村子、自己的家，家的周围溢满了水，院墙坍塌了，房顶只露出了烟囱，在水波的触涌下，像极了一个落水的人在拼命地挣扎。他的心一揪，泪水夺眶而出，后悔没接母亲进城，没有翻新老宅子，这下可好，母亲在哪儿？望一眼邻家的楼房，他真是悔不当初，他"啪啪"地抽了自己两个耳光，恶狠狠地骂道："牛二，你真不是人呀……"

他的举动吓坏了开冲锋舟的小伙，小伙愣怔了一会儿，兴奋地问："你是牛二？"

"是，你知道牛二？"他抹了一把泪水，反问。

"谁不知道？两年前你拿出一百万，在后山上建了个老年公寓，把你母亲和村里的孤寡老人都迁了去。多亏了这个老年公寓，这次水灾派上大用场了，安置在那里的乡亲都夸你呢！"

牛二一听，脸一红，挠了挠乱糟糟的头发，不好意思地笑了。

———原载 2021 年 11 月 29 日《平原晚报》

作者简介

宋雪梅，女，70 后，新乡市作家协会会员，新乡市小小说学会理事，辉县市作家协会副秘书长。曾从事新闻写作和办公室文字工作多年，在《中国妇女报》《检察日报》《中国邮政报》《中国国土资源报》《大河报》《河南商报》《河南科技报》《新乡日报》《平原晚报》《中国邮政》《公民与法》《大地文学》期刊及网络平台发表散文、小小说、随笔 300 余篇。

端花圈

郝志强

孤独的少年不止鸡窝头一个，还有小祥，但孤独的少年也有自己的乐趣。

那天的太阳像喝了酒的醉鬼，红着脸，将整个村子都映红了。

小祥正仰着头乱瞅，忽然，村西头响起了一阵"噼里啪啦"的鞭炮声，枣树上的麻雀"扑棱"一声飞走了。小祥收起弹弓，支棱起耳朵，兴奋起来。

两个裹脚的老太太边走边说："玉柱他爹死了……"

小祥似乎听到了吹响器的声音，与此同时，一支用花纹纸包裹着的冰糕在脑海中出现了——他知道挣钱的机会来了。不远处文广和东明也正兔子似的往前跑，一边跑，一边喊：端花圈喽！说完一转眼，拐进另外一条胡同了。

端花圈是当时豫北乡下殡葬的一种风俗。出殡时所有的花圈需要送到坟地烧掉，大人们不屑于这种小活计，他们在支客的安排下，端菜送碗，抬棺材，挖坟地，忙得不可开交，这些小活计只有孩子们和村里的五保户才看得上，因为端花圈可以挣到钱，多少不一，根据花圈的大小，小的一毛，大的五毛或一块。

不见了文广、东明的身影，小祥急忙提了提裤子，也飞奔起来。

上星期上学，小祥大老远就看见一个卖冰糕的候在学校门口，一堆孩子围在那里。他们舔着嘴唇，咽着唾沫，盯着别人吃着的冰糕，也盯着放冰糕的箱子。卖冰糕的是个中年人，高个儿，黑脸。自行车的后架上挂着两个冰糕箱，上面还竖着一根细长的铁丝，铁丝上串着刚揭下来的冰糕纸，空气中弥漫着黏糊糊、甜丝丝的香味。上学前，小祥想跟妈要五分钱，但妈没给，说吃冰糕肚子疼。小祥也想像其他同学一样，买一个冰糕，慢慢地舔吸，然后把印着花纹的冰糕纸折好，夹在语文书里，什么时候翻开书，都能闻到那淡淡的清香。

挤过人群，灵棚前灯火通明，人来人往。乡戏班的人正在收拾器具，桌子上的酒菜还冒着热气，空气中弥漫着阵阵的酒香。小祥急速地寻找着那些光彩熠熠的花圈。那些"马车""仙鹤"……都被其他小孩占了。文广正抱着"金山"，咧着嘴朝他呵呵地笑。东明也正搂着"银山"抹汗。

娘哩文广！小祥气得暗自咒骂。心想自己处处被他们欺负，连端个花圈也要被他们抢了先，他鼻子发酸，眼泪在眼眶里直打转儿。忽然，他看到角落里还放着一个"扫帚"。他一个激灵，奔过去，抢在手里，险些被地上的电线绊倒。

"咋哩！小鳖孩，瞧路了没有！线都快断了！"

小祥知道是没毛太监姜软妞，他是村里的光棍，四十好几了还没讨上媳妇，说话娘里娘气，嘴边一根胡子都没有，村里的男人都叫他没毛太监。小祥拿了"扫帚"，怯生生地往后瞅。没毛太监姜软妞正扬着手，虎着脸，向他龇牙。小祥顾不了那么多，只管抱着"扫帚"，生怕再被谁抢了去。

一声清扬、哀婉的唢呐声凭空响起，和着当空白烙馍般的明月，四下顿时静了下来。没毛太监凭着干瘦的身子往里挤，小孩们也跟着躁动起来。文广和东明守着"金山""银山"，不方便走动，急得直在原地打转儿。小祥拿着"扫帚"，想去哪儿去哪儿，不禁高兴起来。他背着"扫帚"，站到玉柱家墙外那高高的石碌上，正好看见那吹唢呐的人。他鼓胀的腮帮，像田野里"呱呱"叫的蛤蟆的肚子。他吹的唢呐，一会儿变长，一会儿变短。他一会儿用小铁碗盖住，一会儿又用手捂住。那声音时而如婴儿啼哭，时而又如怨妇幽语，时而如百鸟争鸣，时而又如包黑子唱戏般豪壮。

小祥正看得出神，听得入境，忽然，肚子一挺，屁股一热，打了一个趔趄，险些从石碌上跌下。扭头一看，是妈。

"谁让你来端花圈了？败兴不败兴，回家吃饭！"

小祥纵身一跃，跑开了。

"我不吃饭，我不饥。"

妈隔着石碌撵了两圈，骂着回去了。

小祥搂着"扫帚"又站回石磙。不一会儿,妈又来了,塞给他半个烙馍,又往他兜里装了一大把花生。他闻着妈身上那熟悉的味道,陶醉极了。

人群里一阵叫好声响起,一个洋气的女人站到了人群当中,喝了口水,唱了句"哭一声商公子……"人群马上又静了下来。

皓月如盘,夜空里竟听不到一丝其他的声响,只有那清亮的嗓音穿越时空,飘荡在这片乡下的土地上、石块间、小河边、枣树梢……

小祥觉得那女的真漂亮,梳着马尾辫,还穿着裙子和高跟鞋。

第二天,天刚亮,小祥喝了一碗玉米稀饭,一抹嘴,喊了声:"我出去耍了哦!"便把妈的叫声甩在了身后。

灵棚前,端花圈的小孩还没来几个呢!

又熬了大半天,出殡了。小孩们疯了一般端起花圈,在田野里撒欢地奔!艳丽的纸花撒在路边的草丛中,煞是好看!

没毛太监姜软妞在后面大声地骂:"小鳖孩儿们,慢点!都掉了!谁掉了,到时候,我可不给他发钱!"大家赶紧放慢了脚步,用手护住了花圈。

伴着孝子们哭天抢地的哭声,黑色的棺材被缓缓地放进墓坑。

"点花圈!"

顿时,火焰冲天,大家纷纷将花圈扔进火海。轻盈的、扭曲的纸灰像黑色的蝴蝶,腾空而起,它们或大或小、忽左忽右,拼了命地朝天上飞。小祥眯着眼,居然看到了一只"花蝴蝶"夹在中间,闪着光芒,在"黑蝴蝶"中显得特别耀眼,它努力地向上飞,向上飞……

"给钱!给钱!"

小孩们早已推着、挤着在姜软妞面前排好了队。小祥又被挤到了最后。

"你的五毛,你的两毛……"

鸡窝头的最多,他力量大,拿得多。没毛太监见他又高又壮,像个小大人,很干脆地给了他一块钱。

到小祥时,没毛太监将钱一收就要走。

"还有我哩!"

"你?你有啥?"

"扫帚!"

"我咋没见哩?走!走!走!"姜软妞一把将小祥推开,迈腿要走。

小祥薅住他。

"恁爸叫啥?"

"刘建辉。"

"姓刘? 我们庄就没有姓刘哩!"

"他爸是个养老女婿!"文广摇着两毛钱,向他傻笑。

"养老女婿咋了!"小祥大声地反驳。

"刘小祥,尾巴长,不见老爹,只有娘!"小孩们唱起了歌。

小祥大声地哭了起来,一阵风起,在地上打着旋儿,裹着那哭声飘向了远方。

"走,去买冰糕啰!"小孩们笑着走远了。

田野中,人们渐渐散去。夕阳又挂到了那棵枣树上,该回家了。不远处,一个人影正向他跑来,大老远便朝他喊:"咋了? 祥儿?"

是妈! 她捧着小祥软乎乎的脸蛋儿,一边擦泪,一边问:"咋了? 祥儿?"

"他们说俺爸是养老女婿,还不给我钱。"小祥揉着哭红的眼睛问妈妈,"妈,什么是养老女婿呀? 爸为什么不把我生在奶奶家呢?"

妈的汗水浸湿了头发,贴在鬓角。她把小祥揽进怀里,并没有回答小祥的问题。

文广拿了一个冰糕走过来,用那吊死鬼般的舌头狠命地吮吸着。

"妈,我想吃冰糕。"

"哪有卖冰糕的?"

"那儿!"小祥向远处指去。卖冰糕的正停在十字路口。

"还有冰糕吗?"妈妈高声喊道。

"还有五个——"

"走,去找姜软妞要钱!"妈用鼓励的眼神对小祥说。

"妈,我不敢!"

妈朝小祥笑笑:"没事儿的,妈陪你一起去。"

微风吹来,亲吻着小祥那布满泪痕的小脸蛋儿,又轻轻撩起妈妈额前的头发。

村北头有一个羊棚,那是姜软妞的住处,羊棚里本来有十多只羊,是他爹准备给他娶媳妇用的,现在都被他偷偷卖光,吃喝完了。

姜软妞左手拿了一瓶酒，走几步，便仰起脖子"咕咚"喝一口，右手熟练地从口袋里抓几粒花生米，扔进嘴里，一边嚼，一边哼着小曲儿。他刚从村头文广大酒店买酒回来，还沉浸在酒精麻醉的美妙境界里。

"等等走，你还没给我钱呢？端花圈的钱，一毛。"小祥鼓起勇气，拦住他的去路。

姜软妞一愣："什么钱？"

"端花圈的钱，一毛。"小祥满脸渴望地回答。

"什么端花圈的钱！别找我！"说完，姜软妞推开小祥要继续走。

小祥妈上前拦住姜软妞的去路："好呀！你个没毛太监，连小孩的钱你也要？真不要脸！快拿出来！"小祥妈扯着他的衣服，不放他走。

姜软妞眨了眨眼才看清了小祥妈，挠着头皮，为难地说："我没钱了，钱都买酒了！要钱到村头文广大酒店要去。"

"不行，拿钱来！就一毛钱，你还想赖账，我不在乎这一毛钱，可这是我家小祥该得的，你必须得给他。"小祥妈语气肯定，不容丝毫商讨！

"我真没有。"说完姜软妞用力往前挣，想挣脱小祥妈的手，小祥妈一个趔趄，差点摔倒。

小祥妈用双手死死地拽着他："快把钱拿出来！"小祥看到妈妈用力的样子，在一旁要急哭了，冲上前去和妈妈一起死死地拽住姜软妞的衣服。

"别动！再动我可要叫人了，就说你耍流氓！"小祥妈急了，她真要豁出去了。她是个守旧朴实的女人，但她今天竟然说出了这样的话。

姜软妞一听，忽然害怕起来，耍流氓在这里是人们认为最为不齿的事情。他讨饶起来："我掏，我掏——真没有了！买酒，买花生米都用光了。"

姜软妞一边讨饶，一边将自己的口袋一个个翻出来。突然，从一个口袋里掉下来一枚五分的硬币，连姜软妞自己都感到意外。小祥赶忙从地上把钱捡起来。

结果，姜软妞翻遍了口袋也只有这一枚硬币。没办法，小祥妈只好放他走。

拿了钱的小祥急忙往回返："妈，买冰糕！"他怕妈妈忘了买冰糕这回事。

妈也高兴地说："跑快点，别让别人买完了。"她也跟在小祥身后小跑起来。

远处卖冰糕的正骑着自行车往这边来。

"还有冰糕吗?"小祥满心忐忑地问。

"有!最后一个。"

"多少钱?"

"五分。"

妈递过五分钱,又将最后的一个冰糕放到小祥手里。

接过冰糕,撕开乳白色带着花香的纸,小祥把冰糕举过头顶:"妈,你先吃!"

小祥妈摸了摸他的小脑袋说:"妈不吃,你吃。"

小祥咽了咽口水,高兴地举起手正要舔,冰糕竟"砰"的一声掉了大半,滚在灰土里成了泥蛋蛋。

小祥愣在那里,没敢哭,又看看妈妈,豆大的泪珠滚到村头的土地上,滴了一个又一个的小坑坑。

妈赶过来,并没有责骂他:"快吃!快吃!这还有点哩!"

妈拿冰糕往小祥嘴里送。小祥忘了哭,赶紧伸出舌头,将淌下的冰水舔了个干净。

——选自《走不出的童年》,团结出版社 2021 年 6 月出版

:作者简介:　郝志强,男,1978 年出生,河南辉县人。新乡市作家协会会员,中学语文教师。作品散见于《河南文学》《小说月刊》《天池小小说》《故事会》等,出版有小说集《走不出的童年》。

散文卷

铜瓦厢的书屋

董传军

　　我在铜瓦厢与一座乡村书屋的不期而遇，纯属一种偶然，却源于一束灯光、一声朗读。

　　夕阳西沉，红彤彤的太阳顺着遥远的天际徐徐而落，黄河似乎扔掉了白天的桀骜不驯，变得谦虚温顺起来。一片片酡红如醉的霞光，映照着一层层金色波浪，闪烁着一道道粼粼波光，顿时有了一种如梦如幻、如诗如画的感觉。

　　在影影绰绰的月色里，行走在黄河堤坝上，倾听若有若无的黄河涛声，望着流光溢彩的落日图景，我放空思绪，漫无边际、信马由缰地品享着黄河母亲赋予的独有的精神惬意。

　　"黄河之水天上来，奔流到海不复回……"一声声朗读飘然而至，这么熟悉的诗句，这么熟悉的声音，仿佛从滚滚黄河里跳跃而出，又仿佛从遥远的天边缓缓传来，划破寂静的天空，乘着夜色落在我的耳旁，像董卿主持的《朗读者》那样的腔调，时而婉约情动、潜然泪下，时而旷达随心、不期而遇，时而激情亢奋、充满阳刚。

　　我跟着声音匆匆而行，在空旷的黄河滩寻觅熟悉的腔调。抬起头，一束刺眼的灯光惊醒了我，我揉揉眼睛，看见了灯光，听见了朗读，便跟着这束灯光、这朗读声走了。

　　那是一座面积不大也不小的木屋，房屋上悬挂着"乡村书屋"几个字样，明亮的灯像一座矗立在黄河岸边的灯塔，微笑着吸引着我。

沿着黄河滩里的林间小道，在柳影斑驳、迷人幽静的月光里，我只身孤影，借着夜色，寻找着光的方向、声的世界。走着走着，我拐进了一个村庄模样的社区，穿过一大片绿荫葱葱的花海，绕过石桥下种满莲花的池塘，莲花在欢快地微笑，鱼儿在快活地跳跃。

刚刚从小木屋走出来的年轻人，饶有兴趣地围站在池塘边，在疏影摇曳、亦真亦幻的月影里，叽叽喳喳，笑声朗朗，欣赏夜色美景，切磋对朗读李白《将进酒》的感悟。

"大诗人李白像黄河的秉性，激情豪迈，奔腾不息，朗读时一定要铿锵有力，热情奔放……"

"这首诗词情真意切，语言流畅，极具感染力，你一定能在全县中秋节黄河诗会上一举夺魁！"

夜色里，两个大学生模样的男孩儿，一问一答，相互切磋，骨子里散发着青春的自信。我微笑着准备上前搭讪，但转眼间，黄河滩上的年轻人像"一团火"，披着夜色，骑着单车，哼着小曲，匆匆忙忙、风风火火地离开了。

刚才还热热闹闹的小木屋，瞬间又寂静起来，除了炙热的光亮，空荡的桌椅，散发着书香的书架，还有那佝偻着身子扫地擦桌的老人。

这位老人叫曹文芹，已经73岁了，虽然满头银发，满脸皱纹，但面色红润，身板硬朗，言谈举止显然不像一位普通农民。

我站在书屋中间，端详着他，他也偶尔看看我，又低头继续整理书籍或者摆弄书桌。

"你是这里的管理员？"我追着老人问。

他边干活儿边回答："我教了一辈子书，退休后闲不住，就来小木屋搭把手。"

我从书架上取下一本《封丘县志》，边翻边有一搭没一搭地聊着。我抬起头看了他一眼，发现他皱着眉头看手机，我笑了，他也笑了。此时，漆黑的夜色笼罩着村庄，我想，时至深夜，劳累一天的曹文芹老人也该回家了。

"我们这儿是黄河最后一道弯，也是黄河最后一次自然决口改道的地方，叫铜瓦厢，有着说不完的故事……"

"哦！《封丘县志》里有记载。"

扭过身，曹文芹很快地钻进了儿子的轿车，一溜烟消失在茫茫暮色之中。

回到居住的农家旅馆，我急切地研读起《封丘县志》。据载，铜瓦厢是一处地名，因黄色的琉璃瓦贴护长长的一段堤坝，远望如铜墙铁壁金光闪闪，故得俗名"铜瓦厢"。

据《封丘县志》记载，清朝咸丰五年农历六月十九，即 1855 年 8 月 1 日，黄河水漫过堤顶，堤防突然溃决，溃口越冲越大，风卷狂澜，狂涛倾泻，"刹那间，狂涛由决口倾泻而下，波掀浪卷，奔腾不息，民为鱼鳖。"所经之处，百姓溺毙无数，尸骨遍地，哀号声声，幸存者流离失所，良田成为坑塘，远近村落的高树与房屋只露出树梢和屋脊……东至兰考县东坝头，西至封丘县李庄镇前辛庄，洪水淹没了 30 多个村庄。

正是这次黄河决口，一眨眼之间，铜瓦厢被一鼓荡平，沉于滔滔大河之中。在这里，黄河就地向北打了一个滚儿，改变了向南激流的走向，也改变了中国的地理版图。

铜瓦厢也成了黄河两岸百姓畏惧的名字，惊悚的印记。

关于黄河决口的故事，这些最本土、最真切的场景，是一代代黄河人刻骨铭心、不寒而栗的伤痛，即使隐藏在内心最深处，但稍稍拨弄，便会荡漾开来。

当然，随着小浪底水库的建成，黄河的"咽喉"被锁住了，那些惊恐的场景，显然很悠远。

第二天午后，天气格外晴朗，我靠在乡村书屋外长长的连椅上，懒洋洋地双眼紧闭，似睡非睡，晒着太阳。

"王哥，你去干吗？"

"俺去铜瓦厢产业园上班。"

"你呢？"

"我去乡村书屋看会儿报纸。"

"王哥，咱们真是碰到好时候了，不愁吃不愁穿，住在社区高楼，农忙时种地，农闲时在园区上班还拿工资……"

"你说，咱还算是农民吗？"

"算，是新时代的农民。"

话说间，俩人"咯咯"大笑起来……

听着他们的对话，我慢慢睁开双眼，环绕四周，眼前矗立着上百栋高楼，小区里一栋楼配套着一座花园。午饭后的群众三三两两，结伴而行，要么在花园里休闲嬉闹，要么泡在乡村书屋喝茶发呆，看看报、读读书。

我悄悄地推开门，原本 100 多平方米的书屋，竟然有 30 多人在读书看报，还有孩子趴在桌子上写作业。

曹文芹脸上堆满微笑说："晌午和晚上年轻人来这里的居多，正晌的时候中老年人读书的最多。"

我们俩刚攀谈几句，大家立刻把目光聚集在我的身上，我的脸唰地红了，急忙拉着他往外走。

"乡村书屋是黄河滩老百姓的精神领地，像这样的书屋，在这里就有几十个。我们还经常在书屋举办读书会、朗读会、黄河诗会和农民书画、摄影展等活动。"曹文芹脸上荡漾着幸福的喜悦。

黄河人祖祖辈辈生于此，死于此。过去，老百姓因黄河水患而相依为命，每到汛期，家园被淹，粮食绝收，不得不外出逃荒。现如今黄河滩区整体脱贫，老百姓的日子过得红红火火，有滋有味，带着生活的韵律，甜蜜的味道，真实的场景，热烈而悠扬。

想到此，我突然觉得，黄河滩的老百姓进入了幸福时代，不再发愁柴米油盐，而是追求着内心快乐，精神生长。

与曹文芹老人道别后，乡村书屋的灯光又亮了，它就像一座灯塔、一个航标、一盏指示灯。我想，灯光没有声响，它却用无比炙热的光亮点燃心里那盏灯，用无限的魅力吸引着新时代的黄河人。

——原载 2022 年 6 月 17 日《作家文摘》

作者简介　董传军，60 后，中国报告文学学会会员、河南省报告文学学会副会长，曾任新乡市文联党组书记、主席。发表散文、报告文学、纪实文学等作品 200 多万字。曾策划宣传过张荣锁、耿瑞先、杨强、李江福、"长垣模式"等全国、全军重大典型，先后 20 多次获得全国、全军和省市级新闻奖、报告文学奖。出版有《走出太行》《麦者——茹振钢和他的小麦世界》《口罩的力量》（合著）等著作，曾获河南省报告文学一、二等奖。

郑永和的魅力

尚建军

郑永和同志逝世已经 10 周年了，但人们还在念叨他。"吃着白蒸馍，想起郑永和，看到水浇地，不忘郑书记。"这句朴实的口头禅，永远在辉县几十万人民的口中传颂着、心里镌刻着。

郑永和的魅力到底在哪里？

郑永和的魅力来自他那情系人民的高尚情怀。郑永和从当基层干部起，就时刻把人民的利益放在首位。在他担任辉县县委书记期间，为改变山区人民缺水、缺路、缺吃、缺电的贫困状况，带领全县人民战天斗地，使基本生产生活条件得到了巨大改善，为以后的改革开放大发展奠定了坚实的基础。他退休后，看到部分山区群众仍然没有摆脱贫困生活，心急如焚，便组织辉县退下来的部分老干部组成"老干部服务队"，为山区人民修渠修路，植树造林。在他的奔波呼吁下，造福一方的北干渠胜利建成，使近 5 万东部山区群众、5 万亩耕地彻底改变了缺水状况。

正是他那为人民干事创业的精神，才使他退休后能重新将老部下汇集到自己的身旁；正是在他那一心为民的精神感召下，才会有那么多人和单位无私地支持他，帮助他。

郑永和的魅力来自他那廉洁奉公、无私奉献的崇高品德。郑永和在位掌权的时候，从不为自己谋私利。实行推荐上大学时，他不让自己的子女参加，而是带领他们到修路工地上锻炼；为了解决山区缺水的难题，他让自己的子女带头捐款；退休后，他完全可以在省城颐养天年，却把余热奉献给了辉县人民；为了修建北干渠，他在山崖峻岭上往返 8 趟探查线路，耄耋之年仍然披荆斩棘，跋山涉水；在他病重期间，仍念念不忘他的未竟事业，教育子女亲属怎样做人。

正是他那无私的情操，才让那么多人由衷地佩服他，心甘情愿地跟他吃苦受累。

郑永和的魅力来自他那深入实际、联系群众的工作作风。他的工作方法不复杂，简单一个字就是"干"。"苦熬没有头，苦干有奔头""生在太行山，不敢斗石头，不是愚公是智叟""说了算，定了干，再大困难也不变"……这些，都是他的至理名言。他带头干，在干中总结经验，树立典型。修水库需要石匠，他带头拿起锤錾，在采石场上培养了成千上万个石匠。他走遍了辉县的山山水水，哪个地方有棵树，哪个山头有块什么石头，他都一清二楚。郑永和开会讲话声音不高，上千人的会场鸦雀无声，他用朴素而幽默的语言，通俗易懂而又富有哲理的顺口溜，动员组织千军万马去干惊天地、泣鬼神的伟业。

正是他那朴实的工作方法，培养锻炼了一大批实干家；他那民主的作风，使当年一块儿工作的同志成了终生的战友。

郑永和的魅力来自他那不屈不挠、勇往直前的拼搏精神。他领导的"老干部服务队"既没权又没钱，可他们干的事业哪一项都离不了权和钱，但他们的计划一个个落实了，项目一项项完成了，工程一个个竣工了。他们失去的是什么？是心血和汗水，是家庭的团聚和舒适的生活，有时还有脸面和尊严。

正是在他的这种精神感召下，广大基层干部在艰难困苦条件下，创造出了像"郭亮洞""回龙路""裴寨新村"这样的奇迹，培养造就了像孙钊、赵恒富、范清荣、张荣锁、裴春亮这样的时代楷模。

郑永和的魅力来自他那平易近人、知人善任的高贵品格。他和群众打成一片，老百姓把他当作最亲的人；他常把农民请到家里，为他们做红烧肉、大米饭吃；他到工地上为民工做饭，为的是让家庭困难的民工能吃顿肉。他爱人才，尊重有知识的人，和作家、记者都能交朋友；他宽容，对有缺点的人能避其所短，用其所长。

正是他的这种宽广胸怀，他的周围才人才济济，各显其能。

郑永和同志离开了我们，但他的精神不朽，他的魅力永存。

——原载 2018 年 8 月 15 日《新乡日报》

作者简介

　　尚建军，男，河南省作家协会会员，曾任新乡市作家协会副主席，现任新乡市作家协会名誉主席。长期从事新闻工作，曾任新乡广播电台台长、电视台台长、新乡日报社总编，高级编辑，出版有《经历全媒体》《阅读太行》《乡村风景》《走近关山》等，编辑出版《太行清晖》《榜样》等著作。电视散文《太行春早》《太行秋色》获河南省"五个一工程"奖。

母亲离开之后

赵文辉

那些年，单位的人经常开着车来我家喝酒。母亲喜滋滋卷起袖子给我们张罗酒菜，父亲会端着他的大茶壶到街上照看客人的车辆，唯恐有小孩子在上面划下印痕。父亲常常等我们到深夜，大口大口地抽他的"彩蝶"牌香烟。后来我在城里安了家，星期天一家三口都要回老家团聚。每次返城的时候，母亲会拾掇一些干豆角、干萝卜丝，还有她腌制的芥菜疙瘩，用食品袋装了挂在摩托车把上。妻子抱着我们的儿子跳上后座，母亲会追出胡同口冲我们喊："用呢子大衣包住孩子的脚，路上风大。"

有一天，母亲坐在门槛上，膝盖上放着一只簸箕，老花镜耷拉在鼻尖上，簸箕里面是父亲开小片荒收获的黄豆。母亲起身后突然一阵头蒙，一下子栽倒在地。她被送到县医院做 CT 检查后，结果显示脑干出血。母亲从此丧失了行动和语言功能，把自己的余生交给了轮椅和父亲。我和妻子上班，只有星期天才有时间。父亲倒是满不在乎，他腰杆挺拔，脸色红润，六十多岁的人了找不见几根白发，身子结实得像一截老树墩子。他抱着母亲，就像抱了一口袋麦子似的，噔噔噔，从里间一口气抱到院子里的柳圈椅里，让母亲晒太阳。母亲坐在那里，垂着头，瞪着岁月在小饭桌上留下的道道划痕。小饭桌上经常凉着一碗加热过的鲜羊奶。他热好羊奶，从小铁锅倒进花瓷碗里，用调羹刮掉上面的奶皮，一口一口喂母亲，不时用毛巾擦去顺着母亲下巴淌下来的奶汁。几只母鸡蹲在墙头上，一眼不眨地盯着两位老人。院墙根那棵上了年纪的老榆树下，功勋满满的老母猪独自哼哼，几只满嘴乳汁的小猪崽儿，竖直耳朵谛听风刮树叶的沙沙声。父亲一年出售两窝猪崽儿，我们给他零花钱他坚决不要，硬给了也会趁我们不注意塞进他孙子的书包里。

母亲的病又一次复发，再没有醒来。母亲安详地躺在床上，看起来很瘦小，她手上的青筋几乎要撑破皮肤。虽然没有挽留住母亲，但在母亲卧床的这几年，父亲尽心尽责，呈现了一生中从未呈现的温柔。一个豫北乡下农民的温柔，一路上有很多相随的美。我们担心父亲过分悲伤，见他在母亲的丧事上忙前忙后，饭也没少吃，我们放心了。但是我们很快发现我们错了。有一天，父亲醒来在床边独坐了很久，我叫了他两次吃饭也不见出来，忽然见他双手啪啪拍着床沿哭起来，声音不大却很揪心。这是一个乡下老人的哭泣：安静、孤单、精疲力尽。我被父亲的哀恸震惊了：年近七十，满头白发仿佛一夜丛生，有生以来第一次如此心碎。

厕所墙角里堆满了输液瓶，还有针头没来得及拔出来的输液管，上面粘着胶布。屋里屋外到处都有母亲生前的气息，我想给父亲换一个环境，便把他接到了县城。

还不到半年，我发现父亲苍老得可怕，脸上的皱纹像是刀刻出来的一样，头发灰蓬蓬一片，用手一抓，一把碎头发。我晚上回到家，经常是这样一副样子：父亲瘫坐在沙发里，电视频道还是我离开时给他换好的中央十一套，茶几上几块饼干完好无损，一杯热水早已变凉。前些年，只要电视里播放"梨园春"，他说什么都不会出门，可现在，他只会在电视机前打盹儿。躺下后又总是睡不着觉，吃安眠药也不管用，枕头和沙发上到处都是父亲的白发。我提议让他去体育场找老头儿们打打麻将，父亲半天不说话，最后摇摇头："你妈一走，我的魂儿也叫她带走了。"

父亲开始变得痴呆，老是找不到回家的路。迷路的时候，好心人问他儿子的名字，他想半天竟然想不起来，最后呜呜哭了。遗忘是一个巨大的海洋，上面只有一条船在扬帆破浪，那就是记忆。对于绝大部分人来说，这条船最后都归结为一条可怜的破船，随时都有可能进水。父亲的这只船破裂得太严重了，水几乎淹没了船只。

父亲的状况越来越不好，接连住了两次院。医生发现他有严重的心脏早搏，还有骨质疏松引发的脊柱疼痛，走路摇摇晃晃。出院后，我们给他配备了一根多足拐杖。父亲很少活动，只有去卫生间时才拿起拐杖，哆哆嗦嗦着，老是滴到马桶外面。后来，他连小便也不知道了。每次给父亲脱了衣裳让他躺下，我都会在他身下垫一块成人尿不湿。我半夜起来去看父亲，把父亲的被子往上拉拉，盖住他的半个肩膀。这时父亲会睁开眼，用浑浊的眼睛看着我，嘟囔一句："有仨人在房顶打麻将，你妈等八万。"我知道他在说吃怔话，他经常梦见母亲。

最后一次住院，父亲已经离不开轮椅了。他在院里时常狂躁，手足乱舞，把送到面前的水杯和药片打掉。有一天，妻子打来电话，说父亲的情况不太对头。等我从单位赶到医院时，父亲的床前站满了医生，我大声呼叫父亲，他的头歪在一边，没有回答我。父亲的胸膛上下起伏，床头监视器里弹跳的绿线条记录下那机械的跳动越来越弱。无论医生护士如何尽力，最后，那根绿线条还是变成了一条直线，静止在那里。

我们将父亲葬在母亲身边，她才走了仅仅一年。那天，我最后看了一眼父亲的遗像，把他面朝下扣在了里间的三斗柜上——这是豫北乡下的规矩，三周年后才能拿出来与母亲挂在一起。照片虽然扣着，但我相信：他们的婚姻没有消失，那段相随的美，令人不舍的时光，会留存于儿孙，留存于街坊邻居，留存于记忆中。

——原载《牡丹》2020 年第 4 期

《散文选刊》2020 年第 7 期转载

入选《2020 中国年度精短散文》《2020 河南文学作品选·散文卷》

老想回家

张洪腾

　　哥哥成家迁走，姐姐们相继出阁，父亲就跟我住在了城里。山里的老家就剩下了两座青石瓦房，以及瓦房里一些留之无用、弃之可惜的坛坛罐罐。还有啥可留恋的？可我却老想回家。

　　每次回家，父亲总是熟练地从他的裤腰上解下那串系着红布条的钥匙，一枚一枚展开，不厌其烦地给我认着。可我只拿那些钥匙开过一次门。蛛网、尘埃、鼠洞……屋里散发着一股潮湿的霉味，让我刚刚迈进的脚又退了出来。后来，我回老家，就再没进过那个柴门虚掩的小院。一进村，我就迈着匆匆的脚步，直奔南坡，一坐到娘的坟头，心窝里便热乎乎的。我知道，我所谓的回家，便是这里了。

　　我是娘的小儿子，娘捧在手心儿把我养大。从童年的摇篮，到歪歪扭扭的脚窝，都盛满了娘的万千嘱咐。

　　因为一场大病，童年的我像是一棵枯萎的小树，黄蜡蜡、蔫巴巴的。在娘的心里，就多了几分疼爱，兄弟姐妹中，我一直享受着捧在手心、含在嘴里的待遇。

　　我瘦弱的身体连一般的风寒都扛不住，动不动就吃药，一闻到那苦涩的药味儿就反胃。每次吃药，我都闭着嘴，头摇得像拨浪鼓。娘不急，总是先煮好几个鸡蛋，然后哼着小曲儿，轻拍着我的后背，看着我一口一口咽下。

　　天还没有转凉，娘就给我穿上了棉袄，棉布鞋也纳得厚厚实实，把我瘦弱的身子裹得像个棉花团子。

在娘的眼里,我永远长不大。不怕你笑话,我读初中前还跟娘睡一个炕头儿。我常蜷缩在她的怀里,像一只怕冷的小鸡娃儿。十五岁以前,我这个出身农家的嘎小子,没下地干过一次农活儿。为此,我没少遭整日在地里劳碌的姐姐们的白眼。每当娘不在跟前,她们就拿我寻碴儿出气。娘一回来,我就向她哭诉,娘把我搂在怀里,抚摸着我的瓦片头说:"青儿莫哭,看娘咋收拾他们。"

记得一个星期天,我和两个要好的伙伴约好去拾柴火。那天娘恰好去走亲戚,耳边少了嘱咐和叮咛。吃过饭,我们就背着荆篮儿,哼着歌儿,直奔柿树林。

两个伙伴虽然也是山里娃,但都不会爬树。他俩只好在柿树下,昂着头,咽着口水,眼巴巴地看着我吃够了,再求我摘一些。"快,快,树梢有一嘟噜红灯笼。"我顺着他俩手指的方向往上攀,越攀越高。"快了,还差一点儿,一点儿,再往前伸伸,再往前……"咔嚓,我手里抓着的枝条断了,一下子摔了下来。

像是一场梦,醒后已是第三天。我发现自己躺在床上,头上缠着绷带,手腕上扎着吊针,炕沿上坐满了人。两个伙伴也没去上学,靠墙角站着,低头搓着衣角。娘不知啥时候回来了,正忙着和面给大夫做饭。听我醒来,娘一下扑到炕头,用两只沾满面粉的手捧着我的脸,哽咽着:"青儿,还疼吗?"我看着娘眼里打转的泪水,咧了咧嘴,想让她放心,却怎么也笑不出来。

读中学了,学校在离家三十多里的乡里。每逢周末,上完最后一节课,我就和同学们一起撒着欢儿,颠儿颠儿地往家跑。每次回家,娘就用家里的杂粮变着花样给我做好吃的,补我在校一周的缺食。家里太穷,没有钟表,回校的早上,娘后半夜就不睡了,怕醒迟了,我赶不上回校。她早早做好饭,又不忍心叫醒我,只好一遍又一遍地给我热着,等鸡叫了两遍才唤我起床。一次,我破天荒起得很早,发现娘竟然靠着炉灶睡着了,她布满褶皱的额头上,散着几缕零乱的银丝。我盯着锅底一跳一跳的火苗,鼻子一酸,泪水不争气地流下来。

娘把省出来的零钱,偷偷塞进我的书兜,叮咛我正是长个儿的时候,千万不要省嘴。我们家那点金贵的细粮,差不多都让我一小袋儿一小袋儿,背到了学校的大灶上。

有一次，娘去山下大姐家串亲戚，回来的时候，她竟然不坐车，徒步走了五十多里路，就为了把姐给她的盘缠省下给我。夕阳下，望着娘因脚疼一瘸一拐的身影，我的心一阵颤抖，喉头发紧，两行热泪洒落在脚下这片空旷的土地上。

参加工作后，第一次发工资，我跑到全市最大的商场给娘买了身衣裳。此后，每月的工资，除留下自己的生活费，我都一点儿不剩地寄给娘。我愧疚的心总算有了一丝欣慰，可以小雏反哺，一点一滴地回报那如海的母恩了。

可娘还是省吃俭用，说要把钱给我攒着娶媳妇。娘真是命苦，操劳了一辈子，把我们都拉扯大了，该享清福了，她却无声无息地走了。

记得那天，我下班后赶回老家，娘已气若游丝，没力气说话了。我握着娘骨瘦如柴的手，想再把那双手暖热。娘看着我，嘴角努力挤出一丝笑容。那一丝笑容永远定格在我的记忆里。娘早有大病，忍受着巨大的痛苦，却瞒着我们，怕我们费心花钱。

娘去世后很长一段日子，我常常一个人呆坐在她的坟头，从日出到日落，默默陪伴在她的身边。就为了跟她说一声，我想回家。

娘，您听见了吗？

——原载《牡丹》2021 年第 2 期

《散文选刊·选刊版》2021 年第 5 期转载

入选《2021 年中国精短美文精选》《2021 中国年度精短散文》

作
者
简
介

张洪腾，男，知名诗人，河南省作家协会会员。诗歌散见于《莽原》《牡丹》《岁月》《中国散文选刊》《河南电力报》等，诗歌先后五年入选《河南文学作品选·诗歌卷》，著有诗集《踏歌太行》。

想起老奶奶

王保银

一

老家的庭院已不复存在。记忆中的庭院很大，五间堂屋，灰瓦扣顶，白灰抹墙，青砖镶着门窗，勾勒的砖缝又光又直。庭院并不规整，但房前屋后、院内院外栽种的树木十分招眼。庭院翠绿润泽，都笼在温馨的梦里，仿佛进入童话世界，一切都有生命，一切都青翠鲜亮，甘甜美好。院墙外是笔直的白杨、粗大的老榆树、矮壮的老槐树、结实的苦楝树，还有两三棵香椿或臭椿树。这些树围住了整个院落，形成了一道绿色屏障。院墙里全是果树，有枣树、梨树、苹果树、桃树，还有鸡棚前的石榴树。

你看吧！每年，各种树都会开花，一派热闹红火的景象。院墙内红艳艳的桃花、白的梨花、粉红色的苹果花、带着把儿的石榴花。院墙外的楝花，散着苦香味，吸一口也很是醉人。香椿或臭椿树也开花，却不招眼。榆钱儿一嘟噜一串儿的，真如古时用线绳串起的铜钱币，满枝条密匝匝地紧挨着，在风中招摇碰撞，晃动着一树春光。槐花开得迟些，但一开起来，就张扬得不行，一派云蒸霞蔚，气势逼人，尤其是花的味道很撩人，不是香，也不是不香，是甜，可甜里又夹带着一股微微的腥味。也不知道怎么回事，这槐花的味道自小就根植在我的嗅觉里。我常常在梦境里、在岁月的过往里，想起旧院里的那些树。

想起那些树，就想起从前我爷爷、我奶奶、我伯父、我小叔、我爹、我娘，还有我的叔伯弟兄们那一大家子；就想起我少年时一段苦涩的时光，心头如落地的石榴残瓣生出神伤心悲的感觉。

二

夕阳将要落下，最后的日光照耀进庭院，天边泛起热烈的火烧云，漫天纷繁的云朵跟我们这一地残红的庭院一起，洇染出美丽的黄昏。正是秋收时节，这天傍晚，我放学回家，见奶奶正拿着高凳往楼窗上放，她见我来又指派我帮她加凳。我心生好奇，连忙问她："奶奶你要干啥？"奶奶说："我要放花生。"说着抬眼望了一眼楼窗。我说："奶，让我上。"不巧我个子稍矮，伸足胳膊也够不着筐。情急之下，我身子一纵，脚下一跳，一掌把筐子打了下来。不偏不倚打向奶奶灰白的头颅，粗粝的筐条擦破了她的脸颊，撞上了鼻梁，顿时血流出来。筐跌落在地，花生也撒了一地。我一下子吓得面色发白。奶奶却不由分说一顿臭骂，我更气恼，和她大吵起来。奶奶一手捂脸，一边厉声呵斥我。嚷叫中伯父正从门外进来，奶奶添油加醋申诉我的不是，我又气又怕。惊恐中我却看到伯父同情温和的脸，他劝慰奶奶："他是您孙子，他不是故意的，您不能犯糊涂。"伯父几句话犹如泼向火的几瓢水，奶奶即刻平静了下来，却伤害了我。

我深知有些悲伤无法改变，那就只有假装忘记，因为日子还要过下去。可小小少年怎能弄懂奶奶的心？以后漫长的岁月里，她总爱把一段话挂在嘴上："很多人都劝我让你娘把你带走，我也知道留下你是个祸害累赘，可我不能让你走，这一点我没有错。"奶奶说起这段话时突然变得坚定骄傲，沉实自信，她的脸放射出光芒。

奶奶越说越激愤，因这激愤，她花白的头发散乱开来，像风雨中的枯树摇摇晃晃。

三

奶奶激愤的话语让我想起我娘。这时父亲已去世三载，娘决计要朝前迈出一步，奶奶想阻止她。那个冬日晴朗的午后，婆媳俩在庭院里发生了激烈冲突。我看着我那变得强大而疯狂的娘，她的痛她的忍耐在这瞬间全部喷发："你让我一妇不嫁二男，守寡一辈子，我才二十多岁，啥时候是个头啊！"

娘面对奶奶，愤怒地哭诉。

不知是出于愤怒还是哀伤，奶奶也哭了。她早已干枯的眼眸流出泪来，打湿了沟壑纵横的脸颊，她扶着墙壁颤抖着，好像马上就要倒下去。可娘还是没有住口："你不让我走，我走也没撇下孩子，是你又要了，这我也不争啥，可你说我狠，究竟谁狠，你拍拍胸口想想。"

娘的最后一句话把奶奶击倒了，她扶着墙缓缓地坐下，头低垂着摆到一边。娘喘着气，像使尽了全身力气，极度困乏的样子，一直憋堵在心里的话终于找到喷发的出口，她似乎轻松了下来，但我感觉不到她的放松。她的眼泪也一股股地涌出眼眶，源源不断地滴落下来，突然间我感觉到了我这个年龄似乎不该有的无奈和忧伤。

这就是我的奶奶，一个外表看上去强势而内心极度柔软的女人，我一直以为她很强大，在我们家她说一不二，谁知道她是如此不堪一击。不过只一小会儿，她就平复下来，像什么也没有发生一样，她用衣袖擦拭一下眼泪，双手举起拢了两鬓，一只手又飞快地伸向脑后扶了一下发髻，一下子像变换一个人似的，坚定而决绝地向我发话："你说，你走还是不走？"

我被镇住了，抬头看了一眼娘，又看了一眼奶奶。奶奶的目光是不容置疑的，娘的目光是忧戚哀怨的。

我一时没了主意，僵持起来。

停了一会儿，奶奶像是自语，又似说给娘听，声音很低，但我还是听得很清楚："这是命，我认命。哎，谁让我的命不好呢。"我第一次听见奶奶以这般怨哀柔软的口气对娘说话。

冬日的阳光明亮而温暖，在这和暖的阳光里，我一下子感觉她们的身影在其中显得那么温存而美好。

我站在她们旁边，突然脱口喊了一声"奶奶——"，喊声惊飞了枣树上的麻雀。

我又喊了一声"娘——"，喊声又惊飞了石榴树上的几只小鸟。

我丢开了娘的手，拉上了奶奶的手，从街边向庭院走去，惊飞的麻雀又飞了回来，跳跃在枝梢，不管这人间上演的悲剧。奶奶再未作任何停留，一把拽上我走了。

娘像是反应过来什么，突然从院门口追进了庭院，又傻了似的，抱着那棵梨树，一声声唤我："你回来，你回来呀！"

她痛苦地摇动着那棵梨树，梨树的枝杈也随着她一头乌发在空中摔打飘舞。

我不由扭过头去，娘已瘫坐在梨树下，几片枯叶落在她瘦削的肩头又滑落下来。她还在急切地向我招手，我看见一头乱发下，娘的脸上一丝惨淡的微笑僵停在嘴角。

四

我和奶奶走了，可奶奶拉着我一进门，却突然撒开我的手，一屁股蹲在老屋的正间地上哎呀呀地大哭起来。

伯父说："娘，你哭啥哩，人回来了，你哭啥哩？"

爷爷也说："孩没爹没娘了，还有俺们呢！咋也能过得去。"

一家人高一声低一声劝了一阵，奶奶才止了哭，抹了泪从地上站起来，睁着红肿的眼睛看我。那目光似刀闪着寒光，让我心里发毛，多少年后我还记得奶奶那凛冽的一瞥，仿佛是刻在心里一般。

她大哭一场后性情大变，常常指鸡骂狗，摔锅打碗，看啥都不顺眼。年纪尚小不谙世事的我，只想着回到了奶奶的怀抱，她该高兴才是，甚至失去的母爱会在奶奶那里找回来，可我真是太天真。

我很怕她，实在受不了了，就去找爷爷。爷爷说："你奶奶挺好的，你要听你奶奶的话，你还小，等慢慢长大了就明白了。"

奶奶中年遭受了丧子之痛，儿媳在丧夫熬寡的无奈情形下，又弃她而走，这已是接二连三的打击。而眼下她唯一得到的是她尚未成年的幼孙。更糟糕的是我一点儿不让人省心，家庭遭遇的悲惨不幸，没有在少年的心间投下阴影，天性高傲的少年非但一点儿也不自卑，反而荒长了野性，滋长了顽劣，漠视这悲惨的境况，没有半点儿自卑自怜的样子。她压根也不会想到我会是这个样子。以她的担忧和顾虑，我好像在这世上根本没法儿活，没法儿见人，甚至是丢了家族的人。稍小时面对奶奶的严苛我懵懂不解，委屈得很，但我不敢吱声。稍大些奶奶再呵斥我，我就按捺不住，有了本能的反抗意识。奶奶哪容我这般冷脸，她于是更加恼火，以双倍的怒气泼向我。我不再怕她，和她顶嘴。奶奶吃惊又愤怒，就吆喝得更凶："这孩子要反了。"奶奶声高八度的造势很有效果，伯父和小叔，他们全都站在奶奶一边，帮衬奶奶说话。

　　只有爷爷说了倾向我的话。奶奶有了台阶下，扔下一句硬邦邦的话走了。伯父和小叔也都走了。爷爷没走，给我擦着泪，顺了顺头发，他还是那句话："要听你奶的话，你奶心气高，怕你不成人哩。"只这句话我就一头扑倒在爷爷的怀里痛哭起来。

五

　　奶奶吵骂我过后的一段日子，我也能安稳一阵子。奶奶指我干啥我也去，可我老是带气似的弄得东西叮当乱响，走路也仿佛带着风响，惊得鸡飞鸭叫。小小孩家十几岁，哪来的气？我不知道，反正我总是控制不好自己，觉得和一家人有仇似的，特别是对奶奶，她让我撵狗我偏要去打鸡，她让我往东我偏要往西。她气急了骂我，让我滚，我就滚，几天不见人影，害得她老人家满大街找，漫野地四处寻。她的喊叫声回荡在旷野间，我都听得清晰在耳。其实我并没有走远——我夏天蜷缩在路沟间的翻水洞里，我总是在那里过夜；秋冬时节我一头钻进堆放的玉米秸秆里或是麦秸垛里，也冻不着，这时有花生、红薯，也饿不着我。我的负气出走，害得奶奶担惊受怕不说，还要劳她扭动小脚扯着喉咙四处忙乱地找我。有时我在翻水洞里清晰地听到她的脚步声就在路上面，喊声也仿佛在耳边，可我就是不吭声；有时我就在队里场上的玉米秆里钻着，奶奶就在近前，她的苦楚神色和绝望的眼神我看得一清二楚，她的喊叫声嘶力竭，可我就是不应声。不是因为多么无情，更多的是因为来自内心巨大的恐惧和畏怯。

六

　　时光如水般流逝，我家的庭院还是它原来的样子，满院的树绿了又枯了，花开了又谢了。一切都没变化，还保持着原来的模样，可家庭的变故太大了。我长大了，爷爷死了，爷爷死后的第十二个年头，奶奶又一次病了，这次竟然一病不起。

　　那是个秋天，伯父和叔叔都在忙着秋收秋种，我不是个好劳力，伺候奶奶的活计自然落在我的身上，我倒也认为这样的安排很合适。可没过多久，我竟感到伺候病人这活儿也并不轻松。像我奶奶这样的病人，失去了自理能力，吃喝拉撒全在床上，空气里时常弥漫着屎尿酸腐的味道。

我看奶奶是不行了，过不了今年了。她已活到七十六岁，她生命里的很多东西，都被一件一件取走了，为此她肯定想说点什么。

"每个人都要死去。"奶奶说，"你我都会死，我呢，很快就会死了，你很久很久以后也会死的，死去的人要走一条长长的黄泉路，然后重新轮回。坏人投胎成为猪狗，普通人重新投胎重新出生，然后又重新死去。而那些最好的人，比如最好的孝子，最贞洁的女人，他们就可以从这里面出来，变成神仙，飞到天上。"

"飞到天上？"

"嗯，飞到天上，过最好的日子。"奶奶说，"这条黄泉路，就是一个人一辈子最后的一段路途，那里漫山开的就是和咱院里一样的苹果花、梨花、石榴花、楝花。"奶奶顿了顿继续说："所以说我老早就懂这一点，把院里种上了开花的果树，让它们看着我走上那条黄泉路，所以，人不要怕死。"

"我死了也可以看到黄泉路，是不是？"我苦笑一下问。

"是呀！"奶奶也笑了，苍白的没有血色的脸也泛起一层红色，她想了想，却又改口了，"哦，我忘记了只有好人，才走黄泉路，进轮回道。也有不好的，有各种不同的去处。"

有一次，我给她喂饭，把她从床上扶起时，她像枯柴一样的双手突然把我的一只手紧紧抓住，浑浊的眼睛几乎贴住我的脸，直愣愣地瞪着我说："奶活着你恨奶奶，奶奶不怨你，奶死了你不能再恨奶奶。俗话不是说了，死不记仇，人死了不能再记仇了，奶奶知道最对不住的就是你了，你好好伺候奶奶，下辈子奶奶当牛做马也要伺候你……"

我强压下难言的悲哀，嗔怨奶奶："奶奶别说傻话，你病能好，你放心，我会一直伺候你，天下哪有孙子记奶奶的仇呢？"

我是真心安慰她，但我的心里有一种异样的东西翻动了下，好像心底深处的东西被翻了出来，就像眼前有条河，有碎冰、有水流，也有漂流的烂木碎草，搅动着冲撞着。果然奶奶的手抓得更紧了，干枯的眼睛没有泪水，而声音毫无疑问地哽咽着："孙啊，奶心里还是放不下，我走了，知道还有你伯、你叔，可人家能管你一辈子？你还是去找你娘吧，这天底下总归是儿和娘亲，奶是赌气犯下的糊涂，奶没操坏心。哎，奶发愁呀，俺孙到底能长成个人不能呀！"奶奶边哭边说，瘦骨嶙峋的肩膀也随之抖动得厉害。我的心被奶奶的话撕扯着，双眼也淌出泪来。不过那又怎样呢？直到奶奶去世，我淤积在心头的话也什么都没有说，不是没啥说，是看奶奶病入膏肓，我不能说，也不敢说。

七

发现奶奶咽气，是在一个暮秋已有些冰凉的夜晚，我照例在临睡前帮奶奶翻一下身子。我喊她，她不应，我把手背放在她的鼻孔处，发现已没了呼吸。

这是我第一次目睹死亡，一时显得惶恐不安，手足无措，禁不住大放悲声："奶奶——"屋内没应声。我急切切地拉开了两扇破门板，跑到当院，又喊一声："奶奶死了。"仍无应声。

秋月朦胧，静谧无声，我又跑到空旷无人的大街失声地喊："奶奶死了。"我再也见不到奶奶了呀！我的喊叫里含满了悲情呜咽。

奶奶死后第七天是下葬日。我捧着湿润的带有腥味的泥土，向已下入墓穴的黑棺抛出了三捧土，土在墓穴的上空撒开来落在棺盖发出沉闷的声响。这"噗噗"的声响，一下牵动了我内心深处的一种情愫，我又一次大放悲声："哎呀呀，我的奶奶呀，我今生今世再也见不到我的奶奶了！我们祖孙吵嚷哭笑，打打闹闹，那是一家人呀，你这一走，这个家就不成家了呀。"

我哭得一塌糊涂，肝肠寸断。有人上前扯我，我也全然不顾。那一刻，我想起死去的爷爷、父亲。

哭了很久，叔上前来劝，一边拉我一边说："不能哭，不能靠太近，泪水落到死人身上，到那边还得受苦。"

我总算止了哭。我想我受罪的奶奶终于解脱了。我真心地祝福她一路走好，天堂安宁。

奶奶去世已经几十年了，我还是会时不时想起她，想起那段拧巴的岁月，心里头就难过忧伤，就懊悔不已。如今我们那份苦年的旧情已沉淀在生活的琐碎里，风化在苦难的日子里，搅拌在锅碗瓢盆里，也碾碎在生命的长河里，全化作了绵绵思念和永恒的追忆，镌刻在生命和历史的深处，让我终生难以释怀。

每年上坟祭祀的日子，我都要去为她烧纸上供。我总是在坟头对她说一句话："奶奶，您的孙儿没给您丢脸，活到了人前，您就安息长眠吧！"烧纸很快化作一缕青烟，纸灰飘飞天上，我知道奶奶在那边一定听到了，也看到了。

——原载《大观》2022 年第七期

入选《2022 年河南文学作品选·散文卷》

老家的小云

王保银

人老怀旧，离远思乡。这话不错，我奔"六"了，就经常想起老家的人和事。这不，今天我就突然想起老家的小云来，想起她，就记起那年飘着冷雨的晚秋，记起她写给我的那封信。

这大概有三十多年了吧。

老家的小云和我是初中同学，她和我一样也喜爱文学。她人可好，说话总是带着笑。我们在一起总有说不完的话，大多时候是她听我说，这一点让我很骄傲。后来她爹把她安排进城工作，我又骑车跑几十里去找她。

我觉着我是爱上她了。

"亏你有这念头。小云家啥条件，你家啥光景？小云长啥样，你长啥样，八竿子打不着的事。"

可感情这东西不好说，我觉着小云对我也有意哩。

我到县城里找小云。那天我们一起吃了饭，又到影剧院看了场电影。借着昏暗，仗着酒劲儿，我把一封写好的情书勇敢地塞给了她。

我感觉后面有戏，一连好几天，心头欢快呀激动呀像灌了一罐蜜。

我开始在她面前表现着。我开始注重穿着，开始注重发型，使用"桂花"牌头油把头发整得油光发亮，一丝不乱，用劣质增白霜把一张黑脸搽得像下了一层霜。我开始叠被子，豆腐块似的齐整。我把《人民画报》《大众电影》等期刊明亮光洁的彩页拆开，花花绿绿地粘满土墙，弄得整个破旧屋的里间墙上都是陈冲、张宇、刘晓庆的画像。

小云见了，掩鼻笑笑，却一言不发。我很想让她说出我期待的那句话，但她不说，我也不便追问。但我固执地认为，这里面有意思，有暗示，有心事，有期盼，但这些都无法说出口。我就开始动起了歪脑子。

我终于说服了叔叔一家，我们分家了。甩掉叔叔家这个沉重包袱，我兴冲冲又跑去找小云。这次是我请她吃了一顿南关街的"凌霞"烩饼。我满以为她听到这个消息会高兴得不得了，会给我一个拥抱或是热吻，然而这只是漫野地里烤火———面热。她先是像看外星人一般盯我半天，拿筷子的手僵停在碗的上空，好看的菱形眼惊愕地睁大，直盯得我浑身发毛，整个人像凝固了一样。

我不由问："你怎么了？"我把筷子放进碗里。

小云也回过神来，搪塞说："没什么，吃吧。"

我对她的回答很失望。我有一种从高山之巅坠入谷底的失落感，我恍惚、不安起来。

小云一定看出了我的难堪，又启齿笑笑，但很勉强。停了一会儿，她又笑笑，我从她的笑里又感到一种说不出的异样。

我仍不死心。临别时，在我家附近，县城著名的南关十字艾家胡同口，我又一次塞给了她一封信，她又笑，又接住。我又一次激动兴奋，可终究弄不清她心里想的啥。我还是执拗地以为，她不拒绝我的情书，说明她心里有爱，她一直这样热情对我，说明她心里有我。爱情这般神圣美妙，岂是一个妙龄少女能轻易说出口的？爱的硕果是迟迟早早的事，急慌个啥？

小云是在那个黄叶飘零的晚秋来信的，天上飘着冷凉的秋雨，我一颗潮湿得快要冰凉的心一下子回暖了，激荡起一股春潮，我迫不及待甚而是欢喜至极地拆开了那封信。

亲爱的老同学：

你的一片良苦用心我懂，你的真爱我知。说内心话，我真的很喜欢你。什么时候发生了改变？也许你不知，说出来怕你难以接受，但我不得不告诉你，是你和叔叔分家的事。你把我当成啥人了？我就那么自私狭隘，心灵龌龊？我就那么嫌弃叔叔？他们是那般苦难深重又那么善良的人，为什么要嫌弃他们？为什么要抛离他们？

我一直不能理解，他们在最困苦艰难的时候都没有舍弃你，你怎么刚成年就不念亲情旧义，在他们最需要你时，你就这么离去呢……

好了，不说了，我原以为你是苦水浸泡过的人，是有苦难感的，可还是看走眼了……

读着读着，我的手开始发抖，脸热烫，心如急鼓重锤在敲打，耳膜嗡嗡作响，似百蝉鸣叫，我眼前一黑，就一头扑倒在我那张破旧木床上，两手胡乱地撕拽着那条破床单哭了起来。

小云后来当然没有嫁给我，她嫁到县城里去了。我痛苦了好一阵子，但后来我豁然明白了什么，就不再恼她，到现在也不恼。

———原载 2022 年 7 月 9 日《新乡日报》

渡口那边的岸

周万水

　　乌宿在酉水的下游，河水在这里丢下最后一个滩头，便汇入了沅江。我扛着简单的行李，坐在一辆装木材的卡车上，顶着一脑袋黄土灰，来到一个叫堂门前的地方。卡车司机扔下我，指着河对岸码头旁一片错落的黑瓦屋说，过了河就是乌宿了。

　　等了很久，渡船才从对岸开来。那是一条带着乌篷顶的机船，船尾冒着黑色的浓烟，柴油机咚咚咚的，震耳欲聋。上岸的时候我顺便问了问同船过渡的人，为什么这个地方叫乌宿，问了好几个人，都说不知道。

　　乌宿是个很普通的小镇，码头上的小街随地势而曲折，不过百十米，只有在赶场的日子才会热闹。此地苗民居多，无论男女，赶集时必背着一个竹编的背篓，买卖的货物都装在里面，这让本来就狭窄的街面显得格外拥挤。女人的背篓里常常背着小孩，他们在母亲的背上或东张西望或呼呼大睡。在镇上的日子过得很慢，日暮时分，我时常坐在那条河边，看几只白鹭超越渡船从渡口那边飞过来。等到江面上所有的船都泊进有棵大河柳树的水湾子，集镇安静得能听到河水流动和拍岸的声响，还有远处的村子里传来的狗叫声。

　　听说，很久以前，乌宿是有很多大树的，每当黄昏时，太阳便坠入林木繁茂的西山，酉水边的各种鸟也成群结队地穿过薄暮，归林栖息。宿者，即睡觉。金乌归位，乌鹊栖林，你可以想象当太阳西斜，残霞渐暗之时，一群鸟儿的剪影消失在山林之间，与白天喧闹的小镇一起沉入梦境……这应该是对乌宿最好的解释吧。

乌宿是酉水最靠近沅水的码头，古时候，沿水路一直向西，据说是可通滇黔、巴蜀到长安的。流传的酉水船工号子就有"下洞庭、上江汉，四十八站到长安"的说法。那时的沅水和酉水是连接大西南和中原地区的两条重要黄金水道。春秋战国时期，楚国的黔中郡就在酉水下游，管辖范围覆盖了湘、黔大部分地区，甚至包括了今天的湖南省会长沙。在统一六国的战争中，秦将司马错攻楚，正是从汉中、巴中经乌江进入酉水和沅水流域的。那时候沅酉之上这个小小的渡口与西津渡、风陵渡、瓜州渡这些名渡相比，地位应该也是毫不逊色的。在很长的时间里，乌宿一直是西南地区重要的地理与文化分界线。只是到了近代，随着水路交通的逐渐衰落，人们对沅水和酉水流域的繁荣记忆才越来越遥远了。

在乌宿的那些日子，也正是我喜欢胡思乱想的日子。渡口那只船的发动机突突的响声在江面上远远近近，来来回回，与我的脉搏同步跳跃。

乌宿是水带来的。长河载来了船，船载来了人，于是有了码头。码头是水边的驿站，聚集着船夫、纤夫、排牯佬、商贾和流放者。不断有人在这里落脚，也不断有人从这里离开。它就像水边的一棵大树，一些鸟飞走了，一些鸟又飞来了。

乌宿对面的山叫二酉山，我很喜欢看它在月亮下的样子。山不算高，被两条交汇的河水环绕，看上去水面比天空还要开阔，即使在晴朗的夜里也看不到多少星星。有月的夜晚，山的轮廓十分清晰。月亮通常从这边山的后背冒出，又很快从山的那边落下，似乎完成了一次无声的泅渡。偶尔有大鱼跃出水面，几只夜鸟在渡口之间滑过，无声无息地消失在山的阴影里，还能听到河水拍打小船的声音和落滩时的哗哗声响。河水四季见证着月亮的丰盈和消瘦，小镇的前世今生都写在这千百年永恒不变的循环往复里。

后来我知道，这地方的名气与二酉山有很大关系。二酉山是个断层山，大约是远古的一次地震造成的，坍塌的山体形成一天然石洞，这就是著名的"二酉藏书洞"。说到"二酉藏书"，在中国古代文化史上应该是很著名的，有个形容人学识渊博的成语"学富五车，书通二酉"，"二酉"，说的就是乌宿的二酉山。

古人称藏书多以"二酉"自比。明代著名学者胡应麟就把他的藏书楼命名为"二酉山房"，清人张澍也曾将其所编撰的丛书命名为《二酉堂丛书》。至于"二酉藏书"的渊源，也就是谁曾经在这里藏书，却是众说纷纭。流行的说法是：秦始皇焚书坑儒之时，有书生冒险将经史子集千册偷偷运到乌宿，藏于二酉山上，使很多文化典籍得以留存于世。但具体可考的文字记载仅北宋《太平御览·荆州记》和南宋《方舆胜览》中有寥寥数语，"小酉山上石穴中有书千卷，相传秦人于此而学，因留之"，以及"小酉山石穴有书千卷，相传避秦人所藏"。其他都是些无据可考的传说和杜撰。

二酉山的名声很显然并不是毫无根据，也没太多争议。宋真宗年间，皇帝曾下旨在二酉山山顶为上古隐士善卷建立祠堂。明朝时，不大的二酉山上就建有翠山、妙华两座书院。黄庭坚也曾在《朝拜二酉山》中写道："巴山楚水五溪蛮，二酉波横绕龙蟠。古洞寻书探奇字，思怀空吟三千年。"可见二酉山藏书的功德，的确被历代文人墨客所仰视，一度被奉为天下名山。只是那些关于藏书以及二酉名扬天下的真相还是扑朔迷离，仿佛永远都是一个谜。与乌宿相比，酉水上游的里耶就幸运多了，人们在那里发现了两口井，里面埋藏着数万枚秦代竹简和那段曾经湮灭于历史的真相。

现在的二酉山不过是座普通的山，山上增修了一些凉亭飞阁，大多数拜访者对导游讲的那些个煞有介事的"历史"没什么兴趣。冲着"学富五车，书通二酉"的名头，每年高考前，倒是有许多家长带着孩子来这里拜谒一番，以图为孩子讨个吉利。当地政府为推动旅游索性将"乌宿"改为"二酉"，从此，乌宿就只是一个小村子的名字了。

乌宿渡口边的酉水，到现在依然是湘西一条少有的清澈而美丽的河流，沈从文先生为它留下一些文字，其中就有关于乌宿的描述："由沅陵沿白河上行三十里名'乌宿'，地方风景清奇秀美，古木丛竹，濒水极多。"

沈先生怎么也没有料到，此处，后来成了他一生的隐痛，他以后的文字里再也没出现过关于乌宿的只言片语。

这一切，都是因为一个叫九妹的女子，她的名字叫沈岳萌，是沈先生的亲妹妹。

1960年，乌宿街上死了一个疯女人，这个女人就是九妹。那时，镇上很少有人知道她真正的名字叫沈岳萌，还有个叫沈从文的哥哥在北京，甚至九妹自己的儿子也不知情。这个疯女人的死像河柳树上的一片叶子寂然落在水面，没发出什么声响。她被草草地埋在乌宿旁边的那条小溪旁。那个年代，我们这代人还不知道世界上还有一个叫沈从文的作家，更不知道他居然写过那么多书。直到20世纪80年代初，沈从文的名字在沉寂数十年后再次出现在报纸上，一位当地的老师拿着报纸告诉九妹的儿子，这个沈从文，就是你亲舅舅，去北京找找他吧。这一年，距九妹辞世已过去二十年。

在乌宿我曾隐约听到过关于这个疯女人的故事，她是跟一个姓莫的瓦匠从河的那边来到乌宿的。她看上去有些疯癫，还不时说出一些当地人听不懂的洋话。刚来时她还穿着旗袍，后来旗袍破旧不堪了，才不再穿了。油菜花开的时候，她会在凌乱的头发上插一些油菜花。她偶尔站在学校教室外听老师上课，说某位外语老师发音不准。

镇上那些曾见过九妹的老人，不断地对前来寻访的人讲述着她的故事，每次的讲述都不太一样。

沈从文早期的《玫瑰与九妹》《冬的空间》《阿丽思中国游记》《湘行书简》等作品里常常会出现九妹的影子，如：

> 以后花越开越多，九妹同六弟两人每早上都各争先起床跑到花钵
> 边去数夜来新开的花朵有多少。九妹还时常一人站立在花钵边对着那
> 深红浅红的花朵微笑；像花也正觑着她微笑的样子……

这些文字里既有现实中那个天资聪颖、娇嗔任性、秀丽敏感的真实的九妹，也有沈从文先生对湘西女子全部的美好描摹和寄托。沈家人对九妹是很宠爱的，从文先生更是如此。他把九妹带在身边，让她学英文、法文，学写作，一心想让她摆脱湘西女子的传统宿命，成为像凌叔华、林徽因这样的知性女子，进入名媛的圈子。在叶圣陶主编的一期《小说月报》的封面上，九妹甚至与当时名噪一时的丁玲女士同框。

九妹终究没有走进哥哥为她预设的世界。她的精神世界是如何崩塌的，同样扑朔迷离。黄永玉先生认为："关于她有种种传说。她曾随从文表叔（指沈从文）去北京到昆明，动荡使九妹远离往昔生活，战乱使她增添了恐惧和不安，她患了精神分裂症，以后被送回沅陵家中。"

我觉得"远离"和"恐惧"是最值得品味的。有人说，不管九妹自己做出过怎样的努力，她的心智和精神从来没有融入湘西之外的那个世界，湘西加在她身上的那种限制，她和宠爱她的哥哥都无法掌控。九妹疯了，命运最终让最初动人的兄妹情走到枯竭和决绝的地步，他们从此变成了两个世界的陌路人。数

十年后，当九妹儿子千里迢迢到北京见到舅舅时，沈从文先生激动地说："是的，这是九妹的孩子。"他从外甥的眉眼之间又看到了那个明眸善睐的九妹。

回到湘西的九妹已是一只失去方向、找不到巢穴的鸟。她先是被送回沅陵那个叫"芸庐"的家里，后来又不知道怎么流落到乌宿嫁给那位姓莫的瓦匠。在这里，她生下了她唯一的儿子，取名"白来"。

在乌宿渡口码头两边的小路旁边，长满了像鬼针草、仙鹤草、苍耳一类的植物，它们的种子都布满细刺和黏黏的茸毛。那些种子会沾在动物的皮毛上被带到未知的地方，有时也沾在鸟儿的翅膀上做一次更遥远的流浪，在远方生根，开花，结籽。九妹，大约也是以这种方式被带到了这里吧。其实，在那个颠沛的年代，大多数人的命运跟一株草也没有太大的区别。九妹其实在开花的年龄就已经开始凋谢了，零落成泥只是一个时间问题。她来到乌宿也是有理由的，那位卑微而善良的瓦匠也是一棵树，树虽不大，总是可以栖身的。九妹像一只折翅的鸟，找到了它无法逃脱的命运和归宿，然后像一片树叶在某天滑落。

生她的土地叫故乡，收留她的这块土地又何尝不是呢。

离乌宿不远的菖蒲溪还有位女人，与林徽因和沈岳萌几乎同年，一生嫁过两个男人，生了四个孩子。这女人是我外婆，活到了八十六岁，无疾而终。她大字不识，对过往的生活也没有一点儿怨言，留给我们孙辈的名言是：人嘛，好也是一辈子，坏也是一辈子。我觉得外婆是位伟大的女性，而意识到这一点时，她已经去世三十多年了。

——原载《散文》2021 年第 8 期

作者简介　　周万水，男，河南辉县人，作家，文化学者，中国作家协会会员。现就职于湖南省沅陵县教育局。散文、诗歌、文学评论等作品散见于《散文》《散文海外版》《散文选刊》《湖南文学》《湘江文艺》《名家名作》《朔方》《黄河》《青年作家》《红豆》《诗歌世界》《边城晚报》等报刊。出版有散文集《白鸟飞过的河流》。作品多次被《散文海外版》选载，《江天云鸟自来去》曾入选2020年《散文海外版》年度精选《纸上花开》。

江天云鸟自来去

周万水

　　去坡头是一个很偶然的想法。沿洞庭湖平原一条狭窄的公路曲折而行，路程过半，空气逐渐潮湿，不断有各种飞鸟掠过头顶，又消失在一片苇草之中。行至路穷之处，汪洋在前，视野骤开，洞庭湖豁然闯入我的眼底。

　　坡头是洞庭湖旁一个不知名的小镇，水边的船比我看到的人还要多。我寻得一位渔夫，他答应用他的船送我去湖上转一圈。渔夫乃独臂，立在船尾，如在平地。一只手熟练地拨着桨，一只空袖管像古人的长袖在风中飞舞。他不解地问我为什么要到这么一个偏僻的地方来看洞庭湖，我说我想找个人，他问我找谁，我说："王阳明"。渔夫望着我，一脸的迷惑。

　　多年前，当我第一次翻开《传习录》，没读几页时也是一脸迷茫。

　　我不知道为什么要读王阳明，或许像我这样的读书人不读王阳明是一件没面子的事，至少不好说自己是读书人吧。集哲学家、思想家、政治家、军事家于一身的王阳明也算是古今第一人了，还需要其他理由吗？

　　那就读吧，结果却有些尴尬：在那个空旷的周末，我无比自卑地迷失在一片云雾里，虽然窗外阳光很任性地弥漫着，天空也蓝得很辽远。

　　我承认，要读懂王阳明是件不太容易的事。

　　也可以选择从阳明先生的书里找些似懂非懂的句子，加上自己模糊的解读，熬成类似鸡汤的东西给自己一些安慰。因为对大多数人来说，阳明先生的"心学"肯定不是生活必需品，就算我的理解离他的本义相去十万八千里，那又有什么关系呢？我揣摩有不少人就是这么干的，反正阳明先生也不会知道，但这个念头很快让我羞愧不已。

不管阳明先生愿不愿意，他现在已经被后世膜拜成一座山，成了半人半神的圣者。可是我觉得面对一座高山，除了仰望，我们还是可以选择走近它的。就像一条河流，你可以选择绕过一座山，但你仍然躲不开山的注视，这种注视多少会让你的流动有些不安或不甘。所以我想知道的王阳明，不必是我在画像中见到的那个高冠修眉、丰额异骨的圣者，而是我能走近的、我自己心目中的王阳明。我希望在我想象的世界里，他是个敦厚慈善的长者，捋着须髯朝我微笑，面前案上的清茶和线装书清香扑鼻。

我决定按自己的方式走近王阳明，便从我身边的这条与阳明先生有着千丝万缕联系的河流开始，那便是沅江。

沅江，发源于贵州省东南云雾山，全长1033千米，是湖南省的第二大河流。513年前，正德元年，王阳明因御史戴铣案触怒刘瑾，被杖四十，入狱，继而远谪贵州龙场驿。明代，进入大西南有两条重要的古道，一条是广为人知的滇川藏古道，生发于民间，以易茶为主要目的，以马为运输工具，故称"茶马古道"；另一条则是滇楚古道，生发于官方，东起湖南沅陵，西至云南昆明，途经辰州、锦屏、镇远、黄平、贵阳、普安。滇楚古道在文献中也称为湖广入滇"东路"，明代以后又常被冠以"一线路"之称。据说王阳明便是选择这条路线沿沅江经这条古道入黔的。三年后，当他结束贬黜，又是沿这条路线顺沅江而下，再历洞庭和湘水前往江西庐陵的。

1507年初春，王阳明由江西入湖南，过醴陵，到长沙。他知道真正的流放即将从沅湘之间开始，那里是屈原、贾谊、李白、王昌龄、刘禹锡等诸多前贤的漂泊之地，他的忧思在湘水的风中消融掉了最后一丝早春的温暖。"醴陵西来涉湘水，信宿江城沮风雨。不独病齿畏风湿，泥潦侵途绝行旅。"（《游岳麓书事》）数月前被杖击的部位似乎还在隐隐作痛，在岳麓书院短暂地停留，拜谒偶像理学泰斗朱熹和张栻获得的那些欣慰，还远远不能抵消他对未知行旅的惶然与落寞，五首《去妇叹》道尽了心中的酸涩。明月江风洞庭水，孤鸿落叶一扁舟。那只装满失意和疲惫的木船，载着王阳明一路向西漂泊，沿湘水，到湘阴，在岳阳楼的注视下一头扎入洞庭湖。他将从这里上溯沅江，沿滇楚古道抵达流放他的那块蛮荒之地，而他与沅江最初的邂逅和不解之缘，差不多就开始于洞庭湖边这个名叫坡头的地方。

坡头是沅江注入洞庭湖分界处，这个分界在地图上只有一条虚线。现实中，沅江尾闾与大湖却没有明确的界线。这里是真正的江湖，湖即是江，江也是湖，江和湖就像两个紧密交融的生命体，血脉相连，不分彼此，一同构成了天地之间那无边的浩渺与苍茫……

我站在坡头堤岸上，空气中夹杂着湖腥和藜蒿、岸芷的气味。大湖的风把我黑白杂糅的头发吹得如堤岸边纷乱的芦苇，一些小鸟停在芦苇之上摇晃着。我很惊讶那些纤柔的芦苇，居然承得起天空和鸟的重量，天地间，总有一些我们无法理解的事物以其寻常的方式存在着。在浑无际涯的湖面上，一只孤舟从低旷浩渺的天心湖荡过坡头，高冠嵯峨、衣带飘逸的王阳明直直地站在船头，茕茕孑立地眺望着天那边陌生的沅江。江湖之上，一只大鸟沿着他目光远眺的方向飞去，翅膀和水的尽头便是云贵高原逶迤的群山……当然，这只是我的想象，我只能以这种方式站在坡头，虔诚地迎接数百年前的王阳明。

那一年，王阳明三十五岁，很年轻，完全没有后世画像中时常看到的那种长者的肃然和圣人般的庄严。

在进入沅江之前，王阳明经历了一场惊心动魄的湖上风暴。那天，大泽之中黑月惊涛、暴雨迅雷，云雾溟溟、涯涘渺然，这一切似乎预示了他此去龙场的困顿与凶险。王阳明心有余悸地把这些记录在《天心湖阻泊既济书事》诗中，并冷静地把此行的未知与凶险告诉了他的随从，一行人顿时陷入悲壮。好在这条河上他也并不算太孤单。地处五溪蛮地的沅江，之前还曾经流放过屈原、王昌龄、刘禹锡、黄庭坚等诸多大师，他们深刻的足迹和不绝的咏叹还是可以稍稍安慰一下他当前的失意的。他感同身受地还原着命运的某种轮回，在猿猱凄清的啼声和江湖夜雨的萧瑟中与那些至今还在江上漂泊的灵魂为伍，在晚舟如豆的灯火下隔空对视或作一夜长谈。只不过，这一次王阳明要比这些迁客骚人走得更远。"江草远连云梦泽，楚云长断九嶷山"（《栖禅寺雨中与惟乾同登》），前方不可预知的命运跟接下来艰难的旅程一样不可捉摸，他要像一条受伤的鱼一样在自己不熟悉的河流里逆行千里，抵达沅江的源头。

旧滇楚古道的起点是沅陵，是我现今居住的城市，因沅水而得名。传说水边的武陵山上埋葬着蚩尤的头颅，酉水的汇入使这里江面开阔，江水丰沛。北岸的虎溪山有一座建于唐代的古寺——龙兴讲寺，王阳明曾寄居这里。寺中立有一尊阳明先生的雕像。站在虎溪山落日的余晖里，透过寺庙微翘的飞檐，把目光折向西南，群峰绰隐的那边，就是"远客日怜风土异，空山惟见瘴云浮"《沅水驿》的五溪蛮地和古夜郎国了。

王阳明的雕像被安放在古寺高地的一片茂盛的竹林旁，神态安详，就是有些苍老，一副圣人的模样。古寺中无尼无僧，也没有佛像（据说原来是有的），空空荡荡，王阳明成了这里唯一的主人。雕像底座上刻的是王阳明的名字和写于寺中的诗《辰州虎溪龙兴寺闻杨名父将到留韵壁间》，很多字已经有些模糊。所以，大多数来这儿的人也不知道这老头是谁，偶尔，顽劣的孩子还会爬上去摸他坚硬的胡须。五百多年前，王阳明就在他眼前这条流放过屈原的江上写下《吊屈平赋》："逝远去兮无穷，怀故都兮蜷局……累不见兮涕泗，世愈隘兮孰知我忧！"吟罢，王阳明黯然登舟，开始了滇楚古道到龙场的旅程。宋朝诗人方蒙的一首诗："昼出阳关已断肠，那堪真别更凄凉。痴人刻水方求剑，一息舟行过夜郎"，道出了他此时的仓皇。

发端于云贵高原的沅江，无疑是王阳明人生中最重要的一条河流，我认为这也是促使王阳明哲学思想发生重大转变的一条河流。从沅江的河口到上游黔东南的舞阳河，一千多里水路，正如屈原在《九章》中所描述的那样"深林杳以冥冥兮，乃猿狖之所居；山峻高以蔽日兮，下幽晦以多雨"。曲折西向，山渐峭，滩渐险，舟困人疲，远谪龙场仅在沅江上就要耗费三个多月时间。我无法想象这一旅程的艰难，但还是可以从王阳明在此期间写的诗中窥见他的内心世界——儒、释、道人格的纠结与挣扎。漂泊在千里沅江上，看着闲云卷舒，江鸟渡滩，王阳明倍感身心双困；羁留驿站，更夜听雨，王阳明清晰地触摸自己无奈的孤独和绝望；借宿山寺，独对青灯，王阳明在空寂中品悟着佛法"戒能生定，定能生慧"的要义……

很小的时候王阳明就要做圣人，所谓"读书做圣人，方为人生第一等事"。我想他所理解的"圣人"不过常人眼里的"立言、立德、立功"、学以致用和出将入相、兼济天下。这跟一个乡下穷孩子一心想做个"有钱人"吃香喝辣也差不了多少，谁还能没个理想呢？王阳明是官二代，自然希望在仕途上做一番雄心勃勃的事业。可正德元年的那顿乱棍，打烂了他的屁股，也几乎打碎了他的圣人梦。既然打烂的皮肉会流血，也就证明王阳明还是个凡胎肉身。比之其他文字，我更喜欢读王阳明的诗。康熙年间平定"三藩"的功臣李光地，对王的"心学"颇不待见，却也赞誉王阳明的诗"信手写来，便有唐人风韵"。他的诗能让我们看到一个更加真实的、血肉饱满的王阳明。

从文化角度来说，能流放到沅水流域，也不是一件很坏的事。忧愤出诗人，从屈原开始，这块传统的流放地还真不缺少诗和诗人，诗中也不缺少像"洛阳亲友如相问，一片冰心在玉壶"这样的佳句。写诗大约也是流放路上最能自慰和消解无聊的一件事，王阳明也不例外。在到达龙场前，王阳明在沅江上留下的诗大约有三十余篇，几乎完整地记录了他的行程和心迹。"委身奉箕帚，中道成弃捐。苍蝇间白璧，君心亦何愆！"（《去妇叹》）在流放之初，王阳明自比弃妇，可见他有多么沮丧和失落。这也是所有同命运者屈原式的自怨自艾。中国古代的知识分子总是徘徊在儒、释、道的交叉路口，要去哪里，能去哪里，很难自己去决定。这就不难理解他们早上可能还是天下大儒，没准晚上就成了被抛弃的黄脸婆。既然不能济世，哀怨之后，还要活下去，老子、庄子和释迦牟尼就成了很自然的选择。或为苏东坡的旷达，或做李太白的狂放，再不行就找个有山有水的僻静南山之地，结个草庐、筑个篱笆、种点菊花，做悠然的陶公。在我看来，此时的王阳明身上除去了李白的狂放不羁，道家和儒家人格是他心内自然生出的两条河流，这一次，他没办法做一只同时穿越两条河流的鸟。失意之际的王阳明在诗中叹道："道意萧疏惭岁月，归心迢递忆乡园。年来身迹如漂梗，自笑迂痴欲手援"（《阁中坐雨》），岔又生出"问津久已惭沮溺，归向东皋学耦耕"（《雾夜》）和"却忆鹿门栖隐地，扶藜壶榼饷东皋"（《沅江晚泊》）的归隐之心，间或还有"却幸此身如野鹤，人间随地可淹留"（《沅水驿》）那种苏东坡式的旷达。但这些只是他人生无奈选择中的一种状态，或许他做圣人的心依然执着，可茫茫四顾，在颠沛流离中，那颗内圣外王的心又将到哪里去安身呢？在王阳明之前，还没有人能从那个三岔路口完美突围，即使苏东坡也不例外。

其实，在汇入洞庭以前，沅江，也是一直在突围的。在黔东南陡峭幽深的峡谷里，缭绕的云雾、岩石间渗出的水珠，汇集成无数涓涓细流和大大小小的支流，从云贵高原逶迤的群山峻岭中蜿蜒东流，始趋盈满，终成浩荡之水。在那个近乎神话般的"悟道"之前，王阳明是从沅江这条河流抵达龙场的。人生的一次低谷，让这条曾经邂逅于郦道元《水经注》文字中的河流，真实地奔流在眼前。上古尧舜时期隐于武陵的高士善卷，那些忧愤的流放在湘沅之间的诗人，还有沅江边的陶渊明笔下的桃花源，马援将军马革裹尸的壶头山都隐匿于河流。我相信三年后，如果他真是在龙场悟出了什么，一定是从这条河流获得了某些解读人生的密码，并通过这条河流为三年后的"龙场悟道"开启了一扇通往智慧与觉悟的大门。

我曾经有一个愿望，约二三好友，寻一条船，沿沅江上行，从滇楚古道取道贵州修文。这个有预谋的想法终因太过浪漫，且操作性复杂而放弃，当然，最后我还是一个人到了修文。

怀化，是沅江支流舞水旁的一座城市，王阳明当年就是从这里经芷江、新晃进入当时的兴隆卫，到达贵州境内的，如今从这里去贵州已经有一条高速铁路。我买了一张去贵阳的票，上车，放好行李，冲了杯都匀毛尖，喝着茶，看着车窗外被苍翠掩映的喀斯特地貌在眼前匆匆闪过，还没来得及酝酿情绪和打个盹儿，贵阳就到了。虽然是第一次来贵阳，但我还是无心逗留，从一帮殷勤的拉住宿客的妇女中脱身后，便直接上了去修文的大巴，一小时后又到了龙场镇，如此，三小时不到我便走完了王阳明当年两个月的路程。

在修文，我看到的龙场是一个熙熙攘攘的小镇，与王阳明有关的遗迹都扩建在一个宏大的"中国阳明文化园"。园中的广场上伫立着一尊王阳明先生的雕像和一尊王阳明与弟子们的群像，神态庄严沧桑，眼神透着忧患。创作者大约认为非老不足以称圣吧，所以我们见到的古代先贤莫不老态龙钟，要知道王阳明离开龙场时也不过三十八岁。文化园里能称得上阳明遗迹的，是王阳明居住的被他称为"阳明小洞天"的山洞和附近那几棵相传是他亲手所植的"文成柏"。广场上立着八根大方石柱，分别写着"浙中王门""南中王门""北方王门""泰州学案""黔中王门""江右王门""楚中王门""粤闽王门"，门前牌匾赫然书着四个大字"知行合一"。一切都表明，我沿沅江一路追寻的那个流放的王阳明，已经在这里成了圣人，我除了膜拜，还能再做一次像洞庭湖口那样的走近吗？我不敢肯定。眼前的龙场已非当年的龙场，当年的那个历经磨难的王阳明又在哪里呢？"阳明小洞天"里的游客有些吵闹，我不堪其扰，一个人独自坐在一个写有"培养元气"的亭子边望着龙场的天，突然有些情绪低落。

龙场驿是贵州明代西南彝族女政治家奢香夫人为沟通滇、黔、湘在贵州境内建立的九个驿站之首。位于黔西北的峻山丛棘之中，蛇虺魍魉，蛊毒瘴疠，加上语言不通，生存环境极其恶劣。我要找的那个王阳明一路颠沛，终于到了他的流放地。面对边鄙的荒蛮和未来的凶险，王阳明想必是有足够心理准备的，虽然眼前这个所谓的驿站只是几间破草房加一个老驿卒，其荒凉和破败已远远超出了他的想象。但我相信，数月羁旅，他的沮丧、失意、忧思在山重水复的磨砺和思考中也趋于平静，内心深处"天将降大任于斯人"的追求早在幼时就已深入骨髓，此前曾经笃志的释老之学此时又能恰到好处地维持他内心的恬淡。对于之前家境优越、仕途通达的"官二代"王阳明来说，没有毙命于廷杖之下，已是幸运，向死而生，活着才是当下的圣人之道。

王阳明搭了个茅草棚，开始了他在龙城的谪居生涯。他颇为自得，赋诗道："草庵不及肩，旅倦体方适。开棘自成篱，土阶漫无级。迎风亦萧疏，漏雨易补缉。灵濑响朝湍，深林凝暮色。群僚环聚讯，语庞意颇质。鹿豕且同游，兹类犹人属。污樽映瓦豆，尽醉不知夕。缅怀黄唐化，略称茅茨迹。"（《初至龙场无所止结草庵居之》）不久，王阳明又在龙场东北的龙岗山上发现了一个山洞，颇有天然之趣，"营炊就岩窦，放榻依石垒。穿室旋薰塞，夷坎仍洒扫"，稍加收拾后王阳明就搬去居住，过起"穴居生活"，还得意地谓之"阳明小洞天"，并为之赋诗《始得东洞遂改为阳明小洞天（三首）》，野趣自然之乐跃然。贬居生存环境恶劣的龙场，王阳明在洞庭和沅江漂泊时的那种消沉、忧郁、压抑、孤愤，竟然烟消云散了，取而代之的是一种身心的自由与超脱，他就像是经历了一场疾风暴雨，风雨之后，闲云从容，山色空蒙。

在最艰难的时候，我们看到的是一个亲切、自然、豁达而坚韧的王阳明，他走在龙场崎岖的山道上，背着一大捆柴火，回到他简陋的茅屋，生火、烧水、做饭，山风让他灶前青烟迷乱。清早，他负着耒耜踏着恶蛇毒虫出没的荒径，开荒种田，"谪居履在陈，从者有温见。山荒聊可田，钱镈还易办。夷俗多火耕，仿习亦颇便。及兹春未深，数亩犹足佃。岂徒实口腹，且以理荒宴。遗穗及乌雀，贫寡发余羡。出耒在明晨，山寒易霜霰"。这种绝境里的"晨兴理荒秽"，虽然没有陶渊明式的悠闲，但王阳明心态依然安详，像山月当空，清澈而澄静，好像天下万物和人生从来没有这般的美妙。这绝不是一种偶然，它预示着一次蜕变，一次涅槃，一次大彻大悟即将到来。

王阳明的心从来没有停止过飞翔，在龙场，他有足够的时间梳理自己的思考。远离了官场内斗，看到黔黎苍生的疾苦，追寻历代儒家之道，回首自己"格物致知"的困惑。他与当地苗族人相守如亲，与慕名而来、向他求学的年轻人席坐论道。龙场的夜，寂然而幽冥，不断传来野兽凄历的啸声，王阳明在黑暗中意静洪荒，端居澄默，参悟着古今之理、世道人心、功名利禄、苦厄疾难和生死之念。那个从小立志做圣人的王阳明，那个曾七天七夜不吃不喝"格竹子"的王阳明，那个曾在儒释道三家之间反复徘徊的王阳明，那个为论道而忘记新婚的王阳明，那个被廷杖打得皮开肉绽、血肉横飞的王阳明，那个在沅江上漂泊无助的王阳明，终于为自己的心打开了一扇大门，原来"圣人之道，吾性自足，向之求理于事物者误也！"

这是一扇向死而生的门，这是一扇历经磨难、幻灭、恐惧、无奈，于黑暗中洞开的门，它像一道闪电刺破了亘古沉重，像一声惊雷震醒了万古空寂。那是无数行者苦苦寻找的智慧之门，钥匙竟藏在自己内心深处。原来，他所有的颠沛、所有的苦难、所有的混沌、所有的磨砺都是在引导他走向那扇大门：光明在前，月霁风清，一个如婴儿般通透纯净的王阳明诞生了！

在后人的眼中，"龙场悟道"是很有传奇色彩的，仿佛王阳明一夜顿悟。在一棵树下冥思，在一个山洞里面壁，在石椁里苦苦修行，一念之间，便大彻大悟。龙场之行的那个晚上，在"阳明文化园"旁的小酒馆，老板向我推荐一种当地的米酒，言之凿凿地说是"阳明古方酒"。明知是瞎说，还是喝了几杯，味道一般，很上头。我问老板王阳明到底是个什么样的人，他操着西南官话一脸崇拜地说："那是个狠角色呢。"

王阳明的确是个"狠角色"，他从小就想做圣人，如果是真的，这念头的确让他走了很多弯路。因为在小孩眼里，做圣人是一件很无聊的事情，孩子的心是通透的，纤尘不染，他们身上那些美、善、和谐都是与生俱来的，所以他们的世界才会那么阳光、安静，这大约就是所谓"赤子之心"吧。比如，突然邂逅一只猛虎，大人会恐惧万分，而小孩子则充满欣喜。王阳明说"人须在世上磨，方能立得住，方能静也定，动亦定"，可见"大道至简"，才能在苦难中回归自己的"赤子之心"。寻得从容和安静，大概就可以称之为圣吧。此时此刻，王阳明才明白：世上哪有什么圣贤，只有心中装着万物天理的人啊！在痛苦的"格物"路上徘徊了二十年之后，王阳明终于找到了答案，这个答案原来一直就在他身边，如此明了、如此简单。在一片神化、圣化王阳明的氛围里，我倒觉得在龙场，越到后期，越是接近圣人之道，王阳明反而越像一个真实普通的人，他的心变得宽厚而柔软。

　　正德四年秋天，一个阴雨昏沉的日子，一位从京城到贵州赴职的吏目，携一子一仆路过龙场，因旅途劳顿、不堪瘴疫，先后死于蜈蚣坡下。吏目一行的惨死，触碰到了王阳明"同是天涯沦落人"的敏感神经。他悲悯万分，含泪掩埋了死者，长歌当哭，写下了凄婉的《瘗旅文》："呜呼伤哉！繄何人？繄何人？吾龙场驿丞余姚王守仁也。吾与尔皆中土之产，吾不知尔郡邑，尔乌为乎来为兹山之鬼乎？古者重去其乡，游宦不逾千里。吾以窜逐而来此，宜也。尔亦何辜乎？"这种伤感在王阳明谪居龙场的日子里是绝无仅有的！这是我看到的最率性、最哀伤的王阳明，是周身散发着人性光芒、真实的王阳明。可能有人觉得这应该是他初到龙场尚未"悟道"时的凡夫之态，而事实是，在这个故事发生的两个月之后，王阳明便结束了谪贬，踏上了前往庐陵的旅程。三年的贬谪生涯结束，一旦离开，归心和别意又化作王阳明的百转柔肠。

　　正德四年除夕，在沅水上游的镇远，空气中弥漫着节日的祥和，舞阳河上少了许多船来船往。在有些冷清的驿馆里，王阳明思念故人，写下了《镇远旅邸书札》："别时不胜凄悯，梦寐中尚在西麓，醒来却在百里外也。相见未期，努力进修，以俟后会。即日已抵镇远，须臾舟行矣，相去益远，言之惨然……"在这封书札里除了"凄悯""梦寐""惨然"的愁绪，王阳明还仔细交代了一些日常生活的琐事，诸如锡、碟、碗、盐、酱、梨木板和谁患病、谁甚可怜可悯，应该如何给予方便、调理将息等。这还是那个在龙场悟道的圣人王阳明吗？这分明是一个在孤旅中多愁善感、有些唠叨、有血有肉的邻家老头。他离我们是那样近，就如我们身边熟悉的、亲切而敦厚的长者，完全没有所谓圣人的光圈和格调，这就是我要寻找的那个圣者：一个真实的王阳明，即使面对后世的神化与造圣，他也心如止水，捋须一笑。

　　王阳明又回到了沅江上，这是他第二次面对这条河流。三年前，突兀而至的厄运让他结识了这条曲折的河流。他从浩渺宽广的洞庭湖，跨越千里，一路追踪到它的源头。他终于明白，原来所有的江河湖海都发端于那些细小的涓流，点滴汇聚，沛然汪洋，那是因为每一滴水都隐藏着一个江河湖海的本心。读懂河流的智慧，王阳明知道那些失意、那些困惑、那些磨难、那些苦难的历程，都是为了让自己抵达内心。从心出发，他找到了自己，也就找到了世界。那个被后人渲染得神奇玄幻的"顿悟"，不过是王阳明最后的抵达。

　　从云贵高原沅江的源头顺流而下，王阳明再度体验到沅江东去带给他的不断的豁然开朗，不断的百折不挠，不断的丰盈和宽广。他没有"轻舟已过万重山"的豪迈，没有"白日放歌须纵酒，青春做伴好还乡"的欣喜，更没有"逝者如斯"的感伤。"年来夷险浑忘却，始觉羊肠路亦平"，此刻穿行于山水之间的王阳明不悲不喜，云淡风轻，从容而安详。就像他在坡头遇见的那只大鸟，在江天之间获得了任意翻飞的自由！

江天云鸟自来去！那个王阳明又回来了。此心光明，夫复何求？在他的面前，云梦大泽浩浩汤汤。

——原载《湖南文学》2020 年第 6 期

2020 年由《散文海外版》转载

并入选该刊年度精选《纸上花开》

锦绣潇湘：诗和远方的交响

王　鹏

"挥毫当得江山助，不到潇湘岂有诗。"宋代诗人陆游为湖南文旅的真情代言，是湖南独具魅力的山水人文、诗和远方的最美注脚，更是他对海内外游客走向锦绣潇湘的真诚邀约。这种代言和邀约是因为湖南天赋异禀，值得夸。

"九嶷山上白云飞，帝子乘风下翠微。斑竹一枝千滴泪，红霞万朵百重衣。洞庭波涌连天雪，长岛人歌动地诗。我欲因之梦寥廓，芙蓉国里尽朝晖。"毛主席把一生中想象力最为瑰丽斑斓的诗歌献给了巍巍九嶷山，献给了湖南家乡人。这是湖南的底蕴所在，更是诗人的灵魂表达。

湖湘文脉，源远流长。炎、舜二帝宏德布道三湘四水，伟大身躯交付九嶷、苍梧安葬；二酉藏书，守护了中华文明的血脉绵延，跋涉千山万水功德无量；屈原行吟，洒下一路上下求索的诗章；贾谊作赋，尽显忧国忧民之衷肠；柳宗元零陵舞文，怀素以荷叶泼墨，刘禹锡陋室放歌，杜牧枫林停车，李白落笔洞庭浪波；范公一篇《岳阳楼记》成为千古绝唱，朱张会讲至今弦歌绕梁；"惟楚有才，于斯为盛"，何等豪迈自信。"吾道南来原是濂溪一脉，大江东去无非湘水余波"，更是气度飞扬；王夫之著书立说，"六经责我开生面，七尺从天乞活埋"，思想闪闪发光，气节高山仰望；曾文正一介书生，硬生生把一群躬耕的农民打造成一支血性的湘军；左宗棠抬棺出征，把来犯之寇打出了边疆；谭嗣同"我自横刀向天笑，去留肝胆两昆仑"，为变法热血任淌；蔡锷将军"环顾中原谁是主，信马由缰上峰巅"，护国壮举美名扬……

红色土壤，忠诚信仰。伟人故里，观韶山日出东方；橘子洲头，看万山红遍，层林尽染；花明楼上，感慨爱民情意长；乌石镇里，遥想当年横刀立马将军形象；更有一心为民好书记，故里敏溪河畔浏阳苍坊；汝城沙洲，半条被子的暖，至今都难忘；就义刑场，"杀了夏明翰，还有后来人"的坚定信念，掷地有声；湘江战役，绝命后卫陈树湘，明志断肠；日本鬼子嚣张的气焰熄灭在芷江，在雪峰山下脱帽、低头、投降。多少儿女报家国，甘洒热血写春秋。寸土千滴红军血，一步一尊英雄躯。这是湖南子弟"为有牺牲多壮志，敢教日月换新天"的忠诚和担当。袁隆平先生的一粒稻种，把泱泱大国的爱啊，播撒到四面八方，喂饱了世界上多少辘辘饥肠；十八洞的那一次促膝谈心，把精准扶贫的理念从小山村唱响；而如今，"三高四新"战略蓝图正勾勒，天时地利人和兼备，四面八方上下同心，新湖南的腾飞，势不可挡。

诗意潇湘，如画风光。古时有：潇湘夜雨、平沙落雁、烟寺晚钟、山市晴岚、江天暮雪、远浦归帆、洞庭秋月、渔村夕照——潇湘八景，令多少文人墨客心生向往、笔落华章。看如今：湘江北去澎湃哲学思想，八百里洞庭宛如碧波大洋；张家界奇峰三千，矗立成一排排三湘儿郎；小东江雾漫如画，在仙境里徐徐绽放；雪峰山的云海万千气象，英雄山的脊梁昂扬三湘；南岳红日光芒万丈，祈福祈寿如愿以偿；绥宁黄桑的空气醉了氧，安化的黑茶漾芬芳；云冰山的雪花覆盖了万年苔藓，桐子坳的千年银杏飘落了一地金黄；大围山的红杜鹃迎风含笑，柳叶湖在微风里荡起圈圈波光；紫鹊界和山背梯田晕开了大地的涟漪，旺溪瀑布层层递进审美的目光；借母溪流淌的不是溪水，而是母子相互思念的眼泪；红石林站立的不是树林，而是大自然亿万年雕琢的血性张扬；梅山龙宫、黄龙洞里，一根根钟乳石站立成美轮美奂的情景剧；湄江风情、沱江浪花，一声声歌谣迷醉了阿哥的心房；崀山的辣椒峰、八角寨、天一巷，陪着蜿蜒漫流的扶夷江；桃花源的小桥、流水、人家，伴着诗意沅江的风浪；麓山寺的晨钟暮鼓，穿越岁月的长河在星城上空回荡；铜官窑的一炉火红，把马栏山的夜色点亮；一场灯光秀场，山水洲城旖旎，一江诗画入梦来，烂漫烟花绽放；矮寨不矮，那是时代标高，站在彩虹桥上，你就是雄鹰，渴望展翅翱翔，聆听呼啸的风声掠过耳旁……

湖南很古老，玉蟾岩的那几粒碳化了的稻米有一万两千多岁，博物馆里的辛追夫人已沉睡了两千多年；南长城、老司城斑驳了岁月，芙蓉楼、吊脚楼、爱晚亭化为了风景；洪江古商城、凤凰古城、边城茶峒留下多少故事传诵；茶马古道上的马蹄声演变成丝绸之路上跋涉的驼铃，如今回望，那是湖湘文化早已开始的长征。湖南正年轻，玉龙奔驰如电，银鹰掠过苍穹。文旅湘军、广电湘军、出版湘军、动漫湘军气势如虹，伟人故里洋溢着幸福美好，将帅之乡激荡起时代风浪；一朵朵笑脸娇艳如花，艺术之都溢彩流光。一排排高楼鳞次栉比，浪漫星城引领时尚；可听京韵昆曲，可赏湘剧花鼓，可品潇湘茶，可醉酒鬼酒；火宫殿的臭豆腐香飘万里，刘晓庆米豆腐软糯可口；文和友的小龙虾就怕你说不辣，茶颜悦色的奶茶就等你来打卡，渣打饼行的点心呀甜香得掉了牙；嗍一碗杨裕兴的米粉你就是长沙人，喝一碗小钵子甜酒你就醉了心。音乐厅里的交响乐，琴岛的演艺，解放路的酒吧，用那白沙井水来沏茶；黄兴路步行街熙熙攘攘的人流，引爆了太平街的繁华；还有那天心阁的古朴庄重，衬托着国金大厦的优雅海拔。最是这红尘烟火气，长沙就是你我的家。

这就是湖南文旅，这就是锦绣潇湘，这里是一片生机勃勃的热土，这里是一曲诗和远方的交响。

君若不来，我孤芳自赏，

君若前来，我瞬间绽放！

——原载《文艺生活》2021 年 11 月中旬刊

作者简介

王鹏，河南辉县人，湖南省文化和旅游厅副研究员，湖南省诗歌学会顾问。曾在《人民日报》《中国文化报》《中国青年报》《艺术中国》《湖南日报》《文化湖南》等报刊发表诗文 200 多篇（首），出版有作品集《爱·永恒》。在多个网络平台开辟有"王鹏诗文专栏"。曾获湖南省委宣传系统"五个一批"优秀理论人才，诗歌曾获多个全国大赛奖项，多首作品成为国内外大型演出压轴节目。

散佚的蔓菁

尚新娇

　　母亲专门为我准备了一包蔓菁，让先生从老家带来。一番收拾整饬，菜刀切下去，蔓菁味从刀口溢出，直冲鼻翼，甜里藏着股独有的辛烈，真是久违了。这气息是私密的，只有自己才能意会，带着以往的生活经验，像是捡到许久前丢失的东西。开火，放小米，再放蔓菁，妈妈也是这么做的。

　　大约过了两炷香的时间，粥煮好了，尝了尝两种不同的蔓菁品种，果真像妈妈说的那样，圆的糯甜，有后味；梨状的甜味淡而鲜冽，入口即化。

　　有点小开心，把蔓菁图和蔓菁粥发到朋友圈。听说新密市米村镇有一个自然村叫蔓菁峪，想必村庄是种蔓菁的，或是之前种过。一位朋友从小在郑州长大，表示没吃过这东西，注重养生的她不是买海参做小米粥就是买燕窝来喝，我特意洗了几个蔓菁送她，算是科普。"哎呀，是小萝卜吧？"她说，场面有点搞笑。

　　张阿姨和妈妈同龄，在我老家豫北辉县生活过，想着她应该喜欢这些乡下的土产，便送她一些品尝。像我预想的那样，蔓菁为阿姨带来了小欢喜，这种土产勾起了她往昔的回忆。张阿姨说，她和老伴儿好几年没吃蔓菁了，这天她煮饭时要多放些，好好过过蔓菁瘾。"当蔓菁小米粥做好后，蔓菁独特的味道刺激到味蕾，真的是太美味了。"张阿姨后来在微信中写道，"记得妹夫到家里来，妈妈好心给他盛了满满一碗蔓菁饭，他第一次吃蔓菁，又是第一次来家，不好意思说，好像吃药一样，硬着头皮吃，到底也没有吃完。就像榴梿一样，有的人特别喜欢，有的人却不能闻，更享受不了它那特殊的味道。"张阿姨忘不掉蔓菁香，所以认为"蔓菁成了最珍贵的礼物"。张阿姨说，可惜的是孩子们都不吃，只能孩子们不在家，他们二人世界时慢慢享用了。

老家辉县一直产蔓菁，从小记忆里就少不了它。一年四季，稀饭里几乎顿顿都有它，它还决定了饭的稀稠，是熬粥的硬货。蔓菁有种别致的苦味，有人不大吃得惯，但在那个粮食不够吃的年代，没别的什么可吃，"糠菜半年粮"，它是食物里的顶梁柱。它的生长不挑地的肥瘠，随便一片地种下去，都有很好的收成。记得妈妈在屋外串起小蔓菁、小胡萝卜，风干了四季都可下锅吃。下学后我肚子饿了，大人不在家，拽下来就放嘴里嚼咽，现在想想，它的功能和现在超市里的各种果干又有什么两样？后来，随着我离开家乡，我在外面几乎没见过它的身影，也把这种食材淡忘了。

偶尔回老家，妈妈会做蔓菁稀饭。饭做好后，一边盛一边鼓动大家："好吃得很，多舀些。"但家里响应她的不多，侄子更是瞧都不瞧。往往妈妈刚做好饭，他就跑出去会同学了。

随着我年岁渐长，不知怎么对它多了几分亲近，叮嘱妈妈给我多买些，带到郑州煮饭吃，还要送给稀罕它的长辈。在郑州见到它，有种他乡遇故知的兴奋和亲切劲儿。我也沿袭妈妈的广告词，常以"好吃得很"作评价。儿子不以为然，反驳我："你的观点不能代表别人。"

据在县城卖给母亲蔓菁的老农讲，种这东西绝对不能施化肥，一施化肥味道就变苦，所以老家的蔓菁是地道的绿色食品。

这几天像过蔓菁节，哪怕下班很晚了也要熬碗蔓菁粥驱寒。越来越喜欢这乡土的风物。《诗经·邶风·谷风》有句"采葑采菲，无以下体"，其中"葑"即蔓菁，蔓菁的驯化和推广应该在汉代之前，据考西周前已成为重要蔬菜。

发明各种美食的大学士苏轼向来达观，不管到什么地方生活，乐天派的他都能用当地食材做出美味。他把蔓菁粥视为珍烹，有诗为证："我昔在田间，寒疱有珍烹。常支折脚鼎，自煮花蔓菁。"（《狄韶州煮蔓菁芦菔羹》）厨房虽然清寒，但有珍美的食物，折脚的鼎锅也不妨碍美味的烹制。

古云"食得菜根，百事可为"，蔓菁不就是一种菜根吗？现在物质生活丰富了，讲究美食的年轻人对菜根类更是不屑一顾，既是时代差异也是情理之中，一家人没必要在饮食上统一。有人讲，爱吃"蔓菁"时，说明你老了，人到了一定年龄，经历得多了，越来越具有包容性，人的味蕾也是这样，所以以前不爱吃、不怎么吃的东西也爱吃了。人的饮食喜好会随着年岁而变化，"性定菜根香"，这句话真的没错。

从大数据看，乡间的蔓菁明显属于小众。蔓菁之所以小众，是因为越来越多的人忘记了它，城市的超市里根本不见它的影子，它从当年"重要蔬菜"的名头沦为"边缘菜""小众菜"，甚至退回到"野菜"之列。这忘记的人群中包括离开乡土的人和他们的后代。他们离开了原先那个环境，味蕾就会随着发生变化，而像我和张阿姨这样储存有蔓菁记忆的人，一旦与之相逢喜悦就会一触即发。

当我打电话告诉母亲"你送的礼物大受欢迎呢"，母亲在电话那头正在看倪萍主持的《等着你》。孤单的她最好的伴侣就是电视，她对这种节目百看不厌，那种尝尽生离死别之苦，瞬间相逢泛滥成河的亲情灌溉了她乏味的老年生活。我和蔓菁多年后的相遇，类似有些人上《等着你》栏目寻找恩人，当双方再次相遇，依然是那种被时光浸染的暖意，它的味道还是那么甘甜醇绵，它的怪与别致只有熟悉的亲人可以心领神会，它打开的不仅是胃的记忆，还有一个个逝去的影像，那是早已散佚在乡野的趣味与愁辛。

——原载 2021 年 1 月 12 日《郑州日报》

作者简介：　　尚新娇，女，河南辉县人，中国作家协会会员，出版有散文集《空的那些》《彼岸灯花》《故乡的记忆》《雨夜的列车》，获文学奖若干。

师者沈从文

尚新娇

"生命都是太脆薄的一种东西，并不比一株花更经得住年月风雨，用对自然倾心的眼，反观人生，使我不能不觉得热情的可珍，而看重人与人凑巧的藤葛。在同一人事上，第二次的凑巧是不会有的。"这是《从文自传》中的一段话。

善良多情的沈从文先生格外看重人事"凑巧的藤葛"，而在每次可珍惜的交往中，他的情感若湘西多情的水流，默默地润泽感化着对方。

笔者数次对耄耋之年的河南籍书画家侯德昌先生进行访谈。他讲起了与沈从文先生的一段交集，虽然已经过了半个多世纪，听来仍令人感怀。

1956 年，侯德昌考入中央工艺美术学院陶瓷美术系。当时，学院外聘了一批传统文化底蕴深厚的老先生作为客座教授，其中就有沈从文先生。侯德昌是班代表，每位外聘的先生他都要上门邀请，所以有幸到沈从文家里拜访。沈从文对这位来自农村、纯朴灵动的后生颇有好感。沈先生和他聊天，讲解文物，话题总是讲不到头儿。那时的侯同学一门心思在书法上，还与同学乔十光、韩美林成立了社团"墨葩社"，尚不能完全理解沈先生的苦心。

走入沈从文"窄而霉小斋"里，到处都是书堆子，摆满了各种书本图册。好多是沈先生从旧书堆中淘出来的。侯德昌发现有些是关于陶瓷的书，沈先生从汉、唐、宋的陶瓷中研究纹样，再从纹样的规律中确定朝代。后来沈从文将一些认真研究过的书籍捐给了学校，供学生借阅学习。

南京大学一位姓罗的青年教师，编写了一部《中国工艺美术史》，寄给沈从文征求意见，沈从文几乎逐字逐句提意见、作修改，使起初一本薄册子变得丰厚了。沈从文对类似的求助十分重视，其认真程度不亚于对待自己的研究。沈从文看重的是"民族文化研究的长远价值"，而不计较自己的得与失。

对于授课，沈先生同样乐意，他很珍惜这次短暂的执教机会。在学校，温文尔雅的沈先生对待学生非常热情。在侯德昌印象里，沈先生每次上课都会延长一会儿。是的，整天泡在文物里的沈先生喜欢利用宝贵的课时，把自己在文物研究上的发现，传授给这些渴望用知识改变世界的年轻学子。沈先生为同学们开设了中国纹样史讲座，专论各朝各代装饰风格、纹样的形成与发展。这正是他研究的成果。

沈先生的授课给侯先生留下了深刻印象，比如元代图案中的龙与清代图案中的龙就有差别，元代是"三爪龙"，清代是"五爪龙"，在清代想找个"三爪龙"就很困难。那时研究文物是冷门，沈先生的研究具有开路先锋的作用，其研究成果在此领域具有开山地位。

沈先生的文物研究成果在学生身上渐渐生根发芽，开出花来。

1958年，《装饰》杂志创刊号约请沈从文写了《龙凤艺术——龙凤图案的应用和发展》。沈从文所研究的中国纹样，与工艺美术设计有相通之处。古代的纹样，不就是古代人的工艺美术设计吗？沈从文对古代纹样的研究，实际上就是对"古代工艺美术设计"的研究、探骊。在这篇命题作文中，沈从文以广泛的视角、温润的语言，从社会制度、历史变革、爱情生活、文学神话诸方面论述了龙凤图案的内涵。

在这篇文章的最后，沈从文补充："工艺图案龙凤问题多，值得专家分一点儿心来注意。我这里只近于抛砖引玉，如能从每一部门——建筑彩绘、石刻、陶瓷、丝绣，都有介绍这个装饰图案发展的专文写出来，国际友人问到龙凤问题时，我们的回答，也就可望肯定明确，不至于含糊笼统了。"

1959年，侯德昌在《文汇报》上发表了《龙的艺术》一文，对照沈从文的《龙凤艺术》，可见作为学生的他深受沈师熏陶与启发，接续老师的课题，继续作了探索，且格外用心。不同的是，《龙凤艺术》是纯学术的一篇研究文章，《龙的艺术》则在阐述中结合当时形势，进一步作了深入阐释，赋予了新的时代意义。

有一次，侯德昌到沈先生家去。沈先生准备出一本书，想让这位弟子做助手拍摄整理图片。侯德昌考虑到这是一个系统工程，而自己除了学业，还想在书法领域深研精进，怕没有更多时间辅助先生而耽误了老师的工作，就婉言推辞了。

就这样，两根"凑巧的藤葛"经过一个季节的缠绕，又各自分离，朝着自己生长的方向攀缘而上。

——原载 2021 年 3 月 19 日《河南日报》

老柿树恋歌

刘佩金

　　静静躲在城市的某个角落，我半倚床头，微闭双眼，忘却一天的喧闹和疲惫，做几个深呼吸，点支香烟，在袅袅的烟雾中，悠然间闪烁出孩提时代故乡老柿树的影子。

　　记得那是小学三年级，每天放学后，母亲总是还未从地里回来，我飞快地跑回家，推开家门，把粗布做的书包往迎门墙上一撂，便跑到村西口，和几个小伙伴去爬那棵老柿树。老柿树总是老态龙钟的样子，粗粗的主干，却很矮，也许这是它小时候过早开杈却没人修剪的缘故。但那些茂密的树杈却伸向四面八方，像一把巨伞，几乎遮盖了村西的三亩地。

　　也是这个季节，老柿树的叶子厚实粗壮，但仍然鲜嫩。摘一片叶子，掐掉叶子顶端，朝叶子正面卷成一个锥体圆筒，用手把一端掐齐，拇指食指用力捏一下，就做成了一个"嘧"，便可吹出声音来，就像唢呐的哨子一样。我双腿卡在树上腾出双手，用手捂成一个圆弧，左手的后几个指头来回翻动，便可吹出"哩喽哩喽"的声音。我们家那只哈巴狗，也就是农村养的土狗，不管正在哪里觅食，或是睡觉，一旦听到"哩喽"的声音，便会来到老柿树下，用两只眼睛死死地盯着树上的我，时不时还前脚离地，发出"嗷嗷"的声音。我吹得越响，小狗就"嗷嗷"得越起劲，好像是在与我合奏。

　　那时候，唯一可以吹成旋律的就是《东方红》了，比我小几个月的邻居家小伙伴也总是学我的样子爬上树，问我："哥哥，哥哥，教教我吧，我为什么总是吹不响？"我总是毫不吝啬地教他，摘下一片叶子，重做一个"嘧"。他开始几下总是吹不响，等吹过几下后，便时不时地也能吹出点儿声音来了，但声音很粗、很闷，不如我吹得脆。我家土狗一旦听到他吹的声音，就愤怒地冲他"汪汪"大叫，好像是鄙视他没有自家主人吹得好。

村里十来个同龄的孩子，听到这种声音，就好像听到了军营里的集合号，一会儿工夫便都聚集在老柿树下。他们有的迅速爬上树，学着卷"嘧"，有吹响的，也有吹不响的，那些年纪小、爬不上树的孩子，就在树下随着我吹出的旋律唱《东方红》。大约个把时辰后，缕缕炊烟于沉沉暮色中升起，农田里做活儿的大人们也都收工回来，我们的"演唱会"也就宣告结束了。我会迅速从树上爬下来，带上我的土狗，一起奔跑着"回家咯"！

这时，母亲已经在家做好饭等着我，她总是把红薯干、玉米面、粥端到街门口的青石板上，黑瓷碗被装得满满的，上面放着几丝老咸菜。我用筷子从碗里夹出一片红薯干，撂给土狗。土狗一跃而起，咬住红薯干，被烫得不行，赶忙把红薯干吐到地上，拿鼻子闻一会儿，围着它跳跃着，等不烫了才继续吃。

当我吃完这碗饭时，夜色已不知不觉地淹没了一切，最终，和四周的太行山混为一色，像是我家床上的粗布被褥，凉凉的又暖暖的。

村里各家各户的土屋里已经点起了油灯，一明一暗的，像是远天的星星，又像是老柿树枝头间荡漾明灭的萤火虫，透过格子窗，映照着农妇们忙碌的身影。地锅炉膛里暖暖的炭火，留着尚未燃尽的余火，闪着火红的光，照亮了山里壮汉的胸膛。每当我看到他们胸膛上的亮光时，我便知道，他们就是主妇们心中撑起一个家的劳力。我还没长大，但总有一天我也会像他们一样。记得我家邻居根儿叔，端着黑瓷碗，玉米面粥能一口气吃上三四碗。

通常情况下，晚饭后农妇们都会在灶火前收拾碗筷，用浑浊的窖水洗锅洗碗，汉子们也会拿起旱烟袋蹲在街口的青石板旁边，吧嗒吧嗒地抽上几口，逗逗孩子。因为我家门前有块青石板，地方稍大点，所以总会有几个汉子在它前面抽几口旱烟，说说田里的事儿，主妇也会在收拾完家务后过来和男人们说上几句打情骂俏的话，忙碌的一天就算结束了。

每到这个时候，母亲总是催我上床睡觉。在母亲的催促声和静谧的黑夜中，我总会伴着夜风中桑树的沙沙声进入梦乡。

老家水贵如油，这年又遇到干旱。按说已临近汛期，往年这当儿也会下几场雨了，可今年却一直干着。水窖里的水接替不上，村里的壮汉下午回来都会跑到九里以外的水库往家挑水。父亲和哥姐在外工作，母亲下晌回来又要烧饭，挑水的任务就落在了九岁的我的肩头上。我显然拎不起成年人的挑水桶，只能给在外工作的父亲捎信，让他为我打造一副比正常型号小一半的水桶。

小桶捎到家，我非常兴奋，跟着大人们一起去挑水。虽然路途遥远，可是我竟一点儿也不觉得累，反而在很短的时间内掌握了挑水的技巧，有节奏地一步不落地紧跟在大人后面，感觉自己已经步入了壮汉行列，在同龄孩子中神气得不得了。他们看到我挑水，都跃跃欲试地想学我，拿起我的小桶，模仿我的样子去挑水。可他们总是掌握不好技巧，几乎把桶里的水全都洒了出去。而我挑水就像跳舞一样踩着点儿，侧着身子有节奏地快步向前走，村里的老少爷们都夸我是块儿干活儿的料，小小年纪了不起！

有天，我实在太累了，在跑完九里路到家门口的时候，一不小心被门槛绊倒，母亲听到我"啊"的一声，出门一看，仿若并不怎么心疼地上的我。她见小桶里的水还没有洒完，就赶忙扶起小桶，又把流到地上的水拿勺子舀到小桶里，这时满满的两桶清水就只剩下大半桶浑水了。母亲像变魔术一样从厨房拿了把白矾，往桶里一撒，过了没多大一会儿，桶里的水立刻清了，尘土杂质全都沉淀到了桶底，把上面的清水倒出来，母亲就用那点儿清水做了顿饭。

那时我还是个孩子，过了几天的新鲜劲儿，就不想再跑着去挑水了，但又不好意思跟母亲讲，因为我是家里唯一的男丁。

一天，我趴在离我家最近的水窖口往下看，心想，要是水窖里还有水该多好。这时，不知哪儿的光照进去，下面一明一暗的好像是有小水坑。我高兴坏了，就把家里的井绳拿来，绑在扁担中间，把扁担架在井口，腰里别着小茶缸，攀着井绳下到水窖里，凭着上面井口透过来的一点点光，估摸哪有水坑，就用小茶缸一点点地往桶里舀。运气不错，这次收集了满满两桶水。我把井绳钩固定在一个桶上，然后爬上去，把第一个水桶拉上来，再趴在水窖口将另一个水桶钩上来。从水窖底收集的水污黑浑浊，我就趁母亲还未回家的时候偷一把白矾撒进去，等水澄清了就把上面的清水倒入水缸，污泥倒掉。

我就这样偷了几回懒，母亲问起水为什么少的时候，我就告诉她，是半路洒出来了一点儿，她倒也没起疑心。可是这样的日子没过几天，村里所有水窖里的水都被我舀干了，无奈之下只好继续随大人去九里地之外的水库挑水。

承蒙老天的眷顾，没挑几次水就突然下了场瓢泼大雨，山上的水顺着以前挖的水渠一直流向水窖，这水混着干草和牛粪、羊粪一起流了下来，虽然不是那么干净，可是把村里的几个水窖都给填满了，杂质沉淀下去就可以饮用了。随着这场大雨的降临，我们迎来了汛期，也就是说，我终于可以结束挑水的生活，继续之前有滋有味的老柿树"演唱会"了。

这棵老柿树和"演唱会"一直陪伴着我度过了童年和少年时期。

多年以后，单位组织文艺活动，无论是唢呐、二胡、笛子、风琴还是口琴，我都能在别人面前显摆几下，就连唱歌的调子也比其他人拿得准。别人总夸我有天赋，而我却觉得这都是老柿树的功劳。

去年，因为女儿要学乐器，家里添了架钢琴。也怪了，从没摸过钢琴的我，没摸几下琴键就能弹出旋律来了。站在旁边的女儿眨巴着眼睛问："爸爸，你怎么会弹？以前学过？"

我笑笑对女儿说："当然学过，是咱们老家老柿树教的！"

女儿眨巴着眼睛更是不解，一副欲言又止的模样。我瞅着她稚嫩的表情诙谐一笑："爸爸没骗你，有时间了，我一定要带你去拜访这位出色的钢琴老师……"

——原载美国华文杂志《福音》2018年第9期

作者简介：刘佩金，又名刘来先，60后，河南辉县人。著有《狂想的抉择》《与风月无关》《金哥日记》《流金岁月》等。

在辉县文艺宣传队的日子里

憨　子

　　人的一生很短暂，说句话就过去了，年纪大了的人，绝大多数可能都是这种感觉。这样的感觉使短暂一生中的那些有意义的生活片段显得意旨深刻而不愿意轻易丢弃。我今天就来回忆这样的一段生活。

　　这段生活是在辉县文艺宣传队里度过的，是 1969 年的事了，那时候我刚高中毕业，还不到 20 岁。

　　回忆起来甚觉奇异，那两年我走过的路异常得顺。

　　上高中的时候我参加了学校的文艺宣传队，经过全县大汇演，县文化馆曹老师说我"音质大，又会唱会跳"，就两次去学校里叫我，想把我选走直接参加工作，去他那儿搞宣传……

　　高中毕业以后回到老家的村里，大队干部马上叫我去搞宣传，教大家唱歌跳舞。年底全公社举办大汇演，公社领导看了我们的表演，听说了我的情况，立马派宣传队队长焦明生和郭爱根翻过一座大山去我家里，跟我父亲说了话，把我叫走了，还是让我去公社宣传队搞宣传。到公社还没有一年，辉县又举办大汇演，挑选了 20 多名优秀演员，组成了辉县贫下中农毛泽东思想文艺宣传队，主要任务是宣传辉县大干社会主义的精神和成绩，鼓舞全县人民的斗志，最后去北京汇报演出，向党中央和全国人民展示辉县人民大干的形象。这次我又被县上挑去了，挑我的理由是"嗓子有堂音儿，而且会唱会跳"。

　　其实公社和县里好像忽略了一点，我的另一个长处——编写节目，无论是三句半、对口词、朗诵词、小剧目等，我编得既快又好，而且能紧紧地跟着形势走。我心里是朝这方面用劲儿的。

辉县文艺宣传队的地址就定在老一中的最后头，吃饭、住宿、排练都在这里。当时学校没有学生，好像是放假或是别的原因。县长李灿很快就过来了，他在百忙之中专门抽出一晌时间，来给我们介绍辉县大干的具体情况和动人事迹。李县长那时大概五十岁，记得他好像是光头，衣服也很朴素，就像是庄稼地里走出来的有经历有见识的一位老农伯伯，也跟自己家里的老人一样和蔼可亲。他就盘腿坐在学校一个寝室的大铺上，像拉家常一样给我们演讲。一直讲了两三个小时，额头上不时沁出细细的汗珠，他不住地用一只手的手掌在额头上揩抹。我那时候很自然地愿意在感情上贴近他，注意观察他的一举一动，聆听他的一言一语。因为大家知道他是一县之长，都从心底里尊敬他，深知他用力讲解的深意所在。

我一边听讲，一边逮着其中的某些生动事迹的节点，迅速在脑子里构思，甚至当场有呼之欲出的感觉。之后用了两三天的时间，我就拿出了一个小豫剧的草稿，马上向尚振英汇报。尚振英是辉县文化馆的工作人员，记不清他是什么职务了，在宣传队里他就是具体的负责人，就是队长，我们都亲切地叫他尚老师。尚老师大约四十岁，个子不高，墩墩的身材，嗓门嘹亮，一说话就笑。他也在编一个节目，但还没有编成，他立马笑着说："呦！你还怪快的啊，那就开个全体会，你当场念一下，让大家审查审查，提提意见，你看中不中？"我说中啊，于是通知全体人员集合，召开会议审查剧本。

我编的这个小剧本名字叫《向阳路上》，是根据峪河公社马庄大队老贫农、党支部书记马运和与妻子（新红娘）、闺女（新红）一心支援化肥厂建设的事实改编的。剧中有这样的情节：新红娘早晨在家里心思不宁，昨天晚上县上广播，党的九大胜利闭幕了，俺贫下中农就是要把拥护党中央、拥护毛主席的精神和思想落实在行动上，当前最要紧的，就是把家里现有的钱都集中起来支援化肥厂建设。我自己腰包里装着100元钱，原来是准备给俺新红出嫁扯新衣裳用的，这会儿先支援了化肥厂再说。俺老头昨天去县里买新洋车，带了200元钱，得赶快去找他，去得晚了，他买了新洋车就坏了，就没法支援化肥厂了，我得赶快往辉县去找他哩（急匆匆下场）。

闺女新红连夜宣传党的九大闭幕的大好消息和最新精神，回到家里一打听，妈妈急匆匆往辉县去了，她去辉县干什么？是不是去给我扯新衣裳了？我得赶快去追她，把那100元追回来支援化肥厂哩，这可是大事（又是急匆匆下场）。

老马在辉县买新洋车，同样知道了党的九大胜利闭幕的好消息，决定不买新洋车了，要把这200元钱，加上妻子拿着的给闺女扯新衣裳的100元钱，还有就是家里有些盖房用的木料，死物变活钱，一起支援化肥厂。为了加快赶回家里去筹钱，防止新红她娘把钱扯衣裳花了，就借了一辆新洋车，骑车赶回家里去（又是急匆匆下场）。

三个人在路上相遇了，在没有说透以前，发生了一场巧妙的大误会——老马心里说，你瞧瞧，这老婆就是要去辉县给闺女扯新衣裳哩。新红她娘心里说，你看看这老马，他就是买了一辆新洋车回来了哩。闺女新红更着急，爸爸买了新洋车，妈妈要去扯新衣裳，那还咋支援化肥厂？她就上前问爸爸，这是咋回事啊？老马急躁地说你去问你娘！新红转回头问妈妈，这是咋回事啊？新红娘也是急躁地说，你去问你爹！于是新红唱道：

> 不用问我也知端详，
> 今天我要批评爹和娘，
> 爹不该把二百块钱买洋车，
> 娘不该带钱去扯新衣裳。
> 咱县里团结大干兴经济，
> 咱要千方百计支援化肥厂，
> 爹妈是农村的老先进，
> 这一回怎能把落后当？

这时候，两位老人听罢焦急万分，都来拉新红，爹说新红你听我说，娘说新红你听我说。如此这般，经过一番曲折，最后全家人凑出400多元钱，一块儿高高兴兴地去支援了化肥厂，受到县委、县政府的表彰和全县人民的赞赏和歌唱。

我在这出小戏的编写中，充分注意了戏剧情节的曲折性，把本来很简单的模范事迹予以巧妙安排，出现了波折，显示出一点儿喜剧色彩。大家听了剧本以后，立即有了一点儿小小的争执。盘上来的演员杨广、王改英、王秀荣说他们要演这个戏，常村公社来的演员豆三里、郭学莲、郭学珍说他们要演这出戏，争持不下。后来尚老师就说，都别争了，两组都背词，都排练，下乡演出的时候，轮番演，哪一组演得好，去北京汇报演出的时候就让哪组去。后来这出戏备受群众欢迎，成为宣传队的压轴戏。

大概经过一周的时间，尚老师也把他编的小剧拿出来了，戏名就叫《歌唱愚公洞》，是山区的一位农家妇女看到八百多米的愚公洞修成了，当时是全国最长的公路隧道，她激动万分，就情不自禁地唱起来。这段豫剧的唱词比较长，感情比较充沛，观众也很喜爱，都说它是一切都唱。我后来在尚老师的影响下，又编出一个短剧，叫《罗大娘参加三通会》。主要内容是，全县人民在郑永和老书记的带动下，实现了水通、路通、电通，要在陈家院水库工地召开庆祝大会，各公社大队都要选代表参加。罗大娘是常村公社罗池大队的，由于积极支援三通建设，成绩突出，而且是共产党员，因此就被选为参会代表。戏剧中的罗大娘也是一个独角，她用大段的唱词来表达自己的复杂情感。根据当时的具体情景，一上场就是她被选上代表了，要去参加三通会，穿个什么衣裳，穿戴什么鞋帽，如何打扮等，还要表达农民群众对三通的期盼，三通实现以后给全县人民带来的生活变化，新社会旧社会对比、歌唱、感恩等。在歌唱的同时，把台上台下的大会召开前的群众活动和锣鼓声、喊叫声、汽车喇叭声等都密切结合起来。因此，虽然这个戏角色只有一个，但感觉很热闹，很有戏。

宣传队除了尚振英是队长，再往上的领导就是向警，他是县委党校的副校长，又当过县委宣传部的副部长，还是县文化馆的馆长，我们都叫他向组长，可能他那时是县委某个文化宣传组的组长。他很稳重，不多说话，大家都很尊敬他。

全套节目完成以后，就立即奔赴陈家院、三郊口水库工地、博爱县四八零电厂工地以及常村、峪河、吴村、薄壁、南村、南寨等公社巡回演出，在实际演出中锻炼提高。在陈家院水库工地演出的间隙，向组长跟尚老师打招呼说，准备带一个队员去山里头转一转，看一看。尚老师对此很重视，把这个消息对演员们讲了，并且说，不知道向组长要带谁，大家都有个心理准备吧。这就引起了大家的猜测，向组长会带谁去呢？人人都在考虑这个问题。

我当然也在激动地思考，晚上还翻来覆去睡不着觉，原因是除了我自认为表现比较突出以外，还有一件牵涉的事。前不久的一天，我正在老一中后头排演节目，有人跑来通知我到文化馆去一趟。我问是什么事，来人说不知道，让我赶快去。我匆忙赶到了文化馆，馆领导通知我到县委办公室去一趟，到那儿以后就找马道瑞。马道瑞是当时辉县的一个名人，当过县委办公室副主任、主任，后来还当过什么我记不清了。我从文化馆走到县委大院，进了办公室，找到马道瑞，我说我是县宣传队的。马道瑞笑了笑，就对我说，小李啊，这儿有一篇不长的稿子，你坐下来抄一抄吧！我不敢怠慢，坐下来，很认真地抄了两三页，抄完了，双手交给他。他看了看，说你先回去吧……我这时候之所以想到向组长可能会带我，就是缘于这件事情，心想他会不会就此向我表达个什么意思？当然这只是一种无端的猜想而已。

第二天，向组长要出发了，突然提出要带小孔去。这个消息非常出乎大家的预料。小孔就是孔德枝，她是从常村公社选来的一名很普通的演员，担任的演出角色也很普通。她后来自报演出节目《毛泽东思想普天照》，是她独自打快板演唱的一段坠子，还比较有特色，成为每次演出的保留节目。仅仅凭这些，也不能成为向组长要带她下乡进山的真正理由啊。但真正要带她的理由是啥，也不好揣摩。所以后来尚老师多次感叹："向组长只说要带一个人下乡去，谁都猜不透他要带谁，结果到最后，他要带小孔去，这真让人不可理解，不可理解。"

在我的心里，虽然向组长没有点名带我，我有一点儿小小的失落，但向组长要带小孔，也有点儿符合我的心愿，因为那时候我正和小孔谈对象呢，我当然可以在她回来以后探听一下向组长跟她都说了些什么。

那天以后，我就在业余时间里，找了一个机会跟小孔见面，询问她："你跟向组长上山，他都跟你说了什么？"她说："哎呀，就是跟他顺小路往山里头走，也没有特别说什么。"她这个回答我很不满意，"向组长一意带你，他怎么会什么话也没有说呢？只是你思想不敏锐，他说了什么话，你也当很平常罢了。你认真回忆一下，他到底都对你说了什么"。小孔笑着、别扭着，说："哎呀，真的没有说什么呀！上坡的时候，他就说小孔，你小心，这儿都是石子，很滑；过林的时候，他又说小孔，你小心，这儿有圪针，别挂坏衣服；到了一座高山的地方，他又说这座山叫丕峰山，山中间很窄，叫一线天；到了一个有界碑的地方，他又说，这儿就是辉县和陵川的交界，也是河南省和山西省的交界，一过这个线就进到陵川和山西了；到了嘴上村的时候，他又说咱随便找一个人家，了解了解他们的生活状况……后来就走进一个人家……你看，就是这些很普通的话，你说这有什么可说的？"

"哦，就这些也是很不错的，全是生活的知识，行路的知识，地理风景的知识，社会调查的知识等，很有意义哩，也代表了向组长看重你，看重你的人格品质，所以愿意将这些寓于平常言谈之中的道理和知识教于你、传于你。"但是，我仍然觉得没有完，肯定还有别的话，还有别的也许更重要更有分量的谈话被小孔给忽略了。我就继续追问："到底还有什么？"小孔一方面极力解释说"真的，没有了，就是这些"，一方面极力地思考，忽然说："想起来了，他还问了几句话，也是很平常的话。"我生怕小孔不再说了，就催她快说，再平常的话我也愿意听听。

原来向组长和小孔走到一个凉快的地方，有树荫的地方，坐在两块石头上歇息，向组长忽然问道："小孔，你还没有找对象吧？是不是？"小孔的心眼儿很实在，老实巴交的，不会也没有想到怎么去编筐窝篓，就实事求是地说："还没有最后定哩。"向组长立即追问："已经有人介绍了？"小孔就一逗到底，说："正和他，就是随生（我的小名），俺正谈哩！"小孔或许没有意料到，她的这一句实在话把一个可能给她带来人生转变的重要机运顷刻间化为泡影了。向组长长长地哦了一声，说："随生也不错，有文化，不过他留不到县上了，但他至少也要当个小队会计或者记工员什么的。"

我很扫兴，再也没有开口说话，心里也紊乱起来，产生冰凉的感觉，甚至于有一点点逆反的情绪。

无论什么样的思想和情绪，都难以阻挡两件事无可避免地到来：一件是小孔跟我成为一家人了；另一件是向组长无情的预言完全兑现了。辉县贫下中农毛泽东思想文艺宣传队没有赴北京汇报演出，由于事情的发展变化，这个预定计划取消了。我们不得不回到常村公社文艺宣传队。很快，张村公社从常村公社划分出来，由于籍贯的关系，我不得不被划分到新成立的张村公社文艺宣传队。后来又因为发生了一些特殊的事情，我最终不得不返回我的老家——平岭大队桃花掌自然村的一个生产小队，在邻居叔叔王清秀队长的领导下，当了一名实物保管，这跟向组长预言的小队会计、记工员等是一个级别。而且这还是不脱产的实物保管，即是说，是挑粪、挑水、挑庄稼、背粮食、背石头等重体力农活儿一点儿都不能少干的实物保管。所以在不长的时间里，我的双肩被硬硬的扁担磨出来厚厚的一大片茧层……

在长长的人生道路上，闲的时候，静下心来想一想，从老家走出来，到公社和县里转了一圈儿之后又返回到老家，这个弯子绕得还真有点儿哲学上的回归的意义哩。只是我不知道，也想不通，那个向组长，他是学过易经、麻衣相、老子吗……这让人一辈子匪夷所思。

——原载《中华文化》2021 年第 1 期

作者简介　　憨子，本名李顺生，笔名九方华，河南辉县人。中国作家协会会员，中国散文学会会员，曾在《人民日报》《光明日报》《经济日报》《河南日报》《文汇报》等发表文章，荣获各种征文金奖、一等奖、创作奖等 30 多项，出版有《庶人淘金》《道可道非》《无名爱恋》《我的投稿秘笈》等作品集，有著作被中国现代文学馆收藏。

娘　心

冯霜凌

　　我这盆泼出去的水已好多年了，只是想父母心切，每星期必定回娘家探望父母。父亲在的时候，回娘家对我来说是一种快乐的"返老还童"。老父亲骂我的口头禅是："哎，你这个不透气，二百五。"嘴上骂着，眼里、脸上却是开心的、舒适的、满足的笑容，我则趁机要一下小女儿态：搓一下他花白的泛着光泽的头发，捏一下他笔直高挺的鼻梁，揉一下他的耳朵，反正是怎么捣乱怎么来，老父亲则坐在椅子上，任凭我怎样胡闹，都舍不得骂我一句，只是"嘿嘿"地乐着。——最要宝的就是我背着瘦弱的他在屋里疯跑："开飞机啦！"父亲笑骂："放下，放下，你这个二百五。"我则跑得更欢，然后气喘吁吁，父女俩一起滚到沙发上，最后临走时必定是先给他个"糖豆"——紧紧拥抱他一下，然后再给他放个"炮弹"——拿出做女儿的威严，毫不客气地评判："大（父亲），您要是再吸烟，我买个手铐、脚铐铐住你，你信不信？您在家，要乖乖地听话。"父亲诺诺地点头："听话，听话。"这是我们父女俩多年的保留节目。这话不知唠叨了多少遍，一次也没有兑现：他是给我生命的人，疼还来不及，怎舍得拿链子铐？父亲也知骂是爱的道理，因此照吸不误。女儿吵骂得越凶，心疼得越厉害——老父亲是越来越像小孩了。

　　老父亲是 2005 年阴历正月初九不在了的。

　　世上最疼我，也是我最疼的那个男人不在了。

　　千万次地感谢上苍，我还有母亲可孝敬。

只是对母亲敬多于爱，小女儿的娇闹，她是不屑的，每每去看望她，她总是那句话："我好好的，看我干啥？"打电话想拉一些家常，她颇不耐烦："别费电话费了，你不要瞎操心，照顾好你一家三口就行了。""啪"，干脆利落，电话挂断了。有一次，我做了一个关于她的梦，大汗淋漓被吓醒，第二天迫不及待地赶过去："妈，你没事吧？"没想到她大动肝火："我好好的，能有啥事？就你能瞎想。快走，快走，不要耽误上班。"一口水也没让闺女喝，轰鸭子似的把闺女赶出了家门。我这边孝心浓浓，她那边却毫不领情。回家次数多了，有一次我再也憋不住了，不禁抱怨道："妈，您为啥老对我说恁狠的话，对其他的姐妹咋不说？你偏心眼儿。"第一次这样质问的时候，母亲看了我一眼，没吭声。第二次抱怨，母亲毫不客气地训斥道："就你是个意见篓。"心里尽管憋屈，但一想到老父亲，心就融化了，我只有母亲了，千万不能做子欲养而亲不待的蠢事。母亲是往八十岁走的人了。人老了，就得补钙，排骨是最好的；母亲爱吃茴香苗的饺子，买点儿新鲜的茴香苗回家；母亲爱穿红颜色的鞋子，这双红布鞋漂亮，给她买回家。满满的孝心呈现在她面前，她却一点儿情面不给："有你二姐在家照顾，你就不要瞎操心了，中不中？就你的事多。"我再也忍不住，爆发出来："妈，你为啥老看我不顺眼？你咋不对其他几个闺女吼，光对我？我咋就落不到一点儿好呢？"母亲看了我许久，用从来没有过的、微微带一点儿伤悲的语气，缓缓地说："六个闺女都是在当娘的手心里长大的，谁是个啥脾气，当娘的最清楚。霜，你最孝顺，心事最重。你大（父亲）当时病重时你跟疯魔了一样，让人害怕。妈也老了，怕万一有个啥事，你接受不了。我这会儿多对你说些难听话、重话，有一天，妈不在了，你多想想当娘的不好，就不会气了。气大伤身啊，霜，我担心你想不开。"锥心的伤痛从心底直抵眼睛，我不敢再看老娘亲，把头扭过去，任凭泪水汹涌。我的老娘亲，四闺女任性的一言一行你都熟稔在心，您不絮叨，但心里比谁都明白，80岁的老人啦，还在担心闺女啊！

我的老娘亲，我亲亲的老娘心啊！

2002年的冬天，父亲好像也不是什么重病，是多年的气管炎引起的哮喘。在县医院住了半个月，病情反反复复，不但不见好转，反而更严重了，闻到饭味就呕吐，除了偶尔能喝口水外，是粒米不进——更要命的是躺着，屁股却不能沾床，沾着床就撕裂般的疼，姐妹几个轮流用手轻柔抚摸父亲的屁股，好缓解一下他的疼痛——但父亲的病情还是越来越重了。医生建议我们转院，转到哪里去？西医不行看中医。我把父亲接到了家里。中医看了几天，劝道："老四（我排行老四），不要糊涂了，让你妈把你大（父亲）接走吧，不要落个外丧。""外丧就外丧，只要父亲还有一口气，我就不会让他们把父亲弄回家等死！"任凭母亲哭闹，不管其他人再三劝阻，我和五妹还是把父亲送到了新乡三院。

　　奇迹出现了：父亲的屁股不能沾床不是痔疮惹的祸，只不过是 20 多天大便不畅通，大便干结得似石头一般坚硬、锐利，这才刺得父亲肠胃、肛门生疼生疼的——闺女们的无知是多么的可怕，差点葬送了父亲的生命。洗过肠后，大便通了，被病痛折磨不堪的父亲长长地舒了一口气——一级医院是一级的水平，不服气不行。慢慢地，父亲能吃东西了，能下床走路了，能和闺女们说会儿话了，闺女们高兴得忘形了：从外面请来了理发师给父亲剃头、刮胡。不料，乐极生悲，父亲的病又加重了：慢性支气管炎、肺气肿等十几种呼吸系统疾病同时急性发作，父亲疼痛难忍，全身发紫，汗水把他的内衣都湿透了，女儿们轻柔着他的头、胸、腿，他的全身上下无处不在疼，缓过一口气来，他哀求说："求求你们，让我死了算了，太疼，我受不了。"一天，两天，三天；一个月，两个月，父亲在死亡线上挣扎着，几次都是医生从阎王爷手里把父亲又抢救过来。

　　2005 年的正月初九，傍明。外面寒风鬼一样地嚎叫，白雪落了一地。可父亲的生命却危在旦夕，这一次比前几次都凶猛，血压都没有了。抢救的医生摇了摇头。大姐夫说："趁大（父亲）还有一口气，快回家，不要落个外丧，这是咱妈再三交代的。""不要，只要爹还有一口气，就要治，就要治。"我瘫坐在父亲的病房外头，腿是发软的，站不起来，傻傻的，我不能没爹啊，我咋能失去爹？

　　父亲被拉回了家。

　　一只猫头鹰不怀好意地落在我家的大门口。我瞪着它，它也凶巴巴地看着我。我掂起一把扫帚，把心里的疼一股脑儿朝它扔过去："就你爱逞能，不是个玩意儿的东西。"它怪叫着向西飞去。

　　左邻右舍，亲戚朋友，院子里，屋子里，黑压压一群人。母亲如指挥千军万马的将军："冯学安，你带几个人去北地挖墓坑，学亮这事你来当老总，老大

（大姐）、老二（二姐），你俩去高村扯孝布……"我跳了起来："妈，我大（父亲）还没断气，挖啥墓坑？"又指着大姐、二姐的鼻子骂道："你俩要敢去扯孝布，我就和你俩断亲。"母亲骂道："你是小孩儿，你不当家，这事我做主。""你做不了主，这是我爹，我当家。我爹要不在了，这路固街我再也不回来了，这个破家我再也不回了，没有啥值得我挂恋了，你们谁敢去挖墓坑试试？我也不活了，我陪我爹去，我不会孤零零地把他一个人扔在那冰天雪地里，我不会，绝不会，他是我爹呀！"我的"二百五"劲儿上来了，谁劝说和谁翻脸，什么难听话都说得出口，我号啕大哭："我不能没有爹，爹是我的！"——爹，有一段时间闺女加班回家晚，你每天都拿着皮鞭走二三里地去接闺女。黑咕隆咚的夜里，远远地听到"啪——啪——"的皮鞭声，惊惶的心就踏实了，大声喊："大，大，下班了，下班了。"爹，您要是走了，谁还会这样疼我？想想全是爹的好。越想越哭得痛，先是嘴唇发麻，紧接着脸、手直至全身发麻，直至哭得失去了知觉。

我寸步不离地守着父亲。长时间的输液，父亲的手上、腿上、脚上密密麻麻的针孔似筛眼儿，令人不忍心看，更要命的是身上的血管似钢筋一般，硬邦邦的，请来的几个护士都扎不进针，后来托人从城关医院请来了一位技术高超的护士长才把针扎了进去。那边输，这边流，液体不停地从皮肤里往外渗漏，我紧握住父亲的手，趴在他耳边："大（父亲），我是老四，您要活，要活。您病好了，医院才让咱们出院的。"痴痴呆呆的，就那样一遍一遍地唤着父亲。

大姐劝我："霜，你太不懂事了，说话太重，把咱妈都气哭了。咱妈在街门口坐，你去给咱妈说句好话吧。""让她哭，谁让她叫人给咱大（父亲）挖墓坑！"那一段时间，心里只有老父亲一个人，哪还考虑过母亲的感受？只知道他是生我、养我的亲爹，却忘了她还是和他共同生活了五十年的老伴儿啊！母亲心中的疼痛谁知？当时母亲的指挥若定只是为掩盖她身心的伤悲，她不想再让女儿们为她担心了，女儿们也累了。作为娘亲，她心疼她身上掉下的肉啊！只是，当时的我，混沌无知。而母亲，把女儿的点点滴滴全都默记在了心里。从此，她心里装满了对这个"二百五"女儿的牵挂和担忧。

父亲已不在很多年了。

这些年，自认为的孝心、孝行，在母亲心里每一次都不是欢喜，只是加重了她心里的担忧。生离，尚有盼头；死别，却是阴阳相隔。我行为上的孝，娘亲深知；娘亲心里的苦忧，作为女儿的却懵然无知。

娘亲，女儿不孝啊。

——原载《散文选刊》2018 年第 7 期

作者简介：

冯霜凌，女，1967 年出生，河南辉县人。河南省作家协会会员，中原文化研究院馆员，现供职于辉县市文联。喜欢与文字共舞，被著名评论家雷达先生亲切地誉为"温情使者"。

草女人、舞女人

冯霜凌

村庄的土里到处长着草。

田畈地头，旮旮旯旯，沟沟壑壑。春风一暖，小草迫不及待地从泥土里拱出来，露出绿茸茸的芽儿；春雨再一润，大地刹那间热闹起来：青绿色的、墨绿色的、灰青色的……各种各样的草蓬蓬勃勃地生长起来。你走在田埂上，它拽着你的眼；你蹲在沟渠边，它毛茸茸地盯着你的脸；你把它薅回家，扔进猪圈里，喂进猪肚里，猪一拉，猪粪又上进了庄稼地里。来年，它又得意扬扬地长出来。草和庄稼人扯上了割不断的亲情：草看到人近，人看到草亲。

田里刨食的年月，家家户户都要养一两头猪。别小看这呆头呆脑的猪，那可是庄稼人的钱袋子、命根子，一大家子的吃喝用度可是指望它哩。只是人还吃不饱，哪来多余的粮食喂猪？可活人还能让尿憋死？闹饥荒的年月，人都啃树皮，吃野菜，猪又有啥吃不得的？于是乎，那些茂茂盛盛的草就成了猪的主食。主妇们把薅来的野草剁碎，搁点儿麸皮或刷锅、刷碗的潲水一搅拌，就做成了猪们的盛宴。

大集体的年月，伸手掐腰的队长一吆喝："妇女们先下晌，回家做饭去！"像得了将令一样，不管是在地里锄地的还是打坷垃的妇女们，赶紧收拾锄把儿或抓钩，顾不得回家，背起地头的箩筐，先去给猪打筐猪草。猪比人金贵，猪也饿得"嗷嗷"直叫哩。

妇女们三三两两，你在沟渠边，我在田头下，马婶薅把灰灰菜，三婶拔的猪苗菜，顾不得蹲下，低着头，弯着腰，撅起穿着补丁裤子的屁股，左右手开弓，满把手地薅着。一不小心，手被草划破了，血丝丝地渗出来主妇们用嘴一吸，随手抓把细土一捻算是完事儿。继续薅，赶紧薅，一家老小都还等着她回去擀面条做饭吃呢。转眼间，箩筐满了，大娘大婶们用手拨拉一下眉梢的汗，用锄把儿或者抓钩把儿扛着箩筐心满意足地回家。草先扔进猪圈里几把，让猪也先压压饥。主妇们"啰啰啰"地叫着，猪"哼哼哼"欢叫着奔过去。主妇们打量几眼又长了一点儿膘的猪，喜上眉梢，这才急急忙忙地去烧火做饭。

春夏秋冬，日日月月，庄稼女人的手都是青黑青黑的，那是草染的颜色。她们的手似老枣树皮，开着缝、裂着纹，摸上去，硬邦邦、涩拉拉，又像刺猬身上的刺儿，扎得人生疼生疼。但她们照样没心没肺地开着粗野的玩笑，嘻嘻哈哈，打打闹闹。小时候不懂事，暗地里把这些女人称为"大屁股女人"。真的，她们实在太像"大屁股草"了。村里到处都长着"大屁股草"，这种草坐摊儿大，叶茎肥厚，但极不好薅，你用尽吃奶的力气，累得你人仰马翻，它却纹丝不动，除了满手的汁液和深深的勒痕外，别无他获。这种草必须用镰刀割。只是这边才割罢，那边就又欢天喜地长出来，生命力极强，像极了村里的女人：不妖媚，不矫揉，不做作，皮皮实实，泼泼辣辣过着自己的时光。

上一辈的女人就这样一天一天熬过来了，下一辈的女人还得这样一天一天过下去。小小年纪，十来岁的模样，挎着竹篮，三五成群、四五一堆跑散在田野上。

不过是早春二月间，麦苗还没有完全返青，妈就拿出几个破竹篮："去，你们几个放学后去薅猪菜，不薅满别回家吃饭。"大米捞饭棵儿、忘不了籽棵儿、双色草等，刚从地里拱出小嫩芽儿。我们蹲在麦地里，不是薅，是用指甲挖，草还太小，指甲挖裂了，指甲挖秃了，一筐筐的草薅回了家。春天有大米捞饭棵儿、松菌草、水草叶；初夏有猪苗菜、灰灰菜、鬼圪针；秋天有齿牙菜、鸡蛋棵儿；冬天，我们就捡起落地一层的桐树叶，一麻袋一麻袋扛回家，揉碎，煮熟，喂猪。

七八岁的时候，二姐、三姐领着我，辨认哪是大米捞饭棵儿，哪是忘不了籽棵儿。等麦子快熟时，草的果子也熟了。二姐小心地从大米捞饭棵儿上摘下几个小果子，剥开，里面果然藏着好多细小、洁白的米粒，尝一口，嗯，有点儿清香。

十来岁的时候，我领着两个妹妹，教她们辨认哪是齿牙菜、哪是布兜兜。小妹妹嘴馋，光记住了布兜兜。布兜兜是长在坡上的一种草，灰青色的，结的果子细长，极像布袋。玉蜀黍成熟的季节，它也熟了，果子可以连皮吃，一棵秧上结几个布兜兜。布兜兜的味道很特别，苦里透着香。

乡村女孩儿什么都不知道，却知道大地上很多草的名字，我们还知道哪些草喜欢潮湿，长在沟渠边；哪些草喜欢松散的沙土地，长在花生地里。我们熟知草的习性，一如熟悉自己朝夕相处的伙伴。

猪，喂大了，卖了，明年再买一头小猪娃。

小女孩儿的指甲磨秃了，手指关节早早变硬变粗了，柔柔的手再也回不来了。

我坐在田埂上，望着篮里满满的草，望着两个妹妹篮里满满的草，望着桃花篮里满满的草，望着雪芹篮里满满的草，望着田野里随处可见的草，我不知道草是我们还是我们是草。草一样的母亲，草一样的庄稼女人，我们这些似草一样谦卑的农家女孩儿，没有花样年华，就像这草一样枯萎了，埋葬在这泥土里，了无痕迹……

春风吹又生。

多年后，我站在一家商场的柜台前，很认真地为自己挑选一枚戒指。是的，为自己。结婚时，穷，婆家没有婚戒；现在，终于可以为自己精心挑选一枚戒指了。但千挑万选，竟没有一枚合适的款式。戒指花样繁多，品种琳琅满目，每款戒指戴在那柜台女孩儿的手指上，都犹如蝴蝶落在绚丽的花瓣上，令人心生欢喜。柜台女孩儿的手肤如凝脂，柔若无骨，纤纤十指，鲜嫩得如破土而出的竹笋芽儿。再看看老妇的手，指头条粗得一如棍棒，戒指太精巧，根本就套不上手指。柜台女孩儿笑着说："阿姨，说句你不爱听的话，你的指头太粗了，根本就套不上，这哪像一个女人的手……"刹那间，一切都复活了：麦地、野菜、竹篮、姐妹、小伙伴儿，我是田野里的草，是蓬蓬勃勃、皮皮实实、在大地里无拘无束生长的草，我不属于这牢笼般的商场，不属于这柜台里的精致华贵，我只属于活泼泼的土地，活泼泼的村庄。

活泼泼的村庄已不是旧时的模样。昔日和草整日打交道的农家女如今也玩起了苹果电脑，她们在电脑上搜集千姿百态的秧歌，然后揉进她们劳动的元素，编成属于农民自己的独特风格。

清风、明月相伴。村里的广场闹起来，咱庄户人家的女人舞起来。

马大娘来了，李婶来了，麦穗姑来了，张嫂来了，芹姐来了，彩云妹来了；老的来了，少的来了，忙碌了一天的村里女人都来了。

江南雨的音乐响起来，北江美的音乐响起来，紫竹铃风的音乐响起来，凤凰传奇的音乐响起来……

一首首、一曲曲……村里的女人就这样开心地扭着、跳着、舞着，一如大地上碧绿的麦田，随风摆动，摆动出万千妩媚，摆动出日月精华，摆动出金浪滚滚。

——原载 2022 年 11 月 19 日《新乡日报》

以书的名义生活

一 兵

从小我就爱读书，特别是读那些闲书。

记得上小学五年级的时候，每当课间休息，校园里就会有一位骑着自行车，车架上驮着一只箱子的男子在校园里卖书，什么《故事会》《啄木鸟》《莽原》《读者文摘》《知音》《读者》等，都是些杂志、课外读物。一下课，同学们就把卖书的给围住了，有的人买了回去看，有的只是翻翻，没钱买。那时候作业不多，也没有啥教辅资料，课余、课间甚至上课期间都有人在偷偷看这些课外书。

我经常买书，原因是兜里经常会装一两毛钱。一两毛钱，在那个时候就是有钱的人了。我的这些钱有时候是爷爷给的，有时候是我在爷爷床头的桌柜下捡的。

爷爷在村口的路边摆摊，一边修车，一边卖水果、花生、瓜子、鸡蛋饼、膨化香酥糖等小食品，我和弟弟每天放学不是回家，而是直奔爷爷的摊点。摊点上那些吃的吸引着我，不分青红皂白抓一把瓜子装兜里就走了。晚上爷爷就开始在他床头的桌柜上点亮忽闪着的煤油灯数钱。硬币会一分、两分、五分地分类，十个一摞垒起来，一毛、两毛、五毛的纸币也十张一沓整好。我也经常帮着爷爷数钱，钱也经常会掉到地上。第二天，我就能在爷爷的床头桌柜下面找到一毛或者两毛钱，我买书的钱就是这样来的。

有时候，我也会哄爷爷说老师让买字典，让买铅笔橡皮，让买作业本，向爷爷要钱，爷爷在他装钱的木匣子里拿出一沓一毛的纸币，再仔细地盘问一遍，给我一两毛钱，这时候奶奶会在旁边帮腔："多给孩儿一毛吧，万一想买个其他啥东西不够了呢。"

我最喜欢看《故事会》，所以几乎期期都买，也买《读者》《知音》。有钱买书，同学们就很羡慕我，很巴结我，愿意和我玩儿，就经常向我借书，我的书经常我还没看完，就在全班传阅得不见了踪影。

我喜欢临睡前坐在床上一边吃爷爷的瓜子一边看书，直到一把瓜子吃完，书看得上下眼皮打架，经常保持着看书的姿势就歪头睡着了。直到现在，我是睡觉前必须看两眼书，不然睡不着，所以床头、枕边经常堆有书。

一次爷爷生日，我偷偷拧开了为姑父准备的一瓶"流杯"酒，初生牛犊不怕虎，连着喝了两口，就醉了，睡了一下午没去上学，说了许多胡话。东一榔头西一棒槌的醉话里，就自己招了经常拿爷爷掉到地上的钱的秘密。爷爷奶奶都笑了，我这点儿小秘密，他们早知道了。我却信誓旦旦地说，我没有乱花钱，钱都用来买书了。这是我人生中第一次喝酒，第一次醉酒。

读的书多了，写作文就容易写得不赖，班主任就经常夸我，我的作文就经常成为范文在语文课上被班主任读给同学们听。这个时候，我心里美滋滋的，甚至有点儿洋洋得意。

当兵后就更爱看书了，每个月从25元津贴费里拿出几元钱来买喜欢的书，连队的图书室也成了我经常光顾的地方。《解放军报》《人民军队报》《解放军文艺》一发下来，总是被我拿去先看。

看得多了，就会感觉报纸杂志上的文章自己也能写，就模仿着去写，偷偷地装进信封，偷偷地邮走，基本都是石沉大海。当兵第二年终于盼到了探亲假，探亲到家没几天，就收到指导员的电报，说我的一篇稿子被军区《人民军报》登了，团政委想见见我，让我速归。我没有速归，当兵快两年了，好不容易回家一次，不到二十天的假期，奶奶还正在托人给我说对象呢，我就没有速归。

等我休完假返回连队，指导员拿着我见报的那篇豆腐块在连务会上对我大加表扬，连着念了两遍。从此，我开始不断写作，短消息、小散文，写了就不知天高地厚地投递。当兵五年，发表了不足十篇稿子，到现在每一篇稿子的原件还都珍藏着。

退伍后，进入了河南新飞电器有限公司，《新飞报》成了我的最爱，接二连三地发表稿子，消息、散文、感想、杂文都有，得到厂领导的赏识，年底还被评为公司十大杰出青年。那段日子，我在新乡租房子住，狭小的房间里只有一张床，搁不下桌子，陪伴自己的书就都堆在了床上、枕边。《同床共枕是吾书》《人的差异产生在业余时间》等一篇篇好文章随着自己的生活感受写了出来，登在《新飞报》上。

成家后我就更爱书，更是经常买。妻子抓住了我的这个弱点，遇到家庭矛盾吵架时，就报复性地扔我的书，我就特别气愤。我也经常因为这事，暴跳如雷："什么都可以动，决不准动我的书！"

随着书越来越多，原来的小书架放不下了，我就又买了新书柜。亏啥也不能亏待了自己的书，我买的书柜很上档次，和我漂泊多年的书们终于有了像样的新家，它们整整齐齐地列队入住新家，一个个和我一样很高兴的样子。

到河南电视台、《平原晚报》《时代报告》做新闻时，看的书就更多了。见报发表的稿子也越来越多，就有了结集出版的念头。《在路上蓦然回首》是我出的第一本书，啥都想收入。编辑说我对发表的每一段文字太珍惜，太不舍，希望我有所取舍。可我哪一篇都舍不得，因为哪一篇都不知熬费了我多少不眠之夜，熬白了我哪一根头发。它们对我而言，无论丑俊，都是我的孩子。书出来后，我如同生了孩子发喜糖一样见人就发，领导、同事、同学、朋友、亲戚、熟人……

偶然的机会，我结识了河南人民出版社的领导，河南人民出版社在新乡成立了豫北分社，就有了更广阔的天地。报告文学集《心路》出版了，为村里写的《稻田书屋记》出版了。我也成为一名专业的出版社编辑。

开始苦心钻研小说写作后，我就舍弃了新闻。小说的魅力是新闻无法可比的，写小说也不是谁想写都能写好的。我曾经在部队想写，在新飞想写，在报纸杂志做新闻的时候想写，可都没有写成，不会写，写不成。最近四五年，我买的有关小说的书越来越多，哪位老师推荐一本好书，我就迫不及待地买来读，在读中寻找感觉，发现灵感，写读书笔记，摘抄妙言妙语。我发现很管用，小说的写作水平在突飞猛进，自己对写小说的认识和理解也在不断提高。《大槐树底下》《古桥传奇》两篇小小说作品集出来了，头发也几乎都白了。

从喜欢书到买书、读书、写书、出书……我在以书的名义生活。

我喜欢书，更喜欢收藏书，谁出了本书，就想办法联系上作者，用自己的书和人家的书交换，收藏起来。了解到谁以前出过书，就在网上淘，出钱买。县城作者出过的书几乎都被我收藏了，我太喜欢书了。

我给自己的家取名"稻田书屋"，以主人自居。自己曾经嫌弃的乳名"献文"也被捡起来重用起来。"稻田书屋"如今成为十里八村甚至整个辉县的地标。不信你地图里导航一下"稻田书屋"。

我现在在"稻田书屋"写小说。

——原载 2021 年 9 月 11 日《新乡日报》

获 2021 年新乡全民阅读《我的读书故事》优秀奖

稻田书屋写小说

一　兵

文学就像一座高山，爬得越高，越感觉山风寒冷，陪伴的人越少，越会感到孤独和寂寞，感觉能和自己交流的人越来越少。人会沮丧，会犹豫，会彷徨。驻足，眺望前方，云海茫茫。回头，层层阶梯，皆在脚下，也会心情大好，怅然释怀。

我的第一本小小说集《大槐树底下》的第二章，大部分内容是以我们村的人物事件为原型创作的。在创作《稻田书屋记》时，采访村里的人物和事件，他们一个个栩栩如生，如影随形，在脑海里浮现、跳动。但总感到散文不能让这些人和事更加活跃，更加生动，更加栩栩如生，于是就开始学习写小说。

乔叶老师在《大槐树底下》的序言里说："……可以说，在这本书里，这些乡村篇章是我读到的最有意思的部分了。对于自己土生土长的古桥村，对于这个村庄的前生今世，他以小小说的形式做了力所能及的展露。读着读着，我就觉得，他像是在为自己的故乡画像——不，也许应该说，他是在为自己的故乡画一系列邮票，票内信息丰富，票外世界广大。"

正是有了乔叶老师在《大槐树底下》序言中的肯定和鼓励，一年后，我的另一本小小说集《古桥传奇》也出炉了，已经给出版社交稿。书中以村里的人和事为素材，挖掘创作了五六十篇小小说。

写作，要写我们最熟悉的人和事，这样才有情怀，有激情，有灵感。安庆老师曾经说过：一个写作者要有自己的谱系。作为一个文学新人，我从小生活、学习、长大的我们这个村，就应该是我的创作富矿，近些年我的主要写作素材都来自我的家乡古桥村。

古桥村其实不叫古桥村，叫胡桥村，我之所以在文学创作里面称之为古桥村，是感觉"古桥"更能形象地表达这个村的文学韵味。而胡桥村的称谓也只有不足百年的历史。村子最原始的村名叫稻田务，明朝改为稻田所，新中国成立后才改名为胡桥村。

"务"，工作、运作之意。古有船务、税务、盐务之称，多为官方承办，由官员任职管理。"稻田务"是指古代水稻种植、贸易、税收管理的官方机构，始创于五代之初。明万历八年县志记载村名为"稻田所"。"所"者，明代是驻扎军队以防边患的地点。"稻田务"变"稻田所"，实为兵马未动粮草先行，古桥村盛产稻米，所以这里历来是兵家必争之地。新中国成立后，稻田所改称胡桥村。如今，我把自己研究、创作这个村历史文化的工作室取名为"稻田书屋"。

村里的历史文化不是孤立的，与整个县城的历史、国家不同时代发展的历史相呼应。有的事、有的人也很有影响力，很有意思、很有意义。守着古桥村这个文化富矿，我不愁没有创作的激情、灵感和素材，不求有啥作为，但也不想碌碌无为，只想做点儿有意义的事而已。

为了传播这些历史文化，我这几年潜心学习小小说的写作基本功。掌握小小说的基本要领后，就想通过这种形式，让这些鲜为人知的，甚至几乎被遗忘的人和事再鲜活地展现出来。可面对不同的小小说文体，我感觉笔记体更适合描写和记载村里的人物故事，就阅读了大量孙方友老师的笔记体小小说，在阅读中找到灵感，在梳理史料中选择素材，一篇一篇写来。有时候，还大胆创新写法，不拘一格，随心所欲，不为条框所束缚。

百泉河是世界文化遗产"京杭大运河"永济渠的源头之一，古桥村就位于百泉河畔。京杭大运河沿河两岸的历史文化保护开发已经陆续启动。国家正在实施的乡村振兴战略，把乡村文化振兴提到了一定的高度。我始终认为，乡村振兴，看的是一村一品，但最终拼的是一个村的文化。每一个村的历史文化区域特点不一样，每一个乡村的文化也不一样。而每一个乡村文化的挖掘和开发，越早越好，早一天就比迟一天会更加完善。增强文化自信，搞好乡村文化振兴，更需要我们这些要笔杆子的人多努力才行。

文学也像一片大海，潜得越深，越有压力，甚至感到恐惧，恐惧得想返回岸上。好奇心又驱使你恋恋不舍，你会越来越发现许多人没有看过的海底风景和海底生物。你会孤独地享受这个孤独的世界，但心里会有一个愿望，一定要返回岸上，把这里的奇妙世界、自己的所见所闻告诉岸上的人，和他们分享。

——原载 2020 年 12 月 17 日《平原晚报》

满街槐花香

王之双

清早醒来，一股清新的空气扑面而来，隔窗望去，大地、山川、湖泊，到处是春的影子。

春天的风柔柔的，暖暖的。草绿了，花开了，连成片，汇成海。让人感受到春意融融，心花怒放。

春天的雨细细的，润润的。麦苗抬起头，柳芽儿吐芬芳，像母亲唤醒大自然中的生物，叫醒沉睡中的河流。

在燕子的陪伴下我漫步街头，一股沁人心脾的花香扑鼻而来。驻足观望，近处远处满街的槐花在尽情地开放，一串串风铃似的缀满枝头，让人不由得张开口，深吸馥郁的花香，感受着大自然的美好和清新。

走到田野，走进山林，就会看到许多年轻人树上树下，人花相映，频换姿势合影留念，炫耀着青春的宝贵和靓丽。也有老年人忙不迭地采摘槐花，皱巴巴的脸上不时绽开甜蜜的花朵。

"人间四月芳菲尽，犹有槐花暗香来。"槐花时节，满街飘香。这不由得让我想起儿时故乡的槐花，那一抹四溢的芳香里，永远走不出母亲的味道。

在那缺吃少穿忍饥挨饿的年代，槐花拯救了数以千计的生命。当房前屋后河边沟沿的树上长着的还是槐米时，就被捋得光秃秃了。人们就跑到很远的地方，四处寻找槐树，寻找滋养生命的希望。

记得有一次，姐姐拿着从树上砍下的柳钩，领着我跑了一个多小时到苏门山上捋槐花。姐姐蹲在槐树下，双手抱住树干，让我踩着她的肩膀向上爬。当我气喘吁吁爬到树顶，看到满树的槐花温润在绿叶之间，随着我瘦小身体的抖动在不停地摇曳时，心中的幸福和树上的槐花一起开放。

一不小心，膝盖被圪针扎得流出了血。我咬着牙，不敢出声，生怕被姐姐发觉，让我下来，剥夺我掠取胜利果实的喜悦。我匆忙摘下一串槐花扔给树下迫不及待的姐姐，吐口唾液抹在伤口处，痛并快乐着。

太阳已经爬上了头顶，肚子也饿得咕咕直叫。我看着地上一篮子胜利的果实兴奋不已。姐姐伸出胳膊露着小手，五指并拢朝下一弯一弯，示意我回家吃饭。我高兴得猴似的从树上爬下来，不料树枝将裤裆挂了个窟窿，羞得我满脸通红，只好捂着屁股向家里跑去。

回到家，母亲将槐花先挑洗干净，在热水里焯一下，然后和玉米面搅拌均匀，用布满老茧的手揉成团，再压扁，放进锅里。片刻，就会从炉锅里窜出一阵阵的槐花饼香味。这不同于甜润爽口的生槐花，而是清香扑鼻，甜而不腻，香甜之气氤氲整个屋子，连窗外的路人也不时地深吸鼻翼来回寻觅。

这时，垂涎欲滴的我再也耐不住了，拿起热腾腾的槐花饼就塞进嘴里。尽管烫得龇牙咧嘴，心里仍然甜甜蜜蜜。

陶醉之余，便拿起一片叶子，放在唇间，轻轻一吹，奏出一曲悦耳动听的声音，似枝头的鸟儿在婉转悠扬地歌唱。

槐树是最普通的树，易栽易活，有极强的生命力。把一根树枝插在地头沟旁，就会发芽成长，结出满树银花；把将开未开的花蕾淘净蒸熟，调上五香大料，就是一道开胃菜；如果拌上玉米面蒸熟，就是香喷喷的槐花包子。也有人把它蒸熟晒干，在蔬菜稀缺的冬天，熬一锅香甜可口的糊涂粥。

而今，人们的口味被惯养得挑剔刁钻，却想到了槐花。或烹，或煎，或凉拌，或油泼，或爆炒，成了美味佳肴。

槐花盛开，忆起当年。那一缕缕甜醉的花香，总在心田久久飘荡……

——原载 2019 年 5 月 15 日《平原晚报》

门前那片小树林

王之双

从我记事起，我家门前就有一片小树林。枝叶繁茂，郁郁葱葱。树林里有榆树、楝树和杨树。每到夏天，这里便成了人们避暑的好地方。

那些下晌回家的人们，放下锄头，端起饭碗跑到这里，边吃边聊，把碗里的饭吃光了，也不想回那蒸笼似的屋子里，干脆把碗往旁边一推，靠着树干，似睡非睡，解乏纳凉，好不惬意。旁边，高一声低一声说得热闹哄哄的妇女们，知趣地压低嗓门，家长里短继续念那未念完的经。

到了下午，上了年纪的人，拿着蒲扇，迈着悠闲的步子，不约而同来到小树林，脱下一只布鞋放到屁股下，坐成一个圈，右脚搁在左脚上，东一句，西一句，你一言，我一语，像在参加一个圆桌会议。久了，双脚麻木，把左脚换在右脚上，活动活动筋骨，继续有意无意地闲聊，仍不想离开这绿树成荫、通风透凉的地方。

他们说，这里的老榆树曾救过村里无数条生命。在那饥饿的年代，人们啃着玉米裤儿活命，由于玉米裤儿发涩，肠子蠕动困难，解不下大手，他们就将榆钱儿叶吃，榆钱儿光滑有黏性，肠胃慢慢好了起来。

楝树在当时的生活中也起着至关重要的作用。在我们豫北一带有个风俗，一到农历六月初一，开始炸油条、瞧麦罢。母亲带上油条，到出门的闺女家看看闺女在收麦大忙中是否累瘦了，也好补补身体。出门都要到小树林里折些楝枝蒙住竹篮，楝叶属性苦，油条不招苍蝇。

我们这些孩子们也跑进小树林凑热闹。常常拉着大人的衣角问长问短，那些幼稚的无聊的不着边际的问话让大人们一时语塞。他们苦笑着把胳膊一挥："去去去，玩你们的，少插嘴。"孩子们便"哄"地跑开了。男孩在地上画一个正方形图案，找来土坷垃，玩"小兵摆大炮"；女孩跳绳、抓石子。还有男孩女孩组合，拔河、过家家，玩得昏天黑地，不亦乐乎。

累了，找一片软绵绵的草地躺下，看头顶摇摇晃晃若隐若现的天空，有白云在树叶的缝隙间钻来钻去。树上一对对鸟儿忽上忽下，嬉戏打闹；一声声蝉鸣此起彼伏，震耳欲聋。

我们就找来一根长竹竿，在顶端拴一根头发样的玻璃丝，打个活结，然后小心翼翼地放到知了的头部，知了感到痒痒的，开始用脚挠，眼看玻璃丝扒进了头部，猛地将竹竿一拉，知了一阵惊叫，神不知鬼不觉地被我们收入囊中。当然，我也有失手的时候，遇上狡猾的知了，就会把丝套蹬到一边，再放，它再蹬，蹬来蹬去就是不上钩。我不得不改变策略，将手里准备好的面筋放到竹竿上，一旦粘住它的羽翼，便展翅难飞。

当我仰起头，刚举起竹竿，岂料知了早有察觉，撒泡尿，边飞边唱，逃之夭夭。我急忙用衣袖擦着脸额，那刺鼻的尿腥味很快弥漫开了。周围那些捡知了裤儿当药材卖钱的姑娘们，捂着嘴笑得前仰后合。

记得有一次放学，妈妈让我背箩筐去拾柴烧地锅。来到小树林，只见大杨树上有一个鸟窝。上面的干柴足有一箩筐。于是，我三下五除二地爬上大树，刚举起手，鸟巢里几只雏雁张着黄嘴角叽叽喳喳探出头来。我被这美丽的小鸟迷住了，决定掏出来玩耍。举手还没有触到雏雁，只见老雁嘶叫着疯一般扑了过来，在头顶盘旋几个圈，见我无回心转意，便张口横冲着朝我啄来。我吓得脸色苍白，猴一样慌忙从树上爬下来，摸了摸前额，幸好，只是有点儿疼，并没有出血。

因为这件事，我一直对大雁耿耿于怀，伺机寻找报复的机会。这天，我和小朋友们正在小树林里捉迷藏，忽然看见那只大雁领着几只雏雁在学飞。如果再不实施行动，将会雁飞巢空。于是，我跑回家拿来米筛，抓把碎米撒在地上，用尺把长的细棍支起来，中间拴条绳，只要大雁跑进啄食，将绳轻轻一拉，它们就会中了圈套，全部"束手就擒"。

等了半天，眼前的一幕让我惊呆了——大雁把雏雁挡在外面，自己只身闯入其中，叼一粒跑到外面喂喂这个，叼一粒跑出来喂喂那个。眼看粮净地光，我不得不将绳子一拉，大雁乖乖地成了我的俘虏。

妈妈来喊我吃饭，抚摸着我的头，说："孩子，我都看到了。多么伟大的雁妈妈！为了呵护自己的孩子，不让它们身处危险，自己冒着生命危险，只身闯入其中，为孩子们寻找粮源。"

尽管妈妈再三解释，我噘着嘴还是有点儿不服。妈妈语重心长地说："可怜天下父母心！作为母亲谁不爱护自己的孩子？假如谁伤害了你，妈妈会忍心不管吗？鸟类和人类一样，保护它们，就等于保护我们的生态环境！"

我明白了。深深地点着头，收起米筛，毫不犹豫地放飞了雁妈妈，并告诉小朋友们，以后再来小树林里玩，谁也不许抓鸟儿。

后来，几个村霸为一己私利想把小树林占为己有，毁掉树木，建一座工厂。村主任不答应，他们几个找村主任闹事，晚上又是往门上甩屎，又是往门口放花圈。村主任立场坚定，意志坚强，面对威逼利诱，仍然说"不"！

随着政府提出"保护环境，人人有责""绿水青山就是金山银山"的号召，那些曾对小树林抱有私念的人，不得不收敛，遵规守纪，再也不敢有非分之想了。

如今，小树林在村民的守护管理下，更显得碧绿青翠，生机勃勃。在这烈日炎炎的夏天，成群搭伙的人们来到这里下象棋、做游戏、叙友情、讲故事、话未来，成了人们向往的天堂……

——原载 2020 年 5 月 18 日《郑州日报》

北京一面

张建广

那年夏天，女儿考上了省重点高中。为兑现承诺，也为了却心愿，趁着暑假，我和一家人第一次去北京旅游。导游发给我们每人一块面包和一瓶矿泉水，算是早餐。她说，因为今年是抗战胜利七十周年，9 月 3 日，天安门广场将举行盛大的阅兵仪式。

天色微亮时，我们跟着导游进入了天安门广场。这里人潮涌动，人们都在等待庄严的升旗仪式。我扶老携幼，未能挤到人群的前列，只好把七岁的儿子顶在肩膀上，听完了雄壮的国歌。

接下来，导游领着我们前往毛主席纪念堂。

纪念堂周围松柏青青，广场的上空似乎飘起了小雨，有几朵伞花开在了人群中间。我们被夹在长长的队伍里，沿着广场上用隔离带绕成的长廊曲折前行。四十分钟后，我们来到了纪念堂北大厅的近前。

"爸爸，那上边后边的字是啥？"儿子向上指了指。

"是'毛主席纪念堂'。"妻子俯身告诉他。儿子不再说话，一副若有所思的样子。

前面是一对老年夫妻，男的穿一身绿军装，女的挽着他的臂弯，两人颤颤巍巍，缓缓向前挪动。

大堂内庄严肃穆，展厅正中间的水晶棺内，伟人静静地躺在橘黄色的灯光下，容颜端庄而安详。人们把一束束菊花安放在伟人的四周，然后悄然转出。

刚才那两位老人渐渐地落在了我们的身后，我转到了另一侧时，他们仍滞留在对面。男的胸前挂着几枚勋章，应该是一位老兵。

一位工作人员上前搀扶着他，老人抖动着前臂和双手，弯腰献上黄花，依依不舍地随着人群慢慢前行。他的头一直在摇颤着，还不停地用手帕擦拭着眼角，我能感觉到他在低低啜泣。

初秋的北京夏意不减，临近中午时，天气开始闷热起来。人民英雄纪念碑北侧的长城主题立体花坛已见雏形，人们都在选景拍照，合影留念。

女儿忽然叫住我，用手指给我一个方向，我看过去，在人海之中发现一处熟悉而又耀眼的军绿，是刚才的那位老人，他和老伴儿又排在了前往纪念堂的曲折而悠长的队伍后面。送一次花不够，他们还要再送一次。我的两眼潮湿了。

我偷偷瞄了一眼女儿，她正专注于那对老人。她摘下背包，取出两瓶矿泉水，把背包塞给我，然后快速向两位老人那边挤过去。我看见她向两位老人深鞠一躬，然后递上水，似乎还简单说了些话。女儿回来了，我微笑着对她双双竖起大拇指。

返程的路上，人们带着一身的疲惫沉睡在座位上。

"爸爸，我们课本上学过毛爷爷的故事，我还会背呢。"儿子凑到我耳边自豪地说。

"《吃水不忘挖井人》——瑞金城外有个村子叫沙洲坝，毛主席在江西领导革命的时候，在那儿住过……中华人民共和国成立后，乡亲们在井旁立了一块石碑，上面刻着：'吃水不忘挖井人，时刻想念毛主席'。"

他一字一顿地背得很认真，听得我鼻子直发酸。

——原载 2020 年 9 月 6 日《河南工人日报》

我的父亲是党员

张建广

　　20世纪70年代，我出生在河南省辉县（今辉县市）的一个普通的小村庄里。我还不到一周岁就被寄养到姥姥家里，那时我对"爸妈"应该是没有什么印象，听姥姥说我三岁那年，爸妈一起来看我，我竟把妈妈唤作"大姨"，惹得他俩好不心酸。

　　母亲把大我两岁的哥哥留在身边，却把我寄养出去，我总以为她是偏心。长大后，我才渐渐理解了她，她那时确实是迫不得已。

　　这和父亲有很大的关系。

　　父亲十五岁时，我的祖父母因痨病相继去世，留下他和七岁的弟弟。他们兄弟二人相依为命，在村里人的周济下艰难过活。

　　父亲吃苦耐劳，耿直善良，对人真诚热情，二十二岁时就加入了党组织，成为一名共产党员。他的人生经历，我大多是从母亲和村里老人们的谈话中得知的，因为他从来都不向我提起。

　　公社里要建制杆厂（制造水泥电线杆），父亲被派去做第一任厂长，负责厂区的修建和生产。他吃住在厂里，和工人们一起拉砖、背木头、砌墙、建厂房，直到工厂建成，他才回了一次家。

　　制杆厂开始正常生产了，父亲又被紧急调往木瓜园（我至今都不知道这个地方在哪儿）。他去木瓜园的工作还是当厂长，这次是建纺线厂，他回家的时间还是很少。厂建好了，母亲跑去找他多次，想让他安排我小姨进厂上班，他怕人说他有私心，一直都没有同意。后来姥姥来我家住，让母亲叫他回家讨论此事，他才算是勉强答应了下来。

　　这段往事我是有印象的。我那时大概四五岁的样子，已经记事。小姨年轻漂亮，大眼睛长睫毛，两条长长的麻花辫乌黑发亮，她每次上下班都要拐到家中来看她的姐姐，一见面就用她的大眼瞪我，总说我脏得像个小泥猴，非把我摁进大水缸里涮一涮才肯罢休。

　　这期间，父亲还是很少回家，他仍旧吃住在厂里，一心一意地忙着厂里的工作。

　　我再次被送走，这次是送到姨姥家。我那时骨瘦如柴，总是拉肚子，幸亏我的姨姥爷在部队当过卫生员，懂得医术，每日里给我打针吃药，我才慢慢地恢复了活力。

　　那时候母亲既要按时下地挣工分，又要照顾两个不懂事的孩子，她没有公婆的料理，也没有父亲的帮忙，再加上我羸弱多病，把我寄养出去，实属无奈。

　　生产队里的农活儿好像永远也干不完。小队长一敲响胡同口吊在歪脖榆树上的破铁钟，母亲就得应时上工，直到夜幕降临了她才拖着疲惫的身子回来。我和哥哥放学回家后，因为怕黑，谁也不敢进那三间黑咕隆咚的土屋，只好饿着肚子趴到门口枣树下鸡窝的石板上，一边写字，一边等母亲回家。

　　有时母亲收工太晚，我们就躺在鸡窝的石板上睡着了。母亲回来叫醒我们，看到我们被恶蚊叮得满身是包，她一边伤心地抹着眼泪，一边忙着去给我们做晚饭。我大概也就是在那个时候学会了煮稀饭，好让累了一天的母亲回到家后少一点儿操劳。

　　母亲找到公社里去，向上级反映了家中的困难，公社社长把父亲调回了村里。这期间父亲好像还是什么驻队干部，我也说不清楚，只记得他经常外出，家里繁重的农活儿大多还是靠母亲一人承担。

　　当时公社大兴水利，要给村边的河道清污，我家被分配了六米长的河道清挖任务。一时间，全村男女老少都上了河堤，人们干得热火朝天。我和哥哥站在河堤的斜坡上，用双手往堤上抱母亲从河底铲上来的烂泥，弄得满身污黑，露着两嘴白牙嘿嘿地傻笑。那时父亲并不在现场，他又被派到别的村里主持什么工作去了。

卫河边要建提灌站和水渠了，父亲回到村里来主持工作。由于材料短缺，公社分配给社员每人捐二十块砖头的任务，父亲到家里掀掉了我和哥哥经常爬上去的鸡窝，凑足了八十块青砖连带那块石板一同拉到了卫河边。

高架渠南高北低，从卫河边笔直地延伸过来，然后在村口左右分开，沿着河堤东西横展，再绕过我们的村庄一直修到邻村去。我经常和小伙伴沿着这条大水渠跑到卫河边捉鱼摸蟹，在我们的眼里，这条绵延数里的水渠俨然是父辈们用汗水筑起的"万里长城"。

我们公社是整个辉县地势最为低洼的地方。那时我们村是"一年一小淹，三年一大淹"，村边总是沟满河平，鱼虾成群。时任农业农村部副部长和辉县县委书记的郑永和同志英明决断，让我们村因地制宜，大力种植水稻，发展农业生产。

为了改良土地增加水稻产量，父亲经常带领村民到附近的各个村庄挨家挨户掏鸡粪，然后运到稻田里作肥料。最远的时候，他们带上干粮，拉着平板车，走了四五十里地，跑到我老舅爷住的杨和寺村，用三十斤稻米向村民们换得了一方多的鸡粪。父亲就是这个时候养成了拉平板车的习惯，他后半生最钟爱的农具就是板车。

石门水库修好以后，家乡年年闹水灾的情况得到极大改善，我们村从原来的"荒滩泽国"一下子变成了"鱼米之乡"，家乡的水稻也成了当时辉县的一大农业特产。

吴村煤矿通往县城的小铁路开工了，父亲又被派去负责铁路物资的运输和看管，一去就是大半年。铁路完工之后，父亲回到村里，带上数十名青壮劳力进太行山砍树背煤柱（村里的老人说是背檩条）去了。山上漆树的汁液是有毒的，父亲的皮肤过敏了，他在山上坚持了五天，最后不得不让人用骡车把他送回到家里。那时他正发着高烧，浑身肿胀，眼睛都瘀成了一条缝。

里屋阴暗逼仄，父亲躺在床上痛苦地呻吟着，额头上搭着一条湿毛巾，两只肿得通红的大脚一动不动地斜竖在床头。母亲领来了村医。村医放下大药箱，从中取出一根银亮的钢制大针管，然后"噼噼啪啪"地敲开一堆小玻璃瓶，吸了满满一针管的药水，把又粗又长的针尖扎进父亲的臂弯。我不敢再看，赶忙从里屋跑了出去。

父亲的病将近十天才好利索，母亲说他是到鬼门关前逛了一圈回来的。他从此不再东奔西走，留在村里当了村主任。

1982 年，村里实行了土地承包责任制，我们家分到了十亩农田，母亲一人无力承受这么重的田间劳作。父亲出身寒微，早年勉强读了几年的书，而且生性耿直，他不谙人情世故，更不喜欢官场的明争暗斗。就在这一年，他干脆辞掉了村主任的职务，回家种田。从此，他就只是丈夫、父亲、农民和共产党员，他极其看重自己党员的身份，不遗余力地为村里尽好他的责任和义务。

时间跨进了新世纪，农村的面貌日新月异。然而我们村由于种种原因，道路仍旧没有得到硬化，平日里尘土飞扬，雨雪天则泥泞不堪，雨水混着人畜的粪便四处漫溢。外村的姑娘因此不愿嫁过来，村里光棍汉越来越多。2001 年开春，村东头有人自发组织起来募集钱物，用时三个月修好了一条贯穿村东西的道路。一时间，村里掀起了修路的热潮。村西头几个有头脸的人找父亲商量修路的事，说他当过村干部，又是党员，想让他出面主持此事。父亲已年过花甲，感觉自己有点儿力不从心，可他还是义无反顾地挑起重担，和那几个热心人成立了五人工作小组。议定方案后，他们挨家挨户募集钱物，又联系运输车队拉砂石、运水泥。白天，父亲带领十数个壮汉挥汗如雨地忙着修路，夜里他带着铺盖睡在路边，看守着修路用的水泥砂石。五一前夕，村里的桐树绽开了满树紫色的花朵，一条平展笔直的水泥路呈现在众人眼前，大人小孩走上干净的水泥路，个个喜笑颜开。父亲的腰累得更弯了，人也更黑瘦了，但他脸上皱纹里的笑容也绽放得更加灿烂了。

修路募集来的钱款还有结余，有人提议把它当作生活补贴分给五人工作小组的成员。父亲说这样不好，在他的坚持下，结余的钱款被全数退还到了群众手里。

············

2010 年正月十一，父亲因病去世。我悲恸万分。

父亲是一名普通的优秀共产党员，他的一生是平凡的一生，是勤劳的一生，是正直的一生，是奉献的一生。我怀念我的父亲。

此文获《妇女生活》杂志社建党一百周年"我家的党史故事"征文三等奖

老兵情怀

张凌云

经过几场连续不断的雨水荡涤，豫北大地逐渐由盛夏的燥热步入初秋的凉爽。这些天，辉县城西南丰城村93岁的张勤合老人，每天清晨都会手抚闪亮的勋章一遍遍地擦拭，扳着指头数着天数，"抗战胜利日又要来了！"忆往昔峥嵘岁月，他禁不住心潮澎湃，感慨万千……

时光回溯到70多年前。20世纪40年代初，辉县遭受罕见旱灾，河水断流，土地龟裂，庄稼几乎颗粒无收。加上日伪军烧杀抢掠，民不聊生。1943年7月，又有飞蝗遮天蔽日袭来，庄稼、树叶、草茎……霎时被吃光啃净，农民饥肠辘辘，饿殍遍野。

艰难困苦的日子里，共产党八路军与老百姓患难与共，反奸霸分财产，发放救济粮，帮助群众度灾荒。16岁的张勤合听说八路军要在孔庄村把伪区长的财产分给老百姓，就和三个伙伴匆忙赶去。然而，由于粮食有限，没有办法分给其他村的群众。张勤合走到近前央求说："八路军叔叔，分不到粮食不要紧，但让我跟着你们干，去打鬼子行不行啊？"

就这样，他们四人也没来得及和家人商量，就直接报名参加了八路军的部队——辉获独立营。

辉获独立营当时驻扎在豫晋两省交界处的薄壁镇与敌周旋，后改为八路军48团，并入刘邓大军129师转战太行。张勤合胸脯上的伤痕，就是在太行山区打仗时，日军的炮弹落在他身边爆炸后，迸溅的弹片穿进了左胸留下的……

抗日战争进入反攻阶段时，张勤合所在的部队奉命歼灭获嘉县的敌人。天刚蒙蒙亮，战士们就提前埋伏在道路两边的河沟里，等敌军从据点出来走到路中间时突然开枪，前面的伪军被打死在路边沟里，剩下的敌军掉头就跑。在一个村庄，我军包围了敌人。后来，剩下的三个日本兵钻进了一个农户家里。张勤合和三个战士爬上泥棚房顶，掏出手榴弹丢了进去。

巨响过后，沉寂一片。张勤合他们以为敌人都被炸死了，可趁着烟雾冲进去一看，却发现那三个日本兵蹲在墙角……"当时真想打死他们，但咱八路军有政策，不许虐待俘虏，我们拿枪指着日本兵的头，把他们押送到了后方。"张勤合老人说，随后，48团在峪河镇召开了公审大会。听说俘虏了日本兵，群众人山人海，群情激愤。"大会上，我也受到了表扬，那真是扬眉吐气啊！"

1947年7月，张勤合跟随刘邓大军向南方挺进大别山。"从太行山到大别山上千里，我们一路步行，满身是汗，衣服都湿透了，双脚都跑肿了，布鞋都磨破了好几双！但当我们胜利登上大别山时，那个高兴劲儿啊，所有的疲劳都没了！"

1948年10月初，解放郑州战役打响。张勤合在攻城时，再次被敌人的炮弹击中，弹片刺进了他的右肋骨，鲜血直流，但他仍忍痛坚持战斗。"幸亏当时临近冬天，身上穿着棉衣棉裤，要不我可能就牺牲了。"

1949年，中原野战军改名为第二野战军后不久，打响了渡江战役。4月22日晚，张勤合随军坐船渡江，行至江心，突遇国民党军舰。敌舰发现我方渡江船队后，枪炮齐发。时任排长的张勤合一方面指挥船老大躲避敌人炮火，另一方面指挥警卫船迅速组织火力还击。在枪林弹雨中，炮弹飞落江面溅起阵阵水花。突然间一块弹片迸进他的左腿，鲜血直流……战友们把他抬下船后，老百姓抬着担架一直步行40多公里，才把他安置下来，并给他一口口地喂饭……

南京解放后，张勤合又转战西南。不久，他因旧伤复发住进了医院。

抗美援朝时，仍在住院疗养的张勤合多次向上级申请上战场保家卫国，但上级看到他的伤尚未痊愈，始终没有批准。1950年底，张勤合复员返乡时，被评为甲级伤残。

此后，张勤合一直在家务农，日出而作，日落而息，如同乡野一棵默默无闻的小草。他深藏功名，从不向任何人提起他以往的事迹。硝烟弥漫的战争年代已悄然远逝，但老兵不老。他经常会充满深情地说："国家没有忘了咱啊。我活了 90 多岁，每月还能领 2000 多元优抚金，与牺牲的战友比起来，真是太幸运了。"

——原载 2020 年 8 月 28 日《河南日报》

作者简介

张凌云，男，1985 年 8 月生，河南辉县人，河南省作家协会会员，辉县市作家协会副主席。曾在《人民日报》《农民日报》《中国青年报》《河南日报》等报刊发表文章 600 余篇，著有《傲立潮头》《落雨惊鸿》《走进孟庄》《新辉县》《冯家新在基层》等。曾获全国思想道德和文化建设评论二等奖、新乡市纪念抗战胜利 75 周年征文优秀奖。

那年腊月二十五

李光辉

　　也许很久很久都没有回忆过童年，因为时代在变迁，今天是农历腊月二十五，"二十三，祭灶关，二十四，扫房子"的歌谣，一下子把我拉到了童年那个寒冷的冬夜里。

　　我的老家在太行山腹地，与山西省毗邻，是两省三县的交界处，两省是河南省与山西省，三县指山西的壶关县、河南的辉县和林县，可能老家的名字三郊口也就是由此产生的吧。我们村子名叫孙石窑，但孩提时我咨询过年长的爷爷奶奶也没有一个能细说端详。后来，村后一座庙宇被毁坏，其中一通石碑被一村民移至家门口做盖房时备用，发现上面有粗略的乡村历史记载后，没敢再用，即平放在家门口当休闲吃饭的坐石。我看了之后，难过了好一阵子，也许这石碑是唯一能证明我的村庄历史的印痕了，所以我倡议并自己出资把碑文拓下保留，以便让后代知道我们村子的故事。

　　1980年的春节将至，山上这个时候早已冰天雪地，万物被霜雪包裹。那年我六岁，我上学比同龄人早一年，当时我正读一年级，幼小的我只能记起一点点细微的痕迹。因为当时是计划经济时代，购买一切商品都依靠供应，买布有布票，买粮有粮票，买糖有糖券，一年里唯独有两个节日最受欢迎，那便是中秋和春节。中秋有月饼，红绿色的糖丝和花生相间，虽然没有大白兔奶糖的味道，但对几岁的孩子足够充满诱惑。春节是一年中最快乐的时刻，能嗅到久违的肉香味，厚厚的肉块更让人垂涎三尺。在山里，只有家里有门路的人才能割到肥肉，因为除了吃肉还可以炼油渣，把炼好的油用瓦罐储存起来，即使平常吃不上肉，家里来了重要客人或驻队干部轮转派饭到家里，也能用腥油在锅里抹两遍，一顿可口的大餐就随着油味吃得津津有味了！中秋佳节过去很长时间了，我给妈妈提条件，一定表现得好点儿，争取春节能用布票扯上新布，我想买条新裤来替换我已经换了三次补丁的窟窿裤。一切听从家里安排，我按时上学背书，放学喂牛割草，星期天挑粪垫猪圈，早上早起去几里外的浅水坑挑水，幻想着一切美好的愿望随着努力都能变成现实。我每天激动地吹着口哨上学，放学了也跑得最快。在同学们的眼里我一直都是快乐的男孩。

那年临近腊月二十四的时候，妈妈说给我攒的布票不少，明天就可以去供销社给我扯布做新裤子了。那一夜，我翻来覆去，难以入眠，而劳作一天的家人早已疲惫地进入了梦乡。虽然山里下着大雪，外面寒风凛冽，但我依然保持着清醒：天快点亮吧，因为我马上就要穿上新裤子了，我要在同学面前好好地展示一番。天快亮了，窗外一片洁白，而这时我却迷迷糊糊睡着了，梦见自己穿着新裤子，在雪地里打滚，笑得合不拢嘴。这时，爸爸叫我起床，让我打扫卫生，我高兴得马上"应战"，洗刷、打扫、清淤，俨然成了家里的小大人。

时间不知不觉到了中午，妈妈回来了，手里还拿着布票，但没有我希望看到的布，我一脸失落。因为大雪封山，出山采购的人员拉着牛车，进的货很少，等妈妈排到跟前时已经售完了。妈妈再三询问年前还会不会进货，供销员无奈地摇了摇头说："不会了，这山，这路，这雪，不出人命都万幸，凑合着过年吧！"我听完瞬间瘫软在雪地上。你知道我当时最恨什么吗？是雪，它把我的炫耀和自信一片一片粉碎。我感觉天昏地暗，泪水就像风筝断了线，把雪地打湿了一大片。

那年的腊月二十五，我正在烧火，听到妈妈叫我。我从浓烟滚滚的厨房出来，看到妈妈拿着已经洗得干干净净、膝盖上已经换上了崭新的补丁的裤子，我再次哭了。这次我哭得稀里哗啦。我想了很多很多，大山、贫穷、路……我多么想长大走出这座大山！也许就是这么一条裤子，一场痛哭，为我后来走出大山埋下了伏笔。农历腊月二十五，在众人的眼里是一个普通的日子，但在我这个山里孩子的脑海里却成了不能遗忘的日子。后来我转学走出了大山，又进了省城上学，毕业后返回县城参加工作，后来又到首都进修学习。但每到年末农历腊月二十五的时候，我就会不由自主地回忆起我童年时的那段经历。那段经历刻骨铭心，深深地影响了我的一生。也许是命中注定，因为一个日子，成就了我的梦想；因为一条裤子，改变了我的未来。现在我年已不惑，不会因为买条新裤子而感动，但那条补着新补丁的裤子我终生难忘。现在妈妈已经离开我十四年了，我十分想念她，想念她抚养我们姊妹三人的辛勤劳苦。一条裤子又让我热泪盈眶，这次哭，是想念她为我缝补裤子的细密匀称的针脚。又到一年腊月时，我想说，妈妈，您放心吧，我们丰衣足食，过得很知足！

腊月二十五，成了此生抹不去的思念，被镌刻在我的心底深处，长成了常青树，鞭策着我一直努力地走下去，即便路途坎坷曲折，我也会不畏艰险，将崎岖化为平坦，走好人生每一步。

——原载 2012 年 5 月 3 日《新乡日报》

作者简介

李光辉，男，1973 年出生，河南辉县人，中华诗词学会会员、中国楹联学会会员、辉县市作家协会理事、辉县市诗词学会理事、辉县市楹联学会顾问。诗词、散文散见于《岁月的回响》《回家，永恒的归路》《时光的暗锁》《新乡日报》等图书、报刊。有诗词、散文曾多次在全国大赛中获奖。

走过风雨

李光辉

　　一场夏雨如期而至，降落在庚子年芒种时节一个烦闷的午后。天空被一片大雾弥漫笼罩，能见度极低，看不到城北的苏门山和韭山；耳旁只能听到小雨淅沥的声响。

　　好久没有下雨了，一场疫情将所有的记忆尘封。从来没有过这样的经历，只能选择坚强。大疫当前，作为医者，我不能退缩，每天把自己关闭在狭隘的医院里，基本不再浏览手机微信和新闻，每天加班布置会议、写资料、打印文件，安排落实工作。好在疫情防控得当，发霉的心情渐渐在四月被暴露在阳光下，心里如释重负，压在心上的千钧重担终于落地。

　　今天中午我有时间回家，吃过午饭准备休息。这时，一场洗涤心事的雨适时到访。窗外嘀嗒嘀嗒的伴奏曲，一下子延长了我的思绪，唉，尘封太久了，一场雨又把我带到……

　　也许，人生所有的幸福都是如此简单，简单到饿了有饭，渴了有水，困了能睡。可有谁知道，我喜欢在雨里漫步，把所有的心事倾诉于你，让雨把我的焦躁、烦闷、压抑一并洗涤，权当这就是爱你的理由之一。

　　其实，一场雨并非凭空而来，它需经过冷热对抗，经过酝酿辗转，经过气压对流。这些因素的激烈程度决定雨的大小、细腻程度以及持续时间的长短。这次的雨，刚好是我喜欢的细腻程度。雨不大，打在身上没有凉的感觉，轻轻的、软软的，像极了一种亲吻婴儿的感觉，瞬间感觉好甜蜜，感觉你在冲刷我发霉的记忆，一股清新扑面而来。走，和你一起去散步，让你聆听几个月来走过的点点滴滴，其中包含我的鲁莽、我的冲动、我的坚强，还有偷偷地掩面而泣。孤单的滋味一直像极了今天的天气，雾蒙蒙的不够清晰。

人生皆春色，风雨总关情。虽然不是风雨之后总能看到彩虹，但每次风雨之后总能让我有所收获，每次经历总能让我有所成长。人生不可抗拒地要学会接纳，学会把握方向。要对人生中遇到的贵人常怀感恩之心。同时，要学会放弃更多的不悦，不要让负面情绪影响了自己。韶华易逝，切莫辜负人生，更不要纠结所谓的一时欢愉。

夏雨常遇，唯独今年的雨不同，来得恰到好处，来得及时又善解人意。希望雨把所有的抱怨和失意都带走，我可以简单地做一个傻傻的自己。感谢有雨的日子，感谢你能让我有所启悟。一场雨将我的感觉浸润得如此通透彻底。我希望能够平心静气地在雨中呼吸，好好嗅一嗅你到来的气息。脑子里蓦然想起"好雨知时节"的诗句，虽然发生在夏季，也感到无比的欣喜。

看来，雨不是下在了土地，而是下在了我的心里。雨不单是滋润生命的源泉，更是寄托希望的宿地。雨，我为你抛弃了伞，甘愿与你邂逅，一起去净化心灵，一起去追求自由，一起去洗涤怨恨，只愿做一个清清白白的自己。

雨，希望人生一路有你，徜徉在你的怀抱里自由地呼吸！

——原载 2022 年 10 月《新乡日报》

叶芝爱情中的《四书五经》

——《当你老了》诗歌精神之赏析

何光英

威廉·帕特勒·叶芝（William Butler Yeats 1865—1939），爱尔兰现代著名诗人、戏剧家和散文家，爱尔兰文艺复兴的领导人之一。他被诗人艾略特誉为"当代最伟大的诗人"，并于 1923 年被授予诺贝尔文学奖。

1889 年 1 月 30 日，二十三岁的叶芝第一次遇见二十二岁的茅德·冈，并对她一见钟情，从此，诗人的爱情悲剧也拉开了序幕。百无一用是深情，诗人苦恋一生，最终梦也成空。感伤之余，诗人突破了个人不幸的遭遇，倾尽一生为心爱的女神写下了许多思想深邃、格调高雅、真挚感人的诗篇，《当你老了》就是其中最著名的一首。该诗以朴素的语言、真挚的情感、幽远的意境征服了广大读者的心，风靡全球。

一

生命何其短，诗人已逝近百年，徒留感人诗篇；情又何其长，"一生只够爱一人"，唯愿三生三世。

好作品皆发乎心灵，并给世界传递温暖。诗，不仅言志。从诗歌诞生之日起，爱情便是诗人最喜欢吟诵的主题，至圣至明的孔子在编《诗经》时，将情诗

《关雎》列为篇首。叶芝的这首《当你老了》之所以成为世界千古绝唱，不仅因为诗人高超的诗艺，也因为诗人至真至诚的情思与旷远清幽的心境，也因为诗歌凌驾于修辞、技艺之上的精神能量。

每当读起《当你老了》这首诗时，那些被我们用旧的时光霎时被打磨出锃亮的光芒，时间仿佛又回归到原点。"在河之洲"的淑女、"在水一方"的伊人、"一日不见，如三月兮"的男子、"一寸相思一寸灰"的深闺女子、"十年生死两茫茫"的苏子瞻……那一个个伤情的人儿纷纷穿越时空奔赴我大脑的会客厅里，与叶芝先生欢聚一堂，他们同病相怜，彼此朗诵着对方的诗篇。蓦然回首，曾参、孔丘、孟轲等人早已漫游在我小脑的后花园里。下面，我就叶芝爱情中的《四书五经》的绰绰影影，谈谈这首诗的诗歌精神。

二

爱情是一场修行，至诚可参天地。

先看这首诗的题目《当你老了》，这是风华正茂的诗人对他的红颜恋人很平静的开场白。不同于海誓山盟，也没有华丽的辞藻，这看似唠家常般朴实的语调却蕴藏着诗人"执子之手，与子偕老"（《诗经·邶风·击鼓》）的至真至诚的心愿。"当你老了"这几个字好似光阴轮栽的一棵参天大树屹立于天地之间，一根根名叫"真情实感"的触须溪水般地流淌在十二行诗的字里行间；一枚枚字符仿若由一片片摇曳有致的叶子编织而成的风铃，鸣奏出叮当交响的乐章。

《大学》有云："所谓修身在正其心者，身有所忿懥，则不得其正；有所恐惧，则不得其正；有所好乐，则不得其正；有所忧患，则不得其正。"这不仅是修身之道，也是爱情之法。在爱神面前，不仅要诚其意，还要正其心，要以端正的心智来驾驭感情，以中正平和的心态修养品性。叶芝深爱着茅德·冈，他爱她，爱她的美貌，也爱她"哀戚的脸上岁月的留痕"；他爱她，爱她的十八岁，也爱她的八十岁；他爱她，爱得无声无息，爱得生生不息；他爱她，爱得义无反顾，爱得无怨无悔。叶芝忠贞而又含蓄的爱情穿越了时空，其诗歌精神几乎完全与《大学》中的格、致、诚、正、修、平等元素相吻合，真挚而不呆板，超越而不虚浮。

《论语·雍也》第六，子曰："质胜文则野，文胜质则史。文质彬彬，然后君子。"叶芝的爱情，并不是叶公好龙，也不是纸上谈兵，更不是一种行走于红尘的行头或文饰，而是质朴的情怀与斐然的文采比例对等且互相匹配的爱情，且华且实，至真至纯，是内在与外在、现实与理想相统一的文质彬彬的君子之爱。当读到诗句"追梦当年的眼神""唯独一人曾爱你那朝圣者的心"时，这种超越功利的爱情令人感慨万千：唯有真情实感，我们的诗歌方能接近至善至美；唯有真情实感，我们的诗艺方能做到游刃有余；唯有真情实感，我们的灵魂方能找到栖息之所。

三

真诚是一门神功，唯上下而求索。

"海水尚有涯，相思渺无畔。"情网大概是人世间最难摆脱的网，单相思犹如掉进了无边的苦海，水深辽阔，令人望洋兴叹，但无限风光定在险峰。也许，正是爱情征途上无限的起伏、无限的延绵、无限的奇险、无限的广大、无限的深邃为诗人拓展了无限的胸襟，增生了无限的力量。《中庸》第二十六章记载："故至诚无息，不息则久，久则征，征则悠远，悠远则博厚，博厚则高明。博厚，所以载物也；高明，所以覆物也；悠久，所以成物也。博厚配地，高明配天，悠久无疆。如此者，不见而章，不动而变，无为而成。"尽管叶芝的痴情一直得不到回应，但他还是一如既往地爱了，他像一只泣血的荆棘鸟，用一生演绎着一种终极之爱，生命不息，真诚不已。

千古一爱，同声一歌。叶芝爱的对象既是茅德·冈，也是一种尽善尽美的境界，更是一种磐石般的信仰。叶芝之爱，是向世俗之爱的挑战，是向美益求美境界的靠近，是向至高至远理想的冲刺。这种伟大的灵魂必然会与伟大的痛苦相依为伴，也正是这种不幸的情感经历，反而造就了叶芝诗歌创作上的成就。"爱情是怎样逝去，又怎样步上群山""怎样在繁星之间藏住了脸"，这首诗最后两句以象征的手法昭告世人爱的真谛，也正是这种伟大的痛苦，又让诗人的爱情在一次次艰难求索中，超越爱的极境而达到永恒。

——原载《中原税务》2020 年第 8 期

何光英，女，中国诗歌学会会员，河南省作家协会会员。曾在《中国诗歌》《诗选刊》《大风》《神州文学》等发表诗歌若干；部分作品入选《诗选刊》全国诗歌年度大展及中国女诗人作品专号及《中国现代诗歌精选》《河南文学作品选》等多种选本；出版有诗集《没有水没有月亮》。

作者简介

夏风如茗

刘天文

　　清代文人张潮在他的随笔体文集《幽梦影》中，对风的体验和感悟这样写道："春风如酒，夏风如茗，秋风如烟，冬风如芥。"在张潮看来，春风轻柔、温暖，似有新生儿的体香，易生亲近之意，身心醺醺然如饮醇酒，似被春风清洗了一番。夏天燥热难耐，若迎面吹来一阵凉风，如饮一杯清凉的茶，从头顶到脚底，凉意通透，怎一个"爽"字了得？

　　古诗中，风的意象主要按春、夏、秋、冬四季表述，各有其名，其中夏风又称"南风、暖风、熏风"等。所有的称谓，我更喜欢"暖风"。这个特指初夏的风，似自带温度，只是想想，暖意便氤氲缭绕。

　　"晴日暖风生麦气，绿阴幽草胜花时""麦随风里熟，梅逐雨中黄"。在诗人的笔下，初夏暖暖的微风催生了麦子的成熟，甚至麦子金黄的色泽也是夏风的手笔。如果你以为初夏风的"暖"仅是如此，便大错特错了。周邦彦以为，"风老莺雏，雨肥梅子"，暖风又被赋予母亲的角色，把雏莺喂养大，一个"暖"字，道尽母爱的特质。所以，此时的夏风如一杯红茶，茶色红艳明亮，香气芬芳，馥郁持久，宜浅酌细品。

　　更多时候，夏风如一个调皮的孩子，到处招惹是非。"水晶帘动微风起，满架蔷薇一院香"。掀起水晶帘，好奇于帘后的内容，走时还不忘携一缕花香。或者"微风忽起吹莲叶，青玉盘中泻水银"，又玩起莲叶上雨后积存的清水，只不过玩得兴起，莲叶侧倾，水如水银倾泻如注。但它也有安静的时候，夜深时，风儿轻轻摇动竹子，竹子晃动竹影，竹影栖身轩窗，此情此景，何等的安然宁静。此时的夏风，如茶叶初沏，在水中欢快地翻滚，最后归于沉静，令饮者齿颊生香，回味无穷。

华夏自古就有"神农尝百草，日遇七十二毒，得茶（茶）而解之"的传说，最早的"饮茶"方法其实就是用嘴直接咀嚼茶树的鲜叶，"吃茶"一词也就由此诞生。夏风中夹杂着青草、山花、泥土、水汽诸般滋味，猛然吸上一口，如吃茶一般，尽是原生态没有经过加工的自然味道，须臾散入四肢百骸，体泰心舒。所以，夏风宜吃。

夏风又起，"绕城荷叶已掀风"，虽不知是风掀起了荷叶，还是荷叶掀起了风，但从中可以品出，夏风，原来还深具禅意。

———原载 2021 年 5 月 24 日《中国能源报》

作者简介

刘天文，男，70 后，河南辉县人，辉县市作家协会会员。作品散见于《河南日报》《山西晚报》《今晚报》《中国应急管理报》《中国能源报》《江苏教育报》《中国水运报》《杂文月刊》等报刊。

眼睛的喂养

刘天文

　　"一见钟情"语出清人墨浪子的《西湖佳话》。在国人的情感谱系里，"一见钟情"绝对是殷殷的浪漫期许。在丰子恺看来，"一见钟情"便是"眼睛吃人"。他在《认识绘画》里写道："人皆以为嘴巴要吃，身体要穿，人生为衣食而奔走，其实眼睛也要吃，也要穿，还有种种要求，比嘴巴和身体更难伺候呢。"

　　口舌之欲，填饱的是肚皮，营养的是肉体；眼睛的喂养，花草树木、山川河流、莺歌燕舞、日升月落皆可作"食粮"，滋养的是灵魂，营养的是精神。诸多的"食粮"中，书无疑最具营养价值。

　　常有友人恭维："你写的散文很有品位，接地气。"铺垫结束开始正文，接着又问："你写作有啥诀窍？"以我浅鄙的素养，总结不出高深的道理，每次都以"多读书"来回应。这三个字似有敷衍之嫌，却是我真实的内心感受。无独有偶，参加过一次纯文学杂志社编辑与文学爱好者之间的座谈交流会，现场有人问编辑："我肚子里藏了好多东西，酝酿了好久，有写作的素材，可就是写不出来。"编辑的回答就是"多读书"三个字。

　　"读书"与"看书"，我更喜欢"看书"两字，"读书"给人的意象，浮现的是学生大声朗诵那种状态，而"看书"，则凸显了眼睛的功用。眼睛会饿，眼睛吃不上精神食粮，会空洞无神，会暗淡无光，会疲惫，会冷漠……反映到人体，则无助、迷惘，像等着枯死的树。眼睛是心灵的窗口，读书破万卷，眼睛丰润了，灵魂和生命才会醇厚，才会灵动。

宋真宗赵恒为提倡读书风气，御笔亲作《励学篇》。诗中写到"书中自有千钟粟……书中自有黄金屋……书中自有颜如玉……书中车马多如簇……"古人的追求无非保温饱的粮食、续姻缘的红粉佳人、显身份的车马随从这些物质的东西。而最后一句"男儿欲遂平生志，五经勤向窗前读"则升华到精神层面，这些丰沛的物质，可以通过读书获得功名来实现。这首诗的内容虽然读来有些市侩、功利，但对读书人的影响是深远的，已逾千年。

现代人整日为生活奔忙，眼睛的作用，大多是看 K 线、看报表、看手机、看电脑，以获取及时实用的信息，不论眼睛同意不同意、情愿不情愿，主人都是将诸多信息生硬地塞入眼睛。书看得少了，或者干脆不看，灵魂得不到滋养，以致枯萎，不得不看心理医生。心理医生用眼睛吸收的营养来浇灌另一颗枯萎的心，看到这种情况，往往想到"嗟来之食"这个词。

在网上购买书籍，偶然看到有卖仿真书，就是假书，一个空书壳，放书架上摆设装饰用。也有买了一架子书不看的，成了装饰品。如此附庸风雅，也如空书壳一样空空如也，如"行尸走肉"，徒增笑料罢了。

——原载《杂文月刊》2021 年下半月第 6 期

冬有书香不觉寒

刘天文

《礼记·文王世子》中有"春诵，夏弦，秋学礼，冬读书"的记载，之所以说"冬读书"，是有原因的。几场北风吹过，冬粉墨登场，寒意铺天盖地席卷而来，叶落、花残、鸟藏，天地一片清冷寂寥。此时，时光慢下了脚步，包括各种声响，鸡鸣犬吠，尘嚣纷争，似乎被冰冻凝固。如此难得的肃静，身宁心安，精神容易集中，正是读书的大好时光。清人张潮在《幽梦影》里说，"读经宜冬，其神专也"，也是这个意思。

冬日读书宜在中午。于阳台，一卷闲书，一把藤椅，半杯清茶，加上一个俗人，便能营造出安逸静谧的幸福时光。窗外寒风凛冽，屋内温暖如春，此时读诗词或者散文，赏古韵古色，享花草闲情，忘却浮躁和喧嚣，让内心的世界鸟语花香，波光粼粼。书中的每一句话、每一个字，甚至每个标点，都自带温度，散发出温润的暖意。阳光爬上书本，跳跃在一行行文字上，也来附庸风雅。累了合上书，闭上眼，一句诗涌上心头，"合上书本，夹住一缕来不及撤退的阳光"。花香何如书香远，在这样的冬，书香胜于花香。

李清照诗中写道，"枕上诗书闲处好，门前风景雨来佳"，冬夜枕上读书又是另一番滋味。斜倚枕边，或者趴在枕上，无须红袖添香，一本书足以消磨漫漫冬夜！此时宜读史书，在文字的海洋里穿越或者旅行，古今中外，上下五千年，东西南北中……与历史对话，与古人交谈，提高眼界，增加思考。读到悲愤处，扼腕击掌；读到激扬时，热血满胸，从身体上、精神上温暖火热，不觉寒意渐去，夜已渐深。

雪夜读书更有情趣。窗外落雪窸窸窣窣，如蚕吃桑叶"沙沙"有韵，而我在屋里咀嚼着文字，一样津津有味。眼累了，瞅瞅窗外的雪，也是一件很惬意的事。"满庭更遣迟销著，剩借书窗几夜明"，让满院那些迟迟没有融化的雪堆留在那里吧，它们恰好可以当作明灯给窗前夜读的学子照明。映雪夜读，想象中也是多么有诗意、多么浪漫的事。

翁森老先生说，"读书之乐何处寻，数点梅花天地心"，读书之乐到哪里去寻找？就在这寒天雪地，且看那几朵盛开的梅花，从中我们可以体会天地孕育万物之心。苏轼在《记黄鲁直语》中说："士大夫三日不读书，则义理不交于胸中，对镜觉面目可憎，向人亦语言无味。"在书海跋涉，沾染满身书香，于冬日也有春暖花开的明媚，足以抵御生活的苟且，足以慰藉内心的风波。

——原载 2021 年 12 月 9 日《河南日报》（农村版）

醉槟榔

郜 艳

最初对槟榔的认识，来自小时候听到的一首歌："高高的树上结槟榔，谁先爬上谁先尝……谁先爬上我替谁先装，少年郎，采槟榔，小妹妹提篮抬头望……"这是一首很经典的湖南民歌。

歌词的字面意思，似乎是少年郎在追少女时，要先爬到树上采槟榔，而且最先爬到树上的，可以最先尝到槟榔，而树下的少女，也会替爬上树采到槟榔的那个人往篮子里装槟榔。从往篮子里装槟榔的那一刻起，应该就代表这两个人恋上了吧？

第一次听这首《采槟榔》，是张也在 1989 年的央视春晚上演唱的。那时恰逢情窦初开的年纪，因此我对这歌词的印象颇为深刻：高高的树上结槟榔，谁先爬上谁先尝——这歌词还在我心里勾勒出了美好的少男少女的画面，但又有疑问：槟榔是什么？槟榔树很高吗？

身处中原的我，从来没有见过槟榔树，当然也不知道槟榔长什么样子。后来我慢慢长大，结束学业后，又参加了工作，忙碌于生活，少女时期对槟榔最初浅的认识和印象，也在不知不觉中被时间冲刷到了心底。

第一次见到槟榔，是 10 年前在武汉。

这段记忆同样深刻。偌大的办公室里，只有坐在我后侧的同事爱嚼槟榔，而且是包装好的干槟榔。那天，当他将槟榔刚放进嘴里咀嚼的时候，我突然感觉有一股尖锐的凉气扑向我，像有千万根钢针刺进了我的胸腔，顿时就喘不过气来，窒息感越来越重，赶紧跑到外面，大口喘气。过了好一会儿，才缓过来，我不知道自己是怎么了，为什么对槟榔味道如此敏感。从此以后，我就开始惧怕槟榔，仿佛那是可以让我不自在的小猛兽。

后来，我在三亚一个安静的小镇上过冬。那里有成片成片的槟榔园。槟榔树清瘦清瘦的，高高的，直直地耸立向蔚蓝的苍穹。槟榔的叶子像半片垂下去的扇子，又像是漂亮姑娘的百褶裙摆。叶子的根部，挂着椭圆形的槟榔，远远看去，仿佛一枚枚碧绿的圆头梭子。槟榔几乎就在槟榔树的顶端，如果不爬上树去，还真采不到。

在海南遇见这么有美感的槟榔后，再想起被槟榔味道刺激的感觉，我居然没有那么惧怕了。很多海南人喜欢吃新鲜的槟榔，街头随处可见卖槟榔的人。常常是一个人，一张桌，一把椅子，一顶斗笠，面前放着箩或筐，里面装满了绿油油的槟榔。箩筐里的槟榔，有完整的，有被切成两半的，还搭着槟榔的叶子，随意又好看。卖槟榔的人，通常都是安静地坐在那里，一副与世无争的姿态。你买或者不买，他都安静地坐在那里。

据说，新鲜的槟榔是脆脆的，很好吃。但我从来不敢尝试，更不敢靠近嚼槟榔的人，生怕闻到多年前的那种味道。槟榔可以醒脑提神，消除疲劳，因此很多海南人爱吃槟榔。

小镇上，有一家酒店，酒店旁边是一片槟榔林。我去吃饭的时候，会坐在酒店外面的槟榔林那里。那一排铁制的台阶凳子上，也坐着其他人。我经常边吃饭边看那些槟榔树，吃饭间隙，还会和熟识的人讨论槟榔和槟榔树。

有一次，一位来自东北的大姐说："我昨天吃了半个槟榔，结果像喝醉了酒一样的，头晕、气喘、浑身没力气……"

吃槟榔居然可以醉？这是我第一次听说。不过也不奇怪，因为槟榔里含有的槟榔碱，是一种可以使神经兴奋的成分，因此，对此敏感的人就会产生身体上的反应。而我那次，嗅了槟榔的味道，是不是就距离醉槟榔不远了？

《采槟榔》这首歌，本身就是言情的。天下事，但凡涉及一个"情"字，通常都容易让人醉。又或许，即使没有"情"字，美好的事物或者风景也会让人醉吧。因此，除了身体上的醉，还有心情、情绪，更是容易醉了。比如，这高高的槟榔树及树上的槟榔，就会让人醉。

——原载 2019 年 5 月 15 日《华西都市报》

郜艳，笔名奔奔，女，70后，河南辉县人，《中国校园文学》签约作家。曾在河南省辉县市广播电台机房任执机员，后至河南省郑州市《时代青年》、《文化时报》、湖北省武汉市《知音》杂志任编辑、记者。作品散见于《中国广播报》《华西都市报》《短小说》《华文月刊》《中国校园文学》等报刊，曾获得全国"知音故事写作大赛"铜奖。

眼里落着星星的男孩

郜 艳

夏天还没有过完，一场雨就把秋天的凉意带来了，枝头摇曳的浓绿树叶也悄悄擦上了一层浅浅的黄色，向着秋天的深处慢慢靠近。

这天傍晚，我在学校附近的住处批改完作业，感觉眼睛有点酸，就出来散步。那条石板路上有落叶，踩上去发出"窸窸窣窣"的声音。小区里很安静。当我来到一栋楼下时，突然看见一个小男孩从楼里跑了出来，如同一阵小旋风般几乎要卷起脚下的落叶。紧接着，这阵小旋风收住了脚步，然后便是清脆的一声："老师！"

"嗯？洪新？"我停下脚步，循声望去，原来是我的学生。他抱着足球，看样子是要去空地上踢球呢！

"老师——"洪新咧开嘴笑笑，慢慢走到我跟前，有些拘谨地抱球站着，欲言又止。

夜色正逐渐笼罩大地，周围的树木和楼房也开始朦胧起来，楼旁的灯忽地亮了。橘黄色的灯光暖暖地打在洪新的脸上，他略带迟疑的神色下，似乎掩藏着小小的紧张和兴奋。我不禁好奇起来，笑着说："洪新，你有什么事要告诉老师吗？""嗯……老师，刚才妈妈夸奖了我，还给了我奖励……她现在对我刮目相看了！"洪新的眼睛里闪出了喜悦而自信的光芒。

"哦？那太好了！"洪新的话也让我乐开了花，因为我刚到这个班时，发现他有些不自信。有一次课堂上回答问题，我发现他有着独到的见解，因此我表扬了他。从那以后，他似乎找到了信心，回答问题很积极，遇到不懂的地方会主动问。通过他的课堂反应，我发现他的接受能力非常强，还常能举一反三。他是一棵好苗子。但是在家访中，我却发现家长似乎没有看到他的优点。当然，相当一部分家长都这样。也许是他们对孩子的期望值过高了？

给孩子时间，耐心等待孩子成长真的很重要。道理谁都懂，但真正做到却不易。所以，当洪新告诉我，他得到妈妈的肯定后，我好像看到了一朵被绿叶包裹着的花骨朵要绽开第一个花瓣那样眼前一亮，很是开心！他的妈妈终于看到他的闪光点了。

那个秋风四起的傍晚，穿着白色短袖的洪新仰头看着我，站在树下眉飞色舞地跟我分享着他的快乐。弯弯的月亮静静地穿过我们头顶的树梢，将淡淡的光亮洒下来，融入了暖暖的灯光中。我从这个男生身上分明看到了灿烂的阳光，以及阳光般的自信、勇敢。

那光芒突然为我疲沓的心注入了一种力量，随之高涨起来的热情也像是被彩色的风鼓动着一般，还有那云彩般轻盈的快乐。

当洪新抱着球蹦跳着跑开时，我看着他雀跃的背影被灯光拉长又缩短，清凉的风拂面而过，头顶的树叶沙沙作响，月光被轻风摇落了一地，似乎还带着星星的微笑。洪新和那些小孩子借着灯光在那片空地上玩耍嬉闹着，热闹又开心。

我踩着石板小路慢慢走回住处，洪新那双亮闪闪的大眼睛还不时地闪在眼前，突然之间我明白了教育的真谛——原来"当一棵树摇动另一棵树，当一片云推动另一片云，当一个灵魂召唤另一个灵魂"，不仅是老师在召唤和点亮学生，也是学生在召唤和点亮老师啊！

那个眼睛里落着星星的孩子，无意中就给我上了很好的一课。

他如一团小火苗，点燃了我的热情。

——原载《中国校园文学》2022 年 10 月号

给梦想的一封信

董美华

亲爱的梦想：

你好！

好久不见，一切安好？

春节刚过，马上就要迎来万物复苏的暖春了，而我的心却是灰色的。突然好想你灿烂的笑脸，问候一声：出彩的你，在忙些什么？

亲爱的，还记得吗？

小时候，爸妈为了攒钱买房，生活俭省，吃穿简朴，而享受玩具和零食从来都不是我的习惯。记得那年夏天，放学路上有一家商场的橱窗里挂着一件紫色的纱裙，漂亮极了，一眼便让我再也忘不掉了。于是我闹着要爸妈买，妈拗不过我，一咬牙买下，一条裙子花掉了她月工资的三分之———尽管妈从没舍得给自己买件衣裙。当我穿上那条带着崭新气息的裙子时，我感觉自己就是世界上最幸福的小孩儿，这个小孩儿的妈妈就是世界上最好的妈妈。

那时，你是橱窗里漂亮的花裙子。

那时，你是妈妈手心里最迷人的礼物。

正值妙龄年华，有一天，我遇见了他。他眉清目秀又朝气蓬勃，他身强体健又英气刚毅，最要紧的是他有一颗火热的心，关心我、尊重我、照顾我。我织毛衣，他帮着缠毛线；我值夜班，他从头陪到尾。渐渐地，好奇妙，看不到他的人，听不到他的声音，都会感觉缺点儿什么。有句话说得一点没错：爱，会随着时日增加壮大。恋上的那段日子，幸福得像天堂。后来，我的妈妈，把对女儿的企盼化作暖暖的叮咛，把对女儿的祝愿化作满车的嫁妆。

那时，你是一枚象征爱情之脉的戒指，是一句来自心窝里的爱的誓言。

那时，妈妈的祝福是世间最美好的礼物。

犹如晴天霹雳，那个人亲手撕毁了曾经的誓约，亲自践踏了最初最真的情感。他匆匆而来，又匆匆而去，没有留下一丝温暖。

然而，伤了元气的变故却换来了重生的洗礼，历经劫难正是为了新的蜕变。我心深处那一圈圈清晰而美丽的年轮，是岁月的眷顾，是上天的厚爱，因此我要感谢命运之神的安排。

虽然那是一段难挨的日子，但我始终是幸运的，因为磨难让我迅速成长，因为孤寂、脆弱的时候我有妈妈的陪伴。

"别怕，有妈呢。"

那时，你是踏踏实实的柴米油盐。

那时，你是世界上最温柔的陪伴。

但是，这一切的一切，都不重要。

我无论如何都想不到这份亲情发生了随之而来的巨变，那个疼我爱我的妈妈，她得了病，从此生活在无休止的尿片和一成不变的轮椅里。她不能口齿清楚地讲出一句完整的话，不能给我们做好吃的，甚至不能给回家的我开一下门。她不再有欲望，不再有愤怒，不再有哀伤。她身体的每一次移动都需要亲人的全程陪护。医生说，她会随着时间的推移一天天地丧失活力，我们只能眼睁睁地看着她日渐衰老。梦想，你在吗？可不可以请奇迹来看看我的妈妈？一次就好。

那时，你破灭了。

那时，你无耻地在我的绝望和无奈中仓皇逃窜。

那时，你是苍白的现实，你是虚妄的过去。

一个骄阳似火的下午，我回到家，是妈给我开的门，妈说："小丽，快去吃吧，妈给你做的西红柿汤面，还有妈烙的油烙馍，可好吃了。"确实好吃，我一口气吃下两大碗汤面和好几块油烙馍。那天，妈穿着一件黄花儿短袖，笑得可开心了，就像回到了十年前。妈恢复了往日的干脆利落，这个家恢复了往日的温馨和美好。

"小丽，你咋了？"

妈在叫我，我醒了，原来是一场梦，我赶紧抹掉了脸上的泪。

这时，妈笑了，她抬起皱巴巴的手为睡在她身边的我擦泪。

此时，你是妈妈的笑脸，你是世界上最美妙的瞬间。

此时，请你定格成永远。

亲爱的梦想，我绝不抛弃也永不放弃，风风雨雨我都面对，无论你是美丽还是忧伤，我都会一步一步走下去。

亲爱的梦想，恳请你让时间慢点走，别把"陪伴妈妈"变成你。除此之外，我再无他求。

我的梦想，你听到了吗？

你的好朋友：董董
2019 年 2 月

——原载 2019 年 2 月 13 日《平原晚报》

那些年

董美华

说起儿时的春节，印象里都是五颜六色的，对过年的期盼任何事情都取代不了，尤其是需求未被满足的那些年，更添了几分怀念。

从小，我们姊妹仨都知道爸有个心愿，那就是他想要个儿子。自打家里有了我和二妹后，爸就开始生闷气，看啥都不顺眼。但妈从不多嫌我们，妈觉得我和妹哪儿都好。疯跑把脸耍花了，妈一边笑一边给我们擦；衣服穿反了还在教室坐一天，回家发现了，羞愧得不行，妈说："怕啥？俺闺女脸比衣服好看。"胳膊腿哪里磕破了，妈抱着一吹，就不痛了。

当年爸为了要儿子，让怀着老三的待产妈妈躲开人多眼杂的单位家属院，硬要圆了买房的梦。两间房要价 7500 元，爸妈搜寻净了犄角旮旯也就 470 元。于是，爸一咬牙三天没吃饭，走亲问友凑齐了余下的钱。简单一收拾，顺利搬进了新家。自那时起，爸妈过得更省了。零用仔细，水电节俭，一家四口的饭里一年到头不见个肉星儿和油花儿，更别提谁添一件新衣裳了。

记得那年大年三十，我和二妹嘟着嘴跟妈要新衣裳。"咋？没有新衣裳，就不过年了？"爸的一句话把两姊妹巴望着过年的兴奋劲儿一下全灭了。二妹憋不住，哭吵着要。我赶紧说："妈，我不要。"这时，妈停下手里的活儿，看了我一眼，又看了二妹一眼，没搭腔。

待包好饺子，妈扭身不见了。妈回来的时候，二姨也跟着来了。俩人笑呵呵的，啥也不说，就把缝纫机搬到大灯下。二妹好奇："妈，恁干啥？"妈一边神秘地笑着，一边变戏法儿似的从里屋拿出两块的确良花布。当过裁缝的二姨嘿嘿笑着："一会儿送你个新年礼物。"正说着，她们俩便开始剪呀，缝呀，忙活了两个小时，做成两件一大一小的盘扣罩衣。衣裳一点不洋气，我们却喜欢得不得了，穿上花衣裳，乐坏了我们俩。

于是，那个年，又像个年了。

小妹出生后，爸妈把小妹寄养到了姥姥家。从此，家里除了还房债，又多了一项奶粉的开销。但不管日子多紧巴，好像都没苦到我们，记忆里从不觉得缺少什么。

有一次，后院邻家娶媳妇儿。正午时，新媳妇儿一下车，十几个迎亲的人前拥后簇地往屋让。这时，花料一撒，一片欢呼声中，彩屑和着各色水果糖、硬币散落一地。小孩儿们最待见这些内容丰富的花料，挤进人堆里，半晌起不来，不论是捡颗糖还是捡枚钢镚儿都很满足。那次，我和二妹放学回家刚好赶上，也凑过去抢糖。几个男孩手快，满地糖果很快被瓜分。我忽看见落我脚边一颗，赶紧下腰捡起。这时，二妹在人堆里哭了，糖没抢到，还被撞倒了。

我拉起二妹往家走。正在忙家务的妈妈问："咋哭了？"二妹委屈地抽泣："我……没抢到……糖。"妈忙拽着袖管给二妹擦泪："乖，不哭了。妈给你煮鸡蛋吃，中不？"

这时，我把手里的糖举得高高的，兴奋地邀功："妈！我抢了一颗！给二妹吃！"

二妹不哭了。妈盯了盯我手里的糖，又看了看我。妈没夸我。我不明白妈还气啥。后来，我不小心听妈跟爸说："今儿个闺女捡颗糖给我看，让我忍不住掉了两滴眼泪……想想这两年连个糖皮都没给孩儿买过。"

那年春节，妈给我们带回一包"大白兔"奶糖，一共12颗。我和二妹都舍不得吃，一颗糖咬一半，另一半包好糖纸留着下次吃。要说味道如何，那可是当年最好吃的奶糖，不是所有的小孩儿都能吃到的。现在想起来都还能回味起嘴里那甜甜的奶香味。

由于妹妹们还小，儿时每逢过年，爸总会把一些任务交给我，我帮不上大忙，擦玻璃、剁饺子馅儿倒一点儿不耽误。可这两个任务都是我最讨厌的活儿，常常磨蹭好大会儿；而妹妹们可以在那时吃刚炸出来的带鱼、肉丸子，啃刚煮好的大骨头。当然了，我干完活儿，妈总不忘犒劳我，我照样儿能吃到美味的油渣儿、鱼段，肉骨头还是热的，妈就给我洒了酱油，我吃着比啥都香，马上就把干活时的不乐意一扫而光。

转瞬已冬。妈走了，爸老了。"年"再也没了小时候的欣喜和期盼。如今，冷暖无忧，孩子们也大了，当新年的脚步临近时，心中不由激荡：过年了！真有点儿怀念小时候那些年：一颗糖、一块肉、 件新衣裳……

正忙着，儿子在电话里说："姥爷，今年俺跟你一起过年。"

──原载 2022 年 2 月 9 日《平原晚报》

七 月

董美华

　　七月的晌午，太阳懒洋洋地歪在 A 小区东北角。少了几块瓷砖的景观池里，一株睡莲无力地舒展着枝叶。蝉有一声儿没一声儿地鸣叫着，街上有车驶过，什么鸟叽喳了一小声儿，又静下了。

　　忙了一上午的人们刚刚进入午休，整个小区都好像沉浸在睡梦中了。打破这种宁静的是老胖。

　　有辆快递车停在 A 小区楼下，快递员正拨电话。十几辆电车乱糟糟地停在楼门前。老胖从刚刚停好的电四轮上下来，喘着粗气拖下一大包东西，"呼哧"扔在地上，"啪"一声把车门关上，抱怨和咒骂声瞬间爆发。

　　"都不长眼！乱停乱放！路是你家的？好狗不挡道，看我不放了你的气，扔了你的车！"

　　一语惊醒梦中人。楼上有几只脑袋偷偷朝楼下瞄了一眼，知道老胖没下黑手，就放了心。午觉睡不成了，眯瞪会儿也该起床工作去了。于是，楼道里渐渐有了声响，上学的、上班的、带孩子遛弯的，热闹起来。

　　七年前，老胖搬来的时候，邻居都叫她七月。那时的她刚结婚，不胖，白里透红的脸就像那水灵的桃子，一掐一包水，人见人爱的模样。

　　七月的男人叫健，眉眼端正，身材魁梧，长着一副理想男人的标准模样。健在外人眼里，模样还行；但在七月眼里，他长着男人器官是真的，没有一点儿男人成色也是真的。健有两大嗜好，嗜酒和嗜赌。七月除了做夜市小吃，白天还摆地摊贴补家用。七月挣的钱，没少被健用各种法子顺走，七月只好在衣服里缀个放钱的口袋，防贼似的防着他。

七月慢慢变成了邻人嘴里的老胖，不再是那个白里透红的水灵"桃子"，越来越像七月里一只长荒的胖冬瓜，胖到一屁股坐上电车，都寻不见车座儿。脾气也变了，以前的七月随和，逢人就打招呼，说话带着笑；现在的老胖自私蛮横，死不讲理。谁家浇花不小心溅了水，碰巧她从楼下经过，定要不依不饶从二楼骂到最高层。公摊楼道，老胖全当自己家的，她放什么杂物都行，人家要是落下什么东西，她非指桑骂槐不可。楼上的住户开始还同情她，可怜她命苦，摊上个赌棍。后来，她越来越胡搅蛮缠，骂得难听，更不服劝，便由着她疯，只当笑话看了。

老胖的儿子苗苗刚上小学，长得又瘦又小，可怜见的，像自生自长的茄子强努出的一颗小果，还因无人照看蔫得不像话。

那是个周末，老胖从苗苗书包里翻出一张成绩单。成绩单上的分数像蹿起的火苗，立刻点燃了老胖，她一声高过一声地责骂："我花钱给你买几套学习资料，当擦屁股纸用了？真是上梁不正下梁歪，没出息！"

"砰"一声，健带上里屋的门，厉声道："好好的睡觉天，全让俩扫把星给糟蹋了！"

"睡睡睡！啥也不干，净找事，咋不死在哪个旮旯！"老胖悻悻地呵斥，连带着一阵响雷般的击门声。门抖着，墙抖着，地砖也抖起来了，似乎整栋楼都有点失控。

健推开门，扯着嗓子叫："滚！"

老胖不语，瞪着健。健使劲白了她一眼，忽又背过身去，把自己扔床上，号了起来："妹妹你大胆地往前走哇……"里屋门大开。

老胖没纠缠，而是恶狠狠地指着苗苗骂："祸害人的东西……考个倒数第二，白瞎了给你买卷子的钱！笨死了！猪！"

"滚！"这次是苗苗，颤巍巍地尖叫。

"你再说一句！"老胖怒吼着，张开铁钳般的大手捏住苗苗的右脸拎起来，似乎要吃掉眼前这个瘦小的人儿。苗苗倔强地仰着右脸，惊恐的泪水顺着老胖的手背一滴滴流下。"妈！我不敢了！妈！我不敢了！"苗苗巴巴地求饶。

老胖松了手，留了一大片乌青在苗苗右脸上。这个时候的苗苗已然没有了抵抗的勇气，像一只被束缚的小老鼠蜷缩在角落，抽泣着，和着里屋一起一伏的打鼾声。

健突然走了，喝了大半夜的酒，人没抢救过来。老胖用撕心裂肺的哭声通报了整个小区。老胖不哭健，老胖哭自己，哭自己的命。"我的命好苦呀！一屁股债！这窟窿补不齐呀……前天下水道堵了，水管漏了一个月了，你眼瞎……我这到底是过了个啥？"

住在老胖家隔壁的大树被吵醒了，打开灯，看了下表，正是凌晨三点。女儿花花上厕所，眯缝着眼睛问大树："爸，老胖家咋了？"大树应："没事，睡吧，闺女。"

小区楼上的黑窗子有几盏灯亮了，又灭了。大树点燃了一支烟，抽了半支才睡下。

老胖忘不了那一刻，大树手提一个工具箱，自己找上门，问："苗苗，哪儿堵了？"

大树进屋，只干活儿不说话。没一会儿，管道通了，漏水的水龙头也被修好了。临走，他撂下一句话："有事让苗苗叫我。"

老胖愣了一下，锐气没了，嗓子眼儿里挤出一句"谢谢"，嘴一撇，眼圈红了。

大树媳妇儿去年得癌症死了，大树卖掉 B 小区的大房子，带着七岁的女儿花花住在老胖家隔壁。大树做厨卫装修生意，舍得出力，一口气扛上比他个头都大的箱子，走起路来还脚下带风。

那天，老胖仔细看了，本来黑脸大嘴、又胖又丑的大树，看起来似乎也不是太难看。

那时起，老胖包饺子，总要先给大树端去热腾腾的一大碗。老胖摊韭菜盒，第一张给大树，第二张给花花和苗苗，最后约莫他们吃饱了，她才满足地坐下慢慢吃。

不知何时，有人想起死了男人的老胖和没了媳妇儿的大树，刚巧一说和，这两家就并成一家了。

两米长的沙发，老胖坐东头，大树坐西头。

大树说："别摆地摊了，我养活你们娘儿俩。愿意给我做饭吗？"

老胖听了，心一紧，眼里冒出两汪泪花，赶紧说："我愿意。"

大树望着玩得正欢的苗苗和花花，一咧嘴，露出了洁白的牙。大树问："以后，我叫你啥？"

老胖笑成了一朵花，赧然应道："七月。"

—— 2022 年 10 月 17 日《东京大观》

我的“诺贝尔奖”

赵文陆

二十多年前，我中师毕业后被分配到一所偏僻的乡村初中任教。心高气傲的我不甘平庸，便和一位中专毕业的好友一道做起了作家梦。我们甚至狂想将来有可能获得诺贝尔文学奖，进而改变自己的人生轨迹。

他在工作之余写散文、小小说和中短篇小说，成了中国作家协会会员、省文学院的签约作家，厚厚薄薄的集子出版了好几本，成了名闻豫北的大作家。虽然他未必能获得诺贝尔奖，但起码是行走在有望获奖的道路上。我则在教学之余写起了教学随笔，围绕着自己熟悉的学生、学校和课堂，长长短短的文章倒也发表了近百篇，还出版了一本书，但当初的理想早已忘怀，与诺贝尔奖渐行渐远。年轻的时候，谁没有梦想？想到这儿，我便不会嘲笑当初不知道天高地厚的自己。

职业的缘故，一旦谈起诺贝尔奖，我仍会滔滔不绝。和好友聚在一起小酌，听他谈文学、谈莫言，我说课改、说教育。他写稿一气呵成，认为写作陶冶性情、滋养精神，还有稿费，不时有杂志约稿，稿费也不多。写作岂非乐事？我写教育随笔，常常有感而发，字斟句酌，很是费劲，稿费也少得难以启齿，千字左右的文章一般在百元以内，最常见的是三五十元。邮递员送来稿费单不忘揶揄一句：“下饭店还不够一盘菜钱呢。”但我却乐此不疲，很是享受文章寄出后等待发表的过程，以及文章发表后的自我欣赏。2007 年，我写的一篇教育论文在国家级杂志发表，居然收到了 240 元的稿费，着实让我惊喜了好一阵子。

今年暑假，我和孩子一起看了一部名叫《山林喋血》的电影，其间孩子问了我几个问题，我颇有感悟，随即写了一篇名叫《日本人会变坏吗》的文章，参加了由中国教育报主办、长沙诺贝尔摇篮教育集团承办的"纪念中国人民抗日战争暨世界反法西斯战争胜利 70 周年"征文活动，获得了教师及幼儿园家长组一等奖。不但有证书、奖杯，还有 770 元的奖金。一篇千字小文，770 元的奖励，在我的心目中，这不亚于真正的诺贝尔奖奖金。

古人说，文章乃经国之大业、不朽之盛事。也许教育写作没有这么高的层次，我们普通的中小学老师偶尔舞文弄墨，不奢求成为作家，也不一定想成为教育家，功名利禄全抛尽，尽情地享受写作的快乐，丰富了自己的教育人生，这是多好的一件事呀！

——原载 2018 年 10 月 17 日《教育时报》

作者简介：

赵文陆，男，河南辉县人，河南省作家协会会员，出版教育随笔集《谁最容易成为教育家》。

红 薯

崔来福

妻子爱吃红薯，经常大兜小兜地买了往家里带。其实我也愿意吃红薯，因为我爷爷以前是卖红薯的，小时候没少吃这东西。

爷爷在我上小学前就去世了，但至今我仍旧对爷爷在昏黄路灯下卖红薯的情景记忆深刻。爷爷卖的红薯不是烤红薯，而是蒸红薯。他事先在家里把红薯洗净蒸好，然后放进用"小棉被"裹着的篓子里，拉到街上卖。曾记得一天傍晚，后奶带着我去戏院里看戏，散场后，街上已经灯昏人稀了，但爷爷仍旧在对过儿电影院广场上的一根电线杆旁边裹着个棉大衣坐着，他的前面是红薯篓，后面是他孤寂的身影。我那后奶上前问他红薯卖得怎么样了，爷爷说还剩下一点儿。他说着话，就伸手掀开篓子的盖儿，从里面拿出一个热乎乎的红薯递给我。后奶让爷爷收摊回家，爷爷不肯，让我们先走。

爷爷在我的眼里是一个"传奇式"的人物，因为他是我家族中唯一娶过三个老婆的人，我的那个后奶便是他的第三个老婆。后奶陪爷爷走完他人生最后一段时光后就回到了她亲儿子的家中，顺便也带走了爷爷积攒了一辈子的家私。此后的爷爷便留在了我们家人的记忆中了。妈妈经常在闲谈中提及爷爷，这个习惯一直延续到了我娶妻生子。现在，妈妈已经过世，她的那个习惯又被我妻子"接棒"，正应了那句老俗话："不是一家人，不进一家门。"妻子最爱讲的"桥段"是爷爷给我亲奶奶当媒人的事情，她带着笑模仿我爷爷说话时的样子，常使我忍俊不禁。

那是个兵荒马乱的年代，爷爷正开着饭店，接待着来自四面八方的人，包括一些逃难的人。我的亲奶奶就被裹挟其中从新乡来到了辉县，来到了爷爷开的饭店。当时爷爷的第一任老婆已经去世，他看到了我的亲奶奶孤身一人，就萌生了怜爱之意。他对她说："外面乱糟糟的，你一女人家，多不方便，我给你介绍个对象怎么样？"我亲奶奶说："那就拜托你这个好心人了。"爷爷说："那个人和我长得差不多，你看看我的样子，相中相不中？"（妈妈说，我的亲奶奶曾经是某个大户人家的姨太太，当时携带着许多值钱的东西逃难，一个女人家在外面流浪确实很危险，也许就想找个踏实的人做个依靠）奶奶就对我爷爷说："那你给我说合说合吧，事成之后，必有重谢！"爷爷说："谢啥谢？咱们是一家人——那个人就是我。"

爷爷是幸运的，因为他遇到了我的亲奶奶。他的前妻没有给他留下一儿半女，他的后妻也就是我那后奶，不但在他瘫痪尿床后在他身下铺满了煤渣，还在他去世后卷跑了他几乎全部的家私，唯独这个中间的妻子，也就是我亲奶奶，连着给爷爷生下两个男孩，延续了崔家的香火。奶奶是一个会过日子的人，她利用手头的闲钱替爷爷置地买房，操持家务，使得这个家庭呈现出勃勃生机，而她自己却积劳成疾，在我父亲14岁那年便撒手人寰了。去世前，她还置办了两个儿子在将来结婚时所需要的一切，包括穿的戴的、铺的盖的。这真如秦观的《鹊桥仙》中的诗句一样："金风玉露一相逢，便胜却人间无数。"

我小时候只见过爷爷卖红薯，但我知道爷爷开饭店这事是千真万确的，因为家里有许多老物件我是见过的——春凳、长条凳子、大鏊、风箱，以及几把油面刀等。我考上大学那年，父亲送我去报到，在公共汽车上，有一个人开始和父亲闲聊起来，他说他是爷爷的徒弟，又说爷爷炸油条那真是一绝——他是用筷子挑着面进油锅的，捞出来的油条薄厚大小均匀，咬起来酥脆可口；让人叫绝的是他现挑现卖，能够根据客人需要的斤称来挑面，出锅后的油条用秤一称，不多不少正合顾客要的那个数。我后来惊奇地问父亲："爷爷怎么还有徒弟？"父亲说："有七八个呢。"接着他就随口报了几个人名来，然后带着遗憾说："这些人没一个能达到你爷爷的水平。"我又问："那爷爷怎么不把他的绝技传给你？"父亲说："他不想让我们吃他受过的苦。"

也难怪爷爷有那样的想法，因为父亲出生的时候，爷爷已经48岁了。我记得在我四五岁的时候，爸爸总让我坐在他那破旧的自行车的前横梁上，然后骑上它在城里面转悠，逢人便笑着说我是他的"老生儿"。我出生时，爸爸才 25 岁，就这样疼爱我，更何况爸爸是爷爷真正的"老生儿"呢？爷爷一门心思想让自己的两个儿子好好读书，将来好轻轻松松体面、面面地生活，就轻易不让他们进自己的饭店帮忙。也正因他的这个一念之想，他的那门"绝技"成了传说。

关于爷爷的传说还有很多，几乎每一件都能颠覆我的认知。例如，有一位和父亲年龄相仿的邻居大叔说，我爷爷储存鸡蛋的方法谁都比不了，他把鸡蛋埋到煤里贮存；再如我的叔叔说，我爷爷属于那种"只顾低头拉车，不抬头看方向"的主儿——辉县解放前夕，饭店的生意突然火爆，爷爷大喜，没日没夜地干，结果后来新政府宣布旧钞作废，爷爷只好把所有的旧钞收集起来装了两麻袋，用它烧地锅做了一顿饭，饭熟以后旧钞竟然都没被烧完。

坊间一直流传着我爷爷手里面有银圆。在我四五岁时，艾家胡同的艾启来我家找我爷爷，他的四儿子背了把铁锨跟在后面。艾启问爷爷："老崔，听说你有银圆……你把银圆埋哪儿了？"彼时爷爷已经糊涂，拿着拐杖在院子里乱点，他的四儿子也是一顿乱挖，最后什么也没挖到。

既然外面都在传，我妈妈也就动了心思。我那后奶好在晚饭后来我家闲聊，我妈妈就趁机对我后奶说起银圆的事。我那后奶一开始矢口否认。我妈妈就说："妈，俺也不白要，市场是啥价，俺出啥价。"后奶于是就答应回去再找找看。过了一天，就拿出两块银圆，说："就剩下这两块了。"我妈妈买了这两块银圆后，就当宝贝一样放着。在我家盖新房时，因我的表哥出力最大，妈妈就送了一块银圆给他，剩下的那一块妈妈一直珍藏着。妈妈去世后，爷爷那块仅存的银圆便由爸爸交给我妻子保管了。

爷爷开饭店的事可谓一波三折。他先是自己干，之后又在饮食服务公司干，再后来公司裁减人员，他就回家种地。到了 1962 年，爷爷又重操旧业，只是规模比以前小多了，仅仅是炸油条、卖胡辣汤。在他 70 岁高龄的时候，还拉着平车往地里送粪。他在前面拉，我那后奶在后面推，引得路人纷纷观看。有人就问爷爷："恁大岁数了，咋不叫你孩子啦？"我爷爷打趣说："俺没儿没女啊。"我爸爸听说这件事后，脸上挂不住了，就说了爷爷一通："你以后再不要出去干活儿了，把你儿子的脸都丢尽了。"爷爷嘿嘿一笑，却不以为然。

爷爷之所以后来选择卖红薯，是因为腿瘸了。那时爷爷已经是 75 岁的人了，开不了饭店了，就开始卖冰糕。他经常骑着一辆自行车去村边地头吆喝着卖。每天早出晚归，很有规律。可是有一次天黑了，他还没回家，家里人就到处寻他，终于在韭山根附近找到了他——自行车在路边支着，爷爷在地上坐着。问他，才知道被车撞了。开车的人把爷爷扶起来要送去诊所，爷爷死活不让，说自己没事，让那人快走。那人走后，爷爷却骑不动车了，只好坐在地上。

爷爷在家里养了几个月伤，觉得好了，就又出来活动了。可是他走起路来，就一跛一跛的了。尽管爷爷闲不住，奈何由于腿的原因，再也骑不了自行车了，冰糕也就卖不成了。他思来想去，最后决定去街上卖红薯，于是就置办了筐篓，买了红薯，在家里蒸红薯。家里人都劝他该歇歇了，他不听。叔叔一急，就把他的筐篓掀翻了。爷爷顿时火冒三丈，抢起拐棍就夯叔叔，叔叔一看不好，掉头就跑。爷爷拄着拐棍走不快，就让父亲扶着他追撵叔叔，边走边骂骂咧咧地说着气话。父亲说，这是爷爷第二次生叔叔的气。第一次是在叔叔读小学的时候。那时的叔叔经常逃学，一来二去就被爷爷知道了。爷爷一开始只是单单骂叔叔，可是越骂火气越旺，就顺手抢起一根棍朝叔叔屁股上打去。没想到，棍子的那一头正好有颗长钉露出头来，这一抢下去，叔叔的屁股上流出血来了。看到血，爷爷的眼泪"唰"地一下就流出来了。自此以后，爷爷就不再打骂叔叔了。叔叔那次掀翻的不仅仅是筐篓，更是爷爷对未来的希望，因此才惹得爷爷怒火攻心，失去理智。

后来叔叔向爷爷赔了不是，承诺以后要帮助爷爷把蒸好的红薯拉到街上摆摊，爷爷满是褶皱的脸上才有了笑意。

我记事的时候，爷爷就开始卖红薯了。他蒸的红薯成了我小时候的最爱，我想吃红薯的时候就去找爷爷。父亲而立之年时，爷爷这座山崩塌了，激起的"尘石"弥漫在全家人的脑海中，至今仍难散开。

现在，每当吃红薯的时候，我自然而然就想起了爷爷。

——原载《散文诗世界》2022 年第 2 期

作者简介：　崔来福，1975 年生，河南辉县人，新乡市作家协会会员，作品散见报端。

唱大戏

陈德亮

　　老家又要唱大戏了，这次是市豫剧团响应"艺术下乡送农民"的号召专程来我村演出的，村里有好友特意打电话邀我去看。放下电话，我甚是兴奋，不由得对"唱大戏"陷入深深的回忆。记得小时候，稍微大些的村庄几乎都有戏班子，那时还没通电，所以就谈不上什么音响、照明、舞美设计了，只要演出时能有个土戏台，演员能穿身戏服、化个戏妆就不错了。那时的演员嗓子全是真功，不用借助音响就能传得很远很远；那时的照明也就是在舞台前上方挂着几盏用油的"大鳖灯"，正演时灯快灭了要赶快搬个高凳踩上去再添点油。就这，乡亲们却听得津津有味，看得如痴如醉。

　　乡下的村子一般都相距不远，只要听说哪村有戏就会一群群赶着去看。记得一天晚上，邻村借着明亮的月光在唱一出"武打戏"，只见两人各拿着一根麻杆上头用玉米穗洒点红水当缨的"红缨枪"对打起来。双方正打得激烈时，其中一位的"枪头"忽然掉了，惹得观众哄堂大笑。事后有人编了一段顺口溜调侃道："临庄的戏，月亮地，麻杆枪，当武器，刚一对打枪落地……"其实也没啥恶意，只是随便说说笑笑而已。

　　后来，村里通电了，乡村剧团也就告别了"大鳖灯"时代，从演出条件到演出内容都有了很大改善。那天，实力比较雄厚的某村，演了场赶形势的现代样板戏《智取威虎山》。待演到第六场《打进匪窟》，座山雕和杨子荣对过"黑话"，拿枪打威虎厅的吊灯比枪法高低时，按剧情要求匪首座山雕要先"啪"的一声打灭威虎厅的一盏明灯。当然，这"啪"的一声是后台专门有人砸摔炮配音的，灯被打灭也是专门有人拉那盏灯的开关来配合的。到杨子荣打枪时，按要求，为显示我侦察英雄枪法更准，更胜一筹，要"啪"的一声连着打灭两盏灯。可不知是拉开关的那个人紧张了还是手误了，但听"啪"的一声"枪"响后，整个舞台的灯全被"打"灭了——看来咱"老杨"的枪法真的够神了，观众又是一阵开怀大笑。

渐渐地，县里、市里的豫剧团、曲剧团也不时来乡下演出。每来之前，村里都要组织青壮年劳力加班推土搭戏台，社员们更是匆匆吃点饭便赶忙搀老的拉小的，搬着木墩、小凳早早来占地方。

后来，有些村庄陆续盖起了简易戏台，即现成的唱戏舞台。尽管观众还是在露天处看，但是感觉方便多了，起码上边剧团来演时，不用社员们再去加班推土，再去费劲儿搭戏台了。挂上戏幕，锣鼓一敲就能开演。

有段时间，县、市或外地豫剧团不断在乡镇所在地的剧院里演出，且一般都要卖票，但人们看大戏的劲头并未减退，有时顾不得吃晚饭，步行十几里，顶着酷暑、冒着严寒也要去看。

我村要算先进、新潮了，20世纪80年代初，便仿照新乡市胜利影院的模式盖起了一座上下两层，有着几百个座位，很是实用、上档次的大戏院，我村及十里八村的乡亲不出远门，便能坐在这舒适的戏院里观看戏剧或电影。

如今看大戏更是方便、省事多了。剧团本身就配备功能齐全的流动舞台车，到了某村指定的地方一停，舞台很快就能搭建好。

从儿时的"大鳖灯"到后来的"大戏院"，再到现在的流动舞台大车，见证了社会主义新农村的蓬勃发展，见证了农民朋友业余生活的丰富斑斓，见证了乡村精神文明文化大餐的深入人心。如今村里又要唱大戏了，怎能不使人激动、不令人兴奋呢？就让我用耳熟能详的儿歌结束此文吧："拉大锯，扯大锯，俺村又要唱大戏。邀你去，你就去，全村老少欢迎你……"

——原载 2021 年 8 月 1 日《法治日报》

作者简介

陈德亮，男，河南辉县人，河南省作家协会会员，辉县市作家协会理事。作品散见于《新乡日报》《河南法制报》《人民法院报》《法治日报》《天平》等，有13篇散文在中央广播电视总台《经济之声》栏目播出。曾出版个人散文集两部。

儿时的民谣

陈德亮

　　遗忘是人们不可避免的，可我对儿时的民谣却总是念念不忘。它陪伴着我走过了人生最难忘的快乐童年，使我每每想起便倍感亲切，犹在昨天。

　　儿时村里的果树特别多，虽不是什么品种树，可土生土长的"羊屎蛋儿"杏和"小扁鸦儿"桃吃起来却口感好、营养丰富。每当刮大风时，我们这些小不点儿便顶着呼呼的狂风，去大树底下拾那些被风刮下的零落果。有时我们也很任性，果子还没成熟就非要缠着大人给我们摘，这时善良的老人就用民谣开导："小枣树，夯拉枝，上边坐了个小白妮。要吃桃，桃有毛，要吃杏，杏有酸，要吃栗子面单单，要吃核桃上北山。"我们一听，朦胧中似乎还有点儿"恐怖"感，谁还敢再嚷嚷着摘果呢？

　　那时母亲和奶奶经常会给我们说些民谣，有时是为了哄我们入睡，把我们抱在怀里边轻轻拍着边小声念叨着："小孩儿睡，娘捣碓……"我们听了就像催眠曲似的，一会儿就呼呼睡着了；有时是为了逗我们高兴，声情并茂地唱："小老鼠，上灯台，偷油吃，下不来，叫闺妮，抱猫来，叽里咕噜摔下来。"我们听了一个劲儿地直叫好；有时是和我们来一个互动，老少二人相对而坐一推一拉，边念着："拉大锯，扯大锯，姥姥家门前唱大戏，接闺女，请女婿，就是不让外孙去。不让去，也要去，一溜小跑撵着去。"老少笑着抱作一团。

　　等我们稍微懂事时，老人们便有意给我们灌输起孝道来："黑老鸹，尾巴长，娶了媳妇忘了娘，把娘驮到老山后，把媳妇背到炕头上。烙油饼，炒鸡蛋，两口子吃着自在饭，直吃得他俩一身汗。吃罢饭，去驮娘，他娘变成个屎壳郎。"我们听了，小小年纪不禁也黯然落泪了，既对那两个不孝之子充满愤恨，也对那"老娘"的不幸遭遇深表同情。

那时的农村文化生活相对贫乏，就算上了小学也没什么家庭作业，所以每个夜晚，特别是有月亮的夜晚，简直就成了我们这些小伙伴集体玩耍的"特定"时间，捉迷藏、碰拐拐、老鼠钻圈、老鹰捉小鸡……那自创的、传统的各类游戏真是五花八门、应有尽有。为保证参玩人数，每晚游戏前都要先来个喊话动员一番，以免有的小伙伴来迟或不来。这里就用上了我们自编的歌谣了，但见从大街的这头到那头，孩子们自发地排着队、鼓着肚，扯着嗓子高声喊着："小孩儿们，不出来，在家给你娘顶锅排。顶不动，顶面瓮，面瓮打了，把你娘气傻了。"孩子们或许都是些孝子吧，听到伙伴们的喊叫声，唯恐把自己的娘亲给"气傻"了，便一个个赶忙从家里溜出来，加入夜晚的游戏中。

渐渐地，我们都上小学了，不但学到了知识，而且懂事多了。每当麦子丰收时，我们都会不约而同地聚在一起，双双相对而坐，先拍下自己的手，再互拍下对方的手，依次循环地边拍边念着："噼噼啪，噼噼啪，大家来打麦。麦子好，麦子多，磨面做馍馍。馍馍甜，馍馍香，吃馍不忘共产党。共产党，毛主席，我们向你来报喜：一报庄稼大丰收，二报社员人心齐，三报村里添了拖拉机。"

岁月无情，转眼几十年过去了，我们已从天真烂漫的顽童变成了两鬓斑白的老人。可儿时的民谣却还常常在耳旁响起，儿时的游戏也还常常在眼前浮现，使我欲忘不能，深深陷入这思恋、想念的情感之中。

童心永不变，玩心到永远……

——原载 2021 年 7 月 18 日《法治日报》

过　年

陈德亮

　　在我们乡下，一进腊月，过年的气氛便愈来愈浓。

　　那时还兴放鞭炮。先是大街上有零星的鞭炮声，这儿"啪"一下，那儿"砰"一声，不用说，准是急着过年的小孩儿们三五成群地放起了雷炮。那乖巧懂事的小妞儿们，则温顺地伏在奶奶怀里，仰望明月，听奶奶小曲似的为她们念叨着："初一升，初二长，初三出来晃一晃，初四出来停半晌……"

　　一晃就是腊八节了，人们一早便把昨晚准备好的食材，诸如红薯、大豆、花生、红枣、玉米糁、大小米、山药、核桃仁等掺在一起下进锅里，那细火熬出来的稀粥绝对是香味四溢、美味扑鼻，真有那么一种浓郁的过年味道。不时能听到："小孩儿小孩儿你别馋，过了腊八就是年……"及"吃罢腊八饭，就把年来盼"等民谣。说明腊八粥不仅好吃，且一吃就跨入了过年的行列。此时的村民格外忙，又是添新衣，又是购电器，又是装修房屋，又是清洗炊具。随之，村里的各项娱乐活动也相继展开了。就俺村而言，有准备农民运动会的，有布置书画摄影展的，还有筹备本村人自编自演的新春联欢会的。大红灯笼挂满了整个大街小巷，欢歌笑语荡漾在整个乡村庭院。

　　转眼就到了"小年"腊月二十三，从这天开始，"过年"就正式进入了倒计时，日程早都排得满满的："二十三，祭灶官。二十四，扫房子。二十五，买豆腐。二十六，去割肉。二十七，去赶集。二十八，把面发。二十九，蒸馒头。三十晚上熬一宿，大年初一扭一扭。"当然了，在吃穿不愁的今天，这些过去的民谣也只是烘托一下新年气氛而已，只有二十三的"祭灶"、三十晚上的"熬一宿"及大年初一的起五更、吃饺子、拜年没变，其他大都过时了。如赶集，乡下一年四季几乎天天都有，啥时想赶啥时赶，即使过大年，也不一定非要等到"二十七"。再如"割肉"，哪个村庄都有卖肉的，且生熟俱全，品种繁多，啥时想吃啥时买，谁还非要等到"二十六"呢？只要相中肉了就大块儿大块儿往家"割"，到家烧起柴火，一煮就是一地锅，保你啃骨头啃得满嘴流油……

临近年关，出外打工的人回来了，有人跟他们开玩笑："啥个妞（乡下人称晚辈无论男女都叫'啥个妞'），钱包是不是撑破了？"这时，打工回来的人笑眯眯地卖起了关子："啥呀，挣钱不挣钱回家来过年嘛！"

一位拉了一车年货的村民从旁路过，有人调侃道："哎哟哟，破费花呀！可别'辛辛苦苦干一年，几天回到解放前'呀！"这位拉了一车年货的村民甜甜一笑说："不怕的，大叔，这几年可不是头几年了，咱不缺那个。辛辛苦苦干一年，为啥就不敢花俩钱？"

热热闹闹的便到了除夕夜了。至此，喜庆的春联早已贴出来了，大红的灯笼早已挂出来了，诱人的肉香早已飘出来了，多彩的烟火早已升起来了，象征着幸福与团圆的饺子早已包出来了，代表着佳节与吉祥的新衣早已拿出来了。

是啊！今晚就是除夕夜了，明早就要大拜年了，怎能不让人喜笑颜开、彻夜难眠呢？但愿五更分两年，年年称心；祈祷一夜连两岁，岁岁平安。

——原载 2022 年 1 月 30 日《法治日报》

生命的原乡

刘　磊

　　面对故乡，我是一个背离者，对于天涯惆怅客来说，往往是春花秋月，触绪还伤。

　　我的心随着岁月的沉积，变得过于柔软，一丝一寸都难以遣怀。我记不清当初为什么要出发，只是听到"衣锦还乡"的故乡人眉飞色舞地夸耀着外面世界的海阔天高、富丽堂皇。于是背离者蔚然成风，我也被这疾风浪雨推到了故乡的边缘。长亭徘徊，榭桥怅望，北山凝伫，落梧黯伤，我沿着绿浓红稀的小径，离开了故乡。

　　月疏星淡，露浓霜重，羁旅行役，自起相思。这些年虽面容春华，内心却已苍老，看惯了世情的云谲波诡、变幻莫测，看透了人心的贪嗔痴恨、口蜜腹剑。如今审视着这个过去日夕回望、萦怀无数，而又相逢不识、满怀寥落的故乡，我竟然不知所措。

　　我脚下的这块土地已经没有了曾激起我梦回幽泣的浓烈情愫。我感觉自己像丁令威，他虽已修道成仙，却忍一襟离愁，只能在千年之后，变成辽东之鹤，于故土城门的华表上伫立凝望，最后在故乡人的驱逐下黯然离去。

　　久隔成陌路，身在故乡地，已非故乡人，从古至今皆是如此。"埋骨何须桑梓地，人生无处不青山。"是有豪情，但又有何等无奈，现代世界飞速发展的洪流无声地冲淡着乡思情结，我们很少能感受到古人的羁旅之苦、思念之痛。

　　我们往往重利而轻离别，相隔万里可以任性地乘坐飞机朝发夕至，两地离索仍能随意地通过网络直面畅谈，于是在了无声息中消减了相思的温度，从此再无杨柳岸晓风残月的夜色，再也听不到洛阳城春风玉笛的暗自飞声，再也没有人青丝绊马、红巾寄泪，再也不见人妆楼颙望、闻琴解佩。剩下的只有冰冷、直接、偏执和浮躁，也曾经像屈子一样向天叩问：我到底需要什么？在重复了无数次之后，这样的诘问却在苍白和无奈中被荏苒的岁月分解得支离破碎。我只能在明灭孤寂的暗流中踽踽独行，没想过在何时停留，在何处驻足。

随着时光的流逝，沧海桑田的轮回胶着，当我们扶杖东篱、萧然白发时，蓦然回首，才发现心中最难以割舍的情怀，原来只是梧桐疏雨，铲地梨花，深柳画堂，落日流霞，携一知己剪烛西窗，共三五故人把酒桑麻。旁人笑我朝花夕拾，没有远见，不懂得向前看。我这么做只是想让时间慢下来，重新回到内心。我四处寻觅，冷静思索，莫知其为而为。我开始不自觉地问笔诗词，我辨别了平仄，分清了四声，查韵书、翻词谱，甚至试图找出在现代汉语中消失的入声字，将其一一辨别重归中古音系，我不知道这么做能换来什么……

"才子词人，自是白衣卿相""忍把浮名，换了浅斟低唱"。当再次读到柳永落榜后填的这阕《鹤冲天·黄金榜上》时，我已是热泪盈眶。这才是自命"奉旨填词柳三变"最渴望的，是一个词人真正的归宿，我顿时也明白了能让我回家、能让我回到内心的东西，就是我在不自觉中所做的。

中国人信奉宿命，讲究生寄死归，这种根植于整个文化脉络中的共识正是乡愁的本源，这种共识对于每个人不言而喻，回归本真才能重返初心。"此心安处是吾乡"，真正的归来，绝不是站立在故土上悲世伤怀、空发慨叹，只有让乡愁回到内心，才能成为一种绵延的力量。朱光既夕，凉云始浮，遥望天际，在空灵冥漠中，我仿佛看到了这股力量，它扶摇九霄，若存若无，生生不息，回环不绝。

——原载 2021 年 3 月 16 日菲律宾《商报》

：作者简介：

刘磊，男，1985 年出生，现就职于辉县市人民医院。河南诗词学会会员，辉县市诗歌学会会员，有作品散见于报端。

此心安处是无声

刘 磊

　　绿荫深处，风起蝉鸣，纹枰坐对，落子几声。小径幽阁之间，且寄清茗，一时，尽可品得这夏日难得的寂静。这方疏落的小院平时是无人造访的，且不说它周围清野广漠、沟壑纵横，单说这冒着燥热暑气的长途跋涉，就足以让很多人望而却步了。可是这些唯独成就了小院的静，我看中了这里的静，女儿却看中了我在这静中布下的棋局。

　　我也记不起来女儿是什么时候喜欢上围棋的，只记得她一天到晚拉着家里的每个人对弈。说实话，对于围棋之道，我知之甚少，只知道围棋变化多端，有"纵横十九道，千古不同局"之说，甚至一度痴迷于《烂柯谱》《草木谱》《呕血谱》等绝世棋谱背后的传奇故事。围棋是雅道，更是进思养性的哲学之门。

　　还记得第一次和女儿下棋的时候，两人端坐，数子"猜先"，我执黑，她执白，"扭十字"开局，局方过半，棋战正酣，我不断地"打吃"和"切断"白棋。当时我的兴致很高，却没发现女儿的表情越来越凝重，她低着头，咬着嘴唇不说话，最后竟然哭了出来。我愣住了，不知道该怎么去宽慰她，难道跟她说"棋以不争为胜，不要在意输赢"？可输赢一直都在，人只要进入了棋局之中，心中就已经有了输赢。对弈又称手谈，我只有闭口持心，默然而对了；因为胜负未了，棋局仍在，黑白之交，只在心手之间。那盘棋，女儿是含泪下完的。看着女儿默默地在棋盘上"数目"（围棋对弈判定胜负的方式），我在想，输赢也是一种存在，看到输赢，也就看到了存在。看到存在，而不抗拒存在，就可以站在更高的纬度认识自己；看透输赢而无意于输赢，往往是对自己最大的宽容。其来不去，其往不还，不任不藏，从其时，随其性，我相信这份自觉后的宽容，最终会成就她心中的湛然光明。

后来的日子，我对围棋就疏懒而待了，因为我感觉自己不擅长计算，也不愿为之费神。女儿则不同，她想尽一切办法和同学下、和老师下，在家里会缠着爷爷奶奶下，甚至会和妹妹下，女儿的棋力突飞猛进，已是不可同日而语了。她的棋下得越来越有力，落子如飞，而且步步杀招，几步棋下来，半吊子水平的我已是汗流浃背，绝无还手之力了。

"快点落子！"我的思绪被女儿的催促声打断。看着纵横交错的棋枰，我无力地笑了笑，我自觉再也没有能力去赢女儿了。女儿在落子时，宛若一名冠绝当世的侠客，单兵能力极强，稳扎稳打，招式纯正，毫不拖泥带水，往往会在电光石火之间，一剑封喉。但我也看到了她的弱点：没有大局观，在意一城一地之得失，甚至到了每子必争的地步。她之所以能赢，只是因为我"对杀"和"切断"的功力很弱，就算我的布局再好，终不过是无本之木、无源之水罢了。我的棋力还是在极低品相的"若愚"和"守拙"之间，女儿的棋力品相也只是在"小巧"和"用智"的两端，未达"通幽"，更遑论"坐照"和"入神"之境了。

蝉鸣愈噪，小径幽独，一局终了，胜负已决。女儿说："你答应过我，输了就给我讲一回《水浒传》的。"女儿迷上了大部头通行本的《水浒传》，虽然大部分字都不认识，但让我每天必读一回，对于原著中某些文言语句，我只能将其化入现行语境中讲出来。我若有所思，读书必须依赖文字吗？读书有两种相对的境界：一种认为读书在于"出"，以天地为书，日月山河为文字，以万物为修辞，我自为笔，优游其中，书又于我何用哉？另一种认为读书在于"入"，真正地沉浸在书中，书与我为一体，次第修为，渐入心流。

其实读书和下棋有异曲同工之妙：观动静，讲虚实，知进退，合阴阳，执方行圆。但读书和下棋都只是"权教"，是为"筌蹄"，而并非"鱼兔"。我们要的是棋和书的"意"而非"形"。立"形"方能得"意"，但得"意"必须忘"形"。读书和下棋最高的一层境界便是"忘"，其在忘而不在持，在化而不在用。如果非要给读书和下棋强加一个用处，我觉得那就是对现实的超越了。

慕寂何须听蝉鸣，此心安处是无声。读书、下棋只是求静的一种方式，适性而已，如同应机接物一般，物来则应，物去不留，不违己，不伤物。山间清风和江上明月，无为而在，自在而生，人自得于清风明月之间，但清风明月从来不役于任何人。人生如棋，只在步步为念，人生亦如书，从来字字在心。

──原载 2021 年 8 月 1 日菲律宾《商报》

诗
歌
卷

太行大写意（组诗）

张洪腾

夜宿轿顶山

夜宿轿顶山呀
顺手摘星辰
不敢高声语呀
恐惊天上人

我不是李白
却置身于他的诗境
独行在山脊的长城上
犹如漫步在天上的街市
左手一缕清风
右手一把星辰
飘飘衣袖舒广宇
款款步履步寒宫

浩瀚的夜空
是那么的深邃

与夜空同样深邃的
是我的眼睛
无际的天宇
是那么的神秘
与天宇同等神秘的
是我的心境

我漫不经心
踏着月光曲
沐浴在流星雨中
看彗星之光
听天籁之音

夜深了
遥远的村庄
都闭上了疲惫的眼睛
林中的小鸟
在各自的巢里
做着斑斓的梦
足下黑魆魆的大地
若一池墨水
头顶亮晶晶的天空
似都市夜景
顿然间
天地倒悬
轿顶山
成了连通两极的轴
切换着人间与天堂
转换着神仙和凡人

心灵熟睡的地方

我爱太行
不爱天山和昆仑
我爱太行
不爱平原和海洋
我爱太行
不爱黄河和长江

我爱得狭隘、偏执、癫狂
都只因，她的怀抱里
深藏着我的老家
我的灵魂
我的梦乡

当我仰望
天山和昆仑的雄伟时
我想着太行
当我远眺
平原和海洋的辽阔时
我想着太行
当我足涉
黄河与长江的汹涌时
我依然想着太行
太行，太行

我的心就这么小
装满了太行
就盛不下其他
无论世界多么精彩

当我艰辛地走出来
浏览整个世界后
抖落所有的风尘
还顺原路返回
在她怀抱里
找到让心灵熟睡的地方

绝壁长廊

大山，可以阻隔
山里人眼前的天地
但挡不住
他们追求的宽阔视野
大山，可以断裂
山里人出行的道路
但断不了
他们对多彩生活的向往

太行山的肌体
是坚硬的花岗岩
比花岗岩坚硬的
是山里人刚强的性格

十三位壮士
用了十二吨钢钎
和四千多个八磅锤
抡圆了他们的希望
多少辈的隐忍
一朝迸发

击碎了两千多个日月
终于凿穿了太行的绝壁

过去压在两肩的大山
如今匍匐在足下
一道道天窗
开启了山外的世界
也开启了山外的人心
朴素的初心
感动了整个世界

太行八陉

太行大峡谷
刀砍斧劈
茶马商旅，蚁行
在八条缝隙里
几千年络绎不绝
驿站梨花处处晚
单等客归迟
天梯栈道步步逼
只催人向前

军都陉坐北
蒲阴陉飞狐陉井陉次第南下
轵关陉起南
太行陉白陉滏口陉顺序北上
太行八陉
九曲回肠
悬崖夹峙

巨涧中流
古道的关隘
凭天险
一夫当关
拒万夫之勇

我常想
太行八陉
定是愚公之志
感动了上苍
开凿了八条窄巷
但有谁能遍走八陉
曾几何时
穿越整个太行
成了我的梦想
我终将背上行囊
用自己的脚
去揣度它的险峻
丈量它的幽长

九莲山

群峰环峙
盛开九朵莲花
荷心处，巨型莲台上
有群佛在打坐
山的险峻
成就了路的崎岖
考验着
善男信女的信心和诚心

青山绿水
滤去凡尘杂念
诵经梵音
浅唱着向善的清音

是佛的灵光
照耀着善心
旺盛的香火
缥缈成山间的薄云
天南地北的香客
把各自的心愿
全部写在
一卷无尽的账书上
毫无保留
交给天上的神仙

九朵莲花
九只蒲团
一峡清溪
一谷静谧
所有的所有
在此
终将九九归一
归结成一朵
圣洁的九瓣心莲

——原载《莽原》2021 年第 1 期

入选《2021 年河南文学作品选·诗歌卷》

站着，是一种形象

王　鹏

我就站在这里
像一棵树那样
我的身体是树干
我的四肢是藤蔓
我的灵魂和我的思想
就是一片片舞动着的叶子
迎着风、迎着灿烂的阳光生长

我要让我的每一根血管
汲取足下大地无穷的能量
汲取滚烫的岩浆积聚的火光
汲取祖先的尸骨肥沃的营养
汲取千万年来自然界的馈赠
汲取文明降临前的野蛮洪荒
汲取文明滋养过的山高水长
把我的躯体
把我的四肢
把我的灵魂和思想

激荡成起风的海洋
而我，就站在这里
站立成一根高耸入云的桅杆
站立成一面鼓满的风帆

我就站在这里
像一块礁石那样
迎着风暴的狂吼
迎着滔天的巨浪
迎着夜晚孤独的星辰
迎着撕破乌云的朝阳
用咸涩的海水清洗疲惫
用潮湿的空气荡涤目光
来吧，来吧，你这风浪
我将在
与你的每一次对抗中成长
即便粉身碎骨
而我的根还在
还会于千万年之后复活
坚强地站立在茫茫的大海中央

我就站在这里
仰不愧天、俯不愧地地站着
我站在历史和未来的焦点上
头顶苍穹、脚踏大地地站着
高高地举起我的右手掌
致敬我生存的这个伟大的时代
致敬我热爱的祖国和朴诚的人民
我要像一棵树那样站着致敬
我要像一块礁石那样站着致敬

站立成一面鼓满的风帆
站立在茫茫的大海中央
朝向喷薄而出的东升的太阳
迎着一切不可预知的风浪起航

　　　　　　　　——原载《湖南文化》2018 年 6 月总第 59 期

心中那朵莲

王　鹏

《爱莲说》里你沉睡千年
八百里洞庭你静心修炼
那潇湘的和风细雨
滋润你害羞的心事
从初夏的清晨开始
穿戴起晶莹的露珠项链
为我丰盈你纯洁的心田
把孕育一生的情话倾吐
倾吐成一首婉约优雅的诗篇

你是我心中那朵莲
融入屈原的风骨
融入了江湖之远
把美好铺成了荷叶田田
把清高赋予那淙淙清泉
我愿陪你海角天涯走遍
归来时浩然正气荡漾胸间
我愿陪你星空朝霞漫天

共赏江山海晏河清的容颜
我愿如李白那样独坐敬亭山
在光影交错里读你千载万年
让每一根神经化为你的叶脉
让爱的韵脚在你心间蔓延

你是我心中那朵莲
含苞是倚门回首的娇羞
绽放是自信阳光的笑脸
不与牡丹争宠
不与百花争艳
低调着你的温润无瑕
低调着你的忠贞无限
只为，只为那懂你的人儿
于红尘里驻足静静地驻足啊
与你深情相望的那一个瞬间

——原载《湖南公共文化》2020 年第 3 期

我嗅到了家乡的味道

王　鹏

在时速 307 公里的高铁上
隔着洁净的玻璃窗，通过
白杨树上的那一只只鸟巢
我嗅到了，嗅到了，是的
我嗅到了我的家乡的味道
我嗅到了母亲烙饼的香气
我嗅到了父亲沉重的叹息
我嗅到了姐姐蹒跚的足迹
我嗅到了哥哥讲述的《史记》
我嗅到了关于家乡的一切
是的，就是那些，那些
那些已经被我弄丢了的回忆

在时速 307 公里的高铁上
隔着洁净的玻璃窗，通过
村落里的那一条条小路
我嗅到了，嗅到了，是的
我嗅到了我的家乡的味道

我嗅到了阿黄欢快的汪汪
我嗅到了阿妹羞涩的微笑
我嗅到了麦秸垛上的梦想
我嗅到了太行山里的歌谣
我嗅到了关于家乡的一切
是的，就是那些，那些
那些始终萦绕在我梦里的呓语

在时速 307 公里的高铁上
隔着洁净的玻璃窗，通过
我眼中滚落的浑浊的泪滴
我嗅到了，嗅到了，是的
我嗅到了我的家乡的味道
我嗅到了那些麦苗的青气
我嗅到了那些河流的哭泣
我嗅到了我的童年的颜色
我嗅到了流光无情的涟漪
我嗅到了关于家乡的一切
是的，就是那些，就是那些
就是那些陪我流浪远方的回忆
…………

——原载《长沙群文》2020 年冬季刊

端午诗情

侯海臣

是谁，放飞了风铃
穿越了千年的时空
让那缕奇草的异香
在我的心头荡漾

是谁，敲打了船舷
迸发了震天的吼声
让那缕凝固的忠魂
在我的心头激昂

是谁，编织了幻想
沉淀了岁月的污浊
让那缕奇异的传说
在我的心头浮扬

是谁，传承了思念
铸造了不朽的丰碑
让那缕不竭的赋骚

在我的心头唱响

　　　　　　——原载团结出版社 2021 年 6 月出版的《亦痴亦迷》

作者简介：　　侯海臣，男，60 后，河南辉县人。曾做过报社的编辑、记者，对散文、诗歌情有独钟。出版有作品集《也散也淡》《也真也实》《亦喜亦欢》《亦痴亦迷》等。

山道小景

侯海臣

一

我无意约会黄昏
黄昏却来到眼前
告诉我过去的故事
还有为什么脸红
以及憧憬和梦想

二

那些小花尽情绽放
它生命的激情
在岁月中呈现
执着而顽强
我惊叹它的面容
和往年的一模一样

三

挂在树梢的叫果实
难得的是无人欣赏
它依然饱满漂亮
即使孤独
也要演绎生命的精彩

四

红叶应该红了
它的血液是热的
从出生的那天
注定了它的斑斓色彩
这是命运
也是它存在的意义

五

我最喜欢那份温柔
让人心醉的姿容
无数次的梦里
倾听它的诉说
真正见面了
我却无语
只有痴痴的眼神

六

路向心中延伸

哪怕长满野草

繁茂和荒凉

挡不住匆忙的步履

放飞心情

发现到处都是风景

还有自由轻松和悠闲

——原载《亦痴亦迷》团结出版社 2021 年 6 月版

家在太行

姬光环

你有神秘莫测的过往
雄奇俊秀是你的乳名
在你宽厚芬芳的臂膊上
石屋绽放成朵朵洁白的莲蓬
悠悠传唱的幸福的曲调
是山民灵魂深处的歌咏
家在太行山下
青草更青处
梯田村落吉雨祥风
哪一样不深深感念你的恩情

你是一界丰碑
你是一座池城
你是一方胎带的印记
你是与生俱来的图腾
守着你就是守着自己
护着你正是护着心灵
家在太行山上

深山更深处
永远也走不出的
是祖祖辈辈夕晖中的剪影

———原载 2022 年 10 月《新乡日报》

作者简介：姬光环，男，1973 年出生，河南辉县人，河南省文艺评论家协会理事，新乡市文艺评论家协会副主席，河南省作家协会会员。现任《新乡日报》编委、总编室主任。中学时代开始文学创作，曾在《诗刊》等文学刊物发表诗文并获奖。

春满太行

姬光环

以一粒种子爆破崖畔冰雪
以一朵花蕊裂变满坡芬芳
以一袭谦谦之风握别严寒
以一身铮铮铁骨决绝风霜
——太行春早

绘一幅原野梯田走耕牛的图案
剪一框云海翻腾醉游人的霓裳
咏一支民风淳朴原生态的歌谣
谱一曲山花烂漫群芳艳的合唱
——春满太行

——原载 2018 年 3 月 3 日《新乡日报》

电影桥段

青　柠

时间拉到午夜。一盏晃动的昏黄灯火
王家卫电影的抽帧画面：迷失、追杀、血浆
错综无尽的街头巷尾
没有补光灯，被高楼分割出的幽暗色调
她穿黑色的衣袍。呼救、奔跑，"到光明的去处"
流浪者手持夜灯，拾起遗落的百合棉麻布鞋
簇拥的仙人球，于是收拢花苞——
人间和地狱，光明和黑暗同时上演

天气预报云：
今夜暴雨将至。明日晴间多云。南风三到四级
不过是电影桥段。沿路看官掐灭指间闪烁的烟头
人性。得失。追寻与记忆
摇晃莫测的广角镜头，疏离而弥乱

——原载《大观·东京文学》2020 年 12 月中旬刊

：作者简介：

本名王文静，80后，河南新乡人。中国诗歌学会会员，河南省作家协会会员，新乡市诗歌学会理事，辉县市作家协会副秘书长。作品散见于《莽原》《牡丹》《大观》《躬耕》等刊物。出版有诗集《且作人间信使》。

莲花村之莲花篇

青　柠

一

言及莲花
人们于是击掌落款
而此时莲花有池，池中亦有花
她唤来九月的画笔开始临摹——
人间开始安静
她想做一株小小的莲花：
眉目面对长空
身子浸润池水

二

雨越下越急
人们踏过山石、草木。秋虫因此鸣啭
她忽闪着明亮的眼睛说道：
"莲花自冰清
雨水且加持

世间的尘埃由此涤清”

——原载《躬耕》2020 年第 11 期

重 回

青 柠

你只管梳妆
花作发饰，穿烟笼梅花百合裙
说到天地鸿蒙，于是轻点黛眉
乐滋滋重回少女：
"从婉转的初啼到娉婷的二七"

不冠夫姓
就这样打开密诏：
不用望闻问切
准允你将春天的绿灌入脉搏

——原载《莽原》2022 年第 2 期

梦魇·异象

青　柠

想必是目之所及皆为盲点
光芒虚无，雪暂且视而不见
卜筮者赠予卦签：衣冠重整，佳期可待
夜宴，于是拉开帷幕：
炉香、琉璃盏，鲜衣华服、伶人在舞
有唐人猫妖者前来作祟
仙人便以自然万物作棋，开局布阵：
山作楚河桥，海作汉地界。
日出车，月跳马
其余各子行布得法

人们悬红布、贴护符，手持八卦镜
人间卦象紊乱。一些异象悬而未决

——原载《莽原》2022 年第 2 期

浮　生

青　柠

抑或闯入的是黑白相间的浮世绘
雏鸟寻光，野猫、磷光倏忽隐遁

彼岸或秽土，脸谱众生相
她着凤冠霞帔是真，倚楼台念唱白头吟
干将莫邪剑刃出鞘：日出守白为雄，日落守黑为雌
转经轮绕匝三圈。一个人的慈航，她于是看见莲花

不悦吗？不，不。在这里，她唤它为浮生

——原载《莽原》2022 年第 2 期

午夜两点半（外三首）

何光英

午夜两点半
河水载着我匆匆走过

我头顶的一叶小舟
漂泊在青丝密布的河流
茫然寻找，黎明的码头

那载满船舱的
不是耀眼的星辉
不是浪漫的雪月
也不是泪珠莹莹的光

是梦中疯长的白发
被风哗啦啦地吹响

天界山的鹰

天界山距离人间似乎很远
好运峰是它个头儿最高的孩子
一只鹰盘旋在好运峰的崖顶
它呼啸着苍劲的羽翼
它疲倦的身躯不能安息
向下，向下啊
昏蒙蒙的山坡，阴森森的谷底
红嗓门的小鸟，鹅蛋脸的树叶
彼此站在彼此的阴影里
尴尬地笑着，默默无语
向下只是一个黑色的悲剧
挺住啊，我不朽的神明
不必贪恋那方寸的安逸之地
抬头看哪，在那三万英尺的云层
在那一米高的远方就是你的天堂
那里有你，蓝色的墓地

摊开

敬老院的夕阳映红了，他年过八旬的白发和胡子
他微笑着坐在一座不会呼吸的老屋里
摊开以石匠命名的布满老茧的双手
摊开走过无算路途养家糊口的双脚
摊开老伴儿一辈子左耳朵进右耳朵出的唠叨
摊开一群陌生的儿女，他最后的掘墓人
摊开一生的人情世故，一无所有的清白

长途的风筝，被大地的舵手放尽最后一寸底线
花树的风铃迎风摇曳，花瓣的音符纷纷散落
一叶叶飘零的日历，把从他手中脱落的
锤子、锥子、皱巴巴的零钱，一点点覆盖
硬币的钟摆醉汉似的，嘀嗒着，晃荡着
用它的正面与反面，不舍昼夜地
为他一生的记忆，一点点清零

爱的极境，引度于一盆凉水的缰绳

源自雪染的飘逸与共振的灵犀
热血掩埋理智，高度正比温度
极致的心率几乎爆破了测量仪

模特的猫步描摹着恐怖的线条
脱缰的野马驰骋于命悬的崖壁
一克拉风的杠杆是一匹马涅槃的燃点
梦幻的仙槎与浮云神马并驾齐驱

时间的灰烬飘散于天空的快餐杯
精辟的经谶不是超度万物的法器
爱的孔明灯能否超升为漫天星辰

爱的极境，引渡于一盆凉水的缰绳
皈依于人性古道，结庐于人间长亭
格调的腰身要低于虔诚的海岸线
纯度与深度，由淬火的海水反复淘掘

——原载《大风》诗刊 2021 年冬季卷

我的沉默（外三首）

何光英

夏蝉的尖叫插入落日的剑鞘
黄昏的河流抱紧了古老的石头
我的沉默席地而坐
它已风蚀成一块粗糙的页岩
上一页是我森林中的姐姐
一丝不苟地缝织着七彩的裙裳
下一页是我坐在窗前的妹妹
月光下独自品味着咖啡
一只老虎坐在扉页的山头
把酒临风，仰天长啸
一只猫游弋在末页的海底
一边猜着谜语，一边与群鱼嬉戏
谜底的闪电不时地掠过海面
他们全是一层一层隔尘离世的我
分别唱着同一首歌

葡萄熟了

以清风之手卸载它一生的负累
以人间清水濯洗它圣婴的腰身

不是灰尘，请留下它白醭的膜粉
就留住了秋日斑驳的童贞

一粒一粒细品。我默默蚕食它
大红大紫的肉体

倾尽一生甜蜜。它悄悄浇灌我
孤独苦涩的灵魂

翌年枝头，一叶叶新芽必将蕴藏
我的眼神，我的体温

多年以后，我们的子孙终将在
错落的光里，层层交汇

绝境

后路一节一节折断
左右对称的悬崖
任由蝴蝶的翅膀拍打

前方，救命的前方啊
两只老虎正在争穿
一条岩洞的衣裳

嘶啸的白马将我藏进
比白云还白的梦中

黑龙潭

春天是一个微妙的动词
季节的叶子长满了时间的绒毛
上帝赐予你神奇的印记
你的一生见证过许多事情
一只黑眼，一网打尽整个青天
我以一双青眼与你默默对视
你并不需要太多的赞歌颂词
权杖的法器不能触及你的腹地
我将梅花的誓言绣在了山岩
一年，一年

——原载《神州文学》2022 年 2 月刊

是的不是

郜永芳

品茗不是解渴
净心才是
饮酒不是醉生梦死
放下才是
爱不是占有
慈悲才是

波罗蜜多彼岸不是终极
精进才是
征服不是圭臬
修行才是
忘却不是自欺欺人
宽恕才是

是的不是
不是的才是

——原载 2018 年 6 月 5 日《新乡日报》

作者简介：

郜永芳，男，70后，河南辉县人，新乡市诗歌学会理事，辉县市作家协会理事。喜诗歌，爱文学。作品散见于《北京精短文学》《新乡日报》《郑在读诗》《华语有约》《东方微文学》等。

一枚枫叶

韩小军

我从不肯妄弃那本旧书
尽管字迹已经发黄
尽管扉页有些残缺
仍如珍宝

书里夹着那枚枫叶
忘记了故乡的哪棵树
馈赠我的留恋
鹅黄色的，像你的心

轻轻拿起
压下的痕迹清晰可见
如你的影子
烙在某个柔软的地方

忽然忆起
某个季节的某个时分
堂前那双相依相偎的燕子

也曾欢愉

——原载 2021 年 7 月 9 日《平原晚报》

作者简介：　韩小军，河南辉县人，70 后。新乡市作家协会会员，山村语文教师。诗文散见于《岁月》《青少年文学》《中华文学》《神州文学》《少年写作》《文絮》《平原晚报》等。

习惯这样一个午后

韩小军

习惯这样一个午后
下着微雨的仲夏
桥边的那汪潭水、青苔、乱石
都陪我沉默
还有记忆里那些人、那些事
一同组成这个夏天
微湿的空气适合酝酿一首新诗
或者那只低飞的雏燕

我怕我的思想无法融入这个时段
所以我尽力去描摹
这个如此美妙的夏季
对池塘的那片荷叶说声抱歉
虽然已足够深绿
我知道它曾经打动过我
在曾经的某个时候、某个角落
只是时光倒流得有些脆弱

权且这样吧
微雨就是这样的悄悄而来
正如那年那时那刻的
泪流满面

——原载 2021 年 8 月 30 日《平原晚报》

我听到的声音（外一首）

韩小军

日子在铃声中响了又落
我在办公室和教室间反复穿梭
手捧一本《史记》
在对古代圣贤的无限解读中
解脱自己

我背对着黑板
一双双黑眸
将我的思想存放到无际的黑色里
逐渐释放
他们正拿出一堆堆问号
把我勾进历史

我在对他们未知的疑惑里
逐渐安静
匆匆打开《史记》
把另一个自己放进声音里

月光下的小河

夜色下的一座石屋
收拢着远方被生活切割的目光
一轮圆月
被那双小脚踩得蹒跚
小河流淌着的
有我一双浑浊的眼眸
与高处那轮白相互对峙

而风声突如其来
刹那之间
是谁打捞起河里坠落的故事

——原载 2022 年 1 月 14 日《平原晚报》

恭贺母亲百岁华诞

憨　子

红船诞华婴
万千气度您最真
镰斧亲又亲

小米步枪铁
妖孽三千一扫灭
赤帜染热血

强国筑新梦
九万挫折涅槃生
初心不敢扔

天下大局变
命运共同耕大田
百年千年船

嘉卉千千万
唯我母亲独胜颜

翠盖佳人莲

——选自中国新闻社《百年党庆中外汉俳诗选》

钟南山

憨　子

您是一栋梁
中华疫难勇担当
绝技献用场

您是一棹桨
民有危难敢承当
中流逆魔浪

您是凯旋郎
堪授共和国勋章
领袖敬为上

您是不老松
耄耋履健声如钟
八百如春风

——选自中国新闻社《百年党庆中外汉俳诗选》

思　乡

李光辉

远山深处
伫立着一座老屋
仄仄的曲径绿苔满布

记忆中的楼台挂上柿子
佝弯的身子那叮当的辘轳

曾经走过无数次的路
几代人都在往复
路旁的一隅
翠柏下是母亲的墓

多少个日夜苦读脱离了深山幽谷，每每想起的
是离家上车时父母的叮嘱

四季轮回
如今我也上路
倦倦的秋色来临

霜在发间留住

回家的心呀
怎么也劝不住脚步
太行的深处
是我落叶的归宿

——选自团结出版社《回家，永恒的归路》

那年，他十六岁

——为九旬抗战老兵张勤合而作

张凌云

那年，他十六岁
日寇侵华，山河破碎
多少个家庭妻离子散，多少件血案惨绝人寰
故乡的土地满目疮痍，在痛苦中哭泣呻吟

那年，他十六岁
抗战烽火，点燃豫北
八路军挽狂澜于既倒，救人民于水火
保家卫国打鬼子，是咱老百姓的亲人

那年，他十六岁
满腔热血远离故土，参加了刘邓大军
多少次枪林弹雨，多少次战火纷纷
英雄的鲜血，浸洒在太行山染红了卫河水

七十多年倏然而逝，如今他已九旬

从一个青涩少年变成了耄耋老人

也许上天眷顾，他还活着也很幸运

纵然伤痕累累，但功名如烟他默默无闻

又是一个建军节，手捧勋章端起酒杯

忆及峥嵘岁月，他禁不住眼含热泪

因为他是一名老兵

曾是中国共产党领导下的八路军

——原载 2020 年 8 月 8 日《新乡日报》

期 盼

姚海平

初冬的夜

有月

虽然还不是太圆

有星

尽管不是满天

有风

恰恰不是漫卷

无雪

梅也还未绽

一切都不要太好

这样

浅笑就够了

因为明天

我有更美好的期盼

——原载 2022 年 10 月 21 日《平原晚报》

：
作
者
简
介
：

　　　姚海平，女，河南辉县人，辉县市诗歌学会常务副会长，中华诗词学会会员。作品散见于《中州诗词》《新乡当代诗词选》《新乡日报》《平原晚报》《牧野诗风》《共城文学》等。

沉默思绪

周见明

雨滴早已消失
此时没有一棵野草是肮脏的
而车辆的声音依旧不断
乱了故人思念的情绪

此刻我的心在拥抱土地
土地是我灵魂的第三载体
九十九颗星闪烁今夜
被埋没的一颗是我炽热的心

在夜里听一首满怀哀伤的歌曲
却不足以定格放荡的时间
机器声被夜色代替，消失不见
一切仿佛都已过去

只有那明日依旧重复

而我在任何寂寥的深夜中

张开双手静候花开

———原载 2022 年 8 月 9 日菲律宾《商报》

：作者简介：　　周见明，本名周文恒，00 后，河南辉县人，文学爱好者。有诗歌发表于报端。

遗　憾

周见明

若我当初愿意张开双手
把春天和泥土握在手里
那么如今的心田
会不会迎着朝阳，无视于黑夜
此刻我穿着昨日的旧衣服
在窗口抚摸月光

可惜，这世上没有那么多如果
时间的陶罐装不下任何美好
在无数个茫茫黑夜中
我愿把遗憾化作火把
高举在明月皎洁的时刻

——原载 2022 年 7 月 8 日《平原晚报》

风的男儿

周见明

时光变成风吹进我的眼眸
化成了眼角的泪水
我走在高处
彷徨，无尽的彷徨
今夜的我依旧失眠
我想，应是罪恶缠身
我深感愧疚，把脚步停下
长街无灯，我成了时间的弃子
但我还是决定去燃烧心里的野草
燃烧，燃烧
烧光所有不公和不正
让我和天空一样干干净净
然后写封短短的信
寄给世间所有幸福的人
告诉他们
我从大地来，也从大地去
一笔情愁下，我做风的男儿

——原载 2022 年 7 月 8 日《平原晚报》

父 亲

王之双

小时候，我不明白
父亲从地里回来
蹲在院子的灶台前
一边啃着碗里的月亮
一边拿硬邦邦的馒头往碗上敲

后来，我上了学
父亲不看老师给我发的新本
老问我，写完作业的本弄哪里了
是不是又叠了飞机，甩了"面包"

如今，连农村人也学会了健身养生
父亲比村里每个人都起得早
当他们一个个从家里跑出来
父亲已满头大汗回到了家

直到有一天，我终于明白
父亲敲碗不是嫌饭稀

而是怕馍星儿掉在地上
从父亲裤兜里的纸团看出
厕所里的卫生纸就没舍用过
说是去晨练，父亲回来
肩上总是扛着半包空塑料瓶

儿子买车，他说没钱
闺女盖房，他说没钱
而这次洪水冲塌学校
父亲将枕头里的一万元存折
全部捐了出去

有人说，到底图个啥
父亲老泪纵横
那时生活太穷
我们兄弟姐妹都没念过书
现在说啥也不能再穷娃娃

——原载 2018 年 12 月 9 日《新乡日报》

一桌丰盛的诗宴

王之双

每次来找你
你的桌上总放着一本
带着余温
留有墨香的《诗刊》

我捧着它
像饥渴贫穷的孩子
找到了馒头
拼命地啃
每一个字
每一句话
就连每一个标点符号
都反反复复细嚼慢咽
像品味着稀奇的家乡特产

一页
两页
这首是糖醋鱼

那首是红烧肉

这是清淡苦瓜

还有特色怪味豆

每一首诗如同一道菜

酸甜苦辣样样俱全

五味杂陈

汇聚一桌味道十足的诗宴

酌上一杯浓烈醇厚的"太白"

让耕耘的人们垂涎欲滴

品一品红润当头

尝两口摇摇晃晃

喝几盅东倒西歪

我甘愿做诗的吃货

一辈子醉倒在诗坛里

——原载 2019 年 6 月 19 日《平原晚报》

一棵歪脖子桃树

王之双

也许是积劳成疾
也许是凄风苦雨摧残
也许是娘胎使然
你成了歪脖
落下残疾

你孤零零站在果园边
抵御风寒盼来春天
不屈不挠含苞待放
无私无尽吐露芬芳

多少人从你身旁匆匆而过
欢歌笑语一脸灿烂
相约饱含诗意的春天
看蜜蜂，抓蝴蝶
拍照，描绘，写真
沉醉万亩桃园

时间如飞日月穿梭
转眼枝头挂满了硕果
人们再次蜂拥而至
桃园周围篱笆紧闭
昔日的乐园已成梦幻
化肥农药味
刺入鼻孔贯穿心底

人们望而却步
不得不扫兴而归
转身瞬间
你进入视线
成了独有的风景

你的跟前人头攒动
贪婪的目光羞红的脸
你敞开胸怀
不计前嫌倾其所有
将天然的累累硕果奉献

——原载 2020 年 5 月 4 日菲律宾《商报》

英山农家夏夜

王献录

萤火飘飘入二更，英山断续隐蝉声。
门前溪水叮咚去，溅碎东天一片明。

作者简介

王献录，河南辉县人，中华诗词学会会员，河南省诗词学会常务理事，新乡市诗词学会副会长，辉县市诗词学会会长，《共城诗词》主编。编著有《当代辉县诗词集成》《诗咏南太行》《当代辉县诗歌精选》等。诗词多次在全国诗词大赛中获奖，被中国文联出版社、河南文艺出版社出版的著作收录。

过丹江口水库

王献录

豫鄂同吃水一缸，烟波恰似太平洋。
丹江最许人称赞，引水滋田好打粮。

——原载《中华诗词》2020 年第 1 期

关山行

王全新

关山起风了。

白色的槁草，摇曳着，用力地和风搏斗着，似乎想告诉我们什么，逆光望去，很美丽。

笔直的杨树，挂着几片橘红的叶子，零落地拍打着。

一团团丛生的暗红，点缀着耀眼的黄，残留着几片绿，仿佛小狗打翻了画家的水彩，弄脏了整个山坡。

黑乌乌的大山，肃立着，有点嗔怒，低声地吼叫着。

车子缓慢地爬行，极目远眺，顿生几分悲凉，

不知是愤怒还是委屈，抑或是难解的无奈吧。

一股强大的力量在胸中腾升，仿佛揣着一颗将要引爆的炸弹，欲放声呐喊。

眼泪打湿了斜射的阳光，模糊了花山的峰林画卷，

滚烫的泪水，在我的脑子里翻滚着，咆哮着。

风停了。

关山，如此的寂静，逼得我有些窒息，

我想借用天神的斧子，劈开一条出山的大道，让整个大山沸腾。

啊，关山，我的爹娘。
让我们托起父辈压弯的腰杆。
啊，关山，南太行大旅游的梦想，
让我们这一代人挺起关山的脊梁。

——原载 2021 年 7 月 22 日《三门峡日报》

：作者简介：　　王全新，生于 1968 年 5 月，1991 年毕业于河南科技学院园艺专业，2015 年于河南师范大学旅游学院硕士研究生毕业，热爱文学，有文散见于报刊，现供职于辉县市发展和改革委员会。

赋在今宵

王全新

东坡乎？有酒乎？
千年感慨，今斗胆苟且，狂徒也！

非酒无以解师，非善无以言道，非爱民无以喟叹！非广博无以拜首，非灵智无以广传。
几经沉浮，不卑不亢，笑对霍乱而有大作。
圣人也。

酒为何物？东坡之不能在天下之下，东坡之嗜在好着之上。
药不用而为人病，酒不饮而解人忧。
何苦也？

人为何情？东坡之幸为民之乐，东坡之苦为民之忧。
己不保而思民苦，家怅寥而解民怨，仇相见而同相怜。
何情也？

余幼年奔雨，愚钝勤勉，青春无知，不甘岁月，有幸驰骋。稍有他助，安辄心乱。

虽殚精为业多有暗阻，年高不眠，彻夜为怀。
知命也。

偶得烟而大燃，幸有酒而狂醺，恍恍乎奋臂，
心志之铭，小疾而大吟，羞言居士者！

更不解意，酒不明时，宫阙之无眠，何似在人间？
人生苦短，碌碌作闲，枉为之缺憾，何颜问子瞻？

古来谁人醉？
苍耳小菜，可奕饮？

——原载 2021 年 11 月 5 日《洛阳日报》

瓜子道

一 兵

泱泱华夏
美食无数
唯独有你
千寻百度
从古至今
无论三六九等达官贵人
还是高低贵贱布衣平民
你总是让人欲罢又不能

有事没事
人们总把你挂在嘴边
遇有喜事
你总是第一个喜盘
有人说
你是国人和其他亚洲人的区分标准
有人说
你是百姓幸福指数的评价标准
消磨时光时得有你

迎亲嫁娶少不了你

潘金莲因你而多情勾魂
林黛玉因你而温情可人
鲁迅著书需你伴在身边
林语堂撰文把你来评论
黄侃论国学离你没意思
丰子恺骂你又放你入唇

逢年过节你不能少
朋友小聚你缺不了
看个电影你凑热闹
追个长剧你也难逃

一个人无聊时要你
一群人聊天也要你
高兴的时候需要你
烦恼时不能没有你

嗑着你停不下来
骂着你甩到一边
忍不住又捏一撮
一颗颗又放嘴边

和你如生死相恋
分了又合
合了又分
分分合合
难离难舍

有人嗑出了野蛮任性

有人嗑出了风土乡情
有人嗑出了世故人生
有人嗑出了气质雅兴
有人嗑出了生意真经

有了你才叫休闲惬意
有了你才产生了交际
有了你才更显得雅趣
有了你才能拉近距离
有了你年味会更浓郁
有了你总想聊聊人生
有了你还想拉拉家常
有了你耳边总有八卦

你有香的有甜的
还有奶油原味的
茶楼和会所有你
寻常百姓家有你
文人雅士喜欢你
泼妇淑女也爱你

剥掉你的羽衣
吃了你的身体
自古诸事皆有道
道可道
瓜子自有其道
瓜子有道
瓜子之道
瓜子道也

——原载 2022 年 8 月《北京精短文学》

献给奋斗者的歌

一　士

我们相逢的日子
总是沐浴着阳光
我们不曾相见
总是想起你可爱的模样
我很有幸结识了你
给我留下了难忘的印象

我时常想起你的过去
你也曾在艰难中成长
在多少个晨昏时光里
在无数个泥泞滚爬里
才铸成了一个意气风发的少年郎

我特别赞美你的现在
我特想歌唱你当下六十余载的青春
你成功的人生之路呵
为多少迷茫者正确导航
你腹有文章，仪表堂堂

你多彩又丰富的生活
你富于深邃充满智慧的思想
让多少人感染景仰

我称颂你的未来
我歌唱古老而年轻的孟庄
我歌唱你蓝天白云般的高远志向
你不负使命
奋进新征程
把富贵的中东石油
安放在家乡的土地上
你勤勉恭谨
使美好的梦想茁壮成长
你高瞻远瞩
一路坎坷一路歌
让人生之路越走越宽广

我想为你勃发的青春歌唱
青春的闪光里
孕育着希望
理想和信念在心间生长
热血和激情在胸中激荡
在满含深情的眼眸里
五彩和诗在远方
奋斗不息，步履铿锵
畅想未来，吟诵梦想
信心满满，志在必得
终使梦想书写在斑斓的大地上

我歌唱那梦幻般的晚上

无限感慨那长夜不息的光芒

夜的帷幕是张生长梦想的温床

青春和奋斗在梦中积蓄潜长

那一个个奇思妙想呀

在青丝和白发上徜徉

终于在一个北风刺骨的晚上

又一个重大设想在脑际诞生

明天的论证会上

你又会热情高涨，神采飞扬

还是赞美人间的四季吧

因这人生也如四季般弥漫馨香

春天里是傲霜凌寒的迎春花

挺过霜雪，冲破坚冰

和煦风中自是春水荡漾

夏季是勃发生长的时节

经过这炎夏的热流滚烫

秋日就是遍地果实飘香

一待冬临

一切不再喧闹热烈

随之而来的是沉甸甸的收获

自有辛勤耕耘者收藏

这时节

太阳也会送来三月的笑靥

我也采下一束萱草花

再带上祝福庆功的酒

为你唱一首歌

吟出激情醉美的诗行

为奋斗者献上纯美的芬芳

让文学为共城大地增色添彩

王保银

    《山水含清辉》经过近三年艰辛运作即将付梓出版，这无疑是一件喜事、好事、盛事，是我市文学界又一道独特亮丽的风景。

    众所周知，辉县历史悠久，文化底蕴厚重，古老文化遗存遍布。早在周朝中期，古老华夏的文明就在这里播种，远古共氏就曾在此居住，共伯和曾代行王政，开创了中国历史的准确纪年，给后世留下了"天子之都"的美称。自此历代名流雅士、文人骚客纷纷集聚于此，留下了许多珍贵的历史遗迹和佳作。如孙登啸台、孔府文庙、邵氏祠堂、竹林七贤山阳遗址、彭了凡饿夫墓、邵夫子安乐窝、清朝大儒孙奇逢墓等古迹林立；苏轼、岳飞、唐伯虎、董其昌遗墨及晋代高适、唐代贾岛、金代元好问等文人的诗词作品更是不胜枚举。这些遗迹和作品千古传颂，万世流芳，令人叹为观止。从晋竹林七贤居山阳到宋代邵雍二程（程颐、程颢）讲学共城，从元代耶律楚材、姚枢、王磐、窦默、许衡授业太极书院名噪一时到孙奇逢隐居夏峰讲学著书等，形成了矗立在中国历史中的四座文化山峰，薪火相传，绵延不绝，光耀后世。由此，顺理成章地，古共城之地就成为天下人心目中的圣地。

    由此可见，这片热土，历史是多么深邃悠远、文化是多么博大精深。文艺的力量是这般强大，文学的赓续接力是如此生机勃发，为一代代文学创作者提供了深厚的土壤和不竭的创作源泉。

    由此也催生当代一大批文人志士，延续着共城文学的发展，也留下了不朽的文墨和令人称道的佳绩。如 20 世纪 70 年代，正是辉县人民干得好的激情岁月，我们辉县又迎来了一批令人景仰的名家大家，仅文学领域的作家、剧作家、诗人就有二三十人，如诗人郭小川，作家浩然、白桦、李准、于黑丁，大导演崔嵬、水华、谢晋，新华社高级记者穆青等一大批艺术家。他们一个个才华横溢，挥起如椽之笔，以不同形式不同题材，大力宣传辉县，使辉县走向了全国甚至全世界。侯钰鑫老师就是从那时走出来的大作家，他的长篇小说《大路歌》就是那个时代的文学见证，后成为省文联专业作家，令人高山仰止。

受其感召，我市文学新人辈出，代不乏人。原新乡文联主席、秘书长牛永海，原新乡市宣传部副部长、新乡文联主席董传军，原新乡电视台台长、新乡日报总编尚建军，原新乡市作协主席赵文辉以及郑州日报社的尚新娇女士等都是辉县人，也都在文学事业上做出了突出贡献，为共城大地增光添彩，成为文学豫军新乡行列中一支劲旅。

在这样一支劲旅的激励影响下，我们辉县市作家队伍作为地域的一股文学中坚力量也不可小觑，目前我市作协入会会员达到 80 余名，其中国家级会员 6 名，省级会员 14 名，市级会员 35 名，自 2000 年以来每年地市级以上的发稿量都在近 300 篇（小说、散文、诗歌等纯文学），近 30 年来累计出版纯文学图书在 150 册上下，这些作品获过飞天奖、河南省人民政府优秀成果奖、河南省文学奖、杜甫文学奖以及孙犁文学奖、梁斌文学奖、新乡市"五个一工程"奖和我市的"共城华章奖"等。

自 20 世纪 80 年代初至今，历经 40 余载赓续接力，不懈奋斗，已呈现出老中青三代作家三管齐下、齐头并进的强劲势头，使我市的文学创作在新乡市保持着领先地位。

首先是以侯钰鑫为首的老作家梯队，他们宝刀不老，笔耕不辍，创作出多部头文艺精品。以赵文辉为代表的中青年作家梯队，成为辉县的中坚和新生力量，文学创作渐成气势，成为共城大地的一道风景。其中，梯队中的女性作家们也功不可没。她们巾帼不让须眉，收获喜人。

正是这个三级梯队构成了共城文学的整体风貌，撑起了现当代辉县文学的高楼大厦，对于当下乃至将来文艺文学的发展产生深远影响和积极意义。

新书即将出版，我再次代表编委会成员，向一直以来关心支持我们的各位领导表示感谢，特别向我市文联主席赵俊杰同志道一声辛苦，向心怀文学情怀、关爱文学发展进步而做出突出贡献的孙玉明先生表达崇高敬意，向新一届作协顾问刘正喜、赵顺利、李志强、翟福军、李光辉、辛志刚、金海中、赵一江、刘伟、曹金同、饶全喜、王全新、赵清峰、李新辉、璩向前、郜永芳、琚宪庆等所有为本书出版作出贡献的朋友们表示最衷心的感谢。

正是他们的一路陪伴，才使文学不孤寂清冷；正是他们的殷切关怀，才使文学充满生机力量；正是他们对文学的看中和欣赏，才使我们更加自爱自信；也正是他们用真情和切实行动支持我们，才使我们梦想成真，把颗颗珍珠串成精美的项链，展示给广大读者朋友们。多少感恩感动感激的话，说也说不完，道也道不尽，只能留下这几十行饱含真情的文字，算是表达一点美好的祝愿，祝福各位万事如意，事业有成。

（作者系中国作家协会会员、辉县市作协主席）

2024 年 8 月